# 大数据时代
## 虚拟之战

夏予川 著

重庆出版集团 重庆出版社

## 图书在版编目（CIP）数据

大数据时代：虚拟之战 / 夏予川著. — 重庆：重庆出版社，2020.7
ISBN 978-7-229-15065-5

Ⅰ.①大… Ⅱ.①夏… Ⅲ.①都市小说—中国—当代 Ⅳ.①I247.5

中国版本图书馆 CIP 数据核字（2020）第 092189 号

## 大数据时代：虚拟之战

夏予川 著

| 策　　　划：华章同人
| 特约策划：上海紫焰文化传媒有限公司
| 出版监制：徐宪江
| 责任编辑：秦　琥　张铁成
| 特约编辑：计双羽　王菁菁
| 责任印制：杨　宁
| 封面设计：郭　子
| 封面插画：周丁乾

重庆出版集团 出版
重庆出版社

（重庆市南岸区南滨路 162 号 1 幢）

投稿邮箱：bjhztr@vip.163.com

三河市九洲财鑫印刷有限公司　印刷
重庆出版集团图书发行有限公司　发行
邮购电话：010-85869375/76/77 转 810

重庆出版社天猫旗舰店
cqcbs.tmall.com

全国新华书店经销

开本：880mm×1230mm　1/32　印张：12　字数：290 千
2020 年 8 月第 1 版　2020 年 8 月第 1 次印刷
定价：45.00 元

如有印装质量问题，请致电 023-61520678

**版权所有，侵权必究**

# 目录

### 第一章
幽灵账户 001

### 第二章
寻找石头 057

### 第三章
电子文身 115

### 第四章
数据的界限 171

### 第五章
网络相亲 231

### 第六章
退休式裁员 311

后　记　374

# 第一章
## 幽灵账户

"飞云说到底,也只是一家如履薄冰的创业公司,利益最大化,才能生存下去。书要从头翻,企业却要从结果看,不能给企业创造最大利益的因素,都是错误数据。发现、预测到它们之后,就必须立即修正或清除。"蒋姜伟抬起头来,双眼闪烁着坚定的信念,宛如战场上视死如归的将军。

**民间大神**

暮春的深海市早已炙如夏日，太阳平西的傍晚时分，似乎是为了安抚焦灼不安的人心，天空中突然飘起一阵和风细雨，结束了一天工作的市民，争相涌上街头，享受难得清凉的空气。

年近四十的蒋姜伟，坐在会议室主位的办公椅上，望着窗外发呆。有那么一刻，他希望自己能鼓起勇气，不管不顾地抛下一切，走出这栋该死的办公楼，汇入街上拥挤的人流，回到家中享受晚餐，拥抱妻女。

但他不能，起码此刻绝对不能。

他回过神来，收回视线，眼前围桌而坐的十几个人中，有一半以上都是跟了他十多年的部将，如果他撂挑子，他们中就得有一个人站出来，替他收拾现在这个烂摊子。

"不如，我们放弃飞云币这个项目吧？"

忽然，最年轻的开发经理苏航"嗖"地站起来，打破了长达十几分钟的沉默。但他说完后，会议室凝固已久的空气并没有因此流动起来，包括蒋姜伟在内的所有人，抬头看了看他后，都再次神情凝重地陷入了更深的沉默。

飞云是一家互联网云服务公司，蒋姜伟不仅是公司的执行副总裁，还是带领公司成为全国最大云计算厂商的技术骨干。在如今这个出门只携带手机、人人都习惯线上支付的年代，移动支付已经成为占比最大的支付方式。自5G网络普及后，飞云公司在云计算和云服务领域累积了庞大的用户量和海量数据，这也使得公司开发的捆绑移动支付方式一经推出，立刻成为行业的领头羊。更值得一提的是，由于一直以来都为金融机构提供诚信可靠的大数据服务，推出移动支付后，飞云也顺理成章地取得了国内主流金融机构的支持，在线上支付领域的地位更加牢不可撼。

两年后，在各项数据都稳定运行的情况下，飞云趁热打铁，在蒋姜伟的带领下，组建了公司有史以来最大的项目组。历经半年艰苦卓绝的开发与测试，飞云联合深海市最大的金融机构"深海金融"，推出了虚拟货币——飞云币。

飞云币项目原本计划在深海市试运行一年后，就在全国范围内推行，届时，此举定能让飞云公司的市值一飞冲天，再创新高。可谁知，项目各项技术数据都正常运行了十一个月后，却在收尾月的虚拟币结算阶段，发现了高达近千万人民币的资金缺口。

这对于负责飞云币的整个技术团队来说，无疑是惊天一击，不仅因为全国发行的日期无法跳票，更有来自深海金融的强硬施压。

离发现缺口的日期已经过去两周，飞云币团队上下日夜鏖战，检测项目中的算法精度，调整算法程序的运行模式，甚至启用了所有备用算法，最终还是没能找到漏洞所在。而目前，每日资金结算时，缺口仍以单日数万的额度在继续。今天的会议，是蒋姜伟主持召开的,从下午一点半持续到现在,他原本是希望所有相关负责人能冷静下来,尝试着从不同的方向找出问题所在。但现在,常规下班时间已经过去了一个多小时,事情却没有丝毫进展。

"我们肯定进入某个盲区了,还是悄悄求助美国那边吧?"

苏航依然站着,似乎不提出一个可行的意见,他就不会甘心坐下来。

"不行!"蒋姜伟抬起头来,语气坚决地否定道,"银行的金融数据是最高机密,相当于国家机密,如果我们透露出去,深海金融会将我们在座的每一个人,都送进监狱。"

"嘭!"苏航一拳砸在会议室的环形桌上,眼神焦躁:"可现在这个局面,如果我们两周内解决不了,整个飞云可能就……"他此言算是否决了自己的第一个提议。

"求助国内公司呢?"坐在苏航左边,一脸倦容的测试部主管阿Key突然想起来什么,"比如说百顺?"

"呃……"蒋姜伟双手抱拳撑在桌上,皱眉思索片刻后说道,"百顺与飞云币项目相关的核心技术团队,也是从美国那边过来的,风险还是很大。"

"你是说段维吧?我认识那家伙,人虽然年轻,但做事情还算靠谱,也许能帮上忙。"苏航接道。在座的人都齐齐抬起头看着他,眼里闪着火花。

"我与他也有些交情,但他毕竟在职,百顺也有自己的移动支付端,立场冲突,不太现实。"蒋姜伟揉揉深陷的眼窝,用舌头润了润干燥的口唇。

所有人刚燃起的希望,转瞬熄灭。

"那他在ACX的同门呢?那个叫……"苏航眼前灵光一闪。

"李零!"蒋姜伟也突然兴奋地站起来,打了一个响指。

"对！就是他，好像听说，他现在不属于国内任何一家公司，正好不用担心竞业……"

苏航话未落音，蒋姜伟已经一把从椅背上扯下外套，草草地朝会议室内的众人交代："大家今天早点儿回去休息。"

说完，他人就消失在了门口。众人都明白他要去做什么，一个个揉头的揉头，叹气的叹气，祈祷接下来事情能出现转机。

一小时后，依旧灯火通明的百顺大数据综合部。

"我说你这老伙计，平白无故不让人下班，我可是从来不加班的人，今儿你要是不说出个子丑寅卯来……"说话带着一股蹩脚东北腔的人，正是段维，他依然还是那副死性不改、吊儿郎当的模样，似乎这世上没什么事是不能拿来开玩笑的。

"我真有十万火急的事求你。"蒋姜伟顾不上喘气，打断了段维。刚才出了会议室他就打电话给段维，让他在百顺等着自己。一路火急火燎，他知道自己必须争分夺秒，自然也没心情像往常一样先客套一番。

"得！洗耳恭听。"段维示意他在办公桌对面的沙发上坐下，自己则转身走到墙边的咖啡台前。

"你别忙了，你认识李零吧？"蒋姜伟开门见山。

段维愣了一下，停下手上的动作。他当然认识李零了。

"我想求你帮我搭个线，我有事求他。"蒋姜伟看段维转过来，才忐忑地坐到沙发上。

"认识是认识……"段维的眼珠和脑细胞都在滴溜溜地转，他慢吞吞地走到对面的单人沙发椅上坐下后，有些不解地看着蒋姜伟，"可你不会不知道，我跟他水火不容吧？"

"嘻！又不是穿开裆裤的小孩，有什么过不去的节儿，我只消你介绍认识，事情不成也不赖你。"

"那你可真是找错了人，别说介绍你们认识了，恐怕他一见着我，立马扭头就走。"段维跷起二郎腿，仰靠在椅背上。

"这么严重？"蒋姜伟一愣，有些不知所措地将手肘撑到膝盖上。

"你先说说什么事儿吧，我看看能不能帮你想想办法。"

"公司的事，不方便和你说。"蒋姜伟摇摇头，为难地看着地毯。

段维脑袋一歪，突然直起身体："不会是……飞云币出了问题吧？"

"你怎么知道的？"蒋姜伟立刻紧张地绷紧全身肌肉。

"你这个时间，这么着急地来找我，又是公司的事，还得求助号称'民间大神'的李零，不是飞云币的项目，还能有啥事？"段维确定自己猜对了，一脸得意。

蒋姜伟有些难为情，勉强挤出一个笑容："你可真是神机妙算，但……细节还是不方便和你说，因为……你也知道的……"

"得了吧，我还能不懂？"段维从沙发上站起来，整理了一下自己的西装门襟，"我打个电话。"

蒋姜伟喜出望外："打给李零吗？"

段维举起电话拨号，神秘兮兮地坏笑道："打给他的小情人儿！"


## 高度机密

"好，接下来，慢慢地放松我们的身体，睁开双眼，适应光线后转向右侧卧，缓缓坐起。今天的练习到此结束，谢谢大家，我们下节课再见吧！"

在遮光窗帘的作用下，瑜伽教室内的光线舒适柔和，一位身姿曼妙的女士，正九十度鞠躬，用甜美可人的声音，朝面前十几个高矮胖瘦各不相同的学生致谢。

"谢谢老师！"一群清脆欢快的女声中，夹杂着一个高亢的男声。

"要死了，喊那么大声。"

人群刚散开，杨壹壹就跳起来，给了刚刚站在队伍最角落的陈晓新一巴掌。

"哎哟，"陈晓新揉揉自己肉肉的肩膀，脸上的表情像吃了颗酸枣，"你逼我陪你做这种女人才做的事情，总不能还逼我说话也学女人吧？"

"少见多怪，现在多的是练瑜伽的男人。"杨壹壹边说边从饮水机上抽出两个一次性纸杯，"不过你别觉得委屈哈，作为报答，一会儿请你吃午饭。"

陈晓新接过纸杯："那还差不多，我们去哪儿吃？"

杨壹壹不说话，神秘地笑笑，接满水杯就转身进了更衣间。

瑜伽教室位于一栋办公楼的高层，陈晓新换完衣服出来后没看到杨壹壹，就决定下楼到大堂等她。谁知刚一出电梯，就看到杨壹壹猫着腰，躲在一盆高大的琴叶榕后面，鬼鬼祟祟地盯着大厅的方向观望。

"看啥呢？"陈晓新走过去。

杨壹壹赶紧把陈晓新也拉到琴叶榕后面，用下巴指指大厅内的沙发区。

陈晓新顺着杨壹壹示意的方向看过去，大厅内灰色的皮沙发上，坐着个头发自然卷的男人，正百无聊赖地刷着手机。陈晓新一惊："段维？他怎么会在这里？"

"我让他在这儿等的。"杨壹壹撇撇嘴。

"你们?"陈晓新头往后一缩,想问不敢问。

"想什么呢?"杨壹壹翻翻白眼,"他昨晚约我,说有事当面相求,想请我吃个饭,一会儿你……"

"你不会是想我陪你去吧,我不去。"陈晓新还在为上次段维说自己算哪根葱而耿耿于怀,"你干吗答应他?"

"我也不想啊,但你也知道上次陆浩川那事儿,说到底他确实也帮了忙,我总不能明明接受了人家的帮助,转头又丝毫不留情面吧?大不了无论他求我啥,我都不答应不就行啦?"杨壹壹说到这里直起身体,脸上挂着自诩聪明的神色,"反正一会儿啊,你不用说话,就只管吃,使劲吃,死命吃!"

"他买单?"陈晓新一听,立刻对杨壹壹的话心领神会,耸动大粗眉不安好心地贱笑着。

"嘿嘿!我定的地方,而且我跟他说课程十一点结束。"杨壹壹扬扬得意地从绿树后面走出来,"走!"一副带领千军万马上场杀敌的派头。

陈晓新抬手看看手腕上的电子手表,现在都已经中午十二点了。

段维明显对杨壹壹让自己等了一小时很不满,也似乎很不爽她还带着陈晓新,但很快的,他就收起了不悦的神情,脸上重新堆满谄媚的笑容:"杨小姐,这边请。"

陈晓新跟在后面憋着笑,杨壹壹趾高气扬地走在最前面,她挑选的餐厅就在隔壁写字楼的六层,走过去不过五分钟。那是家名叫"八会"的日料店,在深海市美食圈无人不知,却因为高昂的人均消费,令多数人望而却步。

到了目的地,一位身着和服脚踩木屐的日本女士,将三人领至段维早已定好的卡座间。店内从装饰风格到碗碟餐具，无一不充满原汁原味的日式风情。日料的好处是即使吃下很多种，也不至于会太撑，陈晓新咽咽口水，心想这杨壹壹还真会挑地方。杨壹壹边跟着木屐"哒哒哒"的声音朝前走，边回头瞟陈晓新，陈晓新立即偷偷朝她竖起大拇指。

可木屐一停下来，日本女士弯腰用手臂示意时，两人脸上的笑容都瞬间僵住了——卡座上还坐着一个人。

段维一看到蒋姜伟，马上转身朝杨壹壹笑道："来来来，我介绍一下，这位是……"

杨壹壹右手一挥，手掌在空中做了个"收"的手势，段维只好把到嘴边的话吞回去。

蒋姜伟有些尴尬地站起来，脸上带着礼貌又急切的微笑。

"这还用介绍吗？这都不认识还怎么混？"陈晓新瞪大双眼，盯着卡座上的男人嘀咕。

陈晓新说的没错，虽然百顺和飞云两家互联网公司主营业务不一样，但蒋姜伟在圈内也是传奇一般的人物。关于他是如何拯救濒临倒闭的飞云公司，使其一跃成为行业巨头的故事，只要是混IT圈的人，就不可能没听说过。

"呵呵呵，也是哦，哪里还需要我介绍，那我们坐下说吧。"段维有些狠狈，狠狠地瞪了一眼陈晓新。

蒋姜伟和段维坐一排，杨壹壹和陈晓新坐在对面，四人刚一落座，厨师就带领服务人员开始上餐。

"这是松叶蟹，产自日本最有名的鸟取县山阴地区，味道鲜美；这道黑毛和牛陶板烧，选用雪花分布均匀、口感层次丰富的黑毛和牛，陶板已热，可按喜好口味调整熟度；这是手卷赤醋寿司……"

报菜的厨师长憨态可掬，看起来是个日本大叔，普通话虽然有口音但还算流利,他语速均匀,语调轻柔,丝毫没察觉到一端的杨壹壹和陈晓新已经坐不安席。面对眼前这些美味,二位早已忘记方才进来前打的小算盘,不时拿余光偷瞄坐在对面、名字如雷贯耳的大佬前辈。

而蒋姜伟和段维,心情也平整不到哪儿去,只能招呼他们多吃点。这边不好意思上来就谈正事,那边忐忑不安如坐针毡,使得中间这一桌平日难得一见的饕餮大餐,竟然备受冷落。

还是杨壹壹先憋不住,每样都象征性地尝了一口后,她放下筷子,先是白了一眼段维,捺下胸中被摆鸿门宴的怒火,接着转向蒋姜伟问道:"请问,您找我?"

蒋姜伟也赶紧放下筷子,有些为难地看看段维后,推推鼻梁上的黑框眼镜说道:"是这样的,我想请李零先生,做我们飞云币项目的短期顾问。"

杨壹壹和陈晓新闻言面面相觑。

"但因为是公司的高度机密,我不能细说缘由,只能突兀地恳请二位将我的请求,转达给李零先生。"不知道是不是因为环境的影响,蒋姜伟说完,双手撑在膝盖上,满怀诚意地朝杨壹壹深鞠一躬。

这杨壹壹哪受得起,赶紧还礼:"这,实不相瞒……"

"拜托了!"

从餐厅出来,陈晓新刚一上车,就急忙朝眉头深锁的杨壹壹问道:"水妹,你说飞云币这项目,是不是出什么问题了?我的天哪……"

"我哪知道,不过你可别往外说。"杨壹壹嘱咐道。

"这还用你说?"陈晓新掰下遮光板,对着上面的镜子整理自己的发型,"只是啊……我说你干吗要答应啊?你又不是不知道数据社的规矩：只接普通人的案子！这可是李零亲自定下来的。"

"换你你好意思拒绝啊？"杨壹壹没好气地用力扣上安全带，"再说，我只答应带话，李零同不同意，我可没保证。"

"我同意！"

回到数据社内，杨壹壹诚惶诚恐地转达完来自飞云公司副总裁蒋姜伟的请求后，李零只思考了十几秒，就表明了自己的态度。这破天荒的回应，让杨壹壹和陈晓新都觉得有些不可思议，两人刚想问个究竟，表情冷酷的李零就已经回到自己的座位上忙碌起来。

杨壹壹冲陈晓新使了个意为"不要再问"的眼色，但其实她心里也是满腔疑虑。她觉得自己越来越看不懂李零了——工作中严谨正直的人是他，现在自食其言的人也是他；而表面的云淡风轻与世无争之下，其实又藏着不肯服输的另一面。


## 隐形顾问

当天下午，蒋姜伟就来了壹零数据社。李零提出了自己加入飞云币项目的条件——需两位助理（杨壹壹和陈晓新）协助自己。蒋姜伟表示此条件可以接受，但深入项目接触核心机密的人，只能是李零一人，因为此事不仅涉及飞云币最核心的技术数据，更重要的是，还有深海金融提供的机密数据。这些数据，就算是飞云币项目相关的开发人员，也只有少数几人能接触到。而此次的修复行动，深海金融方也绝不会答应一次性进入太多"外来人口"。

李零对此没有异议，两人很快达成共识。两日后，飞云公司法务团代表便将各项秘密合同和保密条款的文书，放到了壹零数据社三人的面前。

自从壹零数据社开张营业至今，所有合同类文件，一律都由杨壹壹处理。如今的她，已经能够快速从一系列烦冗的法律条文中，找出关键，判定利弊，所以当她点头表示认可后，其余两位男士都毫不犹豫地在文件上签字印章。

签订合同的翌日，李零便以"隐形顾问"的身份进入了飞云公司，而杨壹壹和陈晓新，则守在数据社内，等待着他的指令。虽然还不明白李零为什么要接这个案子，但对于壹零数据社来说，这都是前所未有的大挑战，两人丝毫不敢松懈怠慢。

飞云的集团大厦是前年才投入使用的新办公楼，位于深海市互联网高新技术园，大厦由两栋四十八层高的主体塔楼和裙房组成，以互联网中"云联互通"的理念贯穿设计。飞云币项目组在大厦的三十七楼，在等电梯的过程中，李零回头打量起偌大的大堂。首先映入眼帘的，是一侧的巨大显示屏，上面实时显示着飞云用户在全国的在线分布版图；而另一侧，则是一个巨型的飞云集团logo云的雕像，仔细看，它由无数的阿拉伯数字组成，在雕像底座上赫然显示的，是同时在线用户一亿的纪念日期，此时正有参观者在它前面拍照留念。

早高峰时段，上下的人很多，等了有十多分钟，八扇电梯门中终于有一扇打开了，里面走出来两个抱纸箱的人，格外吸引李零的注意。只一眼，李零便判断出他们的处境。未老先白的鬓角，沮丧不甘的神情，还有纸箱里的相框和工作牌等杂物，都代表着这座装载了无数人青春和汗水的大厦，已经不再属于他们。多么似曾相识的场景，李零望着他们的背影，想起自己走出ACX的那天，苦楚和屈辱之感犹如昨日。

又是一扇电梯门打开，蒋姜伟带着两个西装革履的人从里面走出来，一看到李零，便像是见着了救星，上前亲切地抓住他的手，指着身后的两人介绍道："这是开发经理苏航，这是测试主管阿Key，现在开始，这两人就听凭你使唤了。"

李零摘下墨镜，听凭使唤的两人赶紧上前与他握手。而李零虽然明白状况紧急，但在自己尚未掌握具体情况前，也不想过多客气，握手后便示意即刻上楼。

跟着三人进到电梯后，似乎是闻到了似曾相识的味道，李零心中某个角落逐渐被激活。这样的工作氛围，他实在太熟悉不过了，在美国时，他也几乎日日如此，朝九晚五，高速且稳定。如今创立壹零数据社，转眼已经一年多，虽然平日里的工作节奏散漫悠闲，可如今再次嗅到这股气味，他才发现自己一刻都不曾忘记过，心中真正想要到达的那个地方——即使忍受再多误解、费尽再多周折，他知道自己有朝一日，一定会回去的！

一声"叮"打断了他的思绪，电梯很快就平稳行驶到了三十七层，原来两栋塔楼在这一层，中间有一条长长的走廊连接，一行人出了电梯，在蒋姜伟的带领下朝左边走去。在走廊的尽头，一扇玻璃门阻挡了去路，苏航小跑到前面刷开门禁推开门。进去后，穿过一片休闲区，又刷开一道门禁后，李零终于看到门边立着一块提示牌，上面写着：非飞云币项目组成员，请勿入内。

"请！"苏航推开了最后一道门禁。

李零一进门，立刻察觉会议室内有十几双带着强光的眼睛，"唰唰"打到他身上。他忍不住再次联想到，上次类似的情景出现，是他试图将"文远"算法第一次公开的那天。那次会议的结果，是段维抢在他前面率先发布了和"文远"类似的算法，导致他最终被迫离职，离开美国。如今这次规模相当的会议，结果又会是怎样呢？李零竟然开始有些期待。

"下面，我向大家介绍一下，此次来协助我们修复飞云币资金缺口漏洞的工程师，"进屋后，四人刚在桌两边坐下，蒋姜伟便迫不及待地向众人介绍坐在他左边的人，"李零！"

李零微笑着朝左右两边各点头一次后说道："先给我介绍下系统吧，最好能有一份系统目前运作的简报。"

蒋姜伟没想到李零这么善解人意，完全不需要客套环节直奔主题，不禁有些大喜过望，连忙朝苏航使眼色，后者赶紧清清嗓子以示重视："简报我稍后立刻整理给你。先说一下目前的情况，我们在项目试运行的收尾阶段，发现了近千万的资金漏洞，随后立刻检查了承担此项目运行系统内的所有算法，但经过两个星期的反复测算，目前漏洞还在继续，我们还没找到……"苏航有些不好意思说出后面的话，就好像所有的过错都是他造成似的。

"为什么到了结算月才发现？"李零皱皱眉。

坐在他对面的一个高个子回答道："年中结算时就发现了资金账目不平的情况，但那是试运行数据，加上我们跟深海金融的系统完成对接和数据共享需要时间，所以当时没有重视这个问题。"

"这样……"李零眉头锁得更紧了，似乎是觉得这个过失出现得很不应该。众人都不敢打断他的思考，几秒钟后，他抬起头朝蒋姜伟问道："我在哪儿工作？"

蒋姜伟闻言赶紧站起来，朝会议室的出口方向示意道："已经准备好了，这边请。"

这次是坐得更近的阿Key动作更快，他推开门来到走廊上在前面带路，朝进来时相反的方向走去。

在更靠里的一扇门前，蒋姜伟伸出自己的右手，用掌纹打开了看起来比刚刚那几道门禁系统还要严密的玻璃门，这次不用人推，门是自动打开的。

一进门，一股熟悉的紧张气味，顺着似乎比外面浓度更高的空气，瞬间从各个感官冲上了李零的脑袋，他感觉自己立刻神清气爽，劲头十足，像一位奔赴战场的士兵。

门内也有十几个人，看到蒋姜伟一行人进来，所有人都好奇地朝这边打量，但他们中只有一位停下手头的工作，起身走过来。

"你好，我是 Leon 李彬。"来人一身深色西装，微微有些谢顶，角质框眼镜下，一双眼球突出的眼睛透着一丝浅显的傲慢。

李零马上便知道了他傲慢的原因。

"Leon 是深海金融的代表，负责配合你的工作。"蒋姜伟补充介绍道。

"主要是负责数据安全方面的工作。"Leon 再次强调补充，在确定李零听明白后，伸出手同李零握了握。

李零露出招牌式微笑，礼貌地同他寒暄后，就被领到一张宽敞的工作台前。工作台上，至少有五台显示器，一台横屏，四台竖屏，都在快速跑着一行行各类数据。

蒋姜伟赶紧上前拉开椅子："委屈一下，因为需要严格管控，这里条件有些艰苦。"

"是啊，不过你放心，至少大家的人身安全是没问题的。"Leon 说完望向工作台正上方的位置，确定李零也看到了那里的摄像头后，他又转向另外一台的方向。

"呵呵，这是……之前就有的。"蒋姜伟有些尴尬，但李零根本没把这些放在心上，虽然他看出有两台明显是针对自己将要工作的地方增设的。

"应该的。"李零大度地朝二位笑笑，但这位 Leon 似乎还有急于强调的事项。

"你即将使用的电脑，我们也安装了监控程序，一切与此次项目相关的内容,哪怕是一个数字……"说到这里,他还算略有自知之明地稍微停顿了一下,"还请谅解,这里禁止任何形式的拷贝和拍照。非常事件,非常对待,我们不得不采取一些极端的方式,防止我方数据被恶意泄露。"

"理解。"李零再次点点头,又朝一脸难为情的蒋姜伟笑笑,以示宽慰。

经过一番熟悉后,为了不给李零太大的压力,蒋姜伟留下苏航和阿Key,自己先离开了。李零松了一口气,他终于能坐下来,正式开始工作。但接下来,他也终于明白何为"非常事件,非常对待"——这位代表了深海金融的Leon,几乎寸步不离地跟着李零,就算是起身倒水或如厕,他都堂而皇之地跟在后面。倒是苏航和阿Key,都有些替李零打抱不平,毕竟在任何人看来,Leon这种类似看管因犯的方式,对一个来帮忙解决问题的人,都是十分无礼的行为。

但李零真的不以为意。毕竟,他确实别有用心,而且如果他真想把眼前这些数据带出去,有人能阻止得了他吗?

## 异常点

李零进入飞云集团的第三天早上,杨壹壹和陈晓新都早早到了数据社,虽然他们根本无事可做。室内闷热难当,陈晓新边吃早餐边灌冰可乐,杨壹壹敞开所有的窗户,可就是没有一丝凉风吹进来。她看看窗外叹了口气,外面街道上行人稀少,烈日正灼,显然今天整日都不会凉快了。

"飞云集团的股票昨天跌停了你知道吗,水妹?"陈晓新坐在沙发上,边往嘴里塞小笼包,边朝正在浇花的杨壹壹问道。两人显然都很不适应数据社内没有老大领头的日子,但因为实在一丁点儿情况都不了解,也只能待着干着急。

"哦,"杨壹壹表情木然地放下水壶,在他对面的沙发上坐下来,"听说是飞云币项目出问题的事情走漏了风声导致的。"

"股市也太不靠谱了,一点儿风吹就草木皆兵的。"陈晓新不以为然地摇摇头。

"也不知道师兄怎么样了,现在应该压力更大了吧。"杨壹壹又叹了口气,按下茶几上的自动烧水壶,准备泡茶。

陈晓新点点头表示赞同,不无担心地咂嘴道:"也没个消息,真是的。你说他从此就加入飞云集团,然后把我们俩……"

"说我坏话呢?"李零推门进来。沙发上的二人立刻双眼放光。

李零走过来,见茶几上还有一袋小笼包,便问道:"没人吃吗?"

"没人吃,你吃吧。"杨壹壹马上一改颓态,"怎么样,这几天?"

李零坐下后,也没急着回答,像是好几天没吃饭似的,抓起袋子转眼就将里面的小笼包吃了个精光。杨壹壹这才发现,也就两三天工夫,李零整个人都瘦了一大圈,脸色苍白,眼圈发黑内陷,看起来极其憔悴。

"我说老板,这飞云那么大一公司,也太抠了吧,都不提供伙食吗?"陈晓新见李零狼吞虎咽,赶紧把自己这边剩下的也都给了他。

李零摆摆手,接过杨壹壹递过来的热茶喝了两口后,脸上终于恢复了一丝血色。

"晓新,你帮我查一下。"李零放下水杯,递给陈晓新一个U盘,随后身体往沙发上一仰,整个人似乎被抽掉了筋骨一样瘫软。

"这是什么?"陈晓新接过U盘,立即从茶几边地上的书包里掏出自己的笔记本电脑。

"这两日,我通过回溯所有数据原点,发现飞云技术团队之前排查的方向是错误的,其实并非算法不对或程序在运行中出现异常,而是确实有账户在结算时,在原本应得的基础上,多了一部分金额。"李零侧转身体,换了个更加舒服的姿势。

"结算?"杨壹壹皱起眉头问道。

"是的,用户在兑换飞云币时,会根据实时汇率结算,另外还会产生利率、手续费等额外结算。不过想要在海量交易数据中找到所有的异常结算,就必须重新计算所有结算过飞云币的账户,这在短时间内几乎是不可能的。我花了两天时间,边想办法写算法找捷径,边用笨办法手工筛除,目前只找到了这几组异常数据账户样本。晓新,你帮我从中找找线索。"李零有些上气不接下气。

"咋累成这样?飞云自己的人呢?不会事情交给你,他们就当甩手掌柜了吧?"杨壹壹见李零虚弱成这个样子,莫名有些生气。

李零吃力地朝杨壹壹笑笑:"写算法这种事情没办法接力,只能自己一条路走到黑,我熬了两个通宵,终于有点儿眉目了。异常数据他们也在筛选,这几组他们那边也在查,但我担心他们当局者迷,"他转头半眯着眼看着陈晓新,"所以我们这边也……"

"知道了知道了,你赶紧休息一下。"陈晓新挥挥手,抱起电脑朝自己的电脑桌走去。

李零这才放心地闭上眼睛,将脚抬起让整个身体蜷到沙发上。杨壹壹拿来午睡毯时,他似乎已经安眠入梦,呼吸变得轻松而均匀。

有很多人,只要心里装着事,潜意识里就会一直绷着一根弦,就算是严重缺乏睡眠时,也没法睡得很死。李零就是这种人。

这才下午两点,他已经再次出现在飞云集团三十七楼飞云币项目的会议室内，等着飞云集团相关人员到场。

深海金融的 Leon 从玻璃门后一闪而过，他似乎只有在李零不在时，才能松懈下来，这两天昼夜不休地盯着李零，着实是辛苦他了。会议前，李零也通知了他参加，但是得到的回复是，他不负责解决此次的问题，只负责保证深海金融的数据安全。李零抿抿嘴，不易觉察地轻轻摇头。

蒋姜伟和项目组的核心成员悉数到场，手上分别握着一份李零这两日工作的总结报告。

待众人看得差不多了后，李零打开连接着电脑的投影设备："大家手上文件的前三页，就是目前筛查到的异常数据。"

随着李零的话，会议室内响起一阵纸张翻页的声音。

"金额这么小？"苏航率先提出了自己的疑问。

"单个账户来看，确实很小，所以一开始才没有被发现，"李零轻扭僵硬的脖子，继续说道，"但它们是有规律的。"

"什么规律？"

李零按下自己的电脑，投影仪上出现了一个正在运行的算法程序："这是我刚写的算法，目前正在那边跑着。"他朝那个自己被360度监控的房间的方向努努嘴，"估计全部结果出来要到明天这个时间。"

"近一年的数据，什么算法明天就能跑完？"测试主管阿 Key 提出疑问，"原理是？"

"通过寻找与这组样本相同交易时间段的方法。找到的类似数据，再进一步进行异常筛查……"

"高峰时段同时交易的用户高达千万，这怎么能作为筛查的条件？"阿 Key 顾不上礼貌打断了李零。

"这是主要条件，还有很多相似因素叠加进行筛选，虽然肯定会有遗漏和错误，但……"李零耸起肩膀，无奈地朝众人摊摊手。

"可……"

"先这样吧！"蒋姜伟举起手制止了还欲提出质疑的阿Key，"等明天结果出来再说。"他知道自己应该鼓励大家多献计献策，但是他也清楚时间紧迫，一味地提出质疑而不提方法，对解决问题没有任何帮助。李零在专业上的能力，肯定高出这个房间里他的所有下属，甚至他自己，所以目前除了期待李零的方法奏效，确实没有别的办法，毕竟在之前，大家能想到、能试的方向，全都试过了。

"倒也不用干等着。"李零切换投影显示画面，上面显示出一组数据的分析报告，"这是刚刚得到的结果，所以没来得及打印出来，大家看，这些发生异常的账户。"

翻了几页后，他将画面停在一页上，等待大家看清楚。

"全部转空了！"坐得很远的一个灰夹克男发出惊叹，李零想不起他叫什么名字。

"没错，这些异常账户将结算后的钱，全部都转移了。"

"那就证明，不是我们飞云币目前正在运行的程序出错了，而是有人恶意操作？"李零没听清是从哪个角落传出的声音，分贝比刚刚的夹克男又要高出不少。

"是的，这也算是个好消息。"李零没有卖关子，直接给出了陈晓新刚刚顺藤摸瓜查到的信息。

众人一惊一喜，等到明白过来后，会议室一阵哗然。没有人质疑李零的这个结果，所有人都微张着嘴，一副想要发表意见但又没想好要说什么的为难样，李零等了会儿，见没有人宣布散会，他只好自己站起来走了出去。

## 基因信息

这天晚上,李零收工回家路过会议室时,看到蒋姜伟和另外几个人还在里面激烈地讨论着什么。另外那几个人李零都没见过,但他一眼就能看出来他们和蒋姜伟之间身份的区别,这些人眼里完全没有一线战斗人员的困苦,神情和肢体语言都表明,他们正在向面前这位飞云币项目的负责人施压。而眉头深锁的蒋姜伟,抬头瞥见李零的那一瞬,眼神里饱含了令这位"救星"倍感沉重的期望和乞求。他想起自己第一次见到蒋姜伟时的情景,这个男人身上完全没有任何行业大佬的气势和架子,他同自己在美国的那些实干派同事很相似,除了闷头搞技术,外界给予的头衔和光环再盛,似乎都无法和修复一个 bug 程序后的欣喜相提并论。只不过,蒋姜伟本人,比李零原本印象中的样子要苍老许多,仿佛不久前才在新闻里看到的照片,是十多年前的他。

翌日,李零在家好好睡了个觉,临近中午才出门。等他吃完午饭赶到飞云集团时,自己昨天运行的查找异常的算法,已经出了结果,苏航和阿 Key 也正带领着飞云集团的技术人员,在对这批数据结果进行对比和检测。李零有些担心结果,他决定趁这个时间,去大厦的天台上透透气。

天气还是异常闷热,这在深海市的五月并不多见,李零出电梯后,又自己爬了一层楼,才算是到了室外。天台和整栋大厦恢宏气派的外表形成鲜明对比,这上面除了必需的基础设施外,几乎是裸露着的,连个坐的地方都没有。李零转了半圈,有些失望,正打算离开时,在最外围的围墙下,撞见了独自一人抽闷烟的蒋姜伟。

李零完全理解眼前这个沉稳低调的男人,飞云币项目成败与否的压力,现在几乎全部压在他身上。而李零,则是他在这最后关头剩下的唯一希望。

从今天算起,一周后,就是面向全国发行飞云币的日子,李零知道,如果自己不能帮助飞云集团顺利解决当前危机,深海金融是绝对不会允许飞云币继续在市场上发售的。

他抬手看看手表,已经下午三点了。远处的云层愈发低矮乌黑,突然令他感到一阵心悸。以前在等待自己的算法结果时,他从未像现在这样焦虑过。他叹了口气,调整好心情,朝蒋姜伟走过去。

"天台好简陋啊,本想上来坐坐的。"李零故作轻松地说道。

蒋姜伟闻言转身,看到李零后,赶紧在脸上挤出一个微笑:"你怎么上来了?抽烟吗?大厦每层的露台都是可以抽烟的。"

飞云大厦每层都有前后露台,是公司专门为员工提供的休闲区,因为空气流通环境优美,设施又很便利人性化,很多人甚至干脆坐在那里办公,并不是个适合散心的地方。

"你不也上来了吗?"李零走到蒋姜伟身边,与他并肩而立。

"楼下怎么样?"蒋姜伟以为李零是有消息带给他。

"他们还在检测。"李零尽量说得坦然,但其实心里的忧虑又莫名加重。

"唉,"蒋姜伟长叹一口气,"不瞒你说,一开始我真的以为就是普通的算法 bug,很容易修复的,但谁知道累积到现在,莫名其妙就少了这么多钱。"

李零摇摇头,不知如何回答。

"也不知是什么人做的,竟然把我们项目组所有人都干翻在地。"蒋姜伟将烟头丢在地上,用自己脚上的棕色皮鞋,狠狠地碾了碾,"真是见鬼!"

"说不定还真是鬼。"李零为了缓解气氛,开了个蹩脚的玩笑,"别担心了,尽人事看天命吧。"

李零也着实不太擅长安慰人,他这后半句话,与其说是在安慰蒋姜伟,倒不如说是在安慰自己。

"哪能不担心啊,唉……"蒋姜伟推推鼻梁上滑下来的眼镜,抬头望望天空,黑云压顶,一幅暴雨将至的景象,"走,下去吧,快要下雨了。"

李零点点头,两人刚走了没两步,一个高挑瘦弱的身影急急忙忙从拐角处跑过来。

"老蒋!"是阿Key,他上气不接下气,一看到蒋姜伟,就皱起眉扶住膝盖埋怨道,"你怎么不带手机啊!?"

"我上来抽根烟,忘了拿。"蒋姜伟摸摸自己的西裤口袋,"怎么了?"

阿Key看看一旁的李零,脸上有些掩饰不住的不快:"初步结果出来了。"

心中早有不好预感的李零,注意到阿Key看自己的眼神后,立刻猜到了结果。

蒋姜伟也感觉到了,他因为自己下属身上的怨气,满怀歉意地看了一眼李零后,仍抱着侥幸心理微低下头:"快说说。"

"这一批账户的交易数据,经过重新计算……没有发现任何异常。"阿Key虽然也眼见了李零这几日的废寝忘食,但对李零寄予的厚望,让他实在有些难以维持风度。

亲耳听到结果后,蒋姜伟脸上有些为难,即使在职场上身经百战的他,一瞬也不知道该如何应对这个结果。

而李零受到的心理冲击绝不会小于蒋姜伟。他愣在原地,看起来像是在消化这条消息,可实际在心底,他很清楚自己此次失误的原因。

这时,远处传来一阵低沉的闷雷,随声而来的,是仿佛从云海深处涌出的无边无底的黑暗,霎时间淹没了五月里的白昼之光。

"先下去吧。"蒋姜伟回过神来,拍拍李零的肩膀。

豆大的雨点狂放地降落,李零浅色西装的肩膀上,立刻被浸湿了一片。三人赶紧跑进楼道的平台躲雨。

因为自己心有杂念,导致算法写得粗糙,所以远在结果还没出来前,李零心里就已经产生了从未有过的不自信。眼下即使蒋姜伟绝不会责怪他,他一时恐怕也难以原谅自己。

"你们先下去,我接个电话。"李零从西装内袋里掏出电话,用屏幕上的来电显示,朝另外两人示意道。

阿 Key 没好气地冲在前面下了楼,蒋姜伟本想安慰一下李零,但最终还是默默地走了。

"喂!"电话那头是陈晓新急切的声音,"你给我的数据样本,我有发现了。"

一道闪电划过天空和李零脑海。

"这几个账户的户主,交易时有一个共同点,"电话那头的陈晓新自觉继续说道,"它们都是通过基因数据完成交易的。"

李零皱起眉头,陷入沉思。

"喂!还在吗?"陈晓新看不到李零的表情,还以为断线了。

"晓新,"在雷声的间隙中,李零突然想起什么,"你把你手上这几个账户的户主信息,去和公安机关的当前信息,做个比对。"

"收到!"

天台上,暴雨如瀑,雨丝在天空中构成闪闪银线,犹如一条条爆开的裂缝。李零挂断电话,迅速下楼乘电梯,直达三十七层。

三十七层的会议室里,已经乱成了一锅粥,里面的人看上去似乎都已经神经不正常，有人整个上身都瘫在桌子上，有人嘴里骂骂咧咧，有人不停地翻看手上的白纸……李零经过时，有几个人看到了他，眼中几乎要喷出火来。这个前几天还被他们奉为座上宾的大救星，此刻却好像突然变成了此次事故的罪魁祸首。

李零没有理会这些目光，径直走向自己工作台所在的房间，用临时通行证刷开了大门。

里面除了 Leon 已经没有了别人，李零走过去时，他出人意料地投来了同情的目光，也没有像往常一样为难李零。

李零感激地冲他笑笑，脱下外套后重新坐回自己的座位上。他调整了一下显示器的位置，又用纸巾扫扫桌面的浮尘后，手指开始在键盘上上下翻飞。

## 语音摘录

三十分钟后，李零终于停了下来，他站起身，双手离开键盘时，手指仍在不受控制地抖动。随即一阵眩晕让他差点儿重心不稳。

Leon 一把扶住了他，他这才重新意识到这位奉命监视自己的人的存在。

"有糖吗？"李零微微闭起双眼问道。

"啊？"Leon 完全不懂李零是何用意。

"我有点儿低血糖，"李零看了眼不远处的咖啡区，看起来似乎已经精疲力竭到没法走过去，"能帮我……"

Leon 马上明白过来，立即跑去给他倒腾过来一杯咖啡，里面足足放了三包糖。

李零没顾上道谢，"咕咚咕咚"灌下去，又在座位上缓了几分钟后,终于恢复些许元气。

"我要先走了。"李零放下咖啡杯,边穿外套边往外走。

"这……这就走了?"眼瞅着李零忙活了一圈,Leon 还以为他得出了什么了不起的结论,谁知道自己还没反应过来,人就已经不见了。

室外雨刚停,大街上所有东西都被冲洗一净。李零用最快速度赶回数据社时,杨壹壹和陈晓新已经在恭候他了。

"老板,太绝了,你怎么想到的?"李零一进屋,陈晓新就站起身来。

李零径直走到陈晓新的电脑桌前:"怎么样,我刚给你发的那些异常数据?"

"和你料想的一样,"陈晓新点点头,"不过你是怎么把这些数据带出来的?"

"先不说这个,"李零想到刚刚好心给自己倒咖啡的 Leon,心里有些过意不去,"说说看。"

"之前所有人的重点都在异常的交易信息数据上。"陈晓新在椅子上坐下,移动鼠标。

李零拉了张椅子坐过来,等他继续说下去。

"但是这些数据里没有包含户主的生存情况,我按你说的和公安系统的更新进行比对,发现……"陈晓新说到这里,眼神突然变得阴森森的,"这些户主……"

"都已经死了。"李零帮他说出了结论。他自己也没想到在天台上和蒋姜伟随口开的玩笑,竟然是事实。

"好家伙,我就说为什么同时这么多人的账户被操控,却没人发现举报,原来是……"杨壹壹也站过来,"你们说之前为什么就没人想到这一点啊？"

"因为表面上这些户主之间看起来确实毫无关联，很容易让人觉得犯罪分子是随机选取的户头。"陈晓新解释道。

"嗯，"李零点点头，"已经死亡，但还没来得及注销的账户，罪犯正是利用了这些账户来进行交易的。如果我刚发给你的这些数据也是同样的情况，那就基本上可以确定了。"

"这招真是高明，神不知鬼不觉的。"杨壹壹咂嘴道。

李零转向杨壹壹问道："壹壹，你这边情况如何？"

"哦，是这样的，"杨壹壹回到自己桌前，翻开小蓝，"你刚刚发回的交易信息里，户主基本都是通过基因信息完成交易的，我针对这一特征，对几位幽灵户主做了抽样调查。"杨壹壹举着本子边翻页边继续说道，"他们生前，或是自己，或是通过家人，都在网络上上传了大量的视频、音频信息。不出意料的话，这些幽灵账户的交易，应该是摘录了这些语音信息，合成语音指令来完成交易的。"

"没想到是个'猎魂手'。"陈晓新已经养成习惯，每次都要给犯罪分子取个别称。

一旁的李零没有响应，他正在低头闭目沉思。

陈晓新和杨壹壹见状都小心翼翼，生怕动作大惊扰到他。

"这样，"终于，李零抬起头来，另外二人赶紧绷直身体，一副待命状，"壹壹，你打电话给蒋姜伟，让他交代相关人士，赶紧去把户主信息和公安系统连接；晓新，你打给阿 Key，告诉他算法没错，是筛查条件出错，如果将公安系统里比对出来的户主信息，再放进算法里筛查，应该就能准确找出所有异常交易的数据了。"

"收到！"得令的二人同时拿起电话开始拨号。

五分钟后，二人又几乎同时放下电话，等待着老板的进一步指示。

李零见他们看着自己，头往后一缩，又摸摸自己的肚子，一改刚刚严肃的语气，慵懒地朝杨壹壹说道："壹壹，陪我去吃个面吧，我都快饿坏了。"

"老贾？"杨壹壹眨眼问询。

李零点头后，她心领意会，赶紧站起身收拾。

"那我呢？"陈晓新见二人要走，急忙问道。

"你……"李零回头犹豫着，"呃……要不你查一下这些账户里的资金被转移到哪儿了吧？"

"老板你这就偏心了，为什么不带我去。"陈晓新佯装不爽地朝二人翻白眼。但没人理他。

杨壹壹现在已经比李零还要熟门熟路，跟着来了几次后，她已经喜欢上了"山西贾家屯祖传手擀面"的味道。虽然平时她也不会特地过来，但只要来，就一定会吃上一大碗。

将车停好后，杨壹壹走在前面，一进巷子口，就闻到了香味，情不自禁地咽了两口口水后，肚子也开始叫唤了。

"哟，老贾，招牌终于舍得换新的了？"还没走近，杨壹壹就发现了手推车上焕然一新的招牌。

站在手推车后正在忙活的老贾，抬头看到杨壹壹，嘟着嘴嚷道："别提了，之前的用了好几年，哪知道前两天突然被一阵妖风给刮跑了，这换一个花了我一百多。"

"你被人骗了吧？"杨壹壹假装打量新招牌，"这种材质，顶多五十！"

"真的假的？敢骗我，回头给他店砸了。"老贾一听就急了，放下手上的面团，从推车后面走出来。

"看不出来啊,圆咕隆咚的似乎是个老好人,竟然这么暴力,"杨壹壹又上下打量起老贾,"我说你是不是又胖了?"

"衣服显的!"老贾有些气呼呼。

"你换过衣服吗?"杨壹壹瞅瞅老贾身上的蓝色粗布围衣和碎花袖套,又举起手对着他的圆脸比画道,"脸都大了一圈啦!"

"你还别瞧不起人,我以前和他是同一款的,"老贾用下巴指指站在一旁,仪表堂堂的李零,神秘兮兮地凑到杨壹壹身边,低声道,"干你们这一行啊,也就是年轻时风光,等到了我这个年纪,身体每况愈下,谁都免不了退休转行。"

杨壹壹瞅瞅老贾的大肚腩,假装无辜地眨巴着眼睛:"你是想说,岁月是把杀猪刀吧?"

"行了行了,我看你肯定也不饿,今天就别吃面了。"老贾一转身,回到手推车后面继续揉面。

"老贾,别跟她一般见识,"李零看两人你来我往的打趣,笑着在小矮凳上坐下,"小杯沙棘汁,大碗手擀面,免辣。"

"我也要,我要辣!"杨壹壹赶紧露出谄笑,"还要多多的香菜!"

老贾看来是真生气了,没搭理她,她也识趣,在李零边上坐下后,耐心地等待上餐。

十分钟后,两碗热腾腾的面条就摆在了两人面前,还有一大碗刚切好的新鲜香菜。

李零接过老贾随后倒过来的沙棘汁,一口见底,随即将杯子递回去:"老贾,本来我想自己做这个软件的,但实在时间紧迫,只好……"

"诶!"老贾举起手制止他说下去,又抬头左右瞄了两眼空无一人的小巷,回过头来严肃地望着李零,"我只是个卖手擀面的,什么软不软件,我不懂。"

李零这才知道自己失言,赶紧低头吃面。杨壹壹见状也只管闷头吸溜。

转眼间两碗面就被吃得一干二净,李零结完账,二人走出巷子时,天已经快黑了。

"老贾今天怎么这么凶……"一上车,杨壹壹就开始嘀咕,当然,她并不是在埋怨刚刚老贾对自己的态度。

"是我不对,做他们这一行,最重要的就是把自己藏好。"李零扣上安全带。

"回数据社吗?"杨壹壹马上就想通了,等李零交代行程。

"嗯,回去买个东西。"

"好嘞!出发。"杨壹壹发动汽车。

李零望着车窗外亮起的万千灯火,不再说话。"藏好自己",他想着自己这段时间,同样在践行的这四个字,心中不禁涌起一阵歉疚。而这份歉疚之情,正是针对此刻离他最近,又最信任他的这个人所产生的。


## 指定账户

幽灵账户,指在户主死亡后,仍产生飞云币交易数据的账户。

一方面,飞云币在交易时,需通过声纹、指纹、人脸识别等基因数据完成,如果户主死亡,是不可能再产生交易数据的;而另一方面,若户主死亡后,账户未及时注销,一旦产生交易数据,正常情况下,飞云币交易后台不会察觉到异常。

由于金融系统和公安系统之间的数据共享需要时间,导致人死亡后，无法实现金融账户的实时注销。这也间接造成了此次飞云币项目发现资金漏洞后，没有人在第一时间想到导致漏洞的账户，户主都已死亡这一共同特征。

根据数据社三人的合力调查，这位陈晓新取名为"猎魂手"的背后元凶，应该是依靠声纹识别来完成交易的。而在飞云币交易系统中，声纹交易时每次产生的语音指令都不相同，李零据此判断，"猎魂手"应该是依靠声纹识别算法的特殊软件，集合户主生前在网络上的视频和语音信息，提取独一特性后建立声音模型，最后再合成语音交易指令的。

壹零二人从老贾的面馆回来后，陈晓新已经走了，李零一坐下，就打开电脑轻车熟路地开始"钓鱼"。黑市上卖声纹提取软件的不少，但靠谱且评价不错的卖家，只有一两个而已，老贾将最有可能的那一个的联系方式给了李零。他与对方接上头之后，假装对软件不了解但很感兴趣，旁敲侧击想要套出之前那些买主的信息，可对方也是个老手，没几个回合，就看出来李零并非诚心想买，撂下一句"要买再联系"，便不再回复。

"怎么样，上钩了吗？"杨壹壹边煮咖啡边朝李零问道。

李零皱皱眉头："这回这个太精了，怎么套都不肯透露任何信息。"

"让老贾换个人吧？"经过几次的交易，杨壹壹已经见识了老贾作为一名数据掮客的无所不能。

"人没错，只是看来我也非得买一套软件来贿赂他了。"李零无奈地摇摇头。

"多少钱？"管家婆身上关于钱的触角十分敏感。

李零没抬头，举起左手，伸出四个手指。

"这么贵！"杨壹壹张大嘴巴，夸张地将头前倾，"那可得找飞云集团报销了。"

"必须的。只是不能写明，结算的时候说得委婉些。"

"我知道。"杨壹壹歪歪头，将壶从架子上取下来，往杯子里倒咖啡，"那也只能买了，就当是信息费吧。"

其实李零大可不必交代得如此清楚，人情世故杨壹壹这段时间也学了不少，她现在越来越觉得，和现在相比，以前在百顺的日子，简直单纯得跟在象牙塔里没两样。

又过去了半小时，杨壹壹正靠在沙发上打盹，李零走过来拍醒她，一脸无奈地说道："看来白买了。确实有人在他那里买过软件，时间也对得上，但对方没有留下任何可追查的信息。"

"我去，竟然被人摆了一道。"杨壹壹揉揉眼，从沙发上站起来。

"走吧，回家吧。"

"可时间不多了，只剩下……"杨壹壹欲言又止。

"先好好睡一觉，明天再想办法吧。"李零拍拍杨壹壹的肩膀。

杨壹壹这几天没做什么事，没耗费精力，但她知道李零肯定是累着了，便不再坚持，收拾东西下班了。

离向全国发行飞云币的日期，转眼只剩下三天，飞云集团和壹零数据社，都对眼前的局面一筹莫展。虽然之前根据李零的方法，飞云集团和深海金融联合公安系统，找出了大部分发生异常交易的账户，但技术部门和陈晓新这边，都追踪不到异常结算的资金。原因是这些账户上的钱，全都通过各种渠道汇入了境外账户。为免打草惊蛇，在李零的建议下，蒋姜伟已经同意，在最后的这三日，在他们没想到办法抓捕"猎魂手"前，暂不对这些账户做冻结处理，当然也暂时不能报警。

这样一来，李零身上的担子更重了，因为如果三日内抓不到人，就意味着资金缺口随时都有进一步扩大的可能。

这天午饭过后,数据社内寂静异常:陈晓新心血来潮跑出去剃头;李零说是在飞云集团里被监视着脑子转不动,窝在自己的电脑桌前想办法;杨壹壹则实在是无所事事,趴在沙发上拿手机刷新闻解闷。

所有需要动手的活儿杨壹壹都干完了,可需要动脑子的事,她又无从下手帮忙。她一度怀疑自己的智商下降了——自从离开百顺创办了壹零数据社,一方面脑力劳动量大幅减少,一方面什么事都能依赖李零,根本不用她操心。她开始担心起来,再这么下去,恐怕自己的脑子就要生锈了。

该找点儿什么事做呢?杨壹壹正发愁的时候,突然手机收到一条短信,她心头一喜,以为是有新客户找上门来,没想到又是那个令她不怎么待见的人发来的。

"我在楼下便利店。"

杨壹壹原本不想理他,但又害怕他找上楼来,如果他当着师兄的面大嘴巴,说是他介绍自己和蒋姜伟认识的,到时候说不定师兄会因此误会她。想到这里,她只好愤懑地跑下楼去。

刚一拨开便利店的胶帘门,杨壹壹就看到段维两腿交叉着靠在冷饮柜上,望着她斜肩谄笑。走近些,就看到他的脸刮得油光水滑,头上那一堆自然卷的头发,似乎还染了颜色,杨壹壹看到他,心里就莫名来气。

"喝点儿啥?"段维摊开手,环视一眼狭小的便利店,用夸张的语气对杨壹壹说道,"这家店,朕为你承包了。"

杨壹壹平时下来买东西,就很少遇见顾客,这会儿店里除了在收银台后专心清点账目的老大爷,就只有他俩了。

"哟,不如帮我清空购物车呗?"杨壹壹满脸嘲讽地举起自己的手机。

"这种事,还是留给你师兄吧。"段维耸耸肩,打开冷饮柜,拿出一瓶汽水递给杨壹壹,话头一转,"我听说不太顺利,什么情况?"

"你听谁说的?"杨壹壹翻了个白眼,走到收银台边,用挂在上面的开瓶器,动作麻利地打开瓶盖。

"天下能有我不知道的事儿?"段维走过来得意扬扬地结账,姿态就好像自己在刷卡买楼。

"这么能耐啊,那你肯定能抓到那个神通广大、任意修改兑换交易数据的人呗?"

"什么?!"段维目瞪口呆。

杨壹壹怼人时向来心急口快,脑子里过弯就比平时要少,这下话说出口,她都没意识到自己说了不该说的话,直到看到段维的反应,她才发现自己说漏了嘴。

"哎呀惨了,我忘记你不该知道细节的。"杨壹壹有些懊恼,但说都说了,也收不回来,她只好端出一副恶狠狠的样子,朝段维凶道,"我可告诉你,你要是敢到处去说,绝不轻饶。"

"得了吧,大概情况我脚指头都能猜到,要不是身份冲突,我早就自己上手解决了。"段维将吸管插到瓶子里,一脸不屑。

"哪有那么容易?"杨壹壹想到李零发愁的样子,立刻陷入了低落的情绪。

段维瞅着她的模样,看出些端倪:"咋啦?"

"唉……"杨壹壹盯着面前一排摆着零食的货架,叹起气来。

"你刚刚说……修改兑换交易数据?"段维收起吊儿郎当的样子,语气严肃地问道。

杨壹壹抿着嘴,表示自己无可奉告。但大家都是聪明人,她刚刚那句话，已经等于交代了大部分情况。

"我一开始还以为就是些程序bug，顶多是算法出错，没想到竟然……那是单一账户，还是多账户？"

"全是幽灵账户。"杨壹壹也搞不清楚自己为什么会觉得，再多告诉他这一点儿也无妨。

段维低下头，用手摸着他棱角分明的下巴笑了起来："这——就有点儿厉害了，还真想知道是什么人干的，佩服啊！"

杨壹壹一瞪眼，手就情不自禁地朝段维的肩膀捶了下去。

"哎呀妈呀！干啥呢？姑娘家家咋这么大力？"段维躲闪不及，重重地挨了一掌。

"你说说你，长着一张如此俊美的混血脸，装装高雅不好吗？为啥总是阴阳怪气，一股大碴子味？"平时捶惯了陈晓新的杨壹壹，意识到自己的失态，只好转移话题掩饰。

段维却突然沉默了，他边揉肩膀，边猛吸汽水，似乎在认真思考什么问题。杨壹壹耐着性子等了会儿，正想着要不要撂下他开溜，他就又开口了。

"我在想啊，这肯定是内部人员干的吧，不然你说说，"段维嘬下瓶里最后一口，"篡改交易数据就已经不可思议了，还能实现指定账户，这也太能耐了吧？"

杨壹壹原本还翻着白眼，可仔细一想段维话里的意思，立刻也琢磨出了道理。

"喊，自作聪明。"杨壹壹撇嘴斜眼看着段维，虽然嘴上不愿承认，但她心里知道，眼前这人看似吊儿郎当，但其实在才干上，是绝对可以和李零分庭抗礼的，所以但凡经过他深思熟虑后说出口的话，那一定也是有些参考价值的。

"什么叫自作聪明，我本来就智商爆表好吗？都跟你说了，这事要是我啊,早就解决了,就李零这种绣花枕头,到现在还……嗳嗳嗳!你咋走了?"

"拜拜!"杨壹壹将空汽水瓶放进门口的塑料筐里,出门前又不放心地交代了一句,"你赶紧回去啊,别搁这儿晃悠了。"

说完她转身就走,留段维待在原地,和收银大爷尴尬地对笑。

## 特殊名单

"老板呢?"陈晓新搓着自己新剪的头发,进门见李零不在,朝杨壹壹问道。

"去飞云了。"杨壹壹窝在沙发上,懒懒地回应道。

"有线索了?"

杨壹壹没吱声,算是回答。

陈晓新走过来在她边上坐下,拉开一罐冰可乐仰头灌下一大口,满足地打了个嗝儿:"对了,刚刚在巷子口,你猜我碰见谁了?"

"嗯?"杨壹壹轻轻哼了一声。

"我碰见段维了。"

杨壹壹猛地坐起来,扳着陈晓新的肩膀问道:"他跟你说什么了?"

"没、没说什么啊。"陈晓新护着自己手上差点儿歪倒的可乐,一脸莫名,"他眼睛长在天上你又不是不知道,他没看见我。你说他来这里干吗?"

见杨壹壹心虚的样子,他立刻明白过来了:"来找你的?"

"你说万一被师兄知道我们背着他,经段维介绍蒋姜伟,然后才将蒋姜伟介绍给他,会不会……唉……"杨壹壹愁容满面,"而且这段维吧,还老是冷不丁就从什么地方冒出来,我这时刻扛个锤子,打地鼠似的盯着他,也不是个事儿啊。"

"他又跟你说什么了?"陈晓新满不在乎地撇撇嘴。

"就是他没说什么也没做什么不好的事情我才难做啊,他要是一门心思使坏,我倒是可以一锤打死,但是你不知道,他刚刚约我在楼下……"杨壹壹在沙发上挪挪身体,向陈晓新诉说便利店的经过。

"所以你就骗老板,说是你自己想到的?"陈晓新听明白后一惊。

"那我能怎么办?我总不能发现这么重要的线索不说啊,也不能直接告诉他是段维给我的启发呀。"

陈晓新做出一副通情达理又事不关己的表情:"说的也是,不过我可得提醒你,这已经不是你第一次骗老板了,他和段维是死对头,你背着他和段维走得近,我怕你到时候说不清楚。"

"我就是在愁这个。"杨壹壹苦着一张脸。

"你也不用太担心,"陈晓新放下可乐,安慰道,"反正你师兄瞒着你的事情,也不少。"

杨壹壹闻言用力地翻了一个白眼给他。

"你瞪我做什么,你自己想吧,他为什么要接飞云的案子,而且为什么这么积极?你也看到了,就算有君子协定,他从飞云带数据出来是有多轻而易举。他到底在做什么,有跟你我交代过吗?我才不信他只是为了赚这笔钱。"陈晓新仰躺到沙发上,脸对着天花板,机关枪似的说道。

"想什么呢?大家一起做事,可不能有二心,知道吗?"

"哼,"陈晓新将双臂抱在胸前,"你以为我在乎这些?还不是怕你这个傻大姐受伤害。"

杨壹壹一愣,接着就想一掌劈在陈晓新的肩膀上,好在这次他早有预料,灵活地躲开了。

"不说这个了。你说这次,根据指定账户这条线索,筛查内部人员,能不能找到那个'猎魂手'?"杨壹壹自知理亏,心烦意乱。

这次轮到她被翻白眼了,透过厚厚的近视镜片,陈晓新翻白眼的样子异常滑稽,生生把她逗得大笑。

飞云集团这头,蒋姜伟在自己的办公室内听完李零的想法后,立刻召集了集团的首席人力资源官和负责飞云币项目人力资源管理的相关工作人员。

半小时后,蒋姜伟、李零和另外四位相关人士,就在一间类似会客室的房间内集合了。这间不到五十平的房间内,正中一张圆形的茶几边上,围放着三张棕色的双人沙发和几把舒适的单人椅,窗帘地毯这些软装的选择也是柔和温馨,似乎想要尽量给来宾以轻松之感,但入口处的门禁和墙壁上的隔音设施,却让来人在未落座前,就能感受到这场会议的严肃性。

"蒋总,"一位目测不到四十岁的短发女士率先发言,"人都到齐了。"

"哦,那我们开始吧,"蒋姜伟说完先愣了一会儿,从他皱眉产生的纹路,能看出他在努力整理思路,待到眉头稍稍展开,他才继续开口,"这位是李零先生,是我们飞云币项目的顾问,他的身份不便对外,你们不要声张。"介绍完李零,他又转向介绍刚刚发言的那位短发女士,"这位是我们飞云集团人力资源部的老大,周雅燕。"

两边都没有刻意寒暄,只是互相点头以示问好。

蒋姜伟继续说道:"紧急召开这次会议,是想要你们配合李零这边,将所有参与过飞云币项目的人员,包括在职、离职、合作过或者外包服务参与人员的信息，都找出来，越详细越好。"

"蒋总，飞云币项目相关的人事工作，是王芳在负责的。"周雅燕用手掌示意边上一位和她差不多年纪的女士。

"对，这个项目从开始到现在的人事调动，都是我这边在管理，"叫王芳的女士立刻接上上司的话头，"请问，是出了什么问题吗？"

说完，王芳和周雅燕，还有边上两位较为年轻的男女，都齐齐盯着蒋姜伟等待回答，但蒋姜伟抿着嘴，为难地看了一眼李零后，朝两位女士说道："你们先将名单整理好交给李零，然后根据他的排查，配合做进一步的调查工作。"

"可以知道排查方向吗？"

直接负责人王芳，听到上级安排的工作后，急于得到更具体的指示。这原本无可厚非，但蒋姜伟闻言再次欲言又止。

"好的，蒋总，我们会全力配合的。"周雅燕见状，立刻朝王芳不易察觉地摇摇头。果然是首席，察言观色的能力一流。

"那你们先去忙，等会儿我让李零下去找你们。"蒋姜伟点点头，示意会议结束。等大家站起来准备出去时，他朝周雅燕使了个眼色。

待另外三人离开后，周雅燕重新坐了下来。

"雅燕，这次调查你来主导，时间非常紧迫，你得亲自来盯！"蒋姜伟说完这句，抬手指向大门的方向，"另外，刚才这几个人，你务必要交代清楚，此次调查，切莫声张，知道的人越少越好。"

"好！"

蒋姜伟确定对方领会了自己的意思后，转向一旁始终未发一言的李零说道："飞云币项目里，有很多公司元老和老员工。为了集团的内部稳定，我不能为了还不确定的事情，对员工进行大张旗鼓的调查，所以这件事，还是只能……"

"理解。调查这类事务，我们数据社还算擅长，我会尽全力。"

李零言简意赅地表态。

"那行。"蒋姜伟感激地眨了两下眼，又转向周雅燕叮嘱道，"为了避免不必要的舆论猜想，你和李零在工作对接的时候，尽量低调。"

"知道了蒋总，放心。"周雅燕再次站起来，向蒋姜伟和李零告辞后，会议便真正结束了。

也许是从蒋姜伟的话里，意识到了事情的严重性和紧急程度，这位号称华人界 HR 一姐的周雅燕女士，办事效率相当高。在会议结束后的第七个小时，也就是将近午夜十二点，她便将所有涉事人员名单和他们的详细资料整理好，亲自交到了李零手上。

而李零也争分夺秒地赶回数据社，同守候在那里的杨壹壹和陈晓新会合，对这份滚烫灼手的特殊名单展开连夜分析。

城市的街道逐渐安静下来，数据社内却是灯火通明。

杨壹壹将李零带回来的资料放进打印程序，打印机"唰唰唰"地运转着，杨壹壹抱起手臂站在一旁发呆。

"要多久？"李零走过来。

"七八百张呢，还要十来分钟。"杨壹壹抬头看看墙上的时钟，已经快凌晨一点了，她像是突然发冷似的缩起脖子，"师兄，这可不是大海捞针啊，这简直是在针堆里找针。"

"是，今晚恐怕要通宵。"李零语气温柔，转过身来抱歉地看着杨壹壹。

"闲了好几天，也该活动活动了。"杨壹壹将双手举过头顶，抻了抻全身的筋骨后，开始整理装订已经打印出来的文件。

几分钟后，出去买消夜的陈晓新提着三份炒河粉回来了。三人围到茶几边，动作迅速地解决了属于自己的那份。

李零吃得最快，等杨壹壹将打包盒清理好后，他已经在白板上写满了此次排查的方向。

"这份名单总共三百四十一人，你们先从打印出来的基础信息数据里筛，主要是看飞云币相关的项目权限、接触项目的深度、目前的工作状况等等，筛选后的名单，再进一步根据周雅燕提供的详细信息进行深度摸底，调查他们的家庭状态、体检报告、财务状况和一切可能形成作案动机的细节，例如破产、被裁、劳累患病、工作纠纷这些……"李零边说边在白板上画下重点。

"好嘞，现在开始分牌。"杨壹壹将厚厚一摞A4纸搬到茶几上，动作麻利地将它们三等分后，朝陈晓新一歪头，"选一沓！"

陈晓新搓着手正犹豫，李零将其中一沓分成两份堆到另两沓上："暂时只能你们俩来了，我还是想回到源头，从已有的异常数据和系统中找找线索。"

"老板，那些数据你和飞云的人不是检查很多遍了吗？可能这个'猎魂手'就是没留下任何破绽呢？"陈晓新看着眼前变厚的文件，脸上的粗眉拧成了两颗大逗号。

"数据是不会让人失望的。"李零坚决地摇摇头，"破绽一定有，只是我们没找对方向。"

"行！"杨壹壹见状站起来，拍了一掌陈晓新敦实的肩膀，"别磨叽了，干活吧！"

三人都站起来，在电脑桌围成的三角形边各据一方，投入了一场敌方不明的战斗。

忙碌起来时间过得极快，杨壹壹和陈晓新时而各自上手，时而交头商议，等他们将全部名单都审查完毕时，天已经大亮，三人竟全然未觉。李零站起来扭扭脖子，暂时从毫无头绪的思绪中挣脱出来，聆听另外二人一晚上的劳动成果。

名单被简单直接地划分为三个等级：排除、有嫌疑、重点嫌疑。

"排除的要么没有作案能力,要么没发现作案动机;有嫌疑的,原因千奇百怪,但或多或少都有些牵强;最终选出的这七个重点嫌疑,我和陈晓新怀疑,'猎魂手'就在他们中间。"杨壹壹边汇报,边将七张名单钉到白板上。

"我们想对这七个人展开更进一步的调查,但坐在办公室里能查清楚的情况,已经穷尽了。"陈晓新虽然双眼通红,但看起来仍干劲十足,"老板,我和壹壹刚才商量着,要不要抓紧时间,上门拜访一趟?"

李零将白板上的名单,挨个看了一遍,又抬眼看看墙上的时钟,思索了一会儿后回答道:"我觉得可行,毕竟飞云提供的资料和网络上能查到的,并不能完整地展现一个人。"

"那我们现在出发吧?"杨壹壹说风就是雨,李零一同意,她立即开始整理东西。

"嗯,你们分一下工,壹壹你是女孩子,要多加小心,随时在群里共享位置和进度。"李零交代道。

"好嘞!"杨壹壹使劲点点头,转身催促还在电脑前磨蹭的陈晓新,"快点儿!"

陈晓新负责的第一个人,是一位名叫刘山英的三十二岁女士,飞云的机密人事档案显示她是因为家庭原因主动离职。但陈晓新上门拜访时,对方怨气很重,不仅连声诅咒飞云集团早日倒闭,而且还点名道姓地说首席人力资源官是个势利的婊子。

"我们从她的社交网站上,了解到她在离职前被各方施加过压力,很有可能是被迫离职。虽然以她的技术和权限不足以犯案,但是她在职时和同事们关系都很不错,说话又十分具有煽动性,不保证她不会指使别人。她口口声声说自己的离职是被算计的,可当我问具体情况时,她又不愿详细透露……而且一知道我是在帮飞云公司做事,立马就把我赶了出来。"陈晓新在群里面发牢骚。

"你是不是傻?撒谎都不会。我这个就很配合。"

杨壹壹接触的第一个人,是飞云币最早的一批基层开发人员,四十五岁,名叫孙明义,单亲爸爸,档案上说是家庭原因自己离职。调查发现,他有个15岁的儿子,是自闭症患者,生活不能自理,依靠保姆照顾。离职后,财务状况出现很大问题,一直到现在也没有新工作,守在家照顾孩子。

"我们原本以为他现状窘迫,会怨恨公司,没想到这个人老实巴交的,一点儿埋怨都没有,反而感谢公司辞退了自己,自己才有时间陪儿子。"

"接下来呢?"李零看着群里的动静,手上却没放慢速度——他这边,似乎有了些头绪。脑细胞已经高速运转了一整晚的他,知道自己的极限值也在逼近。

"接下来是个富二代,在飞云时任安全工程师,档案里写的是因为旷工太多,被开除了。离职后他还因为打了自己的直属上司,被拘留过。我和陈晓新原本以为他会继续实施报复,毕竟富二代嘛,有钱有闲的,但刚一接触,就发现这人完全是个草包,根本不可能有头脑主导这件事情。基本排除了。"

"你小心被人家富二代看上啊。"陈晓新打趣道。

杨壹壹发了个愤怒的表情。

李零已无暇顾及这头,悄无声息的数据社内,只有他"噼里啪啦"飞速敲键盘的声音。虽然杨壹壹和陈晓新已经见惯了他这副模样,但如果此时二人在场,应该还是会忍不住要围观这超群绝伦的奇技。

片晌过后,他的手突然停了下来,钉在椅子上的身体一动不动,布满血丝的眼睛里又重新燃起神采,因劳累而发白紧绷的脸,也逐渐松弛下来。

"演算完毕。"他喃喃自语,使劲搓了一把脸,好令自己打起精神。

他起身走到钉着名单的白板前,仔细审查起每个名字下的内容。"刘山英……"他用指头敲击着白板,蹙眉苦思,"孙明义……"猛然间,他仿佛突然开窍,从白板上扯下一张名单,回到电脑前,查询一番后,就冲出了门外。

下楼后,他疾步跑出小巷,来到主街,拦了一台出租车跳上去,十万火急地冲司机说道:"师傅,去机场,麻烦赶快。"

## 机场电脑

一般开出租的师傅,最喜欢的就是赶时间去机场的单,平时在市区内技痒难忍,终于可以趁机在高速上释放一回。李零也因此在期待的时间内,顺利地赶到了机场。

他自然不是来赶飞机的。机场大厅内的航班显示屏上,滚动着实时信息,李零看一眼时间,就直奔柜台,掏出身份证买了最近时间的机票,然后从加急安检通道进了候机大厅。他先是在入口处的地图前站了几分钟,像是要把整个机场的地形都背下来似的,接着就在候机大厅里疾行起来。

他在找人,而且是有目的性的。他按照脑海中的地图,直奔一处国际登机口,通道处的电子屏上,显示离登机还有一个半小时。李零站在几排座位中间,四下张望,寻踪觅迹。

可目力所及都没发现自己的目标,李零寻了个空位,在蓝色的连排椅上坐下来,仔细打量起那些戴着帽子和墨镜的旅客。长途飞行前的人，要么提前进入睡眠模式在椅子上打盹，要么埋头打游戏或抓紧处理工作，没人注意到李零。他又站起来，将搜索范围扩大。

长椅区可以看到起飞场的落地玻璃边，放着一台四方机器，上面的灯箱写着"充电站"三个大字，往下有两面是插座和各种充电接口，边上挤着几个拿着电子设备充电的人；另外两面，是免费供旅客查询信息的电脑。

李零从一台机器后面，踱到另外一个登机口的机器后面，还是一无所获。他又将目光延伸到了中间的茶水间、厕所和商铺，这时，不远处出现了一间VIP候机室，他顿时眼前一亮，自语道，怎么就没想到呢。

这间VIP候机室，是第三方运营商所建，除去会员可进，非会员只需支付相应费用，也可享受单次服务。在美国偶尔也会出差的李零，对这种地方并不陌生。他抬脚走进去，立刻有一位穿着紫色套装的美人过来接待，李零小声说自己先看一眼环境，示意她不用跟上。

前台左边的休息厅内，光线温馨，地毯触感柔软，褐色圆桌上插着黄白相间的马蹄莲，围桌边摆放的皮制单人沙发，看上去极为舒适，让人忍不住想坐上去。厅内此时客人不多，左边靠窗帘的位置，坐着两位商务人士，正在低声交谈；中间的位置是一对你侬我侬的情侣；最靠内的角落里，有个十四五岁的男孩，乍看之下，他并无异常，但若稍作留心，便马上能觉出不对。

男孩身边，放着一只小小的黑色行李箱，面前的圆桌上，是半块吃剩下的蛋糕和饮料。他正目光呆滞地趴在桌上，手里边撕马蹄莲的花瓣，嘴里边念念有词。边上不远处有位神情忐忑的紫衣服务员，正小心翼翼地盯着他又似乎怕被他发现。

李零走到男孩身边，迅速看了眼行李箱上挂着的行李牌，确认了航班信息和姓名。男孩警觉地看着李零，突然惊恐地连声大叫起来，李零连忙做了个安抚的手势赶紧退后。

"您是？"紫衣服务员立刻走过来，朝李零问道。

李零示意她到一边说，男孩见他走远，才安静下来低头继续撕花。

"我是他爸爸的同事，"李零边说边掏出手机，在工作群里让杨壹壹和陈晓新赶过来，"他爸呢？"

"他刚说自己有点儿事，要出去一下，让我们帮忙照看一下，可……"紫衣服务员看看男孩，脸上呈现出为难之色。

"不要紧，我马上去把他找回来，"李零善解人意地说道，"往哪边走了？"

"那边。"她透过半升起的窗帘，指着李零走过来的反方向。

李零谢过告辞，立即顺着她指的方向跑出去，边跑边搜寻目标。眼看已经到了候机厅的尽头，最后的几个登机口因为暂时没有航班，周围的休息长椅上也只有寥寥几人，远处巨大的玻璃幕墙后面，一排排起飞跑道上，停满了蓄势待发的飞机。李零用手背擦擦额头上沁出的细汗，开始有些焦急。若目标人物不出现，自己是没有理由拦着那孩子上飞机的。

他站在原地，双手叉在腰上平复气息，思考着自己接下来该怎么做。这时，忽地一股莫名的力量，牵引着他朝最后两个登机口间的充电站走去。

这台无人问津的充电站，有一面电脑位于视角死角内，李零一步步缓缓靠近，在还有一段距离的地方，谨慎地绕到充电站后面。

一个戴着深灰色鸭舌帽的中年男人，正全神贯注地操作电脑，他身体僵硬地站得笔直，丝毫没发觉自己已经落入陌生人的视线之中。

工作群里，杨壹壹告知他们已经到达机场，李零发送了具体位置后，继续悄悄观察着中年男人。

几分钟后，男人打开电脑后面的防护板，从牛仔裤兜里掏出一枚U盘插上，并谨慎地环视周围。就在他看到李零的同时，李零抬脚走了过去。

"孙明义！"李零声音响亮浑厚，表情不怒自威。

男人像是受到恶作剧似的惊吓，身体一颤，满脸疑问地望着眼前的陌生人。

"飞云币的资金漏洞，是你操作的吧？"李零快速走近，一只手撑在电脑台上。

中年男人立即明白了陌生人的来意，惊惶地瞟了一眼电脑显示屏后，强装镇定地朝李零说道："我不认识你，请离开。"

"我叫李零，这些天正在协助飞云集团修复资金漏洞。"李零微微一笑，自我介绍道。

叫孙明义的男人听完介绍，仔细盯着李零看了两秒，显然，他之前是知道李零这个人的："哦，我不清楚你在说什么……"

李零脸上保持着浅笑，正欲接话，抬眼看见不远处杨壹壹和陈晓新正往这边跑来。

孙明义顺着李零的目光，看到清早前拜访过他的杨壹壹，便乱了阵脚，他心知事已败露，赶忙转过电脑想拔下U盘。眼疾手快的李零，一把按住电脑，用眼神示意他不要动。

杨壹壹这时已经靠过来，看见孙明义后，脸上露出了难以置信的神情。

孙明义微微压低头，避免与她对视。

"真的是你做的？"杨壹壹追问道，"不是……怎么会是你呢？早上你不是还跟我说，你不怪公司吗？"

孙明义放下僵在电脑上的手，冷笑道："嗬，我不怪啊，我是恨！"

047

"你为什么要这么做?要坐牢的!到时候你儿子怎么办?"杨壹壹疾言厉色,就好像正面对一个不知玩火会自焚的少年。

孙明义不语,李零替他回答:"他这么做正是为了儿子。"

"既然你们什么都知道了,那我也不想做无谓的辩驳。"孙明义摘下帽子折起来,塞到上衣口袋里,"我只想告诉你们,我这么做,虽然于法不容,但于情合理。我儿子的情况你们也是知道的,我原本打算在五十五岁退休时,存够几百万留给他,保他余生无忧。可谁知道,我今年才不到四十五岁,就被他们卸磨杀驴,以各种理由踢出局。我进飞云十几年了,从没想过会有今天……"

"先不说飞云做得对不对,你经验这么丰富,大可以去找别的工作,为什么一定要选择去犯法?"杨壹壹十分不解。

"嘀!"孙明义轻蔑地看了看杨壹壹,"你这么年轻,所以能说得轻巧。我写了大半辈子程序,已经没有办法从事别的工作了。这一行对口的工作本来就少,而且哪家公司,愿意招像我这么大年纪的新员工?飞云将我们赶走,就是为了让年轻人来填坑。"孙明义极力克制自己的愤怒,"我们这些老家伙,像牛一样不知疲倦地工作,到头来却落得个被屠宰抛弃的下场!"

"那……那也不能……"刚刚还充满怒气的杨壹壹,听到他如此一说,竟然差点儿没忍住要开口安慰,但她知道自己立场不对,只好望向李零,期望着他会有两全的办法,既能解决飞云的困局,也能化解为人父母的难处。

"接下来你打算怎么办?是去自首还是我们帮你报警?"可李零没打算拐弯抹角,一如既往的直白。

孙明义闻言一惊,脸瞬间煞白,他瞟了一眼通道口显示屏上的时间,慌张地回答:"我会去自首的,请放心。"

"什么时候?"

"等……"

"等你完成最后这次交易,将钱转到境外账户之后吗?"

"我……"

"你是在拖延时间对吗?"李零提高音量调快语速。

"我先去打个电话!"孙明义也回以大声,并欲快步离开。

"站住!"李零大喝一声。

孙明义被震住了,站在原地。李零先递给陈晓新一个眼色,示意他去查看刚刚孙明义操作过的电脑,接着走到孙明义旁边,恢复不疾不徐的语调问道:"你是要打电话给贵宾室的服务员,委托她们帮忙送儿子登机吗?"

话已至此,孙明义瞬间明白李零已经知晓了自己的计策,立即转过身来,用卑微的语气向他恳求道:"我求求你了,只要他一上飞机,我马上去自首,决不食言。当然,钱我也会交出来。"

"可你儿子过去要怎么生活?"杨壹壹忍不住问道。

"他那边有个表姑,答应会照顾他。"孙明义回答,又转向杨壹壹乞求道,"我去自首后就会坐牢,这辈子恐怕再也见不到儿子了,求你们了,我只想送他上飞机,再看他一眼……"

杨壹壹有些心软,不知如何是好:"师兄,要不……"

"不行,你必须马上投案!"李零望着孙明义,目光坚决地说。

孙明义闻言,看着李零毫无转圜余地的表情,绝望地用手捂住脸,在杨壹壹旁边蹲了下去。

众人无言。

"爸爸!"一个男孩的声音打破沉默。孙明义猛然抬头,站起来朝儿子跑过去。

"浩浩,爸爸不是让你在那里等爸爸吗?怎么跑出来了?"他一把抱住儿子。

"花花，"浩浩从爸爸怀里挣脱，举着手上一朵黄色的马蹄莲说，"爸爸，浩浩给你的花花。"

孙明义颤抖着接过鲜花，泪如雨下。

"爸爸别哭，爸爸别哭……"浩浩见状慌了，边用衣袖帮爸爸擦眼泪边焦急地不停重复。孙明义搂着孩子，用极其卑微的表情和语气对李零和杨壹壹哀求道："我求你们了。"

"师兄，只是送上飞机而已，我们盯着他，等他儿子上飞机了，就陪他去自首，你看我们三个人难道还看不住他一个？"虽然明知不对，但此情此景下，杨壹壹实在于心不忍。

"师妹，时间来不及的，飞云集团已经准备好新闻稿，要放弃飞云币了。他得赶紧把钱交出来，让飞云这边把漏洞补上，才能拿到深海金融的许可，按原定时间在全国范围内发行飞云币。"李零表明自己的态度立场。

杨壹壹实在难以理解李零的冷漠，脱口而出："师兄！是他们那些资本家的利益重要，还是……"

"孩子根本没有表姑！"李零皱起眉打断她，"如果我没猜错，他应该已经在那边帮孩子安排好了福利机构，那些钱，他也根本没打算还回去，那个境外账户，就是用来以孩子的名义，向福利机构定期支付费用的。只要孩子一上飞机，他牢底坐穿都无所谓了，这钱也就不可能再追回来了！他是在利用你的同情心拖延时间！"

"可是……"杨壹壹本还想再说些什么，但一股冰冷刺骨的寒意，使她将后面的话咽了回去。

陈晓新识势地过来拉住她，小声说道："老板说得没错，他确实在操作交易，你别固执了。"

杨壹壹不是不明白李零的话全都在理，只是在热心肠的她心里，十分不解在如此舐犊情深的情景下，李零是如何做到冷眼旁观、毫不为之所动、没有半分犹豫的。她还曾天真地以为,经过这些日子的相处,自己对李零已经足够了解,且对方在自己的影响之下,原本冷酷的处事风格,似乎也有所改变。可如今看来,这不过是她一厢情愿的错觉,眼前这位面无波澜的人,比他身在美国、存在于自己的回忆中时,还要陌生。她脑海里突然浮现出刚刚在机场入口瞥到的雕塑——一具乳白色的抽象人形雕塑,身材修长高大,四肢舒展,线条柔和,唯有那张没有五官的脸,陷在层层叠叠的顶棚投下的阴影之中,呈现出一种怪异的冷感。

就在杨壹壹怅然若失之时,蒋姜伟已经带着几个警察朝这边赶了过来,她紧张地转头望向孙明义,眼下这位沧桑的父亲,明白事已至此,回天乏术,只能和儿子抱在一起哭成一团。

警察的问询声、手铐声、孩子的哭声、陈晓新配合取证的交谈声、好奇群众的议论声……

此时的杨壹壹已看不见别的一切,眼前李零那张冷若冰霜的脸,和脑海中的那具无脸雕塑一样,令她背脊发凉。她感觉他似乎正被某种力量所驱使,孤注一掷地奔向一个她无法理解的地方。

## 员工价值

又是一个安静的午后,数据社内香气四溢,李零刚煮好一壶咖啡,倒出两杯,走到正倚着窗框发呆的杨壹壹旁边。

"看什么呢?"李零顺着杨壹壹的视线朝窗外看出去。

杨壹壹回过头来耸耸肩,没有回答。她接过咖啡,一小块日光越过窗外树叶的重重障碍,蹦到杯中,平静液体的表面腾起一股热气,肆意地在光线里升腾翻滚。她侧过头悄悄打量起李零,他那张平时瞟一眼就足以令人春心萌动的脸,此刻在杨壹壹看来,已经变成一具俊美的雕塑,冰冷无情。她努力将心里几百个想要大声质问他的问题,都咽了下去,假装无事地走回沙发边坐下。

"老板,一直忘记问,你是怎么找到孙明义的?"坐在电脑前的陈晓新突然昂起头,朝李零发问。

李零闻言从窗户边回到沙发区,回答道:"哦,我根据之前的数据,找出了交易时间的规律。"

"你是说那些幽灵账户将资金汇入境外账户的时间?"陈晓新从工作区走过来,一屁股歪在杨壹壹旁边。

"是,接着又对照那上面的名单信息,"李零抬起手指了指白板上仍未揭下的白纸,"锁定了曾为飞云币项目做基层开发的孙明义,他了解整个项目的运作情况,技术上完全没有问题,最后我查到了他儿子的航班信息,跟预测的交易时间很接近,所以就直接去机场逮人了。"

"你为什么不直接报警啊?"陈晓新眨巴着眼睛,全然没注意到气鼓鼓瞪着他的杨壹壹。

李零笑了笑:"先确认清楚比较好。"

"你们可真是铁石心肠,无情无义。"杨壹壹没办法鼓起勇气单独责怪李零,但如果连同陈晓新一起,她便无所顾忌。

壹零数据社运营了这么久,两个男人见惯了杨壹壹圣母心泛滥的模样,都没放在心上,这个案子此时在他们心里,不会比以往任何一宗案子要特殊。唯一的差别,只是飞云集团还没结算佣金而已。

这也是三人在周六还来上班的原因,蒋姜伟约了李零,要来数据社结算佣金。陈晓新纯属凑热闹,而杨壹壹则是另有心思。

蒋姜伟很守时,一身便装的他神采奕奕,脸上那之前看起来似乎已经定型的眉头,竟奇迹般地舒展开了。他进门就冲每个人亲切地微笑，似乎是抓住了深海市春天的尾巴。

对比之下，跟在他后面的周雅燕，神情倒显得凝重了许多。李零对这位飞云集团首席人力资源官的出现有些疑惑，他本以为蒋姜伟会独自前来，顶多带个财务或是法务。不过很快，他便明白了蒋姜伟的用意。

结算工作进行得很顺利，飞云集团的财务将每一笔合同上的款项，包括额外增加的，都算得清清楚楚，列得一目了然，负责数据社财务的杨壹壹，用了不到二十分钟，就全部确认完毕。

"其实用不着专门跑一趟的。"见杨壹壹点头，李零边客套，边给沙发上的两位客人添茶。

"要的要的，飞云币能如此顺利地在全国上市，多亏了你们，我必须亲自前来道谢，以表诚意。"蒋姜伟笑容可掬，朝一旁的周雅燕示意。

周雅燕撑开了沙发边的牛皮纸袋，毫无花纹的纸袋里面，竟然装了两盒包装精美的茶叶。这蒋姜伟果然深谙处世之道，懂得面对多人送礼时，应优先女士的喜好，加上他知道段维和李零有过节，能认识李零，还多亏了杨壹壹牵线搭桥。

"上次我来，就留心到杨小姐爱喝茶，便托人从杭州寻了两盒，"蒋姜伟将茶叶摆到茶几上，推到杨壹壹面前，"正宗的西湖龙井，今年的新茶，养生养颜。"

杨壹壹定睛一看这龙井的等级，少说也要上万一斤，且还是有钱也不一定买得到的那种。虽说之前的客户也会送茶送礼，但如此珍稀的品种还真是头一次。要是以前，爱上喝绿茶的她得此宝贝，自然欢喜得不得了，但这回，她盯着那两盒龙井，竟气不打一处来。

"这太贵了，不能收！"杨壹壹坚决的语气里还有明显的气愤。

但蒋姜伟没觉察到，他以为是中国式收红包的套路，便继续客套:"应该的应该的,跟你们替公司挽回的损失相比,这茶的价值根本不算什么……"

"跟孙明义这种小员工的命运相比,也不算什么吧?"

自从在机场目睹孙明义被捕后,杨壹壹就一直深陷自责,后悔当初答应段维,觉得事情发展至此,自己也有一部分责任。她甚至没胆量去打探孙明义的儿子之后的去向,自责、愤怒、失望,这些负面情绪在她心里堆积了好几日,正愁找不到由头,一听蒋姜伟说到"价值"二字,她便不假思索地冲口而出。

室内其余人皆被杨壹壹不留情面的质问惊到了,气氛瞬时凝固。李零和陈晓新这才后知后觉地意识到,杨壹壹一直都没有对此案的结果释怀。

倒是蒋姜伟最快回过神来,他收起脸上僵硬的肌肉,很快又堆起笑容:"从公司层面来说,我很遗憾飞云没能处理好员工离职的情绪问题,今后人事部门会调整改进;从个人角度来说,我也很同情孙明义的遭遇。"

"他为什么被裁?"看来杨壹壹没打算被敷衍过去,横了心要问清楚。而她的另外两位男同事,出于对她的了解,也没打算拦着她。

"杨小姐,蒋总猜到各位也许会对此有疑问,所以带我来向大家解释。"坐在蒋姜伟旁边的周雅燕,适时地开始发挥自己此行的功用。

杨壹壹按捺住耐心,面无表情地转向周雅燕,就像看着一具橱窗里陈列的假人。

"当初裁掉孙明义,并不是针对他个人。一是公司运营的成本考虑,我们人事部门,对员工价值,有自己的考核标准;二是飞云作为互联网公司,必须持续换血,保持年轻化。"看来周雅燕已经打定主意,此行要来唱黑脸。

杨壹壹轻蔑地哼了一声："那你们评估员工的标准是？"

"我们会结合每位员工的具体情况，与专业的数据分析公司合作，分析员工价值。包括蒋总和我，公司上下没有人例外。"周雅燕瞟了眼不远处贴着嫌疑名单的白板，"举个例子说，那位刘山英女士，虽然只有三十二岁，但是她有三项情况，降低了价值分析数据：一、父母身体状况欠佳，而她是家中独女；二、刚订完婚，在筹备婚礼；三、三十五岁前有生子计划。这其中任何一件事，都是她人生中的大事，都足以大幅降低她的工作效率，所以……"

假人周雅燕用 AI 的语气说着，突然停了下来，因为她发现杨壹壹此时正用难以置信且愤怒的眼神盯着她。如同 AI 意识觉醒的瞬间，她脸上竟然闪过一丝人性。

"其实……"蒋姜伟尴尬地扶了扶眼镜，将手肘撑在膝盖上，盯着地面试图掩盖自己的底气不足，"我们也不是不清楚，被裁员工之后的日子，一定会十分艰难……但实话实说，这已经是所有互联网公司心照不宣的策略了，大数据结论下的裁员，虽然残酷，却是公司生存下去的根本。你们也是做数据出身的，应该不难理解吧？"

坐在一旁原本沉默的李零，听蒋姜伟这么问，突然忍不住加入话题："虽然不该这么问，但，如果放下职位，你真的相信大数据能裁定一个人的价值？"

"我不相信，但我的看法不能凌驾在公司的利益之上。飞云说到底，也只是一家如履薄冰的创业公司，利益最大化，才能生存下去。你也是从 ACX 出来的，我想你应该比我更清楚，为什么那么多互联网创业公司中，活下来的却很少。书要从头翻，企业却要从结果看，不能给企业创造最大利益的因素，都是错误数据。发现、预测到它们之后,就必须立即修正或清除。"蒋姜伟此时已经抬起头,双眼闪烁着坚定的信念,宛如战场上视死如归的将军,"这样才能成就一个伟大的企业。"

"唉……"杨壹壹长叹一口气,摇头感叹道,"我算是听明白了,孙明义的命运,在被抽象成数据之后,什么人情,什么人性,全都'砰'的一声消失了!"

杨壹壹的话,就像一段总结,虽然在场的五个人立场不同,但对此结论,却是统一的。身处如今这个处处都会被大数据"计算"的社会之中,人就像蛛网上的猎物,挣扎似乎只会让自己的处境更难受,但要因此选择放弃吗?

没人知道这个问题的正确答案。数据社三人组,也在此案之后,默默在心里对工作室建立的初衷,产生了不同程度的质疑。他们已经分不清在这场大数据的审判之中,自己是正义的使者,还是刽子手的帮凶。

# 第二章
# 寻找石头

　　5G普及后，VR导航顺理成章地成为更多人的选择。用户若同意分享数据，程序就可以在后台根据同时段同地点的所有行车记录数据，智能合成指定点的记录视频，未被行车记录仪捕捉到的空白区域，则由实景地图填充，以保证视频的流畅性，却也因此无法保证拍摄对象的连贯性。例如这段视频中的黑衣男子，有行车记录仪拍摄到了他的背面，但没有车辆拍到其正面，所以当画面视角转向他正面时，出现的就是空白街景，而他不会出现在那里。

## 摄录眼镜

一开始杨壹壹自己倒没察觉到,是陈晓新说她最近老容易走神,心不在焉的,她才意识到,自己似乎对现在的工作,已经没了一开始的新鲜劲儿。

这不,陈晓新在工作群里叫了她好几遍,她才很不情愿地神游回来。

"看到了,画面清晰,但声音有杂音,你别喘大气儿。"

她边在聊天程序里打字回复,边盯着电脑屏幕上的一个视频程序。视频里的画面,是以陈晓新的视角呈现的。得益于5G技术的普及,高分辨率的实时视频传输已经完全不会出现任何卡顿,这是陈晓新首次佩戴外观看起来普通、实际上却具有可实时摄录的眼镜出外勤。可能是刚爬完楼梯,胖子喘气的声音,大得杨壹壹不得不将视频音量降低两格。

当李零的后脑勺出现在画面里时,杨壹壹下意识地抿起了嘴,思绪又忍不住开始游离。自从"猎魂手"归案后,飞云币的顺利发行,使得飞云公司的股价一路飞升,在业界接连创造奇迹。每当看到有关消息,杨壹壹总是忍不住联想起那天孙明义在机场抱着儿子苦苦哀求李零的画面。也是从那天以后,李零似乎变得更加忙碌了,但他的两位同事,依然对他在进行的"工作"一无所知。

视频里传来的门铃声将她唤醒,她猛地摇摇头,将杂念从脑袋里清除。

来应门的是位三十岁上下的女士,着一身暗色系衣裙,头发随意挽起,未施粉黛的脸上,皮肤光滑紧致,唯独眼周浮肿得厉害。

李零自报家门后,女士便赶紧态度恭谨地将他和陈晓新迎进了屋。

这位事主的基本情况,杨壹壹早已知晓:她叫石雨,今年三十三岁,是钱多多的妈妈介绍来的。据说她妹妹石雪意外身亡后,她四岁的外甥,也就是石雪的儿子,紧接着就离奇失踪了。警方已经在深海市内连续搜查了两个星期,至今仍杳无音讯,石雨不得不另辟蹊径,托钱太太联系到壹零数据社,委托帮助寻找自己的外甥。

屋内窗帘没有全部拉开,导致光线不算太好,画面有些暗,杨壹壹将屏幕亮度调到最高。石雨家是典型的欧式田园风,浅色的地板和墙纸,小碎花图案的布艺沙发和窗帘,家具摆饰也以清新的白色为主,显然是女主人精心挑选搭配的,看起来温馨舒适。而与此风格形成强烈反差的,是餐厅里的餐边柜上,摆放着的亡者灵像。

石雨招呼两位男士在浅绿色的碎花沙发上坐下后,退身进厨房,倒出两杯茶来招呼客人饮用,自己则在另一侧坐下。

"这是我外甥的照片。"石雨从茶几下的抽屉里取出一张五寸的儿童半身肖像照,"前两个月,满四岁的时候拍的。"

李零接过照片,看了一眼后,递给陈晓新,陈晓新将视线定格在照片上好一会儿，意图让杨壹壹也看清楚。照片上的小男孩，脸蛋红扑扑的，脖子上系着一枚小领结，看起来腼腆乖巧。

"两个星期前，也就是我妹妹去世的当天下午，他被人抱走了。"石雨对关键信息描述得十分精简，仿佛是在刻意避开那些伤痛的回忆。这才开了个头，她肿胀发红的眼睛里，似乎又闪起了泪花。

"可否进一步地跟我们说说具体经过？"杨壹壹看不到李零的姿势神态，但声音依然是她熟悉的冷静。

石雨点点头，稍微整理自己的情绪后，语气低沉地讲述起事情的经过。

妹妹石雪去世的那天早上，还打电话给石雨，商量着周末一起做立夏饭（姐妹俩是福建人，虽然离家多年，但立夏日"做夏"，是每年都会按家乡习俗操办的传统），可谁知就在当天下午，毫无征兆地，石雨突然接到医院的紧急电话。等赶到医院时，妹妹已经奄奄一息，像是为了等姐姐表态似的，在石雨保证一定会替她照顾好儿子后，她才咽下最后一口气。后来经过警方的调查她才知道事故的原因——妹妹驾驶的汽车，刹车失灵，导致了悲剧的发生。

噩耗接踵而至，自己急匆匆赶到幼儿园接外甥时，却被告知外甥已被接走。接走外甥的人，是石雪的邻居，因为幼儿园离家很近，上班忙不过来时，石雪经常会委托这位邻居，帮忙接孩子放学。可这位邻居也被送到了医院，原来她在接孩子回家的路上，路过一条巷子时，被人从背后击晕，孩子随后也不知去向。之后石雨和自己的丈夫，配合警方，能想的办法全都想尽了，至今却连抱走孩子的是熟人还是人贩子都无法实定。

说完这些，石雨已经有些撑不住了，她哽咽着说道："要是孩子找不回来，我要怎么跟我那可怜的妹妹交代啊？"她从茶几下的藤编盒里抽出一张纸巾，擦干眼角溢出的泪水。

李零待她情绪稍微平定后,才开始发问:"请问孩子的父亲呢?"

石雨闻言立即停下动作,无奈地摇头道:"不瞒你们说,我也不知道那孩子的父亲是谁。几年前,知道石雪怀孕后,我就问过无数次,但她怎么也不肯说。后来被我问急了,她就敷衍说只当孩子是从石头缝里蹦出来的,还干脆给孩子起名叫石头。那时候她好像刚谈恋爱,我还没来得及见那个男孩,俩人就分了。后来我琢磨着孩子应该就是他的,因为怕引得她伤心,渐渐也就不再问了。"

"石雪这边的朋友,有没有可能认识那个男孩的人?"李零接着问道。

石雨摇摇头:"当时我就怀疑是石头的亲生父亲将他抱走了,就把石雪的同学和朋友,能问的都问过了,但没人知道。"

"这样啊……"李零若有所思,"那石雪的意外,和孩子失踪之间,有没有什么联系呢?"

"我也怀疑过,但目前还没有任何证据表明这两起案件有关联,警方也让我做好是人贩子随机作案的准备。"石雨说完这句神情突然焦急起来,"你们说,这'做好准备'是什么意思?"

"我猜测他们的意思是,若两起案件并无关联,而是人贩子随机作案的话,那找回孩子的概率,就变得非常低了。"虽然知道会引得石雨更加不安,但李零还是选择了照实说。

果然,石雨一听,立刻身体前倾,眉头皱得仿佛要哭出声来:"你们可一定要帮帮我,我和妹妹两个人,在这个城市相依为命这么多年,我一直没有孩子,如今妹妹走了,就剩下外甥这么一个牵挂……"

"你先别急,我们能看看石雪的照片吗?"李零伸出手朝客厅旁过道上的照片墙示意道。

石雨连忙收起哭容,站起来带他走到挂满照片的淡绿色壁纸墙下。

杨壹壹也跟着在这头凑近观察电脑上的画面。过道的灯打开后，光线瞬间好了很多，墙上相框里的内容一览无余，无非是些普通家庭常见的欢乐瞬间，用来定格家庭成员间值得纪念的日子。杨壹壹甚至还能看见每张照片右下角的拍摄日期，她赶紧翻开小蓝平摊在桌上，开始用铅笔绘制人物关系图。她在一瞬间突然有种偷窥别人隐私的羞愧感，不过陈晓新早就解释过，视频记录属于他的"工作笔记"，无须过度解读。

"这是？"李零指着墙上一幅四人合照问道。

"我和我先生，还有先生的父母，"石雨答道，"我的父母去世得早，所以这里没有他们的照片。哦，这就是我妹妹。"

她指着一张稍微发黄的照片，上面年轻时的她正和笑容灿烂的石雪搂在一起。

"说起来，已经好久没见她这么笑过了。"石雨看着墙上唯一一张包含石雪的照片，感叹起来，"自从她怀孕后，我们两姐妹之间，似乎就没以前那么亲近了。"

"哦？"李零顺着石雨的话轻声问道。

"一开始我以为是她怕我追问孩子爸爸的事情，后来我发现她可能是害怕自己和孩子，会给我添麻烦。她从小就要强，我想多给她帮帮忙也不让，老说我幸福就好，她自己都能搞定。另外还有一个很重要的原因……"石雨欲言又止，似乎在思考后面的话有无必要说出来。

"是什么？"

"唉，"石雨长叹一口气，"我和我先生一直都想要孩子，但直到现在也没能如愿，我想，她可能也担心我看见石头，会自责自己的肚子不争气。"说到这里，伤心之人低下头悄悄抹眼泪，"我这妹妹，心思细腻体贴，整天净替别人着想，但她自己有了委屈苦闷,却谁也不说。我总觉得我这个做姐姐的,很不合格。"

杨壹壹从屏幕上看到石雨悲伤的样子,在心里责怪两个男人也不知道安慰几句。

"事情已经发生了,我们只能坚强面对。"在杨壹壹听起来,李零这句,似乎是男人不耐烦女人的啼哭时才会说出的话。

"拜托你们一定要帮我找到石头啊。钱太太跟我说过你们收费不低,但钱不是问题,只要能找到石头,倾家荡产都行!"石雨肯定知道此话稍欠得体,但谁都能感受得到,这接连的变故,实在是让她乱了方寸,没了主意。

还在盯着照片墙的李零,隔了好一会儿才接话:"倾家荡产严重了。你先生对此不会……"

"这你们放心,我先生也知道我们姐妹情深,他很支持我。"石雨急忙表态。

"那行,基本情况了解清楚了,等我们回去把事情的来龙去脉捋一遍后,或许会先从周边地区,可能漏掉的监控视频找起。"李零说完转身离开过道,回到客厅,"只不过,若真如警方所料,是经验充分的人贩子所为,那我们也无法保证能帮上忙。"

石雨表情凝重地点点头,李零和陈晓新也适时告辞。

## 巧合概率

石雨家在四楼,上来的时候陈晓新依着李零爬楼梯,现在要下楼,他担心自己的肉身连累到膝盖,就率先灵活地蹿到电梯口按电梯。等李零和石雨客套完,防盗门刚一合上,电梯门也同时打开了,从里面走出来一位西装革履、提公文包的中年男人。

"你们是?"男人朝正从自家门口走到电梯前的李零问道。对于眼前的陌生人,他似乎也并没有多么意外。

"您是?"其实根据刚刚照片墙上的照片,李零已经知道了他的身份。

"我是石雨的丈夫,我叫王思远。"男人自我介绍道。

李零点点头,也简单地介绍起自己:"李零,这位是陈晓新。我们应石雨女士之邀……"

"我知道这事儿。二位是要走了吗?"王思远看着已经开走的电梯,又上去按了一遍向下键,"走,我下去送送你们。"

李零和陈晓新互看一眼,也不好拒绝,便依了他。

"不瞒二位,"三人刚出电梯到一楼大堂,见四下无人,王思远便直截了当地说明自己的意图,"我是特地赶回来,想要亲自拜托此事。"

"你老婆刚刚已经把情况都告诉我们了,你不用再拜托一次。"陈晓新好心地提醒他。

"是不是有什么信息要补充?"李零看出他有话要讲。

"倒不是,所有情况我老婆知道得最清楚。只是……"王思远看看路过的几位居民,示意李零朝角落里靠靠,语气迫切地继续说道,"请你们一定要帮忙找到石头!这些年我做生意攒下了一点儿钱,算是小有积蓄,如果你们调查有需要,尽管和我说。"

李零和陈晓新闻言有些意外,都露出一副不解的神情等他解释。

"哦,你们别多想,一来石雨的妹妹,也算是我的妹妹,她儿子丢了,我们本就应当竭尽全力去找;二来我不想让我老婆伤心,妹妹已经回不来了,但如果能找到孩子,她可能心里会好受点儿;还有最重要的一点,我们夫妻两个,多年来求子无果,我老婆她一直很自责,如果我们能领养妹妹的孩子,肯定能因此弥补很多遗憾。"

王思远解释完，将公文包换到另一只手上。

李零听完马上就明白了，他点点头，紧接着让对方不要太担心，又说了一番"一定会尽力"的套话后，便和陈晓新在一片满怀感激之情的目光中离开了。

"我以前一直希望自己是独生子女，就像你和壹壹一样。不过现在看来啊，人还是得有个兄弟姐妹。手足之情是别的任何感情都替代不了的。"刚一出大堂的玻璃门，陈晓新就迫不及待发表感慨。

"哦？"李零心不在焉地应了一句，"手足之情"这四个字，像一次性筷子上的毛刺，猛地在他心上扎了一下。

"小时候我爸妈工作忙，我姐管我跟我妈似的，大事小事都得听她的。虽然一直很烦，但也知道她是这个世界上最疼我的人。自从她结婚后，生活重心转到了我外甥身上，我一下子变成了没人管的野孩子，还真的蛮不适应的。尤其不顺心的时候，特别想回到小时候，发生什么事都有姐姐在前面帮我挡着。"陈晓新走在前面自顾念叨，完全没发现李零脸色的异常，"你说这石雪，会不会是跟我姐一样，因为照顾孩子耗费了全部心力，跟石雨的感情才没以前那么亲密了？"

半响没听到回答，陈晓新这才回头看了看，却发现李零正低着头，眉头紧锁，眼神涣散，似乎他此时只是身处于此，灵魂早已飘去了另一个黑云密布的结界。

时不时神思出窍，是常常会发生在李零身上的状况，陈晓新早就和杨壹壹一样，对此见怪不怪。他停下来等李零赶上，随后继续赶路。

以前出来办事，李零总习惯和杨壹壹一起，这次跟着的人换成了陈晓新，他还真有些不适应。回到数据社后，他本想将这个想法告诉杨壹壹，但一看到她似乎仍持续着近几天来的低迷和对自己的

065

疏离,便打消了念头。

　　回来路上陈晓新说的话他全部都听见了,只是他想不到该如何回应。"手足之情"——这是个令他无法理解的词语,并不是因为他是陈晓新以为的那样,是独生子女,而是……他从未体验过任何一种具有难以割舍之感的情感。

　　想到这里,他又看了看杨壹壹,他当然猜得到她为何如此。她跟自己不一样,有什么心思,全清清楚楚地写在脸上。这是她身上李零最欣赏,也最嫉妒的地方。他永远都做不到她那样爽快明了,他甚至没办法开口替自己解释。

　　更何况,他对自己所做之事,确实存有歉意。可他没办法停下来,特别是在飞云币事件后,他得到了梦寐以求的海量有效数据,使得"文远"有了突飞猛进的提升。这令他感到前所未有的安心,他得趁此加快步伐,实在不能选择在这个时候向杨壹壹说明一切——虽然他一直知道自己早晚要如此——只能寄期望于更好的时机。

　　他喝了杯咖啡,让思绪回到眼前,稍作休整后,便开始整理在石雨家掌握到的情况。

　　数据社三人聚在白板前,李零拿起水性笔,在白板上围绕"石雪意外死亡""石头失踪"两条线,将相关人物连在一起。

　　陈晓新打开用眼镜拍摄回来的视频,从里面截取了一些画面打印出来,连同失踪的石头的照片一起,根据李零白板上的内容,贴到相应的位置。

　　"这是谁?"杨壹壹指着一张照片上的男人问道。

　　"石雨的老公,王思远。"李零回答道。

　　"这些呢?"白板上的照片,大多截取自视频里拍的照片墙,杨壹壹挨个确认身份。

　　"都是石雨的朋友,也是之前的同事。"

"石雨现在不工作吗？"

"据说当时为了备孕，就辞职了，后来也就没再回去。"

陈晓新将最后一张灰色的人像示意图，贴到"石雨邻居"两个字下面，朝李零问道："老板，你说一个家庭在同一天发生两件如此重大的事故，是巧合的概率有多大？"

李零摇摇头，似乎是觉得陈晓新的问题太幼稚："相当于你在13：30接到一个号码以1330开头的电话。"

"也许命运就是如此安排的，石雨不是说警方都没找到两件事的联系吗？"杨壹壹说道。

"我不太相信宿命论，可能是长期泡在数据里的后遗症，小概率事件，也许只是因为未找到合理的解释。比如一个人刚出公寓，就被楼上掉下来的空调外机砸死了，调查发现是安装螺丝老化松动后酿成的悲剧，这种巧合的概率看起来似乎很低，但事实上是有人做了手脚。"李零回答道。

杨壹壹听完，在小蓝上涂涂改改，又拿起水性笔，将白板上石雪和石头的头像连在一起："如果不是巧合，那事情就变得很复杂了……"

"也就是说，有可能是有人得知石雪发生意外后，先人一步夺走了孩子？"陈晓新夸张地咧着嘴，"可谁会这么做呢？"

"会不会真的是那个从未出现过的孩子爸爸？"杨壹壹想起石雨的话。

李零盯着杨壹壹，眨眼思考了几秒后说道："暂时真不好说，目前手上掌握的情况不多。"

"要不我们先想办法找找附近的监控视频吧，兴许能有点儿收获。"陈晓新提议道。

"警方肯定已经找遍了，即使我们最终能找到些蛛丝马迹，工程量也不小,先做别的吧。"李零指了指白板上那位灰色头像的邻居,"壹壹,我和你先去走访下这位石雪的邻居,孩子是在她手上丢的,问问看当时的情况。晓新,你想办法查一下石雪发生意外时的具体情况。"

陈晓新听完老板的一番分析,觉得在理,便爽快答应了。可这头的杨壹壹,却不像以往一样爽快:"呃……还是让陈晓新和你一起去吧。"

"干吗!想偷懒呢?"陈晓新没心没肺地问道。

"怎么了师妹?"李零看杨壹壹面露难色。

"呃……"杨壹壹回避着他的眼神,支支吾吾的,一时也想不到说辞。

"是不舒服吗?"李零想也没想,试图用手在杨壹壹额头上试体温,"要不要先回去休息?"

"不用不用!"杨壹壹赶忙躲闪着从一旁拉过电脑椅坐下,"是这么回事,我在警局有个哥们,陈晓新的活儿比较适合我。"

"哟,还认识警察呢。"陈晓新这是在找打了。

"要你管!"杨壹壹动作迅速地朝着他的后背就是一拳。

其实陈晓新这会儿已经猜到杨壹壹为什么会这样,他是故意的。

李零沉默片刻,看看墙上的时钟后说道:"行,那我们先出去吃晚饭。"

"你们去吃吧,我约了人。"杨壹壹神色别扭地拒绝了。

李零皱起眉头,试图酝酿几句安慰的话,但几秒过后他就放弃了,决定还是一如往常的好。

## 不婚族

考虑到突然造访，会有被拒之门外的风险，李零还是决定让石雨带着他们前往石雪的邻居家，或许可省去许多口舌。

据石雨提供的信息，这位邻居名叫周玥，近四十岁，单身，无业，靠收租过日子。李零和陈晓新先到达了约定地点，也就是周玥家楼下。

那是一栋暗红色外墙灰色阳台的民房，位于和数据社工作室所在位置很类似的民房区，只不过这一片看起来更具规模，每一栋房屋的占地面积更大，楼层更高。就拿周玥家这一栋来说，从外观看，一二层挤着七八间商铺，往上每层大概都能分出四五户两室或三室，整栋楼一共八层；地理位置又靠近主路，街对面就有几栋三十几层的公寓，与这边的民房区，共同形成了一个并不算高级，但热闹非凡的商圈。按照深海市目前的房租价格计算，陈晓新很快就粗略得出了这位房东的年收入。

"会投胎就是不一样啊，坐在家里什么都不干，就能年入几十万。我做梦都想成为这样的人！"陈晓新边喝可乐边咂巴嘴，同时还无精打采地晃脑袋，那副模样就好像在夜里撞见了一场盛装舞会，自己却被告知没资格参加一样沮丧。

李零扶扶鼻子上的墨镜，忍不住开玩笑道："她不是单身吗？你也单身啊。"

"这倒是个办法……周玥，"陈晓新玩味地念叨着土豪房主的名字，想象她会是怎样的倩影，"名字还挺好听的。"

"只是已经快四十了。"

"这我倒不介意。"

"……"

陈晓新看上去似乎真的对李零的建议很感兴趣,他晃晃手上见了底的可乐罐,正想要去便利店买罐新的,就看见石雨拎着小挎包,踩着高跟鞋朝这边小跑过来。

"不好意思不好意思,让你们久等了。"石雨隔着十几米远就开始道歉。

陈晓新看看手机上的时间,她并没有迟到,完全是因为李零这个人,有时候传统得像是从上世纪穿越过来的,提前十五分钟到达约定地点是他的习惯。

"我们也刚到。"李零自然还是他那套驾轻就熟的客套。

"走,我们上去吧,她在上面等着我们。"

石雨伸出食指随意朝上面指了指,却让陈晓新误以为自己潜在的相亲对象,这会儿正从上往下打量着他们,赶紧顺了顺自己的头发和格子衬衫。

按门铃进了防盗门,来到昏暗的楼梯间后,陈晓新惊奇地发现了转角处的电梯。这是他第一次在这种民盖住房内看到电梯,肯定会有些少见多怪,但几分钟后,他立刻茅塞顿开了。

电梯停住的八层只有一户人家,平台上的房屋也只占了一半面积,另外一半是一座巨大的空中花园,凉亭、假山、喷泉……应有尽有,低处花团锦簇,高处各式南方植物枝繁叶茂。这景象在寸土寸金的深海市中心,简直奢侈得令人发指。

花园对面的防盗门是半掩着的,石雨走过去探着脑袋小心地问道:"有人在家吗?"

"快进来快进来!"未见其人先闻其声,一位头发扎得很随意的女人,旋风似的赶过来将门拉开。

待她站稳,李零意味深长地看了一眼陈晓新,后者马上扶住额头,不易觉察地做了个昏厥状——陈晓新虽然谈不上帅气,但好歹还算是个大小伙,可这周玥如果往他身边一站,不似亲妈也像姑妈。她那烫成泡面的黄头发,仿佛是从九十年代的理发店里走出来的,臃肿身材上裹着的碎花上衣和紧身中裤,则像是十元店挂在门外的促销款,还有那双盗版的紫色沙滩洞洞鞋,后跟已经磨得薄如纸片。而她身上唯一能和土豪房东这个身份相匹配的,就是脖子上的大金链子,能有陈晓新的小拇指粗。

当然人不可貌相,李零觉得陈晓新的歪心思虽然落空了,但看起来这位周玥,也确实是位不拘小节、热心肠的人。

三人被迎进装修得金碧辉煌的家后,她就一直忙上忙下端茶倒水,亲切得就像居委会的管事大妈。等她好不容易坐下,陈晓新赶紧打开自己的摄录眼镜,在群里提醒杨壹壹开工了。

"玥姐,这两位是帮我们找石头的,想从你这儿多了解点儿情况。"石雨开了个头。

周玥一早就知道客人的来意,只是这会儿石雨说起,她还是免不了要上下打量,眼神看起来似乎是在琢磨该给眼前这两位白净斯文的男士介绍什么样的对象:"该说的吧,我都跟警察说过好多遍了,你们还想知道点儿啥?"

陈晓新觉得自己就像菜市摊上的一颗地瓜。

"他们可厉害了,呃……"石雨原本想要用钱太太的案子证明两位男士的实力,但估计是想到这周玥肯定是位刨根问底的主儿,话题开了就绝对短不了,她此时又没心情说别人的事情,便打住没提。

"我们也不一定能找到,只是尽一份力,试试看,"李零上来解围,"听说石雪生前和您关系特别好,我想您也一定希望能尽快找到孩子吧?"

"哎哟，"周玥拍拍大腿爽口一笑，"别您啊您的，把我喊老了，也没差几岁。"

陈晓新差点儿一口茶喷出来，李零却只是礼貌地颔首微笑，没有接话。

周玥见大伙都不说话，也只好收起笑容，先是长叹一口气，表达完自己的惋惜后，才转入正题："我跟雪雪是三年前在她工作的超市认识的，她是收银员，我每次结账时都会跟她拉几句家常，一来二往便熟了。后来才知道她刚搬来附近不久，就在我对街，喏，"她指指窗外街对面那几栋公寓楼，"过条马路就是。再后来，我偶尔需要个小东西又不愿意跑去超市时，就会喊她帮我带回来，她也从来不嫌麻烦，直接送到家里。我心里感激，想着要还她人情，虽然我不喜欢小孩儿，但她那石头，特别乖巧听话，不闹腾。要是实在抽不开身的时候，她就会托我去接孩子放学，等她忙完，再来我家接走。"

"你为什么不喜欢孩子呢？"李零趁她歇口气喝茶的间隙，问了个令她很意外的问题。

她赶忙放下茶杯，似乎有发不完的牢骚："往小了说，带孩子多累啊，生怕生不好，养怕养不好，吃喝拉撒，哪一样不操心，自己一个人健健康康、快快乐乐过一辈子不好吗？往大说，我就不懂大家为什么要生孩子，说是为社会做贡献，可一个孩子给环境带来多大负担怎么不说？多不环保啊！你们可别小瞧我，思想时髦着呢，大家都管我这种叫什么，不婚族，丁克？而且我的情况还很特殊，别人是养儿防老，我要是养儿就得防贼，这万一给我这点儿家产败光了，我一把年纪还要去住养老院，多不划算！我真是想不通，你们说说养孩子有什么好的？我身边，就没一个好例子，你看就算石头那么乖对吧？可还不是……"说到这里，她看看石雨，还算识趣地打住了,但立马又想了另一个例子代替,"再看看我二姑家那孩子,那一天天,就跟讨债鬼似的……"

其余三人已经听不下去了,但也找不到让这挺机关枪停下来的机会,只好硬着头皮等她说完。

好不容易等到她换气,石雨急忙堆起笑脸:"玥姐,能不能跟这两位说说孩子被人抱走时的情况,他们也不好去问警察,就只能再来麻烦你了。"

周玥明显对刚刚的话题意犹未尽,她歪着脑袋,挑起眉毛又打量了几眼李零和在一旁一言不发以免引起注意的陈晓新:"我说,"她稍作停顿,将头歪向另一边,半眯着眼继续说道,"你们不会是在怀疑我吧?"

石雨闻言有些慌了,正欲解释,李零举起手制止她,不疾不徐地对周玥说道:"没有,真的只是了解情况,看看会不会有什么发现。"

他声音不大,语气也很平静,不想却让敏感的周玥女士觉得自己受到了侮辱:"有什么情况需要来来回回地说那么多遍?要发现我自己早发现了,还能瞒着不说?"她脸上开始挂不住,说话的音调也随之变得既尖厉,又不连贯,像一把钢锯在用力地割裂空气,"石雪!托我去接她的孩子!然后!我就在楼下的巷子里被打晕了!我既没看清那个人的脸,也没发现什么可疑的人!就这样!完啦!"

这次她倒是一点儿都没有啰唆。其余三人的脸色越来越惶恐,连呼吸都小心翼翼,时间凝固,唯有空中回荡的拉锯声。实在没想到这位周玥女士这么容易被点着,李零和石雪交换一个眼色后,都觉得在被扫地出门前,最好还是自觉告辞离开。

"这好人就做不得,好心帮忙接孩子,却落得个被狗咬的下场!我自己还被打得住院呢,怎么没人问候问候我,关心关心我?"

机关枪仍在身后"突突突",三人边告辞边灰溜溜地逃出门,防盗钢门在他们身后被摔得"砰砰"直响。

　　"真是对不起,害你们……"石雨按着电梯,低着头朝李零和陈晓新道歉。

　　"不关你事,更年期的女人惹不得。"陈晓新早就心里不平衡了,从看到周玥本人,他就莫名其妙感觉自己受了侮辱。

　　李零倒马上想开了:"也不能怪她,我们不是警察,普通人的身份,问什么在她看来都像是在怀疑她。毕竟孩子是在她手上丢的,她肯定也自责。"

　　这种尴尬的处境,特别需要李零这样平和的人,来平复大家的情绪并缓解气氛。

　　可这头盯着视频的杨壹壹,却有些不屑,她此时的心理活动,倒是跟周玥有点儿像。她怎么看李零,都没有以前那么自然,总觉得他游刃有余的一言一行之下,都藏着另一层不可告人的含义。自己以前看不懂他,觉得那是神秘,很吸引人,可如今,这一切都变成了形迹可疑的征兆,预示着某个她还不得而知的大秘密。

　　杨壹壹看着看着,竟然生起气来,于是干脆按灭了陈晓新忘记关掉的实时摄录,决定起身出门,找人发泄一下内心的愤懑。


## 冻卵

　　同以往每次偷偷摸摸的见面不同,这回杨壹壹约段维出来,是有充分、正当的理由。当然了,那只是她自以为正当的理由。

　　实际上,她心里烦闷得慌,而人脉簿里,能同她聊这些事且一定不会拒绝她的人,就像连线题的唯一答案一样,直接划到了段维那一栏。

"你整天都不用工作的吗？"杨壹壹到达餐厅找到座位后，还没来得及坐下，就对早已在座位上乖巧地等着她的段维提出了这样的疑问。

"工作嘛，啥时候做都行，见美女可不能耽搁了。"段维站起来大手一挥，忙不迭地帮杨壹壹拉开座椅。

他还是老样子，集合了东西方人种优点的身材比例完美，搭配款式稍显夸张但剪裁得体的西装，开口一股碴子味的普通话，简直自带秀场灯光和背景音乐。过来问询是否可以上菜的服务员，不停对他投以好奇又暧昧的目光。

杨壹壹嘴上不屑地"喊"了一声，心里却明白，只有他和李零这样真正有才华的人，工作起来才能显得毫不费劲。

示意服务员上菜后，段维已经迫不及待："怎么愁眉苦脸的？是不是李零那小子让你受气啦？"

杨壹壹白了他一眼，丧气地回道："还好意思问？都怪你让我介绍蒋姜伟给李零。"

段维闻言有些意外，但他马上猜出情由，随即便表现得像个做错事的小孩，语气谨慎地问道："他知道是我牵的线后，怪你了？"

"这个他知道了倒没什么，"杨壹壹语气有些虚，宛如舞会上被冷落了却装得满脸不在乎的姑娘，"我生气的是自己成了拆散父子骨肉的元凶。"

"嗐！"段维听罢又挥挥手，"我说啥事儿呢，原来你在愁这个。我都听说了，那个搅得飞云翻天覆地的人，纯粹是咎由自取，你没必要把罪责揽到自己身上。"

"我当然明白他触犯了法律，就得承担后果，可从他儿子的立场来讲，我就是将他爸爸送进大牢的帮凶啊！"杨壹壹皱着眉头，觉得委屈极了，而置自己于此境地的人，此时就坐在眼前，"我总觉得每次见你都没好事儿。"

段维听到这句话不仅没恼，反而乐了："我怎么觉得你说的是反话啊？"他边说边得意地观察杨壹壹的反应，"要不，怎么还主动约起我来了？"

杨壹壹瞪着眼睛，没好气地大嗓门道："我是专程来提醒你，下次别给我找麻烦！"

"是是是！我保证下次再也不给你们瞎拉活儿了，"段维一脸谄媚，将服务员刚端上来的广式盅煲推到杨壹壹面前，"来，喝点儿活气补血的八珍乌鸡汤，消消气儿。"

杨壹壹皱皱眉头，假装挑剔地扒拉了两勺子，汤没开始喝，原本那些堵心的事，和眼前这位从前怎么看都不顺眼的人，竟突然间都显得没那么膈应了。

可这良好的气氛还没维持几分钟，段维就又开始显露本性，不安分起来。他边低头喝着汤，边假装不经意地抬眼问道："最近你们都接了啥有意思的活儿，说来听听呗？"

杨壹壹勺子往陶盅里一扔："你又想干吗？"

"你们又不是啥正经机构，没必要这么神秘吧？"段维嘬嘬嘴，一脸无辜。

以杨壹壹对段维白目程度的了解，这恐怕是他的真心话。她本想发火，但又联想到自己上午拒绝李零时撒的谎，突然话锋一转："你认识警察吗？"

段维坏笑着指指杨壹壹："我就知道你找我肯定有事儿。"

这头李零和陈晓新从外面回来，发现杨壹壹不在，便以为她是出去调查石雪发生的意外了。两个男人叫了外卖，在工作室继续干活。

陈晓新查人的本事日益精进，马上就查到这位泼悍的周玥，于去年年末，频繁出境前往日本，再顺藤摸瓜，原来这位嘴上说不喜欢孩子、生孩子不环保的女人，是跑去日本冻卵了。

对于周玥的言行不一，李零没表现出多少吃惊，他提醒陈晓新明天要去石雪生前居住的公寓勘察后，就再也不发一言，埋头在自己的电脑前忙活起来。直到陈晓新收拾好书包离开时，敲击键盘发出的"嗒嗒"声也完全没有要停下来的意思。

翌日一大早，两人约好直接在石雪的公寓楼下见面。

这次石雨最先到达，她等李零和陈晓新都到了后，就领着他们上了电梯，直达公寓的二十七层。

这是栋商住两用公寓，每一层都有二十来户，楼层低矮，通道昏暗。三人到达目标楼层后，路过一户门大敞着的房间，门框边挂着某商贸有限公司的门牌，探头望进去，办公室规模和办公人员的数量都一眼见底。再走两步，又遇到一个玩滑滑板的小童从屋内冲出，轮子摩擦地砖发出的声音，在通道里产生回响。陈晓新心想，还好数据社当初没选在这种地方。

石雨走到通道尽头的房间门前，掏出钥匙准备开门。

可她刚将钥匙插进孔内，门就哗的一声被人从里面拉开了。门外的三人和门内开门的人，显然都在看到彼此后受到了惊吓。

石雨愣在原地，脸上又浮现出一丝慌张，而站在她身后的陈晓新，看清门内人长相后，竟没忍住发出一阵讥笑："哟！还真巧！又见面啦。"

"你们怎么会在这里？"杵在门内的周玥，手上提着个塑料胶袋。她今天换了身较为体面的衣着，看上去都价格不菲，可周身佩戴的 logo 显眼的配饰，又无不暴露着主人的坏品味。可能是因为心虚而决定先发制人的她,边说边摇晃着脑袋,幅度之大差点儿令耳朵上那对大坠子甩到脸上。

"你怎么会在这里?"石雨有些生气,虽然还是昨天的四人,但这里已经不是周玥家,不必看她脸色。就如交换场地后的竞技运动员,她发挥主场优势,昂起胸脯反攻起来。

"我有钥匙啊!"周玥似乎完全忽略了石雨才是这间屋子此时的合法拥有者,一脸得意地将手上的钥匙串,在石雨和后面两位男士面前晃了晃。

"你为什么会有钥匙?"石雨盯着周玥手上可疑的塑料袋。

"你看看你这姐姐怎么当的?"周玥轻蔑地瞟了一眼石雨,干脆转身又进了屋。

其余三人跟上,都想看看她究竟是来做什么的。

"我这钥匙可不是偷的,是石雪生前自己给我的。"周玥就像在自己家一样,将钥匙随意地往茶几上一丢,一屁股歪在了双人沙发上。

李零和陈晓新进到屋内,看清了格局。除了局促的客厅、厨房和洗手间,只有一大一小两间卧室,小的那间,从半掩的房门望进去,目测只有两米来宽,刚好放下一张儿童床,就没有冗余了。大小卧室门之间的转角,一台小立柜上放着一只玻璃鱼缸,里面只有几根漂在水面上已经发腐的水草,并没有鱼。

"我妹妹为什么要给你钥匙?"看得出石雨在努力维持风度,忍受这个在自己已过世的妹妹家随意出入的女人。

"远亲不如近邻呗,"周玥在沙发上换了个更舒服的姿势,充满挑衅地盯着快要发火的石雨,"你妹妹跟我说过好几次,她跟你不亲。"

"她才不会这么说,你……你瞎编!"石雨一瞬气得鼻子都红了,指着沙发上不可理喻的女人,怄得舌头打结。

"昨天怎么没听你说过你有石雪家钥匙?"李零上前来替石雨问道。

"我干吗告诉你?"周玥嚣张地白了一眼李零后,又继续盯着自己手指上的一枚戒指。

"你出去,这里不欢迎你。"石雨涨红脸,似乎鼓起勇气才说出这句话。

"不欢迎?"周玥蓦地站起来,走到大卧室的门口朝石雨招招手,"你过来!"

石雨很不情愿,犹豫了半天,终究还是慢慢挪了过去。周玥随即指着房内一隅的斗柜说道:"你找找,那上面有没有摆你的照片,"紧接着又自顾自转身走到厨房,从冰箱门上揭下几张相纸递到石雨眼前,"看到没,这是我给石头做的生日蛋糕,这是我带他去迪士尼的时候,这是我作为家长陪他春游时照的,你看看他笑得多开心!"

石雨诧异地望着这些石头的单人照,她显然不是第一次见这些照片,但她肯定也没料想自己的亲外甥,会有这么多瞬间,是在眼前这位并不招人喜欢的女士的陪伴下度过的。她再次说不出话来,因为她似乎意识到,自己可能真的不是一个合格的姐姐和姨妈。这让她更加气愤了。

"可现在大人小孩都不在屋里,你还来干吗?"一旁的陈晓新看看气得发抖的石雨,决定拔刀相助。他早想找机会把昨日在那栋民房顶楼受的屈辱还回去。

"你们昨天跑了之后,我才突然想起来,之前给石头盛便当的盒子还没拿回来,所以就上来取咯。"周玥走回沙发边,打开塑料袋,露出里面的便当盒以证明自己所言非虚,"日本买的,好贵的。"

陈晓新想起自己昨天查到的事情，试探着问道："看来常去日本嘛？"

"我有什么事做？只能到处玩咯。"周玥两手一摊，颇有些得意。

"你是去做冻卵手术了吧？"陈晓新没等惊骇的周玥反应过来，接着问道，"我怎么记得你昨天还说过讨厌小孩子？"

这周玥平时肯定没少跟人练嘴皮子，反应很快："昨天讨厌不代表今天讨厌，万一哪天我突然又想要孩子了呢？我也年纪不小了，当然要预备着！你们管得着吗？"

"你很喜欢石头吧？"陈晓新想象自己是警匪片中威逼利诱、试图从罪犯口中套出线索的警察。

"当然喜欢了，那孩子长得贼招人疼，又乖巧机灵，带出去玩，街坊邻居都喜欢，和我也亲近，好多不认识的人都以为是我生的呢，让叫人就叫人，一点儿不扭捏。"周玥没反应过来。

石雨倒是明白了陈晓新的用意，加上之前堆积的怒火，她带着故意激怒对方的口吻，轻蔑地朝周玥问道："你是不是看我们家石头可爱，想着如果真是自己的儿子就好了？"

周玥再蠢，这下也明白了，她立刻像只斗鸡一样，全身的毛发都炸开呈战斗状，怒火冲天地对着屋内的三人咆哮道："你们什么意思？今天给我说清楚了！"

……

石雨不擅长吵架，又不想将妹妹房子的钥匙继续留给周玥，她趁着慌乱，一把抓起茶几上的钥匙，转身就跑，另外两位男士当然也没有留下的理由。三人再次仓皇而逃。

## 触景伤情

　　结束了一个过于漫长的夜晚，杨壹壹早早来到工作室，浇花换水，抹桌擦地，让连日来疏于整理的空间，再次焕然一新。天台上那些花花草草，她亦养出了感情，尽管围边的矮树丛没有一丝美感，种在土盆里的花儿也十分朴素常见，可她全都视若珍宝，呵护有加。

　　她从工具箱里翻出剪刀，埋身于一株茂盛的散尾葵后修剪折枝，一边回想昨晚那顿愉快的晚餐。她一直以为自己肯定生怕李零知道这件事，但这会儿，她倒忽然希望看到，他知道自己偷偷和段维约会时脸上的神情。他那石雕般的俊脸上，会不会涌现出一丝不满或妒意？他是否会用那双高深莫测的双眼，一直盯到自己如芒在背，乖乖保证没有下次？还是说面对自己的"背叛"，他会像面对陌生人间的骨肉分离一样，仍然无动于衷、充耳不闻？

　　散尾葵虚化的叶片上，又浮现出李零那日在机场冰冷无情的模样，杨壹壹还是无法释怀，这些天，她努力压抑情绪，几乎让自己变成了一个拧巴纠结、变幻无常的人。昨日餐后闲谈，段维觉察到她的变化，感叹李零总能悄无声息地就将他人的生活搅得天翻地覆。她暂时还无法理解这句话的含义，却由此清醒地认识到，自己和李零之间，一直横着一道鸿沟，而他对自己的变化表现出的熟视无睹，又进一步加大了距离。

　　她猛地将那片完美无瑕的叶片，发狠似的剪下来掷在地上，刚想踩上几脚，便侧眼看到李零从楼道平台上走了出来。他今天看起来似乎心情不错，出乎意料地只穿了一件白色的T恤，精而不瘦的身材在阳光下若隐若现，一条精纺黑色长裤裹住他修长的双腿，他正迈着不急不缓的步子,朝这边走来。

杨壹壹眼看着他钻进矮树丛,刚刚还在心里翻滚的阴霾,立刻就被冲到九霄云外,心脏也控制不住地狂跳起来。

"师妹,你来得真早。"

"是啊,呼吸点儿新鲜空气。"杨壹壹张口说话时,语气显得过于随意,一听就是心绪不宁的人刻意装出来的声音。她掐掐手臂,好让自己清醒点儿。

李零闭上眼,仰头做了个深呼吸,杨壹壹几乎又看呆,虽然花痴是她的本性,但她不得不在心里努力暗示和提醒自己:曾经完美的暗恋对象,早已消失在那日的机场,而此时眼前的这位男士,只是她的工作伙伴而已。

"昨晚睡得不好吗?"李零转头轻声问道。

杨壹壹扭过头去,突兀地回了句:"能好吗?"话一出口,她就嗟悔无及,赶忙补充道,"昨天在公安局,没问到什么内容,所以睡得不是很好。"说完她又忍不住转过来偷看李零的反应。

可李零似乎并没有留意到她情绪的波动,只是点点头,示意下楼细说。

还趴在茶几上吃早餐的陈晓新,见两人进来,立刻停下来,向杨壹壹描述周玥的不可理喻,中间还不忘建议李零干脆放弃这个案子。

"周玥让你有挫败感啊?"李零笑道,虽然他已经觉察到,这几日大家似乎都不在状态,但以他的性格,也绝无可能就此放弃。

"无语死了,这个女人。我看就是她把孩子藏起来的,她一听说石雪出了意外,就自导自演了一出抢孩子的戏。"陈晓新边说边挥舞拳头。

"没有证据前，都不好说，"李零当然知道他是出于羞愧才如此武断——毕竟周玥是他曾觊觎过的富婆，"壹壹，昨天问到什么结果没？"

杨壹壹暂时收起心思，假装自己在扮演公私分明的职场女性，她拿起笔走到白板前，在上面画起来。

"这是周玥家，马路东面的这里，是石雪家，"她指着板上刚画的简易平面图，做起了说明，"周玥家西北方的八百米处，也就是大概这里，是幼儿园。下午三点多，周玥接到石雪的电话，委托她帮忙接石头回家。平时石雪自己接孩子放学，是由西向东，过完这条马路再直接走回家，不必经过周玥家楼下；但若是周玥接孩子，她便会穿过这一大片民房区，绕过好几条小巷子，到达自己家所在的位置，等石雪忙完，再来她家将孩子接走。

"案发地点是在哪条巷子？"李零盯着图上示意为大片民房区的位置。

"就在这里，"杨壹壹用笔在周玥家西边的巷子画了个圈，"周玥家的这栋楼，和隔壁这栋楼中间的夹缝，只有不到两米，形成的巷子因为阴暗且脏乱，平时很少有人走动，但却是周玥接石头的必经之路。"

"没有监控？"

"没有。"杨壹壹摇摇头。

"附近商店的监控也没发现可疑的人吗？"坐在椅子上转笔玩的陈晓新问道。

"周玥家楼下的商铺，有朝外的监控，但都没看到抱走石头的人，也没看到石头，所以警方判断罪犯可能是朝巷子里跑了。很可惜，这是一条好几排房子的夹缝组成的长巷，没有人在这种地方装监控，罪犯可能从任何一个夹缝蹿出去，想找到他，比登天还难。"

这就是杨壹壹从段维几经辗转介绍给她的警察处了解到的唯一有用信息。关于石雪的死亡，她还没找到任何线索，她有些懊恼自己近乎白跑一趟，悻悻地总结道："这人贩子，一定对附近很熟悉。"

陈晓新听完杨壹壹的叙述，将笔往桌上一摔，摊摊手，示意大家——"我说什么来着？结论还不明显吗？"

李零刚低下头，准备整理脑袋里的线索，手机就在裤袋里震动起来。他看看来电显示，接通，并按了免提键。

是石雨打来的，她是想问李零还要不要再去妹妹的公寓一趟，因为自己恐怕这两天就要将公寓的钥匙，交到买主手上了。

"买主？"李零有些吃惊，对着电话问道，"怎么这么急就要将房子卖出去？"

"妹妹已经走了，房子留着只会触景伤情，而且这位买主一点儿都不介意家里刚刚走了人，这很难得，所以干脆就卖了。"石雨语气有些无奈。

"手续已经办好了吗？这么急着交接？"

"哦，倒还没有完全办好，但买主已经交了定金，他说没钱重新装修买新家具了，所以希望房间保持原样，自己可以拎包入住。我想着交房之前，过去把妹妹和石头的东西整理出来，顺便你们也一起再去看看。"

李零想了想，取证的工作，警方肯定要比数据社的三位专业得多，自己毕竟也不是小说里的神探，凭着蛛丝马迹就能将幕后黑手绳之以法，自然也没什么必要再跑一趟。

不过李零虽然不擅长刑侦破案，遇事却有一套独有的逻辑和分析方式，他很快便觉察出不对劲。

"这位买家，是不是认识石雪？"

"认识呢！咦，你怎么知道的？"石雨在电话那头应着另外的人，似乎是在和自己老公说话，说完她才接着刚刚的问题，继续回答道，"不仅认识，还是同事。"

"同事？！"电话这头，三人异口同声。

## 地下情

离石雨家一站路距离的地方，有一家连锁经营的 24 小时超市，不属于小型便利店，也不算大型商超，规模刚好介于这两者之间。石雪就在这家超市上班。

据石雨说，妹妹石雪是个大学毕业生，原本有份很好的工作，攒够钱买房子住在姐姐家附近，是她最大的愿望。但意外怀孕之后，为了方便照顾孩子，她只好将原计划提前，在预算内买了间狭小的公寓，并在附近找了份时间灵活的工作上班，也就是在那家 24 小时超市做收银员。

杨壹壹停好车，观察一番附近地形后，很快决定在对面的快餐店吃早餐，那里正好对着超市的大门，透过沿街的玻璃墙，能将里面的动静看得一清二楚。

对油炸食品情有独钟的陈晓新，点了两份炸鸡套餐加两大杯可乐，心满意足地端着盘子朝窗边的座位走过去。

"你看是不是那个人？"杨壹壹见陈晓新过来，指着街对面的超市大门里头问道。

陈晓新顺着她指的方向仔细观察了一会儿后，摇摇头道："看不清，给你眼镜。"说完他从书包里掏出一副眼镜递给杨壹壹，就自顾自大快朵颐了。

杨壹壹接过眼镜戴上，立刻兴奋地朝陈晓新竖起大拇指，陈晓新得意地晃了两下脑袋。

原来这不是一副普通眼镜，除了可以摄录、夜视、远视外，内置特殊材质的液态镜片还可以根据佩戴人的视力情况调整度数，甚至还能检测佩戴者的身体状况以及分析追踪目标的基础信息。陈晓新知道杨壹壹并不近视，所以已经帮她调整好了。有了这个黑科技，她也能在跟踪"嫌疑人"的时候，从容优雅地吃早餐了。

"我们怎么会没想过要调查石雪的同事？你说我俩脑子短路不好使，怎么李零这次也……"陈晓新边吃边嘀咕。

"吃还塞不住你的嘴！"杨壹壹手里抓着汉堡，眼睛却透过智能眼镜的镜片，紧紧地盯着对面超市里的动静，"之前警察肯定找他问询过，但那时候他还没买石雪的房子，当然就不会有人怀疑他了。"

"也对哦，"陈晓新点点头，将一大块鸡柳塞进嘴里，"对了，他叫什么来着？"

"徐大安，42岁。是这家超市主管，员工的排班、调休这些事项，都归他管。"

"权力还蛮大的。"陈晓新努努嘴。

杨壹壹低头看看时间，催促道："吃快点儿，他马上要换班了。"

陈晓新赶紧狼吞虎咽，生怕浪费。

"走。"杨壹壹见他吃得差不多了，开始收拾餐盘。

"要开车吗？"

"不用，他住得不远，应该会走回去。"

出了快餐店的门，杨壹壹摘下智能眼镜换上墨镜，示意陈晓新离自己远点儿，如果自己暴露了，他还可以跟上。

两人一前一后，站在离超市出口还有一段距离的地方。此时正值早高峰，两人与街上匆忙赶路的人潮格格不入，杨壹壹焦急地不停看手表,已经八点过一刻,她猜想是什么事情,耽误了一个值夜班的人下班。

就在她决定干脆进去看个究竟的时候,一个穿深褐色POLO衫、戴同色系鸭舌帽的中年男人,从出口走了出来。杨壹壹一眼就认出来,他就是徐大安。她远远朝陈晓新打了个手势后,压低头,跟了上去。

徐大安提着超市的塑料袋,里面貌似装了些面包牛奶和水果,杨壹壹猜想可能是顺路带的早餐。他出了大门,和门口扒拉垃圾桶找塑料瓶的老奶奶打了招呼,就径直顺着人行道,疾步前行。

目测这位徐大安身高有一米八以上,跟在后面的杨壹壹从快走变成了慢跑,不一会儿就气喘吁吁,后面的陈晓新因为体重的关系,加上平时又缺乏锻炼,很快就被落下了。

走了大概半里路,徐大安转身穿进了一条小路,杨壹壹见状也顾不得陈晓新了,拔腿就追,可她刚一转进小路,就差点儿暴露自己。

路边有家卖鱼的店,徐大安正站在路边弯着腰,用渔网在地上的鱼盆里捞金鱼。杨壹壹赶紧假装进店买鱼,店主看见有客人进来,大声招呼,杨壹壹只能边小声回复先看看,边用余光瞟店门口的人。

还好徐大安并没有注意到杨壹壹,店主帮他把选好的金鱼装进塑料袋,他结完账便提着袋子走了。

杨壹壹赶紧跟出去,又走了差不多半里,她觉得有些不对劲,拿出手机查看地图,发现这徐大安好像是在往石雪家的方向走。她给陈晓新发了条信息后,将手机装进兜里,继续跟着鸭舌帽。

果不其然,徐大安进了石雪家所在的公寓大楼,等杨壹壹跟上去时,却发现大厅并没有他的人影,又跑到电梯间,两台电梯都不在一层,等电梯的人里也没有徐大安,她有些慌了,急忙四下寻找。

电梯后面的转角,是安全通道,石雪家在二十七楼,他该不会……杨壹壹来不及多想,推开安全通道的门,就准备往上爬。谁知她刚跨上第一级台阶,身后就响起了一个男人的声音。

"姑娘在找我吗?"

这声音出奇的低沉,加上在空旷楼道里产生的回音,杨壹壹心虚地不敢回头。

"从鱼店就一直跟着我吧?"见杨壹壹没动静,这声音又响起来。

杨壹壹只好从台阶上收回腿,慢慢转过身来。

站在角落里的徐大安压着帽檐,看不清眼睛,但他歪着的嘴角在左脸上扯出的法令纹,就像是用刀刻上去的,右脸则埋在背光处,若隐若现,再往下,他左手提着超市的塑料袋和刚买的鱼,右手拿着什么东西,在阴影里看不清。

"你要是不说……"

徐大安往前走了一步,刚好步出阴影,杨壹壹猛地看清了他右手上的东西——一把金属折叠刀。

杨壹壹瞬间被吓得心惊肉跳,她颤抖着将手插进牛仔裤兜,慌乱中按下了紧急通话,她不确定电话播给谁了,但当震动提醒接通后,她立刻大声喊道:"我要是不说你想怎样?你是想在这个楼道里将我杀掉吗?"她刻意将"楼道"两个字说得很大声,以致音调都扯变了形。

"我……"

"你别过来!"杨壹壹边嘶吼边往后退,不想因为腿软没上两级就被绊倒在地。

徐大安立刻上前,杨壹壹吓得捂住了脸。

"水妹!"这时门开了,陈晓新大叫着举着一个拖把冲了进来,上前对着徐大安就是一顿暴揍。袋子里的水果滚了一地。

人高马大的徐大安挨了几下后,很快就将拖把夺了过来。

"你们想干什么?"他瞪大眼睛望着摔在地上的两个陌生人。

陈晓新护在杨壹壹前面,壮起胆子回道:"要杀先杀我。"

徐大安丢掉拖把,一脸莫名其妙:"我为什么要杀你们?"

"你不想杀人你拿着刀干吗?"杨壹壹从陈晓新后面探出头来,指指徐大安手上的折叠刀。

徐大安看看刀,这才反应过来:"我买来削水果啊!"

"削水果?!"

还好金鱼店的老板包装得好,袋子滚在地上只洒出了一部分水。徐大安用钥匙打开石雪家的大门后,顾不上招呼杨壹壹和陈晓新,先进厨房将金鱼放进鱼缸。一顿忙活后,他才发现自己额头上出了血。

"你们真的是恋人关系?"这边杨壹壹早已坐立不安,打人凶手陈晓新则溜到鱼缸边,假装对金鱼有兴趣。

"人都走了,我骗人还有意义吗?"徐大安没好气地翻出碘酒,查看上面的日期。

"警察不知道你们的关系吗?"

"警察没问,我也没说。"

"可为什么连同事也不告诉呢?"

"小雪说怕被人议论,所以我们一直都是地下情,没人知道。"

"那石头呢?你知道他被谁抱走了吗?"

"我也想知道啊,小雪走了,只有我能照顾这孩子了。"

"可你们没有结婚,你没有监护权。"

"这我知道,"徐大安闻言有些恼怒,"早知道,我就应该早点儿娶她,说不定她也不会出意外,我真是……都怪我犹犹豫豫,都怪我……"

杨壹壹和陈晓新离开时,他仍在沙发上,扯着头发念叨,看起来非常悲痛和自责。

虚惊一场的二人,一出公寓,便商议要再去落实徐大安刚刚的话,毕竟做这一行久了,他们早就深刻地认识到,这世上所有的事情,都不能听信一面之词。

## VR 视频

没来深海市前,杨壹壹是在老家念的高中。高二时班里来了个插班生,不仅个子高人长得帅,而且学习成绩特别好。由于杨壹壹家离这位男同学寄宿的亲戚家特别近,两人便顺理成章地一起上学,一起下晚自习回家,在学校也因为都是尖子生,总是一起讨论作业。时间久了,班里上下都传二人在谈恋爱,少女时期的杨壹壹情窦初开,对这位优秀的男同学也特别有好感,而这位男同学对于传闻从不解释,继续每天与她形影相随。渐渐地,她也以为自己和他真的是同学们说的那种关系了。直到有一天,这位男同学突然要转学,离开前只对杨壹壹做了朋友间的告别,十六七岁的她才明白,自己只是填补他短时间友情空白的普通朋友而已。

所以当超市的同事说出一切都只是徐大安一厢情愿的时候,杨壹壹特别能理解那种感受。

"我们问了超市里四位员工,有三位都说石雪根本不喜欢徐大安,但因为他是自己的上司,在面对过于热情的'照应'时,石雪只能礼貌地与之周旋。"数据社内,陈晓新向李零报告自己和杨壹壹一天的工作结果。

"还有一位说不知道他们之间是什么关系,但肯定不是情侣关系。"杨壹壹补充道,因为自己的经历,她对徐大安和石雪之间的关系,要比陈晓新想得复杂些,"不过其中一个当事人已经不在了,死无对证,徐大安之前又说过是因为害怕同事议论,所以两人才共同决定暂时不公开,等感情稳固后再做打算。也不能排除他们在石雪生前确实是情侣的可能。"

"我觉得不会,我问的那位理货大姐,据说在超市工作的时间比石雪要长,她的意思是店长觊觎石雪长得漂亮,便利用职务之便,给她排'黄金班'讨好她,而石雪因为要照顾孩子,加上经常需要请假,也只能因此欠下人情。"陈晓新反驳道。

"这都是局外人的看法,他们只能看到表面,也许石雪确实在和徐大安谈恋爱,但是她不想让人知道,才让徐大安不要说。可徐大安平时肯定少不了真情流露,才会让外人看起来是他一厢情愿。"杨壹壹据理力争。

"那你说说看,石雪为什么不想公开,两边都单身。"陈晓新也不退步。

杨壹壹摇摇头,轻蔑地看着陈晓新,似乎是在鄙视他连这么简单的道理都看不明白:"徐大安的'好心',是两人之间默认的筹码,是石雪答应与他交往才能得到的好处,但她也许在心底是不喜欢徐大安的,起码没喜欢到想跟他有结果,所以才找借口说不想同事议论,不公开恋情。"

"你的意思是,石雪在利用徐大安?"陈晓新质疑道,就好像是杨壹壹思想不单纯,才把人心想得那么复杂。

杨壹壹扬起巴掌作势要打人:"站着说话不腰疼!什么利不利用,一个单身妈妈,带着孩子在这个社会上生存有多难你能理解吗?"

一旁的李零沉默着，试图从两人的争论中拼凑出关键信息。

"这回你可能真猜错了，那位大姐还说石雪出事的前两天，她在仓库补货时，无意间撞见二人在争吵，虽然没听清具体在吵什么，但貌似吵得很凶。所以我怀疑这位徐大安很有可能是在以工作为要挟，逼石雪和他处对象。"陈晓新对自己的猜测胸有成竹。

"也说不定是徐大安催婚呢，你没听他说很后悔没早点儿娶石雪，帮她照顾石头吗？"杨壹壹不肯让步。

"徐大安对石头什么态度？"李零终于开口说话了。

"据他自己说很喜欢石头，也很希望结婚后能让石头成为自己的儿子。"杨壹壹回答道。

"对，这一点徐大安倒是没撒谎，超市员工都说他对石头很好，经常帮着照顾。"这次轮到陈晓新补充。

"你看看，要是他们不是情侣，非亲非故的，"杨壹壹抓到陈晓新话里的把柄，"徐大安为什么要对石头这么好呢？"

"正因为不是情侣，所以才需要好好对石雪的小孩，来赢得她的心啊！"陈晓新难得硬气。

"你这纯粹就是……"杨壹壹正想继续反驳，手机来电打断了她。

是段维打来的，她对陈晓新做了个"等会儿再找你算账"的手势，就跑到天台接电话了。

"我发了封邮件给你，是一段视频，有关你们正在调查的案子，关键画面我截出来了。"段维没有拐弯抹角，这让杨壹壹意识到内容的重要性，她赶紧挂断电话，打开手机查看。随后，她望着天台放空了几分钟，删除了段维的邮件记录，匆忙赶下楼。

"晓新，把你的VR眼镜拿出来。"杨壹壹一进门，就直接走到陈晓新的电脑前，将手机里的视频文件转到他的电脑上。

陈晓新这些日子来也学会了分辨脸色，碰到杨壹壹严肃的时候，他也会秒变正经，立刻进入工作状态。李零见状也靠了过来，陈晓新迅速从自己的"玩具柜"中，翻出三副 VR 眼镜。

三人都戴好眼镜后，杨壹壹按下了视频的播放键。

这是一段行车记录视频，杨壹壹操控着主视角，在一片街景中移动。

"你哪里搞来的？"陈晓新眼前是一片虚拟的全景实境，却在肉身所在的现实中捅了一下杨壹壹的肩膀。

杨壹壹早就料到陈晓新会沉不住气先发问，装作没听见，继续移动视频画面。

这片街景，距离周玥描述自己被打晕的巷子大概两百米，此时正在民房区北面的一条小街上。往前移动到街道左边的麻辣烫和沙县小吃的商铺前时，视角左转，停在了两家商铺中间狭窄的巷子前。

眼镜后的三人屏住呼吸，他们都猜到了将要看到的情景。

十几秒后，似乎是一个男人的身影，凭空从他们身后跑了出来，钻进了他们眼前的巷子。虽然只有一团黑黢黢的背影，但三人都看见了伏在他肩膀上的小男孩——是石头的脸庞，清清楚楚。

"有视角吗？"李零问道。

杨壹壹将视角转到三人身后，又将时间线往后拉了三十秒："没有，只有这一个画面。"视频上只是普通的街景，没有出现相同衣着的男人。

三人先后取下眼镜，杨壹壹将刚刚视频中的关键信息截图打印出来，贴到了白板上，旁边还贴着一张周玥家附近的地图。

"你在哪儿找到的？"陈晓新又重复了一遍问题。

杨壹壹朝他翻了个白眼，又心虚地瞥了眼一旁的李零，他没张口，但望着她的眼里却挂着一丝狐疑，似乎也在等着她的解释。

"我那个警察朋友发来的,说是警方在百顺公司的配合下,刚找到的。"

杨壹壹早就想好了该怎么撒谎,但她不得不提到百顺,因为这段VR视频所需的技术,目前在国内只有百顺公司的VR导航程序可以完成,也就是之前陆浩川代言的那个。5G普及后,VR导航顺理成章地成了更多人的选择,用户若同意分享数据,程序就可以在后台根据同时段同地点的所有行车记录数据,智能合成指定点的记录视频,未被行车记录仪捕捉到的空白的区域,则由实景地图填充,以保证视频的流畅性,但也因此无法保证拍摄对象的连贯性。例如这段视频中的黑衣男子,有行车记录仪拍摄到了他的背面,却没有车辆拍到其正面,所以当画面视角转向他正面时,出现的就是空白街景,而他不会出现在那里。

李零点点头,似乎完全没有怀疑杨壹壹的话,只是默默地盯着白板上的视频截图,杨壹壹暗自松了口气。

抱着石头的男人全副武装,穿着不起眼的黑衣黑裤,戴着毫无标识的渔夫帽,完全没有任何可细究的信息。

"这条小街是单行道,没有从另一头开过来的车,街道两边的商铺也都十分杂乱,很少有在店外安装监控的,所以我猜警察也没从中找到有用信息。"杨壹壹如此说是为了圆自己的谎,但实际她还是觉得自己有必要再跑一趟公安局,将这条信息交给警察,看能不能据此结合之前的调查,找到些线索。

"也就是说,"李零拿手指在旁边的地图上比画,"他在这里抢走小孩后,穿过巷子,到达这条街道,被行车记录仪拍到了背影,接着,又钻进了这条巷子,就消失了。"

"是的,这条巷子后面是大片的民房区,四通八达,有些稍微宽的地方车辆也可以通行,如果黑衣男子上了网约车或私家车,再想找到踪迹，恐怕就不太可能了。"

"现在的人牙子太猖狂了！"陈晓新说道。

李零摇摇头，摸着下巴："再乖的小孩，如果被陌生人抱着，都会哭闹，你们看。"他指指画面中的石头，一脸乖巧地将下巴抵在陌生男子的肩头。

杨壹壹走近些，又仔细看了两眼："嗯……而且他对地形还这么熟悉。"

"是熟人做的。"李零笃定地用手指敲敲白板，下了结论。

## 骨骼运动

"既然是熟人，我们赶紧去石雨家问问吧。"杨壹壹有些兴奋——每当案子出现关键性转折点的时候，她就会有强烈的预感。

"先等等，"李零转身走到自己的电脑前坐下，"这段视频提供的信息非常关键，我需要写个算法。"

"关于什么？"陈晓新十分感兴趣，走到李零身后。

"分析黑衣人行走时的骨骼规律的算法。"

陈晓新立刻献宝："我这儿好像有个现成的。"

"我写的更有针对性，很快的。"李零没有抬头，就好像他要去削个苹果一样轻松，"你帮忙整理下这次涉案的所有人的视频，就是智能眼镜拍摄的视频，我要用来做分析。"

"女的也要吗？"陈晓新问道，"比如周玥？"

"这不废话吗？女扮男装多轻松的事。"杨壹壹替李零回答道，转头又朝李零问道，"那我做点儿啥好？"

"你约一下石雨，不管一会儿有没有结果，我们都要登门一趟。"

李零抬起头朝杨壹壹微笑了一下，就立刻继续低下头全神贯注写算法了。

陈晓新当然相信李零写的算法更精准，也想像以前一样围观，好趁机学点儿技术，但是如果等李零已经写好算法，自己还未整理好视频，那也太丢脸了，所以他只能老老实实坐下开始干活。

等到陈晓新将视频中出现过的人的运动样片全部截取出来，编好号，李零那边也宣告自己完成了"骨骼运动分析算法"。

"这么快？"陈晓新边接收文件，边撇嘴嘟囔。

李零倒满一杯咖啡，朝他扬扬杯子，说道："我也有现成的，只是稍微加工了一下。"

杨壹壹也倒满一杯咖啡，走到陈晓新身边等着看结果："我已经和石雨约好了，她说我们今天什么时间过去都行。"

李零点点头，朝陈晓新说道："开始吧。"

"先看谁呢？"陈晓新从一开始就怀疑周玥，此时自然最先点开了周玥的样片，准备分析，"我看她嫌疑最大。"

"交给算法吧，数据是不会让人失望的。"李零拍拍陈晓新的肩膀，"我设定行走数据匹配度在90%以上，才能被算法默认为疑似同一个人，一般不相干的两个人，很难超过30%的匹配度。"他对算法做了简单的解释。

陈晓新点点头，导入了八段行走视频，大多数都是在周玥家时，她去泡茶时拍摄的。算法程序上，出现两个模拟窗口，左边是虚拟的黑衣人行走时骨骼运动的3D动态模型，右边是算法根据周玥的运动视频，模拟出的同角度3D动态模型。

接下来三个活人都不说话了，目不转睛地盯着屏幕上两具人骨模型原地踏步，等待算法分析出它们的匹配度。其实只是短短几十秒，可也许是因为做这一行的，天生对读条敏感，三人都屏住呼吸，僵在那里，默数着进度条上的百分比。

终于，进度条走到尽头，程序自动弹出了"2%匹配度"的结论框。三人还是没说话，神情严肃地等着下一个人。因为陈晓新准备的运动样片里，只有周玥目前看起来嫌疑最大，而剩下的徐大安、石雨和王思远，后两人明显不可能，如果徐大安也不匹配的话，他们手上就没有匹配对象了。

尽管三人都心照不宣地希望这最后的独苗能匹配上，但结果却恰恰与他们期待的相反，"4%的匹配度"是徐大安的匹配结果。三人看到结果，都有些沮丧，陈晓新干脆将石雨和王思远的运动样片数据也导入算法，结果当然也不匹配，分别是2%和8%。

"没关系，"李零稍作思考，继续说道："壹壹，你替我去面摊找一下老贾吧。"

"哦？"杨壹壹有些意外，自己从未单独去过老贾那里，她不明白李零这次让她单独去的用意。

"我和陈晓新去石雨家，给她看看黑衣人的视频，看她能不能想到什么，"李零没有抬头看杨壹壹，"你去老贾那里，把石头的照片给他，让他帮忙留意黑市上买卖儿童的讯息，以防万一。"

杨壹壹这才后知后觉地明白过来：李零已经留意到她的情绪变化，原本十分笃定抱走石头是熟人所为的李零，因为担心杨壹壹拒绝与他一起前往石雨家，才给她找了这么个事做。

她没说话，不动声色地点点头，拿上外套和小蓝出门了。

到达石雨家时，晚饭时间刚过，石雨正在收拾碗筷。

"你们先坐，我洗个手，马上过来。"石雨系着小碎花围裙，与家居风格相称。她应门后便闪入厨房，没过几分钟，便用托盘端着两杯绿茶走出来。

"是有进展了吗?"石雨解下围裙放到沙发扶手上,朝李零问道。

李零从陈晓新手上接过平板,打开已经转成普通模式的视频,递给石雨。

"视频上这个男人你认识吗?"

视频里,男人出现的时间不过四五秒,石雨看完后惊讶地看着李零:"找到石头了?"

"还没有,不过你看,"李零探过头去,在屏幕上将石头的脸放大,"石头被这个人抱着,并没哭闹或不高兴。"李零又将画面还原,"所以我们猜测石头认识这个人,你仔细看看,有想起来是谁吗?"

石雨将平板凑近又拉远,反复看了好久,最终还是摇摇头:"这戴着帽子,连后脑勺都看不清楚,实在认不出。不过怎么可能是认识的人呢?我实在……"

"你再仔细想想,石雪生前有没有与什么别的人走得很近。"

"实话说,那天周玥虽然蛮横,但她说得也没错,我对亲妹妹的了解,还不如她。自从小雪生完孩子后,就和我疏远了很多,虽然偶尔还是会见面,但她话比从前少了,也从来不会跟我聊自己的生活,我也不想逼她,所以对她身边的人,了解得都很少。"

说话间,门响了,石雨应声站起来。

"老公,回来啦?"

"诶!"王思远应了一声,见屋内有客人,便朝这边点点头,坐在门凳上换鞋。

原本李零想等他过来后让他看看视频,但石雨已经等不及了,抱着平板跑过去问道:"老公你看看,这个人认不认识?"

工作了一天的王思远似乎有些疲惫,他换好拖鞋,将公文包放在了凳子上，接过平板，他刚看了一遍，便抬起头，疑惑又惊惶地望着李零和陈晓新。

两人以为他辨认出了黑衣人，便站起来等他走过来。

王思远捧着平板，走到沙发边，又来来回回看了几次视频，一会儿放大石头脸的位置，一会儿放大黑衣人的背影，脸上的表情暧昧不明。

"你……认识吗？"石雨忐忑不安地望着自己的丈夫，又问了一次。

李零和陈晓新也期待着他能点头，好让黑衣人的身份水落石出。

但他们的期望再次落空，王思远将平板还给石雨，同时遗憾地摇摇头，说道："没见过，你认识吗？"

石雨失望地垂下肩膀，抿起嘴朝自己的丈夫摇摇头。

王思远满含爱意地冲她一笑，又轻轻抚了抚她的肩膀："我先进去换下衣服。"

说完他再次朝两位客人点点头，转身离开客厅进了里间。

李零觉得他的眼神有些古怪，但也不能明确是什么缘由。陈晓新想起身告辞的时候，李零突然起了心思。

"等你先生出来，你们再看一遍吧。"

"我不认识，他就更不可能认识了，除非小雪来我家，他俩平时也没机会见面。"石雪说道。

"还是让他再帮你看看吧，一个人的记忆，会有盲区。虽然这视频里只有个背影，但若真是熟人所为，你们多看几遍，说不定能想到些什么。"

石雨闻言点点头，又看看平板上定格着的画面："石头这孩子我带得少，虽然他不是个喜欢哭闹的孩子，但也会怕生，如果是陌生人抱着，他不会这么乖的，最起码也会有哭过的痕迹。"

"我去催催。"几分钟过去,里屋还没传来动静,石雨将平板放到茶几上,站起来也走了进去。

陈晓新捂着嘴,凑过来小声冲李零问道:"你是不是怀疑这……"他话未说完,就看见石雨已经出来了。

"来了来了,"石雨从照片墙的通道走出来,拿起平板递给王思远,"你再看看,多看两眼,说不定是哪个咱只见过一两次的人。"

王思远换了身家居服,神态变得更加疲惫,他强打精神朝两位客人颔首,又接过平板,仔细看了几遍视频。

"确实不认识。"他有些抱歉地将平板还给李零。

李零接过平板的同时,满含深意地看了他一眼,在眼神接触的瞬间,李零捕捉到他试图闪躲的目光。

"那我们只好将这份视频交给警方,让他们根据运动数据,分析一下这个人的身份。"李零看似无意地说道。

"这怎么分析,只有一个背影。"王思远笑着问道。

李零让陈晓新将分析骨骼运动算法的原理给王思远讲了一遍,自己则在一旁观察起他的表情变化。其实这些都只是李零在悄悄试探,等陈晓新说完后,他果然上套了。

"还是不要给警方了吧,我们相信你们胜过相信警方。"王思远额头上似乎沁出了一排细汗,他站在石雨旁边,用一只手臂搂着石雨,李零看到他的手用了用劲,似乎在向石雨暗示什么。

"是啊,之前警察连这段视频都没找到,还说是人贩子所为。"石雨接话道。

"这种事,还是告诉警方比较好。"李零坚持道。

"可是……"情急之下,王思远也找不到说辞,只能低着头,不再发言。

"那我们先告辞了。"李零站起来,同陈晓新朝大门的方向走去。

石雨赶紧跟上送客。

王思远望着李零,似乎有些不甘心,但最终也只是交代了一句:"有消息请第一时间通知我们。"

李零望着他笑笑:"这是自然。"

## 碳基CPU

走出石雨家,天色已经完全黑了下来,小区里家家户户都亮起了灯,加上路灯和月光,倒也亮如白昼。

陈晓新走在前头,李零走得很慢,他边走边用脚轻轻地磨蹭地面。陈晓新回头时,发现他已经落下了十几米。

"水妹,你看你师兄在干啥呢?"陈晓新打开摄录眼镜,连接上杨壹壹,小声对着镜脚的隐藏麦克风说道。

杨壹壹这会儿刚从老贾的面摊回来,心里正不是滋味,这会儿看到李零这副模样,更加百感交集。

但李零完全不知道两位同事的品头论足,自顾沉浸在大脑里构筑起的数据模型之中。他低下头,闭眼整理现在掌握的所有线索。

从石雨委托数据社寻找石头开始,目前唯一直接的证据,就是行车记录仪拍摄到的视频。从视频中石头的面部表情,可以判断出抱走他的黑衣人,一定是他认识的人。那么以石头为圆心,首先是他的父母:妈妈石雪已经意外去世,用骨骼运动算法,也初步排除了她交际圈中嫌疑最大的两个人;而孩子的父亲,身份不明。

想到这里,李零抬起头,夜空中月朗星稀,夜幕像一块没有边际的屏幕在他眼前铺开,他一时兴起,将脑海里零散的线索化成一组组数据,一一放置到这张巨大的屏幕上。

石雪不告诉任何人孩子的父亲是谁，就代表她不承认此人的身份。石雪死后，在血缘上，石头就只剩下父亲一位直系亲属，假设这位父亲知道石头的存在，按常理来说，他肯定会想要将孩子带走，这样一来，他就成了嫌疑最大的人。可孩子的父亲如今在哪里呢？什么原因让石雪连自己的亲姐姐都不肯告知？

　　接下来是石雪的姐姐和姐夫，石雨心思单纯，看不出什么异常，但这个王思远……没有直接证据，李零不敢断言刚刚在石雨家，王思远看到视频后的反应，是否藏着猫腻，但结合第一次到访时，王思远的特地拜托，强调无论如何也要找到石头。李零总觉得王思远的言行，有些奇怪，但具体是什么，他一时无法判断。

　　至于周玥和徐大安，两人的存在，都从侧面证明了石雪确实在有了孩子后，跟姐姐关系疏远，这又是为什么呢？石雨看起来温柔体贴，怎么看都是位好姐姐。

　　剩下还有什么人呢？李零想起周玥从石雪家冰箱上扯下来的照片、想起石雨家的照片墙、石雪的遗像、石头的生日会、周玥和石头的合照、石雨家的全家福、石雨的公公和婆婆、石雨的前同事……一张张照片从他眼前闪过，照片中的每一个人：每个人脸上的表情、照片的背景、拍摄日期……李零将它们像幻灯片一样在黑色的屏幕上循环播放，任何微小的细节都不放过。

　　为什么石雪从来没和石雨夫妻有过合照？他们是因为姐妹之间的嫌隙而很少接触吗？还有，为什么石雨和丈夫还有公婆四人的全家福，只有三张，后面这几年为什么不拍了？是因为石雨无法怀孕而导致了婆媳关系破裂吗？

　　想到这些疑问时，李零脑海中一瞬又闪过王思远看到视频时的神情，他突然有了一个大胆的假设，如果这个猜想成立的话，那所有的线索，就都可以连得上了。

"演算完毕。"李零又在脑海里过了一遍自己的猜想,当所有的线索都摆在一起连成线的时候,真相往往是呼之欲出的,"原来是这样。"

陈晓新凑过来问道:"咋啦?"

"啊,抱歉,差点儿把你忘了。"李零这才注意到还在一旁的陈晓新。他因为处于复杂的头脑风暴之中,以为时间过去了很久,但其实也只是一小会儿。

"你发现什么了吗?"陈晓新完全不计较,而是对李零刚刚的状态十分有兴趣。

"你看……"李零指着天空中的几颗星星,用它们代表自己脑中的线索数据,详细给陈晓新讲解了一遍自己刚刚的分析。

"我去,老板,你这脑袋简直就是一颗碳基CPU,随便捡个东西当作屏幕,就能运行起来啊。"陈晓新虽然早就无数次见识过李零的本领,但每次再见时,还是忍不住发出惊叹。

李零挥挥手,既不想谦虚也不想继续探讨,就好像这是极为寻常的事情,不值一提。他突然转身,边大步往回走,边说道:"与其在这边猜想,还不如直接上去问清楚。"

陈晓新赶紧快步跟上。

来应门的王思远看到李零和陈晓新,明显吃了一惊,但从他脸上自知天命的神情,李零更加确定自己猜测应该没错。陈晓新打开刚刚为了省电而关掉的摄录眼镜,提醒杨壹壹工作时间到了。

"你们……怎么……"石雨应声从沙发上站起来,从她神情,能看出她是真的毫不知情。

"我想知道,你们为什么到现在还没生孩子。"李零知道这个问题会显得很不礼貌,但这与他稍后要揭露的事情相比,根本不值一提。

"你……你问这个……"石雨看看自己丈夫,有些不知所措。

王思远却只是盯着他和李零之间的一团空气,不吱声。

"是我的问题,"石雨迟疑了一下,两手握到一起,蹙眉回道,"我身体不太好,一直在调理,但……"

"也就是说是你的问题导致的不孕?"李零又问道。

虽然陈晓新已经知晓内情,但他还是被李零单刀直入的问话吓得心惊肉跳。石雨明显也被李零的直截了当弄得慌了神,她像平日一样,惯性地望向自己的丈夫,希望他能替自己应付眼前这局面。可此时此刻的王思远,却一副魂不守舍的模样,完全无暇顾及妻子的求助。

"公公婆婆对此是什么态度?"

石雨咬咬牙,说道:"公婆是农村人,思想自然会保守些,因为我没给王家添子添孙,二老确实有些不开心,但好在我老公一直在中间周旋,所以我也没受什么委屈。只是……"石雨望望王思远,欲言又止。

"只是好多年都互相不来往了对吗?"李零问道。

石雨非常吃惊:"你怎么知道?"

李零转向照片墙,回答道:"你和丈夫还有公公婆婆的合影,只有三张,也就是你们结婚的头三年,之后的四五年,你们再也没拍过全家福。"

石雨闻言低下头,小声地说道:"我也不想闹成这样,只是公婆……"她似乎快要哭出来了。

"视频里的黑衣人,你再看一遍。"李零没有顾及她的情绪。

石雨抬起头,虽然有些不情愿,但碍于情面,她还是从陈晓新手里接过了平板。

一旁始终沉默的王思远终于按捺不住，走过来搂住石雨的肩膀，面无表情地对李零说道："你们别逼她了，她是真的看不出来。"

"但你看出来了，"李零望着他，笃定的眼神让王思远无法直视，"对吗？"

石雨一开始没反应过来，还在想李零这话到底是什么意思，但等她反应过来后，立刻从王思远的怀里弹开，一脸惊恐地看着自己的丈夫，就好像看着一位完全不知底细的陌生人。

## 山顶小屋

位于深海市北部的清门县，是同省最偏远的县城。这里地貌多山，人文守旧，在经济和文化领域的发展，较相隔只有两百公里的深海市，相去甚远。

"这下可以尝尝地道的清门炖鸡了。"陈晓新从后座凑近驾驶位上的杨壹壹。

杨壹壹自然不会搭理他，对着车前方的路面翻了个白眼后，将车开下高速，转到了一条布满裂纹的水泥路上。同一个省，出发时深海市还是晨雾迷蒙，这会儿一进入清门县，烈日便显现出了它的凶猛本色。好在道路两旁的植被越来越茂盛，能阻隔部分光热。这些无人修剪的枝叶，在空中放肆延伸，遮天蔽日，似乎要将这个县城隔绝成另一个世界。后视镜里的视窗，在强光下经过灰尘的反射有些失真，但也足够杨壹壹判定那台黑色的奔驰，是否还跟在后面。

"倒成了你带路，"陈晓新干脆转过头去，望着后车嘀咕，"这不是他老家吗？"

透过后车前玻璃，依稀能看清前排的王思远和石雨，两人都像自动驾驶席上的机器人,没有多余的动作,后座的李零就完全看不清了。

"嗳,水妹!"陈晓新拍拍驾驶座的椅背,试探着问道,"你最近是不是有意躲着老板?"

"我干吗躲着他?"杨壹壹肯定不会承认。

"那老板让我跟那两口子的车,你干吗非要他跟?"陈晓新不识趣地戳穿。

"你那么不靠谱,万一王思远临阵退缩,跑了咋办?"杨壹壹懒散地说道。

"我怎么可能……"

"我说,"说到李零,杨壹壹脑子里闪过一个疑问,"你看啊,你老家在哪儿,你家有几口人,你姐姐叫什么名字,甚至你姐姐家小孩吃什么奶粉我都清清楚楚,对吧?"

陈晓新被问得有些摸不着头脑,只能顺着她回答:"是啊。"

"我的同事、同学、朋友,你和师兄也多少认识一些的对吧?可师兄呢?你觉不觉得他太神秘了?"杨壹壹头稍微往后转了转,继续问道。

"段维算是他同事吗?"陈晓新终于搞懂了杨壹壹的意思,"关键是我们也没问过他吧。"

"你敢问吗?"杨壹壹加重了语气,似乎有些埋怨,"问了也没用,他肯定会敷衍过去。"

"你试试看嘛,说不定他谁也不告诉,偏偏就愿意和你说呢。"陈晓新故意挖苦道。

"算了算了,懒得和你说。"杨壹壹对着后视镜里的陈晓新做了个恶狠狠的表情,"还有两公里,你给师兄发个信息。"

陈晓新扯着嘴巴坏笑,拿起手机,在群里联系李零,提示他快到目的地了。

坐在王思远车上的李零，车下高速前一直在闭目养神，车上的另外两人，也是从头到尾都没说过一句话。王思远的沉默，在情理之中，倒是石雨也从头到尾一言未发，让李零有些意外。

剩下的两公里，都是在爬山，时近中午，气温逐渐攀升，待车顺着碎石子铺就的小路爬到半山腰，再穿过一条两旁树木稀疏的小道后，杨壹壹将车停在了一个村庄前，因为再下去已经没有车可以行驶的道路了。她从后视镜里看看停在后面的奔驰，示意陈晓新下车。

后车也跟着停了下来，李零从车里出来，活动了几下脖子和膝盖，才见王思远和石雨打开车门，缓缓下车。王思远朝杨壹壹和陈晓新点点头，就自顾自低头走在前面，朝眼前十几间错落的砖房走去。

也许是天气过于炎热，村民们都躲在屋内，只是偶尔有一两个小孩站在屋前朝他们张望。王思远一直低着头，似乎不想被人认出来。没走几步，他就在一间房子前停下来，虽然从外表砖墙的纹路能看出来，用来造这些房子的砖都是从一个厂出来的，但王思远眼前这栋，明显要比周围所有的房子都豪华许多。他抬头看看紧锁的大门，又回头看了眼走在最后的妻子，不知该如何是好。

这时，门前小径上，一个穿着胶鞋戴草帽的行人，从茂密的山林中走了过来，他瘦弱不堪，草帽下露出来的脸，皮肤黝黑，一双无神的眼睛，空洞带着丝惊慌地注视着眼前的一行陌生人，似乎他才是这里的闯入者。

"李叔！"王思远看清来人，提起精神喊了一声。

来人凑近些，又打量了几眼后，眼里骤然起了生气："远子？"

"是我，我爹他们呢？"王思远忽视了对方的惊喜和热情，他此时无心叙旧。

被叫李叔的人，操起方言对着他来时的那条山路一阵比画，王思远也不时用方言应两声。数据社的三人和石雨，都听不懂他们在说什么。

等李叔走后，王思远垂着双手盯了地面许久，才像一台不得不运行起来的机器，抬起脚朝山路的方向走去："他们上去守山了，住在山腰的老屋。不远。"

人也不接话，只是在后面跟着。此时他们最好的选择便是沉默，等待着时间推移，真相一步步被揭开。

山路并不好走，树木也变得越来越稠密，一株紧挨着一株，突出地面的树根就像无数骷髅的手，存心要将路人拽倒。穿着运动鞋的数据社三人，走起来倒是没有什么负担，可穿着小皮鞋的石雨，就有些吃力了。王思远似乎非常习惯在这样的山路上行走，他一下也没有回望，闷头走在最前面，偶尔才停下来等人跟上。杨壹壹示意陈晓新上前跟着王思远，自己则退到后面，搀扶石雨。石雨有些过意不去，她没料到此行会需要爬山，但也没多说什么，依然愁云满面地沉默着。

一行人又默默走了二十来分钟，山路逐渐平坦，前面的视线也开阔起来。终于，跟在王思远后头的陈晓新，透过几排李子树，看见了一间半石墙半木板墙的旧屋，泥砌的石篱在矮灌木丛后若隐若现，肆意疯长的美人蕉足有一人高，大有淹没旧屋之势。王思远突然停下来，钉在原地，李零和杨壹壹也跟了上来，大家都看到了旧屋。

许久过去，王思远仍下不了前进一步的决心。杨壹壹看看李零，他一只手插在裤兜里，另一只手撑着下巴看着山下，似乎在欣赏风景。陈晓新试图躲开石雨的注意朝杨壹壹使眼色，她点点头，正欲上前时，一个男童的尖叫声伴随着被惊吓到的鸡叫声，打破了沉默。

王思远的身体骤然收紧，似乎前面的树林里，蹿出了一头怪兽。接着，一阵妇人哄赶鸡群的声音传来，王思远握紧双拳，脸上突然浮现出怒不可遏的神情，随后便大步朝旧屋的方向走去。

后面的人见状，也加快了步伐，特别是石雨，走得比任何时候都要着急，几步就将数据社的三人抛在了身后，她之前所有的沉默，似乎都爆发在这一刻，爆发在男童的声音响起的时刻。

等数据社的三人跟着赶到时，眼前的场景又再次定格，一位五十岁上下的男人，抱着一个男童，定定地看着王思远，他前面站着一个比他还要高出不少的妇人，强悍的表情，似乎王思远是山里蹿出来的毛贼。

"爸、妈，你们怎么能……"王思远的脸拧成了一块布。

"爸、妈……"石雨也跟着开口，她看看公公怀里的石头，又转头看着自己的婆婆，脸上糅杂着不解、震惊、愤怒和难以置信的神情。

妇人扭过头去，并未答应，似乎想假装不认识她。

这肯定就是王思远的父母了，杨壹壹偷偷朝陈晓新撇撇嘴，又转头看看李零，他站在原地，脸上还戴着墨镜，面无表情。

"姨！"石头认出石雨来，脆生生地叫人，同时张开双臂，在王父怀里扑腾，想要石雨过去抱他。王父赶紧将他的手拂下，又把他往怀里搂紧了些。

"爸，你们想抱孙子我知道，但这是我妹妹的孩子，你们这样不说一声，实在……我们急坏了，到处找，都报警了。"石雨往前一步，本想去抱石头，看公公的动作，她只好停下来。

王父不为所动，横着脸望着自己的儿子。

"爸，"王思远声音压得非常低，"你们不能就这样带走孩子。"

王母闻言上前两步，将双手叉在腰上，直直地瞪着自己的儿子，似乎他刚刚说的话荒谬至极:"我的孙子,我为什么不能带回来?"

她严厉的语气加上高嗓门,让所有人都吓了一跳,杨壹壹怀疑这声音在如此空阔的地方,恐怕能传出一里地。等众人从这声音的威慑力中回过神来,才开始思索起这话里的意思。

但真相已经如此显而易见,石雨差点儿重心不稳,她无助地看着周围的人,公婆、丈夫、数据社的三人,所有人脸上的表情都在告诉她,她是最后一个知道真相的人。

"老公,"石雨最后将目光锁定在王思远身上,"妈的话,是什么意思?"她的声音和身体都在发抖,就好像大雪天只有一件单衣御寒的人。

然而此时烈日当空,空气没有一丝流动,失去了树荫的遮蔽,暴晒片刻就使人汗流浃背。

王思远这一路以来,都在避免与石雨对视,加上此刻的沉默,石雨的问题,早就不答自明。

石雨见状,顾不得有旁人在,扑上去不停地摇晃着王思远的肩膀:"你说啊!究竟是怎么回事?你倒是说话呀!"

但王思远就像是田里的稻草人一样,任凭石雨怎么恳求,他始终一言不发,眼神空洞地望着山下的方向。

"石头,"杨壹壹正思考要不要过去平复一下石雨的情绪时,李零出人意料地开口了,"是他的儿子。"

李零的声音不大,但已经足以让石雨停下动作。她转头望着李零,痛苦地放开了自己的丈夫,瘫倒在地上。

鸡群在她不远的石堆旁踱步,不时相互啄斗,发出怪叫。

"我的天!"她又似乎瞬间想到什么,猛地从地上弹起来,用更加愤怒的语气冲王思远质问道,"你对石雪做了什么?"

王思远摇摇头,用手捧着脸,缓缓蹲下身体,低声啜泣起来。

原来这才是他最不愿面对的问题。

"孩子都这么大了,"王母洪亮的声音再次响起,她明显是想要袒护自己的儿子,才忍不住开腔,却始终没拿正眼看石雨,"你现在问这些有什么用?"

"别告诉我,每天和我睡在一起的,是个强奸犯?!"石雨顾不上王母的苛责,抬高分贝,音调都变了形,"你说话啊!"她弯下腰冲蹲在地上的王思远咆哮起来。

"小雨!你听我说,"王思远缓缓站起来,两只手想要去扶住石雨的肩膀却被她躲开,只好不知所措地停在空中,"事情不是你想的那样……我只是一时鬼迷心窍,被酒蒙了心智……"

石雨用力摇摇头,抹去脸上的泪,努力稳定住自己的情绪。几十秒后,她用异常冷静的语调冲王思远说道:"我想知道真相。"她直愣愣地盯着王思远的双眼,好让他无处遁形。

王思远深知此时自己再也无法回避,但他实在难以启齿自己曾经的恶行,结结巴巴尝试了几次怎么开口后,终于心一横,直述起来:"你还记得那一年,爸妈都劝我离婚吗?但是你也知道我有多爱你,我怎么可能和你离婚……"

"别和我扯这些!"石雨愤怒地打断他,这些往日的温情,如今听起来,让她嫌恶无比。

王思远扭头看了自己的父母一眼,再次痛苦地低下了头:"我很少喝那么多的……那天晚上……实在……实在是……"他完全说不下去了。

"难怪妹妹从不告诉我孩子的父亲是谁,"亲耳听到真相的石雨恍然大悟,"她是怕我难过,所以才独自承受这一切!"

"她原本不需要承受这些的,我让你们离婚你们不听,要是远子当时和孩子妈结婚了,不就没有这些事了吗?"王母不合时宜地插进来。杨壹壹观察她的表情,发现她是那种典型的蛮横无情、强词夺理的妇人,她是不会意识到自己所说的话有多么荒谬的。

但石雨面如死灰,对婆婆的话无动于衷,很显然,王母能说出这样的话,她一点儿也不意外。倒是王思远朝自己的母亲走过去,低声喝道:"妈,你别再说了,别再逼我们了!"

一直抱着孩子的王父上前一步:"事情已经到了这一步,你们想怎么样都不关我们的事,但是这孙子,是我们王家的独苗……"

石雨闻言,眼里愤怒的火苗再次复苏,她死死地盯着公公婆婆,一字一句地问道:"我妹妹的死!跟你们有关吗?"她似乎是终于发现,自己低估了眼前这两人的底线。

数据社三人和王思远听到石雨的发问,也大感意外。之前李零从王思远看到黑衣人的表情和线索,只是猜测石头是被爷爷奶奶抱走,可石雪之死,难道也跟他们有关?他们都震惊地看着王父王母,等待他们的反应。

王父一脸不屑,讥笑道:"你瞎说些什么?"他眼神凶狠起来,"在我们这里,乱说话是要被赏巴掌的。她死就死了,怎么会跟我们有关系?我们去接孩子的时候,她不还好好的?"他边说边朝王母扬扬下巴,似乎是想让她也说两句。毕竟杀人可不是小罪名。

可这身形彪悍的王母,这会儿突然缩起身子,眼神飘忽,一脸做了亏心事的模样。

这下轮到王父惊讶了,他一手抱着孩子,一手上前推了一把自己的老婆:"我只是让你盯着她,你做了什么?"

"妈!你说话啊!"见自己的母亲不说话,王思远也奔过去,怒吼起来。

"我说我去抱孙子,让你拖住她,不是让你……唉!你这婆娘!真是你干的?"王父放下石头,急切地确认道。

"妈！这可是杀人！"王思远脸上青筋暴突，声音狰狞可怖。

二人先是齐齐责问王母，可被问得发急的王母哪是省油的灯，接着就是三人的互相指责，就像三只在石堆上互啄的公鸡。

此时日头已升至当空，待惯了冷气室的石雨，受不了这高温和一个个残酷事实的侵袭，几度差点儿晕过去。被晾在一旁的石头跑过来扯住姨妈的衣角，石雨看着他，也终于号啕大哭起来。几只不明真相的公鸡，莫名其妙开始打鸣。一时间，争吵声、哭声、鸡叫声，哄闹着响成一片……

陈晓新朝李零和杨壹壹示意，自己已经报警。眼前的情境三人没办法插手，只能顶着烈日站在一旁，看着这出荒唐的家庭闹剧，等着警察赶来。

# 第三章
## 电子文身

"吴斌他们这一代人,处在互联网技术高速发展的时代,是隐私前所未有缺失的一代,他们很容易没有安全感。这时家人的信任,就是他们在面对冷酷的互联网时最后的堡垒。即使那个真正的偷窥者永远都找不到,但父母的信任,会让他无所畏惧;即使在外面无法阻挡流言蜚语,但家仍会让他觉得安全温暖,让他能够自由自在地呼吸。"

## 数字舍监

早晨八点不到，李零已经坐到了百草咖啡店里他的老座位上，老板娘端来一份三明治和一杯咖啡，在与这位忙碌的熟客点头示意后便知趣离开，任他坐多久也绝不再上前多说一句。

李零很满意这一点，位于咖啡店一隅的这张桌子，被绿植环绕隔出的专属空间，让他可以放松神经全身心投入手上的事情，而且这地方连两位同事也不知道，是他的秘密基地。只不过……

"你真在这儿啊？"

李零还未吃完早餐，就被一阵辨识度颇高的声音打破了周遭的和谐。他抬起头看了来人一眼，也不作声，放下手上的三明治，端起咖啡品起来。

"服务员！"段维拉开李零对面的椅子，朝着吧台的方向喊道，"随便整点儿啥喝的来。"

老板娘有些不悦，李零冲她点点头，她便极不情愿地埋头冲咖啡了。

一点儿没变,还是一如既往地开口就招人讨厌,不过他的儿化音倒是有进步,听起来似乎没以前那么刺耳了,李零心想。

"怎么样?"段维坐下后朝李零扬扬下巴,似乎在和一位老朋友打招呼。

李零哭笑不得,一时想不出新鲜的词,来让他有些自知之明,只能放下咖啡,无可奈何地摇摇头盯着他看。

"Come on!"段维见状挥挥右手,"装酷也要有个限度吧!"

"有事?"

"没,"段维缩回手,有些心虚,"早上起早了,无聊,所以来看看。"

"很闲嘛。"李零又端起咖啡呷了一口。

老板娘走过来给段维上了咖啡,离开时还丢下个白眼,他当然全然不觉,端起咖啡颇有些得意地冲李零说道:"那是,你也知道,我可是在ACX历练过的,百顺的工作好应付得多,就随便指挥指挥,轻松惬意。"

李零懒理他的炫耀,脸上挂着一贯礼节性的微笑,转向窗外,继续品咖啡。不一会儿,他突然想起什么,转过头来问道:"为什么不将VR导航与警方的系统连起来?如果犯罪率和破案率都因此下降的话,不是更值得炫耀吗?特别是找回失踪儿童这么功德无量的事情,以后你就名垂青史了。"

"'名垂青史'?这个词是说死人的吧?"段维放下咖啡,脑袋往后一缩,李零会和他说这些,他似乎有些吃惊,又有点儿受宠若惊,"不过你以为我没想到啊,只是哪有那么容易。"

"哪有那么难?"李零面无表情地加问。

段维解开一颗西装扣子,屁股在椅子上扭了扭,一只手支在桌子上比画道:"都好解决,主要技术上还有些壁垒,比如……"

"我知道。"

"你知道?"

"嗯,对你来说难,对我来说不难。"李零傲娇地说道。

"嘀!"段维冷笑一声僵住脸,歪着嘴角看着李零,除了不满,一时也没理解他话里的意思。

"不难。"李零端起杯子冲段维轻轻在空中画了个圈,随后脸再次转向窗外,似笑非笑。

"哈哈哈……"突然明白过来的段维,忍不住靠在椅子上放声大笑,惹得老板娘又朝他翻起白眼,"要是你肯帮忙的话,我……"

李零喝完最后一口咖啡,收拾起自己的电脑和外套,站起来对着空气说了声"走了"。段维也站起来,双手叉在腰上,盯着李零离开的方向,很久后,仍站在原地忍不住发笑。

离开百草咖啡,李零在回数据社的路上,一边走路一边继续在脑中思考刚刚被段维打断的运算。就在他不紧不慢地踏上通往数据社大门的最后一层台阶时,抬头看见门口站着一个背书包的少年。李零皱起眉头,因为这位少年看起来颇有些奇怪。

少年应该是个高中生,这是从他清瘦的身形和校服判断出来的。他戴着黑色的帽子和口罩,长长的刘海又遮住了整个额头,超大镜框的墨镜则将他的双眼挡得严严实实,整张脸完全看不见任何细节。他双手插在校裤口袋里,垮垮地站着,时不时前后摇晃几下,看上去十分可疑。

"你找谁?"李零迈上台阶,越过他推开了数据社的门。

少年显然受到了惊吓:"我……"他不敢抬头,就好像李零是教务处主任,问他为什么会上课迟到。

门内的杨壹壹和陈晓新闻声过来。

"这谁啊?"杨壹壹一开始以为站在门口的少年是李零带回来的,但看李零也一脸茫然的模样,她便对着少年上下打量起来。

虽然少年穿着深海市高中生统一的校服,但他身上的运动手表、运动鞋和书包,全都是价格不菲的名牌,成色也很新,不似普通小孩那样,得磨损穿旧了家长才给换新的。由此判断,这位少年的家境肯定相当优越。

少年被如此打量,显得更加紧张,他埋低脑袋,抖着一条腿,从口罩后面传出结结巴巴、毫无底气的声音:"我……我,我是你们的……我是房东……"

"你是房东?"杨壹壹头往前一伸,"这可骗不到我。"

"……的儿子!"少年加重语气,终于抬起头来,郑重其事地宣布道。

杨壹壹看了陈晓新和李零一眼,撇着嘴点点头后,将少年让进了屋。

李零将外套挂起来,抱着双臂站在门边。少年进屋后畏畏缩缩地四处观察,小心翼翼在杨壹壹指给他的沙发上坐下。三个成年人的目光都紧盯着他不放,他双手无处安放,像是已经开始后悔前来此地了。

陈晓新递给他一罐可乐,他正要接时,陈晓新又缩了回去,指指他的脸,他这才意识到自己脸上还戴着各种"装备"。待他将帽子、墨镜和口罩全都摘了下来,三人终于看清楚了他的脸。

虽然刘海仍然遮着半边眼睛,但大概轮廓已经能辨识出来。五官清秀,面色白净,长相挺大众的,没有十分突出和特别的地方。但稍微仔细一些,便不难从他那有些颓废厌世的神色中看出,他此刻正在经受着某种心灵上的煎熬,且对此束手无策。但他似乎并不打算主动开口,抑或是不知该如何开口。数据社三人只好循序渐进地轮番盘问,才渐渐搞清楚了他唐突造访的目的。

少年名叫吴斌,深海市育才高级中学高二在读,是数据社所租房屋房东吴庆杰的独生子。

据他的自述,他此刻确实身处在一个巨大的麻烦之中——父母对他实施了全方位的监控。所有属于他的电子设备,包括电脑、平板和手机,都被父母安装了监控软件,他所有的通信、浏览、下载记录,包括已经删除的文件,父母都可以随时查看。虽然如今这种青少年监控软件,已经合法化,它们有一套完整的说辞,来让父母和舆论认为,这是为了孩子好。但别说是原本乖巧听话的吴斌,这对于任何处于青春期,向往自由和个性的青少年来说,都是无法忍受的精神酷刑,他因此和父母爆发了有史以来最大的冲突。

可最终他也无法说服父母撤销监控,整日活在被窥视的状态之下。就在他濒临崩溃,甚至想要离家出走之时,他突然想起以前偶尔几次从父母的交谈中听说过的壹零数据社。他从网络上大概了解了一下数据社的经营范围后,便萌生了进行委托的想法。

"这么说,你是瞒着父母来的?"杨壹壹坐在沙发上,用手指拨弄着一缕额边短发,"就不怕我们去告状吗?"

年纪轻轻的吴斌,当然听不出来杨壹壹是在故意捉弄他,立刻就给出了一条幼稚的观点:"我听说,房东和租客通常情况下都是敌对关系,那敌人的敌人,不就是朋友了吗?"说到这里,他环视了房子一眼,竟然有些扬扬得意起来,"再说,我可是独生子,迟早有一天,这些房子都会到我名下,到时候,我给你们免租!"他语气豪爽,说得好像继承房子就是明年的事情一样。

数据社三人先是面面相觑,接着都被他逗得哈哈大笑。

"你爸妈把你养得这么高高大大,你却因为一点儿小事就把他们当敌人,盼着早日继承遗产,真是没良心啊,"要不是第一次见面,恐怕杨壹壹早就一巴掌朝他脑袋上拍去了,"而且,我们和你爸妈也不是敌人啊,我就见过房东一次,应该就是你妈,之后全都是通过网络转账付的房租,最多,也只能算是一面之缘的陌生人。"

见三人都笑话他,少年的脸上有些恼怒:"你们真是没有同情心!说得轻松,一点儿小事?完全没有一点儿隐私的生活啊,真不如把我送去少管所。"

"那你倒是说说看,你爸妈为什么要这么防着你?"李零收起笑容,一本正经地看着咬着手指生闷气的少年,"总不会无缘无故吧。"

吴斌一看有人说理,立刻昂起头看着李零,嘴巴快速地嚅动了几下后,他又丧气地低下了头,一副难以启齿的样子。

杨壹壹心想他肯定做了什么不太光彩的事情,所以才不好意思说,但他不说清楚,大家搞不清楚状况,也没办法帮他拿主意,只好清清嗓子,假装严肃地说道:"要是没有个正当理由,我们只能通知……"

"别别别!"吴斌抬起头来直摆手,"你们不帮就算了,千万别告诉我爸妈我来过这里。"

"谁说要告诉你爸妈了,赶紧说,磨磨唧唧的。"杨壹壹佯装不耐烦。

这次吴斌便不再犹豫了,一股脑将父母监控自己的原因全盘托出。

两个月前,吴斌班上有个叫黄磊的同学过生日,他趁父母出差不在家,在自己家搞起了生日派对,被邀请到场的除了全班同学,还有很多吴斌不认识的外班同学。结果当晚在派对上,有一位女同学在洗手间发现了偷拍设备，质问之下，无人承认，她便愤怒地报警了。

后面的细节吴斌也不太清楚，总之校领导找到他家时，说是让他配合调查。原来偷拍的摄像设备上有身份编号，警方据此找到了售卖的店铺，又从监控中找到了买设备的人，虽然这人戴着鸭舌帽，但面部识别技术依然从附近几所学校的学生档案数据库中，匹配到了吴斌。

一头雾水的吴斌，声称自己是无辜的。他当晚确实去参加了生日派对，但他向来对这种荷尔蒙无处宣泄的派对提不起精神，亦对自己同龄的高中女生无兴趣，便在派对开始没多久，提前回家练琴了。

那天晚上父母晚归，无法证明吴斌确实早就回来了，虽然警方最后通过小区监控暂时证明了他的清白，但这个消息不知怎么就传到了同学中间。在没找到真正的偷窥者之前，大家的矛头都指向了他。有同学传言说他提前离开就是布下设备后回家实时欣赏了，甚至还有造谣者说看见他当晚鬼鬼祟祟在厕所门外徘徊。

最令吴斌寒心的，是父母也不相信自己。包括互联网知识完备的父亲，悄悄检查了钢琴记录器。记录器是父亲为了监视他有没有好好练琴而安装的，在没找到直接证据的情况下，父亲竟然试探性地问他，是不是有办法调整钢琴记录仪，用以前的记录覆盖。

"那你有吗？"完全被剧情吸引的陈晓新听到这里，忍不住发问。

"我要是有这技术，现在还来找你们干吗？"吴斌垮着脸，没好气地回道。

"小小年纪开什么派对，纨绔子弟，不学好。"杨壹壹的关注点总是不一样。

"黄磊家是我们班最有钱的,平时班上的同学都趋炎附势地围在他身边,他吹什么牛都有人附和,这次也是一直在胡说八道,本来警方已经排除了我的嫌疑,可……"吴斌声音越来越低,头再次垂到胸前。

一直安静听他讲述的李零,关注点倒不在此,现在国内的高中生效仿影视剧中的美国高中生,动不动就开派对搞出点儿事情来,已不是什么新鲜事。他的关注点在吴斌描述的事件本身。

"你见过那段售卖摄像设备店铺拍下的监控视频吗?"

"嗯……"吴斌没有抬起头,只是用下巴点了两下自己的锁骨,"我看过一次。"

"你说不是你,那么他是不是长得特别像你?"李零再次默默地打量起吴斌的脸,他脸上没有任何疤痕、痣、青春痘、文身、胎记等显著特征,白白净净的,怎么也不像是会做那种龌龊事的小孩。

"很奇怪,我觉得一点儿也不像,但警方说是根据面部识别出的结果才找到的我,那语气就好像是说即便他也觉得不像,但电脑说是我就绝对没错。"似乎打小认知里就是正义化身的"警察叔叔",却不肯相信他的话,让他着实委屈,他眼眶里都泛起了一层泪水。

"现在线上线下,无论什么交易,大部分都是依靠面部识别完成,连金融系统都认定的技术,这本身就是对它至高无上的肯定,所以绝大多数普通人,都不会怀疑。也因为这样,导致你爸妈也不信任你吧?"李零这番话,既是安慰,又是打击,惹得沙发上还在憋泪的吴斌,一瞬间激动起来。

"就算那技术再怎么肯定是我,就算他们所有人都不相信我,我自己还能不知道那不是我吗?我又不梦游!"

一旁的杨壹壹有点儿被惊到,斜着眼偷偷看李零。

而李零完全能理解吴斌百口莫辩的心情，眼前这个看起来毫无城府的少年，令他动了恻隐之心，他将手插进裤袋里，缓缓说道："我相信你。"

这下杨壹壹更加惊讶了，她看看陈晓新，也正用大小眼吃惊地看着李零。因为这不像是李零会说出的话，在事情仅仅只有一面之词的情况之下。

"能给我那家店的地址和名称吗？"李零没有理会两位同事的目光，继续向吴斌了解情况。

"我原本不知道那是哪家店，但有次黄磊和别的同学在我旁边冷嘲热讽时，说那家店是他表叔开的，事情发生后，他为了替女同学打抱不平，第一时间去看了监控，还说那个买设备的人，虽然穿着肥大的衣服戴着帽子，但一眼就能看出是我，我……我真是想打人！"吴斌眼里喷火，似乎回到了被同学羞辱的场景之中。

"这么大个子，打人太幼稚了。"李零走过去拍拍吴斌的肩膀，"你留下店铺地址，我们尝试着帮你找一找真正的偷窥者。"

吴斌一听赶紧从茶几上抓起一张便利贴，在上面写下设备店的地址，说道："如果能揪出真正干这事儿的人，我就解脱了，现在真的太痛苦了，每天过得暗无天日的。"

李零看着低头用力写字的吴斌，虽说确实有些幼稚，但又透着让人不忍辜负的单纯。他朝杨壹壹和陈晓新点点头，算是通知他们这案子接下了。

吴斌走之前，留下了一个电话号码，说是他前不久为了躲避爸妈的监视，买的"安全号码"。陈晓新站起来看着他离开的方向，感叹道："我们数据社，现在真是什么事情都管啊。"

"不值得管吗？"李零坐到沙发上笑了笑，"守护祖国的花朵呢。"

"我看他八成是在担心这小孩儿没钱付佣金吧。"其实这是杨壹壹自己的担忧,但她偏要赖到陈晓新身上。

"这倒是不用担心,恐怕他的零花钱比我们赚的还多。"

"是啊,你看他那限量版的球鞋,好几千呢,而且据我所知,我们这儿连着三栋楼,都是他爸妈名下的资产。"杨壹壹言辞之中不无酸意,"唉,深海市太多这样的富二代了。真是投错胎啊。"

"你去傍一个吧,好让我们俩也沾沾光。"陈晓新不知死活地打趣道。

"你为啥不去啊,"杨壹壹这次没动粗,而是使用了语言暴力,"哦,我想起来了,就你这硬件,富婆看不上。"

两人相互挖苦,李零早已见怪不怪,自顾自在脑子里盘算着自己的事。

## 面部识别

不到十点,骄阳已将城市烤得酷热难当,壹零二人站在深海市会展中心正门前的广场上,等待着姗姗来迟的陈晓新。

"怎么这么磨蹭?"见陈晓新颤着一身肥肉奔过来,已经全身冒汗的杨壹壹忍不住埋怨道。

"我这不是给大家买喝的去了吗?"陈晓新将抱在胸前的易拉罐递给二人,"小心喷气泡。"

"去存了吧,等下要排队安检,不方便带液体。"李零说完领着陈晓新朝存包柜走去。

两人回来时,杨壹壹早就等不及,三人赶紧进入场馆,汇入排队进场的安检队伍中。

三人这次来参加的是深海市地方政府举办的互联网展览会，旨在搭建深海市与世界互联互通的国际平台。得益于深海市得天独厚的地理优势和互联网行业的迅猛发展，此展会才举办至第三届，就已经在全国乃至全世界产生了不小的影响力。所以十点才开馆的会展前，早早就排起了等待入场观展的长龙。

不过进场速度却比三人预想的要快很多，不到二十分钟，三人就已从队伍的尾端，移到了距离安检咫尺之地的自检区。在这个区域，有显示屏和语音的温馨提示，提醒大家请勿携带宠物、危险物品进场等。过了这个区域，三人并未发现平时在各大交通枢纽处会看到的拿着金属探测仪的安检人员，也没有发放类似展会都会有的观展证。

协助入场的工作人员并不多，只在安检门左右，有两个长得一般高的、穿简单黑色制服的年轻男人在引导人流。他们的行为举止彬彬有礼，划过人群的眼神点到为止，说话就像是重复播放的录音：先生，请配合安检；女士，这边请。杨壹壹觉得他们俩要么是演员在练习如何扮演人工智能，要么就的确是新型的人工智能。

很快三人离安检门就只有几米的距离了，李零朝杨壹壹和陈晓新示意，他已经掌握了摄像头的位置。另外两人点头会意，分别从口袋里掏出自己的装备——李零戴上那副平时不离身的大墨镜，陈晓新则顶上了一款造型夸张的帽子，杨壹壹掏出防雾霾的活性炭黑色口罩，将眼睛以下的部分遮了个严严实实。

等到三人经过安检门时，两位"人工智能"并没有拦住他们，这反倒让他们有些不自然起来，等过了安检门，一抬头，三人就明白了他们顺利过来的原因。悬挂在会场入口处的屏幕上，一闪而过三人的动态证件照，那是杨壹壹填写参会资料时提交的个人档案中的——即使他们想着花样遮挡脸部，安检系统还是通过面部识别技术,精准无误地识别出了三人的身份信息。

"只是一个展会而已,他们的面部识别系统就做得如此精密,不愧是互联网展会啊。"刚一进入会场,陈晓新就嘀咕起来。

"毕竟这么多国际友人参展,不能出任何事故。"杨壹壹摘下根本没起到作用的口罩。

"是啊,我也没想到他们的面部识别矩阵会做得这么严密,只要露出脸上的任何一个局部,就能从登记的数据库中提取出信息。吴斌的学校应该也是采集了这样的小型身份数据库。"李零也悻悻地从脸上取下墨镜,"看来下次得戴潜水头套了。"

"不过你们说这才几年啊,面部识别就已经完全不需要人工复检了。连以往最严密的机场安检通道,人工安检口都退出主流了。"陈晓新补充道。

"人类本身适应环境的速度就很惊人。你们还记得仅仅十多年前的铁路系统,乘客还不需要携带身份证,维持治安仅凭乘警抽查吗?如今的互联网技术,只要面世,一旦等到大多数人适应它,人类就会立刻失去一个职业。"杨壹壹咂舌道。

三人边说话,边找到了这次展会的主要赞助商,也就是此次展会的面部识别安检软件供应商的展区。展区的展棚搭建在整个会场最显眼的位置,占地面积也比其他公司大很多,但里面却没有一个工作人员。杨壹壹这次比李零更快发现门口用来识别面部的摄像设备。"王女士、张先生,期待您的再次光临,再见。"三人与一对结束参观的男女擦肩而过,一跨入棚内,刚送完客的AI女音随即对他们欢声迎道:"杨小姐、李先生、陈先生,欢迎光临。"

"杨小姐?!为什么她是女士,要叫我小姐?"杨壹壹闻声一个激灵,指着刚刚出去的那位看上去和自己差不多年纪的女士的背影低声问道,"一个展会而已,就需要调查我的婚姻状况?太……

太……"她觉得既可怕又厌恶,一时找不到精确的词语来描述内心的情绪。

"还不是你自己填的表。"陈晓新将手插在裤兜里,四下张望。

"我可没填啊!"杨壹壹厉声否认。

"你没在这家公司填,也在别家公司填过,即使你从来没在任何地方填过,你还怕他们无法根据你的数据测算出你是否单身?这是最基本的大数据应用了,而且他们的推算比你身边最亲近的人还要准,"陈晓新挠挠头,故作机灵地说道,"因为他们是绝对不会向已婚人士投放相亲网站广告的。"

"我知道!还用你说,只是感觉很不舒服,这些人,这些个公司,他们也太明目张胆,似乎已经完全不避讳了。这让我觉得被冒犯了。"

陈晓新两手一摊,耸耸肩做了个无可奈何的表情。

两人说话间,李零被一台无框屏上播放的视频吸引,驻足观看。

"面部识别出现在公众视野才几年啊,这视频竟然叫'面部识别的历史'。"李零将手撑在下巴上,微微摇摇头。

陈晓新和杨壹壹也走近看起来。视频里有一个 AI 女声,配合着三维动画,科普着面部识别的原理:

"首先是算法,这受到了人类大脑处理数据的启发;其次是要有一部摄像机来成像,就像我们的眼睛一样;接着还需要建立一个数据库,用它来储存已经识别完成的人的数据,以我们的大脑为例,每个人大约可以记住两千人,而大脑就是我们的数据库;最后是算法的运行,这需要计算能力,人脑可以非常轻松快速地进行计算,所以我们通常意识不到,但实际上,当一个人看到另一个人的脸时,大脑内部会发生海量的计算,这是我们与生俱来的能力,以至于我们根本察觉不到。不过,就像是人脑识别也会出错一样,计算机算法下的面部识别也并不是一项高准确率的运算。"

科普完，视频开始介绍1995年利用面部识别技术开发出的第一款商品"Facelt"，它为数字世界打开了全新的大门，但数据社三人对后面的内容已经失去了兴趣。

这时，杨壹壹又发现了一台新奇的机器。机器上贴着"情绪测算器"的标志，人对着上部的摄像头做表情，屏幕上就会显示出利用面部识别技术鉴定出的人的真实情绪，也就是说你此时是真笑还是假笑，真开心还是假开心，这台机器都能识别出来。

"这要是升级几次，说不定就可以用来考验演员了，演技好不好，识别一下，这样一来，那些个流量小花，就没办法祸害影视圈了，也算是面部识别的另类贡献吧。"陈晓新鄙夷地摇头笑道。

接下来三人随意逛了逛展区，但因为他们此次就是冲着面部识别技术来的，所以也都是走马观花草草掠过。

很快三人就将整个主会场的展区浏览完了，却不想在会场最里头，又出现了一道安全门，门上挂着"VIP体验区"的标志。杨壹壹没有报名这个区域，因为进入这里不仅需要提交面部信息，还需要提供声纹信息。这些信息加起来基本上已经可以打通银行系统的个人安全账户了，如果采集者心怀不轨或是不小心泄露，那么想要收集自己在互联网上的所有隐私信息，都易如反掌。她觉得十分不妥，便放弃了。

但这个VIP通道下，同样还是有不少人出入，他们不仅要进行人脸识别验证身份信息，还要对着机器说一句随机的句子，来进行声纹识别。

杨壹壹看着那些在机器前进进出出的人，眼前出现一幅漫画里的场景：完整肉身进去的人类，被一个注射器抽取体内物质后瘪成一只人形气球，这些物质被转换成一组数据后重新注入人类的身体里，人类的肉身内从此涌动的全是无数密密麻麻的数据，就像千万只蚂蚁。

联想至此,杨壹壹觉得毛骨悚然,起了一身鸡皮疙瘩,赶紧拉着陈晓新和李零离开了展馆。

## RATter

中午李零和杨壹壹在外面吃完午饭回来,陈晓新已经找到摄像设备售卖店内拍到的"吴斌"的监控视频。

"你们就不用问我怎么搞到的了,"陈晓新接过杨壹壹手上给他打包的外卖,故作神秘地说道,"有些事情,不问会简单很多。"

壹零二人早就对这个道理心照不宣。

"才没有人要问你。"杨壹壹白了他一眼。

陈晓新吃饭的工夫,李零根据在美国工作时的经验,写了个算法雏形,和展会上的面部识别算法基本类似,都是在小型数据库里提取面部矩阵来进行识别。他让杨壹壹将吴斌发来的面部信息导入算法,与陈晓新拿到的监控视频进行匹配,匹配结果很快就出来了——虽然视频里只拍摄到部分面部,但根据露在外面的三分之一分布矩阵,算法依然判定匹配率在85%。这一结果说明,警方和学校在处理吴斌案的时候,使用的算法是可靠的,结果是具有强参考性的。最后警方和学校并未对吴斌定罪,许是因为也明白算法并非百分百准确,所以匹配结果不能作为直接证据。但即使只有这85%的匹配率,就足够让吴斌跳进黄河也洗不清了。

"我原本以为,是算法出了问题,说不定我写的算法,能让这二者完全不匹配,"李零指指电脑上吴斌的面部信息和监控视频,"只要匹配不上,这事就跟吴斌没有关系了。"

"你也只是抱着试试看的心态吧？"杨壹壹站在一旁，"这种算法市面上同类型的，框架基本都一样，不会有什么太大的问题。"

李零点点头，看看墙上时钟后对杨壹壹说道："现在是学校的午休时间，你看看能不能联系上吴斌。"

杨壹壹应声拿起手机，给吴斌的安全号码发了条信息。

不一会儿，就收到了回信，杨壹壹看了一眼，就嘀咕起来："这可咋整？"

"说啥了？"陈晓新刚灌完一罐可乐，打着嗝随口问道。

"他说，"杨壹壹照着手机上的内容读起来，"'今天翘课了，我电脑被人黑了。'"

念完信息，杨壹壹皱起眉头看向李零。

"你们跑一趟吧，看看什么情况。"李零想了一会儿后说道。

"我也去吗？"陈晓新确认道。

"嗯，帮他看看电脑什么情况。"

吴斌把见面地址定在了他家附近的商业中心，等杨壹壹和陈晓新赶到约定的咖啡厅时，他已经在外部营业区等了很久。由于正逢下午上班和上课时间，此时咖啡厅的客人寥寥无几。吴斌这次没有穿校服，但脸部仍然和上次一样，全副武装，因为个子不矮所以看不出是未成年人，穿着也很时髦富贵，偶有路人经过会朝他打量，估计以为是碰到了某位明星。

"你们这小区配套真高级。"陈晓新一坐下，就开始四下张望，没话找话。

吴斌摘下脸上的"装备"，勉强笑了笑，跟二位打完招呼并帮忙点单后说道："本想让你们去我家，但我怕我妈打麻将突然回来了，只好约这里了。"

"无所谓，"杨壹壹挥挥手，"说说吧，什么情况？"

吴斌张了张嘴巴，还没开口，陈晓新看到放在他面前桌上的电脑，指着它问道："是这台吗？"

"嗯。"吴斌身体微微往后退了退。

"Can I？"陈晓新朝那台贴满了海贼王贴纸的电脑示意道。

吴斌小心翼翼地拿起电脑，像甩开烫手山芋一般丢给陈晓新："我再也不敢打开了。"

陈晓新接过电脑放在自己的膝盖上，佝偻着背，"噼噼啪啪"操作起来。吴斌在一旁很紧张，不时拿手掌摩挲自己的运动裤。

"发生了什么？"杨壹壹看在眼里，询问起具体情况。

吴斌正欲回答，侍者过来上咖啡，他只好烦躁地低下头，等待侍者离去。之后也不看杨壹壹，他盯着自己的腿回答刚刚的问题："我们班有同学建了一个班级群，八成是黄磊干的。这个群是为了讨论偷窥事件而建的，所以没加我进去，里面有个没有备注名字的小号，"说到这里，无处泄愤的少年狠狠地抓起运动裤捏成一团，"我估计也是黄磊！发了很多我电脑上的东西到群里。"

"你电脑里有什么？很严重吗？"杨壹壹有些不解地问道。

愤怒的神色还未退去的吴斌突然羞愧地低下头，杨壹壹见状用一副过来人的口吻安慰他，青少年电脑里有一些不可描述的东西存在，也不是什么大不了的事。

吴斌摇摇头正欲解释，陈晓新突然直起身体，在电脑上打开几段视频，转过来对着另外二人说道："是这些吧？"

吴斌看了一眼就继续低下头，等待杨壹壹仔细查看视频内容。原来这些视频是用手机偷拍的，主角是一个与吴斌年纪相仿、穿着校服、长相清秀可人的女孩子。杨壹壹看了好几段，几乎都是在上体育课或是学校食堂的角落偷拍的。接着陈晓新又打开了一段特别的视频——是一段剪辑制作的鬼畜视频，除了用吴斌偷拍的视频做素材，还有显然是黑掉吴斌电脑后，开启了电脑摄像头拍摄到的吴斌。视频制作者将这些素材剪辑在一起，配上夸张的文字和特效，将吴斌塑造成了一个变态偷窥狂。

杨壹壹看了一半，将视频的音量关掉，然后转向一旁红着脸的少年问道："你是不是喜欢人家小姑娘？"她一点儿都没有因为视频怀疑吴斌真的是偷窥狂。

吴斌没有回答杨壹壹的问题，而是急着解释道："我并没有做什么过分的事情，拍那些视频，只是希望回家后或者放假时可以拿出来看看。"

"我明白。"杨壹壹完全能理解，十几岁的年纪，情窦初开，有爱慕的对象很正常。只是这和之前的事情联系在一起，在同学们眼里，正好说明他真的就是一个惯性偷窥者。

"但你不在群里，是怎么知道的？"一旁的陈晓新没杨壹壹想得那么多，他一边在吴斌的电脑上飞快地按着键盘，一边问道。

显然陈晓新的问题让吴斌更加难为情了，低下头轻声回答道："王云倩告诉我的。"

"就是你喜欢的那个姑娘吗？"杨壹壹笑笑，开导道，"那至少她还是相信你的，别灰心。"

"她让我以后离她远点儿。"吴斌的声音几不可闻。

这回答让杨壹壹一时语塞，只能沉默着等待陈晓新操作完成。

"可以了！"几分钟后，陈晓新将电脑还给吴斌，"以后只要不随便点开不知名的网站，就没问题了。"

吴斌看着电脑，不太敢接。

"怎么了？"陈晓新晃了晃电脑，一脸不满，"不信我？"

"不是不是，"吴斌连连摆手，忐忑地接过自己的电脑，问道，

"他们对我的电脑做了什么？"

"哦，没什么，就是最基础的RAT攻击。"陈晓新搓搓手，满不在乎地说道，就好像刚刚搓死了一只蚂蚁。

"RAT是一种远程管理木马病毒，这种病毒的恶意代码可以挟持电脑和手机，并完全控制它们。使用RAT病毒攻击电脑和手机摄像头的黑客叫RATter。你的电脑完全没有任何加密程序，对于RATter来说太轻松了。"

"这么高级？我的电脑就这么脆弱？我装了很多杀毒软件啊。"吴斌耷着脸，似乎有些委屈。

"有什么高级的？你别一听到'黑客'，就觉得高大上，其实他们通常只是点开了一个链接，然后对着列表往下拉，找到自己感兴趣的视频，点进去，就连上了对面的摄像头。"这些专业知识虽然浅显，但陈晓新很乐意在眼前这个少年面前显摆。

"嗯？"吴斌来了兴趣，"那这些建立列表的黑客，又是怎么找到这些摄像头的？"

"用'Shodan'，世界上最可怕的搜索引擎，它本来是管理员和开发者用来浏览日益壮大的物联网的一种工具，可是它却暴露了一大批互联网漏洞——网上有无数台未经加密的设备，"陈晓新努嘴指指天花板上的监控，"你看到的这些监控设备，只是冰山一角。"

陈晓新说得很详细，但吴斌显然已经不感兴趣了，他转而将问题引回自己身上："那你们接下来准备怎么办？"

刚刚才起了兴致的陈晓新，有些不满话题就此中断转移，抱起双臂摇摇头，示意让杨壹壹给他解答。

杨壹壹端起桌上的咖啡杯，喝光了里面的最后一口咖啡："我们无法保证能找到真正的偷窥者，但是，或许可以找到一个方法，来证明视频里的那个人不是你。"

吴斌闻言抿了下干燥的嘴唇,他似乎不太满意这个回答但又别无他法,只能勉强点点头,与二人道别后,戴上"装备"离开了。

## 现金支付

第二天是周六,数据社内有很多日用品需要补充,想要亲自去超市挑选的杨壹壹,需要一个"劳工"。因为陈晓新要睡懒觉,杨壹壹只能约上工作室唯一剩下的男人。虽然她在心里还没完全解开之前的结,但她知道毕竟是天天都要见面的人,自己总不能一直苦着一张脸,避免和他单独见面。她决定暂时将那些不满的情绪放到一边,努力投入眼前的工作和生活之中。

拿着先前列好的购物清单,壹零二人分头行动,杨壹壹负责纸巾、零食等轻量物品,李零负责清洁用品、饮料等重量物品。两人目标明确,动作迅速,很快便各自推着购物车来到收银区前集合。杨壹壹检查核对货物无误后,开始在人工通道排队结账。

因为两人需要现金结账,所以无法使用自助收银机,人工收银区虽然有很多机器在同时工作,但因为是周末,每台机器前都排着十来位等待结账的顾客。杨壹壹一眼望去,观察了十来秒,就近选择了一位动作麻利的年轻收银员。

她的选择果然没错,很快便轮到他们,收银小妹笑起来有个甜甜的酒窝,她充满朝气地朝李零问道:"有会员卡吗?"

"没有。"杨壹壹边从购物车里拿商品出来,边抢答道。

"需要购物袋吗?"

"不需要。"

"一共七百三十一块四毛二。"

"OK。"李零从西装内袋里掏出钱包,从里面抽出八张一百元的人民币。

收银小妹的笑容似乎长在脸上,她接过现金,按开了收银机,飞快地扫了一眼后,有些抱歉地对李零说:"不好意思,零钱不够了,可以使用线上支付。"说完,她便将识别器转过来,按照李零的身高,对准了他的脸部。

李零有些尴尬地摆摆手:"呃,我没有面部识别支付账户。"

收银小妹闻言打量了一眼李零,接着目光又飞快地转向杨壹壹求助。

杨壹壹心领神会,豪迈地站到识别器前对收银小妹说道:"扫我的。"那架势就好像她帮李零挡着的是一挺机枪。

收银小妹感激地冲杨壹壹笑笑,将购物小票打印出来递给她:"欢迎下次光临。"说完又忍不住看了李零一眼。杨壹壹知道她肯定不是因为李零帅气的外形才多看这一眼的。

两人走出超市,推着购物车来到室外停车场,将物品一一装进环保袋后放进车的后备厢。

"其实,"李零一边将一瓶消毒水递给杨壹壹,一边说道,"我这种坚持也没什么作用,墨刺文身可以选择要不要文到自己身上,但电子文身……"李零有些无奈地摇摇头。

"是啊,这几年,人脸识别技术就像几年前一度兴起的 RFID 芯片植入人体技术,只不过这一次,我们没有选择的余地,线上支付迟早会完全取代线下支付,就像很多年前,我们的祖先用货币取代以物换物。人们也不需要那么长时间的适应期了。你看导航就是个最明显的例子,因为更方便更快捷,很快所有人就都无师自通地将它融进了自己的生活。"

杨壹壹说完这些,所有货物也都转移完成,她从一个纸箱里掏出两瓶饮用水后，示意让李零帮忙合上后备厢。

李零拍拍手上的灰尘，刚要拧开水瓶，突然看见不远处一对双胞胎小女孩正在追一只气球。气球好巧不巧，正好飘到杨壹壹头顶上。

杨壹壹顺手一抓，却不想气球已经升到了她够不着的高度，李零眼疾手快，一把拉住还在往上升的气球绳子，将气球带了下来。

两个小女孩赶紧跑过来，两双水汪汪的大眼睛齐齐看着眼前这位高高的陌生人，不敢说话。

她们都留着乖巧的妹妹头发型，还穿着一模一样的粉红色连衣裙和白色小皮鞋，样子乖巧可爱得任谁都会忍不住想要逗一逗。

李零弯下腰来，和颜悦色地朝女孩们问道："你俩谁是姐姐谁是妹妹啊？"

一看李零并非凶巴巴的大人，两个女孩立刻露出孩童才有的天真笑容，其中一个甚至调皮地歪着头反问道："你猜！"

"嗯……"李零抿着嘴假装想了一下，用手掌在其中稍微高一丁点儿的那个女孩头上拍了拍，"你是姐姐？"

"错啦！"两个女孩立刻恶作剧成功般地开心大笑。

"原来你才是姐姐啊？"李零将气球递给看起来更加古灵精怪的姐姐。

"谢谢叔叔，"姐姐接过气球，又看了一眼站在旁边的杨壹壹，指着两个大人问道，"那你们俩谁是哥哥谁是姐姐呢？"

李零转过头看了一眼正在喝水的杨壹壹，发现她一脸幸灾乐祸。

这时妹妹傲娇地白了姐姐一眼，抢在李零前面回答道："笨蛋，他们是老公和老婆。"

"噗……"杨壹壹一口水喷到地上。

"你怎么知道？"姐姐不服气，噘着小嘴。

妹妹指着不远处也在后备厢前整理货物的父母，奶声奶气地说道："只有老公和老婆才会一起逛超市。"

回数据社的路上，杨壹壹全程都很不自然，她只要一想到刚刚双胞胎的对话，脸就一次次地红到脖子根。但李零似乎一点儿没将此放在心上。

"还是想当然了，"李零松了松自动扣紧的安全带，原来他在反省自己刚刚的误判，"以为高一些的一定就是姐姐，却忽略了很多姐姐都没妹妹高的事实，更何况双胞胎出生的顺序，其实通常也就只是差了几分钟而已。"

"是啊，很难分辨的。"杨壹壹随口应和道，"不过陌生人也只能靠身高来评判了。"

李零点点头，抻了抻衣服的褶皱，突然联想起什么："壹壹，我突然想到一个问题。"

"什么？"杨壹壹扶着方向盘，正视前方路况。

"如果吴斌和真正的偷窥者身高不一致的话，我们在面部识别的基础上再加上身高测绘，是否就能排除掉吴斌的嫌疑了？"李零稍微有些兴奋地看着杨壹壹。

杨壹壹转头看了李零一眼后慌忙转回来："是呀，对哦，我们之前怎么没想到。看来你没白白被那两个小家伙捉弄。"

李零笑了笑，不再说话。两个小女孩刚刚的对话，其实也在他心里激起了一阵涟漪。他扭头看看专心开车的杨壹壹，不禁开始假设：抛开那些是是非非，若自己真和师妹走到一起，两人性格上的互补，加上彼此之间的默契和了解，或许真能组成一个完美的家庭也说不定。

发现自己被偷看的杨壹壹，扭过头来明媚地朝他笑了笑。这笑容立刻让李零从自己的臆想中回过神来,并否定了刚刚的假设——倒不是他觉得杨壹壹有什么不好,他只是太清楚自己内心的那片阴暗之地,那里随时都有可能滋生蔓延出大片的藤蔓,捆绑得他喘不过气来的同时,还会祸及身边的人。

他觉得自己配不上这样的笑容。

一回到数据社,李零便开始心无旁骛地埋头写算法,杨壹壹给吴斌打电话问完准确身高后,将刚买回的物品,一一放置进收纳柜。

等她忙得差不多时,李零已经写好算法,喊她过去检验加入了身高测绘后,监控视频里买设备的人和吴斌的匹配结果。

结果几秒钟就出来了,果然,吴斌比视频中的人,高了1.5厘米。

"这说明不了问题,我两个月前,确实比现在要矮。"

杨壹壹再次向吴斌报告这一结果时,吴斌在电话里如是说。

"我又忽略了青少年还在长身体。"李零有些沮丧,这已经是他一天之内的第二次误判了。情绪有些低落。

"周一再说吧,周末神经松弛,有失误情理之中。"杨壹壹安慰道。

李零感激地笑笑。他心里清楚自己为什么会连续出现失误——他一心想着快点儿完成手上的工作,好继续将精力专注到"文远"上。

两人一起在数据社叫外卖草草吃完午饭后,李零便继续趴在电脑前忙活了,杨壹壹觉得自己待在那里有些多余,便借口自己约了夏乐练瑜伽,先离开了。

## 校园霸凌

在三人每周一例行的周末动态分享会上,陈晓新将一张利用"对抗网络"生成的图像贴在身上,然后打开电脑摄像头和监控人像程序,在镜头前活蹦乱跳起来,结果程序完全没有检测到他的存在,当然也就无法进一步从数据库里提取出他的身份信息。

"那岂不是头上套个丝袜,半夜出去撬金铺都不会触发报警装置了?"杨壹壹一脸难以置信地看着自动监控程序。

"是啊,怎么样,酷炫吧?"陈晓新得意地将图像递给一旁的李零,镜头前的李零也"隐身"了。

"前段时间有新闻说这是'AI时代的隐身术',下次我们出门'干活'时,可以印制同款图像的T恤穿着。"李零在镜头前前后移动两步,开玩笑道。

"那得干一票大的。"杨壹壹煞有其事地皱起鼻子,似乎已经开始筹谋。

陈晓新从李零手里接过图像,小心翼翼收起来后,朝李零和杨壹壹问道:"吴斌案,我们接下来该怎么办?"

李零闻言立刻回道:"哦,周末的时候我和壹壹原本想尝试用身高来证明视频里那个人不是吴斌……"

"对啊!"李零还没说完,陈晓新就击掌以示懊恼自己事先没想到。

"但因为吴斌正处于长身体的阶段,所以结果不能说明什么。"李零接着说,"不过刚刚在你们还没来时,我突然想起找石头时,用过的骨骼运动算法,"说到这里,李零走到自己的电脑前,按亮屏幕，指着上面两个视频对比窗口继续说道，"你们看，按照骨骼运动识别算法，按理说就应该可以排除掉吴斌了，但……"

"怎么了？"杨壹壹看到李零在两个视频间切换。

"视频 1 是清晰的监控视频，监控器位于购买偷拍设备嫌疑人偏头顶的方向，是从上往下的角度拍摄而成，无法进行骨骼运动识别，而视频 2 是较远监控器拍摄的模糊视频，识别结果不太理想。"李零对照两段视频，做了解释说明。

"真不走运，"陈晓新摊摊手，"要么是角度问题，要么就是清晰度不行。"

见陈晓新有些沮丧，李零将手搭在他的肩膀上："我打算马上写一个超分辨率重建算法，将视频 2 里模糊的部分重建出一段分辨率高的画面，再进行骨骼运动识别。"

"不早说，害我以为又白忙活了呢。"陈晓新半是责怪，半是高兴，等李零坐下后，他站在后面准备观摩。

"行了，让师兄好好干活吧。"杨壹壹将他劝退。

"你们下去吃午饭，帮我打包一份就行。"李零抻抻手掌，用消毒湿巾将桌子和电脑擦拭一遍后，埋起头让手指在键盘上飞驰起来。

杨壹壹和陈晓新临时决定大中午去吃火锅，等他们吃了一个多小时回到数据社时，沙发上多了个人，来人戴着帽子和口罩所以看不出长相，但他们从侧面就看出来那是吴斌。

原来超分辨率重建算法对李零来说非常容易，他很快便写好并重建了视频 2 中的片段，然后将吴斌的运动视频与之进行了骨骼运动算法比对，最终结果证明吴斌并没有对数据社的三人说谎——监控视频中拍摄到的购买偷拍设备的人，并不是吴斌。李零得到了确切的结果后,马上打电话通知了他。

"那你怎么还耷着个脑袋?起码我们现在已经完全能证明你是清白的了。"听李零说完,杨壹壹走过去在吴斌身边坐下。

"是啊,你以后出门也别戴着这些了,"陈晓新也走过去,试图要摘吴斌的帽子,"如果不慎搅进犯罪事件,遮住反而说不清楚了。"

吴斌别过头,躲开了陈晓新,杨壹壹最先意识到不对劲,她看了两位同事一眼后,放缓语调,轻声问道:"发生什么事情了吗?"

帽子下的人仍然不说话,只是沉默着,就好像他真的犯下了什么见不得光的罪行。三人都耐心地等待着他自愿开口。

"其实我是否清白,已经不重要了。"吴斌边说边缓缓摘下帽子和口罩。

"呀!这是怎么了?"杨壹壹第一个发现不对劲,立刻惊声问道。

陈晓新和李零也看清楚了,吴斌那张此时已经毫无遮挡的脸上,青一块紫一块的,很明显刚刚被人狠狠揍过。

"谁干的?"杨壹壹接连发问,"是不是你那些同学?有没有报告老师?"

吴斌将帽子和口罩塞进书包里,极不情愿地冲杨壹壹摇摇头:"敢打小报告,下次会被揍得更惨。"

"你这已经不是小报告了。"杨壹壹看看吴斌脸上的伤势,看起来已经处理过了。

"什么时候发生的?"李零从电脑前走过来,靠着置物架,朝吴斌问道。

吴斌晃晃脑袋,眼睛盯着自己的限量版球鞋说道:"昨天放学时被堵了。"

"是因为这次的事吗？"李零又问。

吴斌没说话，从校服裤兜里掏出手机，打开一个网站后，将手机递给李零。李零看了一眼，将它传给陈晓新和杨壹壹。

"这是我们学校的网站。搜索排名第一的最近一直都是派对偷拍事件。"吴斌将双手插进裤兜里，嘟囔道，"按照警方的说法，我有不在场的证明，又未找到直接证据，我是没有嫌疑的。可大家不会管这么多，如今搜索平台上，点击率最高的就是真相，没有人会在乎事实是什么。"

陈晓新抱起双臂，一脸严肃："为什么不找学校？学校不管的吗？"

吴斌抬起眼皮看了看他："这些也没有违规，大家只是猜测。而且即使校内网学校愿意管，但是在社交平台上，大家说得更过分，什么难听的都有。那些地方根本不在学校的管辖范围之内。"

"你父母不知道吗？"杨壹壹关切地问道。

她的话瞬间让吴斌紧张起来："他们还不知道，你们可千万别告诉他们。"

"为什么呀？这可是严重的校园霸凌……"杨壹壹一脸不解。

"你是怕就算告诉他们，他们还是不肯相信你对吗？"李零问道。

吴斌点点头："我怕他们觉得我这是自作孽。他们表面上说支持我，但其实根本不相信我是无辜的。这才是整件事情中最让我崩溃的地方。他们现在越来越过分，不仅监控了我所有的电子设备，包括已经删除的邮件和聊天记录，还开始忍不住对我做的事发表意见。你们知道吗？那监控软件甚至有预测功能，有时候我还没开始，它就已经猜到了我要做什么，而且随着数据越来越多，它预测得越来越准。那天我想出去打球，还在穿衣服，我爸就过来跟我说今天不能打球，因为还没练琴。我都没跟任何人说过我要出去他就知道了。一想到这个我就来气，就觉得窒息，你们有没有办法帮我去除那些记录数据？"

"在互联网上留下的脚印，就像文身一样难以去除，"李零摇摇头，"更何况你是未成年人，若非你父母自愿删除，他们是有权限随时提取的。"

"也就是说即使等到我上大学离开家，离开现在的学校，这些还是会跟随着我？"吴斌已经知道自己在明知故问，他眼里黯淡无光。

"是的，很有可能会一直跟着你。真实生活，已经和线上人格密不可分。"

"完全没办法吗？"吴斌绝望地问道。

一旁的杨壹壹和陈晓新看着他鼻青脸肿的惨样，转头同他一起期待李零能给出点儿让大家宽心的答案。

李零盯着地面想了一会儿后，终于吐出了一个字："有。"

以为会得到否定答案的少年，眼里重新燃起希望，痴痴地望着李零，等待他继续说下去。

"你们是互联网下长大的一代，很容易把生活重心放在社交网络上，点赞、恶评、刷电子礼物……这些东西每天包围着你们，让你们忽视了现实里真正的生活。"李零说到这里，见吴斌还是一脸不解，便决定说得更直接些，"其实线上产生的东西，无论虚实，它都会伴随你。表面上你别无选择，事实上你可以选择忽视它，先去解决生活中真正的问题。例如你真正面临的问题，是你与同学和父母之间的关系。监控软件或许我们可以帮你解除掉，或者作假瞒住他们，但这不是长久之计，你需要做的，是重新获取他们的信任。"

"但我怎么才能让他们相信我呢？他们已经有先入为主的怀疑

了,我再怎么解释,听上去都像是在狡辩。"吴斌现在明白了李零的意思,但他似乎并不满意这个答案,"除非你们能帮忙找到那个真正的偷窥者,这样我就不需要做任何解释了。"

"我们没办法做出这样的承诺,由于联网和数据库权限限制等问题,我们无法扩大面部识别的数据库,也就无法找到除你之外与监控视频匹配的面部。"李零摇摇头,遗憾地说道。

"但我们会尽力的。"杨壹壹赶紧补充道。

但这句安慰的话显然没起到任何作用,这屋子里包括吴斌在内的所有人都明白,想要在无数据库的前提下找到真正的嫌疑人,无异于大海捞针。

## 后隐私时代

吴斌走的时候,依然垂着头,书包歪挂在身上,那模样俨然一个自暴自弃的问题少年。

"校园霸凌加家庭冷暴力。"杨壹壹坐在沙发上,双手托着下巴,一字一顿地念出这两个词。

"再这样下去,他很快就会变成忧郁的自闭症患者喽,"陈晓新歪在沙发上,似乎很有经验,"然后,就离社会青年、小混混不远了。"

李零还站在置物架旁,若有所思。等他回过神来,两位同事都在用好奇的目光打量着他,一副想问又不敢问的神情。

"晚上我请大家吃饭吧?"李零当然也不会解答,只是略带歉意地建议道。

"我……我今晚约了人……"杨壹壹闻言立刻摆手道,但话一出口,她才意识到自己不该说出来以防止被追问,只能后悔得直龇牙,就好像不小心咬到了舌头。

果然,李零轻轻侧过头看着她,似乎在无声地问着:"谁?"

"呃……"杨壹壹有些着急,她不能告诉李零她约的是谁,起码她不想直接告诉他。她一转头看到旁边同样在等待她回答的陈晓新,急中生智地指着他凸起的肚腩:"他!"

"我?"被当作挡箭牌的陈晓新,也用手指指着自己,不解地看着杨壹壹,迟钝了几秒后,才突然领会到对方的暗示,"哦哦,对对!我差点儿忘了,我们今晚有瑜伽课,约好了一起去吃草。"

李零点点头:"真不错,很健康。也好,我也还有事,一会儿叫个外卖,节省时间。"他看起来丝毫没有怀疑。

杨壹壹悄悄吁了口气,偷偷对挤眉弄眼的陈晓新用唇语说了句"Thank you"。

"喂!水妹!你和他吃饭,为什么老是要带上我啊?"陈晓新刚系好安全带,一听说是要去和段维吃饭,就没好气地质问道。

"还能为什么,带上你避嫌啊。"杨壹壹观察着路况启动汽车,轻描淡写地说道,就好像在说一件理所当然的事。

"你这就有点儿过分了啊!"陈晓新抬高分贝,似乎不满杨壹壹每次拿自己当挡箭牌。

"白吃白喝,你有啥不满的啊?"杨壹壹转着方向盘,抽空白了一眼陈晓新。

"我可不是那种为了一顿饭就屈服的人!我也是有节操、有原则的人!"

"是吗?"杨壹壹假装漫不经心地说道,"那就可惜了,他把位子定在'悦季火锅',我还说前两天带你去吃的那家不好吃,这次可以补偿补偿你,看来……"

"开快点儿!"

"悦季火锅",这家令陈晓新听到名字就原则顿失的高端火锅店,位于青叶区最大的商贸中心皇后广场的三楼。因其精致有格调的装修设计,和新鲜限量的高级食材,成为美食圈的网红圣地。不过这里唯一让人望而却步的,就是它高昂的人均消费价格,传说一间高级包房的最低消费,约等于深海市一平方米房屋的均价。所以能免费蹭到这一顿,陈晓新怎么可能还会有怨言,直在心里连连感叹段维的阔绰。

果然,这顿饭的配置丝毫没有令他失望,虽然段维再次不满杨壹壹还带着他这个拖油瓶,但看着满桌美食的陈晓新,已经完全顾不上段维嫌弃的眼神了。

入口如鹅肝的御品和牛眼肉,蘸酸香可口的姜粒黑醋;肉质紧实的阿拉斯加帝王蟹,搭清香入味的秘制金蒜酱;法国空运而来的顶级吉拉多生蚝,配口感略辛辣的 XO 酱……陈晓新吃得满嘴流油,根本无心加入谈话,而杨壹壹则始终保持矜持,陈晓新看不出她是真的对眼前这些美食不感兴趣,还是不好意思放下身段,敞开肚子大吃。反正不管怎样他才没那么笨,不吃白不吃!

"我认为隐私这个词在如今的时代已经不再确切,我们不得不放弃身份信息和数据只属于自己这种观念了。因为在登录互联网时,我们就已经主动选择放弃了大多数数据的所有权,否则无法享受互联网带来的便利,从而也就不能相应地提高生活品质,"坐在杨壹壹对面的段维,似乎对满桌珍馐司空见惯,只在口若悬河的间隙,抿上几口白葡萄酒,"我听说以前你们坐火车都不需要身份信息就能买到票?"

这一点前几天杨壹壹还向两位同事提到过,她敷衍地点点头:

"是的，也就十多年前。"她随意地应付着，这次的饭局，段维一再强调没有任何目的，只是朋友间的普通交际。虽然她对段维还远没有达到"朋友"的程度，完全没必要答应这顿饭的邀约，可在她的内心深处，仍盼着能有一天，李零会因为自己和段维走得近而吃醋，但她又不想真的等到那一天时，自己会说不清楚，所以只好每次都拖着个油瓶。她看看坐在旁边吃得正欢的陈晓新，原本还对他存有的一丝歉意这会儿也显得没必要了。

"是啊，"段维放下架在左腿上的右腿，身体朝前倾，"多么可怕的时代啊，也许在你旁边坐着的，就是连环少女谋杀案的通缉犯，可你对此一无所知，说不定还能和他聊上几个小时，把你的家庭信息也悉数告知，让他的备选名单上，又多一个人。"

"现在不会了，通缉犯是不可能被允许乘坐远程公共交通工具的。"杨壹壹耸耸肩，在心里想象着段维描述的情景，"在中国公共交通十分安全。"

"没错，可这份安全，是出行实名制换来的。"段维端起酒杯挥了挥，总结道，"所以啊，又想获得利益，又不想拿东西交换，世界上哪有那么好的事情。登录的那一刻起，你的隐私就不属于你了。我们早就迎来了后隐私时代。我们必须学会适应时时刻刻被监视着的生活。"

"实名制下的身份和定位等信息是政府管控的，倒还好，最可怕的是如今技术门槛越来越低，你走在街上，谁都可以在一分钟内对你了若指掌。我听说在俄罗斯，有一款叫 Findface 的软件，如果你对地铁上哪个姑娘感兴趣，只需偷拍一张照片，就能通过这款软件，实现社交网站上的数据比对，查出姑娘的真实身份，进而得到她的各种信息。"杨壹壹边咂舌，边用叉子扒拉盘子里的一节烤芦笋。

"这个知识点，是我告诉你的吧。"陈晓新终于插上了一句话，他一手持刀一手握叉，只能用胳膊肘撞了撞杨壹壹。

"这不就是跟踪狂梦寐以求的神器吗？"但段维完全忽略了他，继续对着杨壹壹侃侃而谈，似乎请客吃饭只是他找人陪聊的借口，"任何一项技术的出现都是如此，如果监管不够被滥用，就会呈现出它骇人的一面。毕竟我们不是生活在一个理想的世界中，任何技术都有可能落到邪恶的使用者手中。更何况，这技术还不够完善，很有可能本身就会出错。"

杨壹壹点点头，干脆向他分享了数据社正在调查的吴斌的案子——一个技术出现误差导致的悲剧。陈晓新在一旁一边嘬蟹腿，一边"哼哼"冷笑——他明白杨壹壹的用意，肯定是不想再听他一个人自说自话了。

"哇哦，自己的这张脸，却成了深陷无端指控的原因，啧啧啧……不过这怪不得任何人，是我们自己无时无刻不在为网络提供信息，互联网就是这样一个怪物，我们上传的数据越多，它就会变得越强大，我们的肉身便无可避免地被它吞噬。所以才会出现越来越多的网络自闭者。"

"网络自闭者？"杨壹壹听说过这个词，但从来不知道具体含义。

"与现实中的自闭患者有很大区别，网络自闭者，单指在网络上不发言，在社交网站上很难找到的人。"

"还会十分保护自己的肖像，尽量不上传，或使之暴露在监控设备之下？"杨壹壹添加自己的理解，段维不置可否地朝她眨了下眼睛。

"我怎么觉得你们在说李零。"陈晓新这会儿已经吃得差不多了，他用叠成天鹅形状的白色餐巾擦了擦流到手上的汤汁，满足地晃着脑袋，"而且据我观察，他还有许多现实中自闭患者的特征。"

"没那么夸张吧?"杨壹壹扭头看了陈晓新一眼,忍不住维护道,但她眼前立刻浮现出李零只要在室外,就一刻不肯摘下的墨镜,不禁有些心虚地压低了声音,"他没那么严重……"

　　"你不觉得他专注起来,忘我的程度,是只有自闭症患者才能达到的吗,要不然,他怎么可以旁若无人地这样那样?"陈晓新举起双手,模仿起李零写算法时的动作和神情。

　　"你猜得没错,"一旁的段维破天荒对陈晓新的话表示赞同,"他以前确实也是一个网络自闭者。"

　　"哦?"陈晓新和杨壹壹立刻意识到他们在某种程度上都不如段维了解李零,便表现出十足的好奇,瞪大眼睛等着他说下去。

　　不想他却卖起了关子,端起空杯,示意服务员过来替他斟满。

## 网络自闭者

　　"李零在 ACX 时,曾主导过专为自闭症人群提供工作机会的项目。"段维呷了一口酒,含在嘴巴里品了品,慢悠悠地咽下去后,才继续说道,"虽然在现实生活里,他不是典型的自闭症患者,但在网络世界里,他绝对可以算得上一个,我也是因为他实在是太神秘了,才逐渐对他产生兴趣的。只是万万没想到……最后竟然和他杠上了。"

　　"这没什么丢脸的,你又不是唯一一个被他的神秘气质吸引的人。"陈晓新斜着眼珠子,话里有话。

　　杨壹壹没有接他的话,表面上不愿加入讨论的她,实际却是最好奇的一个,她巴不得从两位男士的对话中,多得到一些讯息。她一边听一边在心里琢磨着——难道自己之前对李零的好感,也只是如段维所说，源于对神秘、不可预知的事物的好奇？

　　这头一直在工作室持续进行隐秘工作的李零，晚上没顾得上点外卖，直到肚子开始强烈抗议，他才意识到应该出去找点儿吃的，然后回家洗个澡，养足精神，明天再继续。毕竟，手上的活儿，不是今天，也不是短期内可以完成的。

　　他边收拾物品边思考着要吃点儿什么好，等关上门准备离开时，他抬起手表看了看时间，决定去老贾的面摊碰碰运气。

　　不一会儿，他就赶到了老贾面摊的巷子口前，远远看到老贾正在收那张已经变得油腻陈旧的招牌。

　　"还有吃的吗？"李零快走两步，上前冲老贾问道。

　　老贾循声望去，一看是他这位老顾客，便停了下来："早都打烊了！"他摆摆手，将袖套摘下来拍了拍，笑道，"不过你要是有时间陪我喝上两口，我就能给你整两个小菜。"

　　李零也笑了笑，在矮凳上坐下，等待着在摊位后忙活的老贾。

　　别看老贾的摊不大，但不到十分钟，他就像变戏法一样，捣鼓出了一盘花生米和一盘香菜拌牛肉，外加一碗热腾腾的手擀面。

　　"只能凑合一下了。"老贾摆上两个一次性纸杯，从一个原本是装橙汁的塑料瓶里倒出一些颜色奇怪，但闻着酒香四溢的液体来。

　　"这是免费的吧？"李零端起熟悉的纸杯，朝老贾开玩笑道。

　　"那要看你所问何事了。"老贾意味深长地眯起眼来，呷了一口酒后，从筷子筒里抽出两双一次性筷子，递了一双给李零。

　　李零接过来打开，动作熟练地把筷子上的毛刺刮干净，再将手擀面挪到自己面前，用筷子指了指："纯粹来吃它的。"说完他便顾不上风度，低头吸溜起来，看起来确实是饿坏了。

　　"什么事儿，忙得饭都没时间吃？"老贾小心翼翼夹起一颗花生米丢进嘴里。

"倒不是什么大事,"李零抬起头,夹起一块凉拌牛肉放进碗里,"不过如今这面部识别技术……发展得实在太快了。"

老贾闻言摇摇头:"别提了!老实说,面部识别技术,比以往咱遇到的任何互联网技术,都要可怕。"

"你怕什么?"李零半开玩笑地问道。

"怎么能不怕,你别看我这里,"老贾抬头朝巷子外示意道,"暂时还算安全,但像这样的监控盲区,已经越来越少了。唉……以前纳粹高压统治时期,民众不敢自由发表意见,害怕遭到迫害,现在啊,监控代替人,成了更加无孔不入的统治者。想想看,任何普通人,只要具备那么一点点互联网知识,就可以黑进任何联了网的监控摄像头。活在摄像头下,就不得不时刻提防着,自我审查一举一动,你说荒不荒唐?"

李零点点头,将牛肉放进嘴里,嚼了嚼后吞下:"监控未至之处,是唯一令人放松的地方。"

"现在这种地方只剩下法庭和公共厕所了!"老贾瞪大眼睛,有些恼怒地灌了一口酒。

"你确定现在这两个地方还安全吗?"李零歪着头笑着问道。

"那还真是不好说。不过说到这个,你手机上装了吗?"老贾放下筷子和酒杯,从围裙前的兜里,掏出手机打开,递给李零。

李零看了看:"监控盲区地图?"

"嗯,热心市民开发的。"老贾又给自己和李零斟满了酒,"就像热心市民上报实时交通事故给导航系统一样,也会不断有热心市民提交新安装的摄像头位置到盲区地图上,以保证它的实效性。不过这和交通事故一样,上报的人越多,证明我们失去的'安全'线路越来越少。"

"监控全覆盖已经不可避免，只能适应，"李零吃得差不多了，他放下筷子，慢悠悠地喝着面汤，"但我觉得从面部识别衍生出来的技术才是最可怕的，比如说换脸术。"

老贾闻言，更加恼怒了，他放下酒杯，举起手掌在李零面前挥了挥："我听说英国国家情报局会利用换脸术，收集尽可能多的嫌疑人面部、声音的原始数据，来制作3D模型库，等待利用监听、搭桥窃听等技术得到可靠信息，然后就能在嫌疑人实施作案前，制作出假视频，据此将嫌疑人送上法庭，进而破坏嫌疑人真正的计划，使之无法真正实施犯罪。"

"我也看到过这条新闻，因为触碰到很多人的道德禁区，引起了不小的争议。"李零嘴上应和着老贾，意识却被拉回到一年多前的美国。3D换脸技术，其实已经出现好几年了，只是想要做到天衣无缝，就需要大量的原始数据和昂贵的技术设备，普通人很难实现。但随着时间的推移，这两项条件的门槛越来越低：时时刻刻暴露在监控下的人们，还会自发向互联网上传自己的肖像原始数据；技术和设备更新迭代的速度更不用说，只要没发展到简便得动动手指头就能达到目的的程度，人类是不会知足的。

"道德？"老贾冷哼一声，"即使视频是假的，但是恐怖袭击案因此下降却是千真万确，那些嚷嚷着'技术使道德沦丧'的人，正享受着这项技术所带来的福利。比如说我，虽然我也害怕有一天它会来'谋害'我，可又时刻享受着它带来的安定生活。所以，你说真相真的重要吗？人们只相信自己愿意相信的罢了。使用这项技术的英国政府，他们在实施行动的时候，肯定也是无比坚信自己不会误伤的。"

"人们只相信自己愿意相信的。"李零在心里嘀咕着老贾的这句话，联想到吴斌案的细节，若有所思。

"可英国政府的这项行动,在曝光前一直是秘密执行的,因为如果他们是依靠假视频将罪犯定罪,那么社会上大量依靠监控被定罪的罪犯,都可以说自己是被陷害的。我想说的是,长远来看,它未必使我们更安全。"

"所以我们还能相信什么?"老贾夹着一块牛肉耸耸肥厚的肩膀,就好像正在表演着某种滑稽的魔术。

"那倒不至于,任何造假的过程,也都是会留下数据痕迹的,"李零安慰着他,"数据是不会令人失望的,不是吗?"

"这才是最可怕的地方!"老贾将牛肉丢进碗里,放下筷子,双手不满地挥舞起来,"任何事物,只要变成数据——哪怕它原本纯白无瑕——你就得担心它有朝一日会被人篡改成别的数据!要我说,互联网比核武器可怕一万倍,它才是人类迄今为止最具自杀性质的发明!"

老贾这些言论,打开任何一篇人工智能末日论的文章,都能找到相似的。李零脑子里正在将刚刚讨论的关于英国政府"造假"的事,和吴斌的事联系在一起琢磨,所以有些听不进他的牢骚。等到喝光碗里的最后一口面汤时,他已经琢磨出了一个大胆有趣的计划。

他放下碗,站起来跟老贾告别:"谢谢你的面,我得去忙了。改天再来陪你喝个痛快。"

"嗳!"老贾坐在矮凳上,回头冲已经蹿出去老远的李零喊道:"酒还没喝两口呀!"

走出巷口,李零立刻掏出手机打给杨壹壹。此时的杨壹壹已经冲完凉,瘫在沙发上边刷美剧,边和小冉聊八卦。眼下正被小冉问到与李零师兄的感情进展,刚要转移话题搪塞过去,电话上显示出李零的来电显示,她嘟着嘴,有些不情愿地接通了电话。可刚一听到李零那熟悉的声音从听筒里传过来,她立刻又难以自持地激动起

来。而令她更加兴奋的,是李零在电话里的提议:

"想不想过一过演员的瘾?"

## 追踪监控

三天后的周日午后,数据社内,杨壹壹坐在电脑前,悠闲地吃着冰淇淋。她靠着电脑椅的椅背,眼睛在电脑屏幕和沙发间游离。

电脑屏幕上开着视频,首条联系人是陈晓新,但此时还未接入画面,看来他和李零还没有到达任务地点;沙发上坐着的人,就没有杨壹壹这么沉得住气了,他眼球上挂着红血丝,头发也乱糟糟地蓬着,一双手一会儿抱在胸前,一会儿又插进校服裤兜,仰躺在沙发上几分钟,就要把胳膊肘撑到膝盖上,用手揉一次脑袋,同时还伴随着一阵长吁短叹。

"冰箱里还有哦,"杨壹壹看不过眼,朝那边挥挥自己草莓味的冰淇淋,"有你们男生爱吃的巧克力味。"她当然知道吴斌为什么坐立不安了,但作为吴斌此时担心的事件中的女主角,她一点儿都没有即将被检验演技的紧张感。

吴斌抿起嘴巴,朝她摇了摇头。

"怎么啦?"杨壹壹假装漫不经心地问道。

"我感觉我那个样子……好假。"吴斌皱起鼻子,一只手撑在膝盖上,另一只手在空中画了半个圈。

"别想那么多,咱李导演不是都说了吗,你很有天赋。"杨壹壹舔了舔勺子,一副十年戏龄老演员的派头,"你爸妈也肯定不会生疑的。"

"哼!"杨壹壹最后这句话似乎又让吴斌生起气来,他稚嫩地揉了揉鼻子，重新垂下头，眼睛死死盯住地板，语气低沉且愤怒，"他们不生疑才让人绝望呢。"

吴斌家在深海市靠近郊外的一个民房区，与数据社所在的密集型高楼层民房区不同，这里的房子大多数都只有两到三层，分布也较为稀疏，外观看起来比市区内那些租金廉价的民房要奢华不少。

虽然这些房子不是统一规划而建，但排列还算有序，李零和陈晓新在交叉路口的水果摊贩那里买了一个水果篮后，很快就根据门牌号，找到了目的地所在。

俩人站在那栋看起来十分阔气的民房前，仔细观察起来：房子的主体结构有四层，外围被上着白漆的水泥方柱栏圈起来，栏内种着些枝繁叶茂的花木使得内里的风景影影绰绰，靠角落的位置，一株长势不受控制的红色三角梅从栏上斜了半株出来，朱红色的对开防盗门加红底金字的对联，将整个宅子烘托得红红火火。李零戴着墨镜从花木的间隙朝内打探了两眼后，拂了拂衣服上的皱褶，刚准备按门铃，便听到围栏里面传出了脚步声。

"请问你们找谁？"一个中年男人的声音在围栏内响起。

陈晓新朝李零皱皱眉，李零冲他示意，大门顶和围栏角落处分别架设着的可360度旋转的高级监控装置。

"你好，我们是租你家房子的租客。我叫李零。"

门内的男人闻言挪到围栏的空隙边，从里面朝外张望着问道："李零？哪栋的？"

李零也移到空隙边，摘下墨镜，好让里面的人看清自己的样貌："我们是壹零数据社的。"

"谁？"男人先是不明所以地发问，两秒后像是突然记起来，他的语气立刻没了之前的生硬，"哦哦哦，我想起来了。请稍等一下。"

门开了,眼前四十上下的男人,正是吴斌的爸爸吴庆杰。吴斌之前给数据社三人看过全家福,所以这会儿两人心里有数。吴庆杰较李零要矮十几厘米,宽额头小眼睛看起来红光满面的,但黑色两件套丝绸家居服又衬得他有些老气。他站在那里,脸带笑意,肢体分外放松,一只手扶在门框上,一只手半悬在腹前,好像提着一只透明的鸟笼。

他先是看了一眼李零,又看了看他身后的陈晓新,接着视线很快重新回到李零身上,脸上还有一丝不甚明显的兴奋:"我听我爱人说起过你们,不知……是房子住得不好吗?"

"哦,不是不是,"李零赶紧否认,从陈晓新手里拿过水果篮,冲男人充满善意地笑了笑,"住了一年多,之前都是通过网络转账支付的房租,还从未登门拜访道谢,我们心里一直觉得有失礼节,所以这次冒昧打扰。"李零递上水果篮,继续说道,"打打照面的同时,顺便缴纳下一季度的房租。"

站在李零身后的陈晓新也跟着微笑点头,心里却在嘀咕李零这番奇怪的说辞——如今哪还有租户会愿意跟房东打照面的?大家都只会尽量减少与房东的接触,以防对方时不时来敲门介入自己的生活。

吴庆杰听完李零的话朗声笑起来,他接过水果篮,边将两人让进院子边说道:"这么客气,我还以为你们是来退租的呢。"

院内比在外面看起来还要宽敞,左边有五六十个平方,放着一些户外桌椅和烧烤设备;右边较左边面积更大,靠房屋墙壁的方向立着一个篮球架,墙壁上有许多篮球留下的印记;再往后有一台黑色的路虎,停在连着后院的地方。

穿过院子上台阶进到屋内,里面的装潢却不似外面那么传统,现代欧式的风格中,显露着主人的好品位。等进到客厅,两人看到墨绿色丝绒沙发旁的贵妃榻上，躺着一位面容姣好、看起来不到四十的女士，她身着两件套的丝绸家居服，红底白边的布料上，绣着一只腾云驾雾的仙鹤，衬得她雍容华贵。她应该是吴斌的妈妈肖敏。这会儿她正闭着眼打盹，眉头微微皱起。

"你们来得真是时候，平时周末我们还不一定在家。"吴庆杰一边招呼客人在贵妃榻对面的沙发上坐下，一边走过去拍了拍妻子的肩膀，"我老婆，午休呢。"他向客人解释道，没有刻意压低声音，似乎并不介意吵醒她。

贵妃榻上的肖敏懒洋洋地睁开眼睛，在还没看清两位客人之前，就先白了自己的丈夫一眼："什么午休，我这是被你那不听话的儿子给气病了。"说完她揉着太阳穴缓缓坐起来。

陈晓新听她这么说，才想起自己忘了打开摄录眼镜。

"儿子？"李零假装不经意地问道。

吴庆杰有些难为情，动作滑稽地搓了两下手："是啊，最近跟他妈闹别扭呢。你们喝什么？"

"都可以。"

吴庆杰从半开放式厨房的冰箱里拿出两瓶气泡水递给两位客人，继续说道："现在的小孩啊，和我们那时候不一样，太有自己的想法了。有想法是没错，可想法也分好坏，我们做父母的，总会担心孩子往坏的地方想。"

他说完摆摆手，终止了这个话题，在肖敏旁边坐下后转而向她介绍起两位客人。

原本没打算和客人打招呼的肖敏，在听说李零和陈晓新的身份后，立刻好奇地睁开了眼睛，她望着眼前两个陌生男人，有些狐疑的眼神似乎是看出两人的来意没有他们说的那么简单。

"天台的那些花花草草还好吗？"她用标准女房东的语气朝李

零问道。

李零点点头："都挺好的，我们又买了一些，现在已经变成个小花园了。"

"哦？"肖敏似乎连这句话也不肯相信，挑起眉毛等着李零说明真正的来意。

但李零还不打算那么快进入主题。他昂起头，假装对安装在客厅和厨房连接处的吊顶上的监控器感兴趣："这个监控看起来很少见。"他拧开气泡水喝了一口，动作闲适优雅。

"李先生果然是内行人，"吴庆杰满怀欣赏地看了一眼李零，接着颇为自豪地对着监控器说道，"这是我自己捣鼓的'家用可追踪监控系统'。"

"可追踪监控？"李零佯装不解。

"我在里里外外都安装了这种可以自动旋转的摄像头，它能自动跟拍、倾斜、聚焦，声音和动作都能触发摄像头自动追踪目标。比方说如果这个摄像头检测到了一张人脸，它就会自动和我建立的数据库进行比对，如果是不存在于数据库，也就是我不认识的陌生人，系统就会自动发送警报到我的手机。"吴庆杰拿出手机，"你们刚刚在门口时也发了。你看看，就像这样，我可以随时手动操作调取画面，也能24小时不离线接收警报。"

李零看出来他确实如吴斌所说，具有足够的计算机知识，能熟练地操控一些基础的软硬件："厉害。这一片人口密度低，依靠公共监控确实会有疏漏。"

"可不是，就如今这个社会啊，我可能都不知道刚搬来的新邻居是什么人，又或者家附近是不是徘徊着踩点的盗窃犯。生命宝贵，不能大意，必须要时刻警惕。"吴庆杰点点下巴，似乎默认了李零绝对能懂他。

可陈晓新摄录眼镜连接着的另一头的两位观众，似乎都对此颇有微词。

"你房间也装了这玩意儿？"杨壹壹指着电脑屏幕，仰头望望站在身后的吴斌。

吴斌这会儿脸上已经挂满怒气，他凶巴巴地回道："那倒不至于，可是对着我房门的走道上装了，窗户外面也有，只要一开窗户就能看见那只盯着我的'大眼睛'！"

"难怪你不想回家。"杨壹壹撇撇嘴，同情地摇晃了两下脑袋。

"这还不算呢，我爸那手机上还有个程序，是专门查看我所有电子设备的。我只要用手机、电脑那些，他那边想看就看。"吴斌微弯着腰，盯着电脑屏幕上陈晓新视角下他爸的手机屏幕，眼里快喷出火来，但显然他对此也无可奈何，怒火渐渐变成了委屈的眼泪，浸满了他那双渴望自由的眼睛。

"这确实不错，面部识别技术让坏人无处遁形，"李零继续附和着，这些其实他已经听吴斌说过了，而且也不是什么新鲜技术，所以并不会真的感到吃惊。他看看正得意地冲妻子挤眉弄眼的吴庆杰，觉得时机到了，便开口问道，"不过，这些视频可以被用来定罪吗？我是说如果真的发现小偷的话。"

"当然可以！"吴庆杰立刻挺起胸膛，指着自己的手机，不容置疑地说道，"这可是监控！如果真的拍摄到犯罪画面，当然可以用来作为呈堂证供。"

"也就是说，只要是监控设备拍摄到，人脸识别也能识别出来，就可以定罪了？"刚刚和颜悦色的李零，这会儿已经收起了笑容，"是吗？"

吴庆杰不明白李零何出此问，他看了肖敏一眼，对方明显也看出了李零话里有话。

"我虽然不懂具体的法律流程,但如果监控都拍到了,一定可以作为参考的吧?"原本客客气气的吴庆杰,这时脸色也开始起了变化,"我说你们到底是来干吗的?"

"你们根本不是来缴房租的吧?"肖敏比她丈夫更直接。

"作为参考……"李零没理会夫妻俩的恼怒,不慌不忙地重复了一遍吴庆杰刚刚提到过的这四个字,就好像是在说明它的重要性,"我们想和你们聊一聊,关于你们有暴力倾向的儿子。"接着他向陈晓新微微努嘴示意。

陈晓新动作麻利地从书包里掏出平板电脑,打开了一段视频,递给吴庆杰和肖敏并说道:"我们是为了这个而来,刚才骗你们也是不得已,不然恐怕连门都进不了。"

吴庆杰脸上怒气更甚,皱起眉头瞪着平板犹豫要不要接,坐在他旁边的肖敏似乎更沉得住气,她接过来,点开了播放键。

"这是我们为了预防有人偷花,在天台安装的监控拍摄到的画面,摄像头买的基础款,所以没有声音,不过画面还是蛮清晰的。"陈晓新看到了肖敏的反应,补充道。她已经在画面中看到了自己的儿子,刚刚还慵懒着的身体,立刻绷紧,吴庆杰见状赶紧凑近,看了几秒确认是自己儿子后,快速地瞟了一眼李零和陈晓新。两人同时耸耸肩,示意让他接着看。

吴斌的父母此时都瞪大了双眼,随着平板上的画面,他们一会儿吃惊得直咂舌,一会儿又歪着嘴巴连连摇头,才五分钟不到的视频,他们脸上的表情就像是正在制作表情包一样丰富。

视频中的人物,正是摄录眼镜这一头的吴斌和杨壹壹,他俩凑在电脑屏幕前,大气不敢出,屏息以待肖敏和吴庆杰接下来的反应。

平板电脑上的视频中,吴斌的脸正对着镜头的方向,而与他对话站在他对面的杨壹壹,画面中只出现后脑勺。她穿着深海市高中生统一的校服，扎着高耸的少女马尾，看起来就像是吴斌的同学。肖敏只见过杨壹壹一面，不可能据此判断出来她是谁。

但是视频中的画面，尽管没有声音，肖敏却绝对能判断得清清楚楚——视频是在白天拍摄的，天气很好，光线充足，以至于画面十分清晰。画面中的两人一开始似乎在交谈着什么，没一会儿吴斌的脸上出现了不太愉快的神情，"女同学"同时害怕地缩起了肩膀，接着吴斌开始动手推"女同学"，且动作幅度越来越大，摄像头清晰地捕捉到了吴斌面目狰狞的模样。终于，"女同学"被推倒在地，但吴斌并没有停下来，而是开始用脚踹她的身体，之后似乎仍然不解气，他竟然捞起一旁的户外椅，举起来一把砸在了已经痛苦得蜷在地上的"女同学"身上。整个动作一气呵成，没有丝毫犹豫，椅子碎成几块后，他似乎也终于消了气，整理好头发和衣服，拿起地上的书包后，扬长而去，离开了摄像头可以拍摄得到的范围。

视频播放结束，空气也随之凝固。陈晓新收回平板电脑，李零已经在沙发上正襟危坐，等待着夫妻二人的发问。

"这……这是什么时候？"肖敏先开了口，夫妻俩很显然都受到了惊骇，吴庆杰保持着看视频时的姿势，微张着嘴巴，拿手捂着胸口，似乎刚刚看了一出毛骨悚然的惊悚短剧。

"今天上午，"李零回答后问道，"他这会儿人在家吗？"

肖敏看了一眼自己的丈夫，与他进行短暂的眼神确认后回答道："他不在家，一早就出去找同学玩了。"

"像这么玩的吗？"陈晓新压制住心中想笑的冲动，指着自己的平板电脑厉声问道。

"不可能，斌斌不会这样的，"吴庆杰终于回过神来，朝陈晓新伸出手，"你再给我看看。"

陈晓新叹了一口气，再次打开视频递给他，并说道："看多少遍也是他没跑。我们的同事，"他转向肖敏，"也就是你见过的杨小姐，这会儿正在医院陪那位受伤的女同学，女同学的父母暂时还不知道，我们一番好心先来通知你们，好让你们有个心理准备。"陈晓新越说越流畅，他感觉自己似乎也挺擅长演戏的。

害怕露馅的李零，将手轻轻放在他肩上，以提醒他别说太多，按计划以观察吴斌爸妈的反应为主。

吴庆杰一边看一边摇头，嘴里喃喃念道："不可能，不可能……"一旁的肖敏这会儿只是拿余光斜瞟着屏幕，还不时看一眼对面沙发上坐着的两位客人，等到视频又快播放完的时候，肖敏从靠垫后摸出自己的手机，开始打电话。

她连着拨了几次，中途还吩咐自己的丈夫用监视软件检查一下儿子最近的动态，以防漏掉重要信息，但电话始终无人接听，吴庆杰也一无所获。

李零和陈晓新一直很耐心，也不催促，只是用一种诚恳的、也希望能找到吴斌的眼神看着夫妻俩。

十来分钟后，他们终于放弃了，都放低手机，耷着肩膀，目光变得呆滞。

"我儿子或许有很多小毛病，但他绝对不可能打人，更加不可能下手这么狠。"吴庆杰突然将目光转到李零身上，说话的语气就好像抓到了什么把柄。

"那这是谁？"李零顺着他的话问道。

"脸看起来像斌斌，但也不能百分百确定，长得像的人也不少。"

"和他长得像，而且还挑了这个属于自家房子的天台？"

"这……"吴庆杰被问得有些急了，转头用求助的眼神看着肖敏。

肖敏虽然比他看起来冷静，能感觉到她也在思考，但一时半会儿想不到解释和解决办法。

"我知道了！"吴庆杰突然放大音量，挥舞着右手食指朝李零说道，"一定是网络上流行的换脸术吧？我跟你们说那技术实际不难，很容易实现的。"刚一有这个想法，他就似乎笃定了它，进而还朝肖敏问道，"你看是不是？这动作看起来一点儿都不像咱斌斌啊，而且这鞋子，也不像斌斌今天穿出去的那双吧？"

陈晓新心里一个咯噔，差点儿没沉住气。但好在肖敏没附和自己的丈夫，她应该是无法确认他说的话。李零也没急着反驳，只是站起来看了一眼客厅里超大屏的电视，又在茶几上找到遥控器将它打开，然后让陈晓新用平板电脑将刚才那段视频投屏到电视上。

他将视频进度拉到吴斌的脸离镜头最近的那一段，随后定格，回过身来朝吴庆杰问道："你仔细看看，好好看下细节，这像是那些换脸术可以达到的效果吗？"

"我说，"见李零如此气定神闲，他反而更加坚信自己刚刚的想法，"莫非二位真是来敲诈的？我知道你们是干什么的，你们都是这方面的高手。"

一旁的陈晓新没好气地朝他翻了个白眼："一和自己的利益挂钩，你们倒相信吴斌了，那之前仅仅是看一个模糊的、戴着鸭舌帽的监控录像，就怀疑他偷拍了女同学上厕所？"

"你、你、你们怎么知道的？"这次肖敏不淡定了，看两位客人的眼神就像是抓到了入室盗窃的窃贼。

"这视频，确实是假的。但是里面的人，百分百是吴斌没错了。"李零觉得目的已经达到，就走过来坐下，决定向夫妻俩讲述事情的经过。

陈晓新将平板电脑递给肖敏，这次是监控设备售卖店的监控拍摄到的那段视频。

这已经不是他们夫妻俩第一次看这段视频了，所以观看时已经没有了之前的惊愕。李零趁这时朝他们说道："这份视频的面部识别结果报告，准确率那一栏写着85%，不是百分百，而且警察用来识别的照片是吴斌一年前的登记照，他正处于生长期，面部和身高都在变化，所以这个准确率其实应该更低。这段视频，你们真的仔细看过吗？还是说只是听信了面部识别的结论，根本没仔仔细细看看这个人到底是不是你们的儿子？"

"所以你的意思是说，这视频里的真不是斌斌？"反应迅速的肖敏，原本光滑的额头上，此时出现了几根皱纹。

"虽然现在面部识别被认为是一项高安全的识别方法，但其实它并不是高准确率的识别，"李零没有直接回答她，"即使是在FBI的数据库里面找一个人，提交人像图片检索请求后，也会有同时得出好多个结果的情况发生，而且这些结果有可能全是错的。"

"不是，我说你们、你们究竟是什么人？"吴庆杰完全不想听下去，他脸上写满了不耐烦，自大地认为自己根本不需要别人来科普，他此刻只想搞清楚眼前这两人的真正来意。

"我们已经见过好几次吴斌了，但还不足以用肉眼判断，肯定视频里的人是不是他，但是你们作为父母，应该是最清楚他个性的人，为什么反而会不相信自己的孩子呢？"李零还是没有正面回答。

"我不想追究你们究竟有什么企图，"一直话不多、却眼神机警的肖敏，此刻意外的平静，"但这个打人视频里的，要么不是我儿子，要么就是藏着什么我们不知道的隐情。他从小就十分善良，我和他爸也一直教他对女孩子要绅士，所以他绝对不会动手打女同学。虽然他时常会有些叛逆的想法，如今大了也跟我们有隔阂，但他从小的心性，是不会变的。"她说这些话时，一旁的吴庆杰不停地点头表示赞成。

李零看着夫妻俩，沉默了片刻后点点头，陈晓新便再次打开一个视频，递给了肖敏。

画面一开始是杨壹壹顶着马尾的后脑勺的远景，接着画面持续颠簸了几秒钟，等稳定下来时，她的后脑勺在镜头里已经变成了特写。就在肖敏和吴庆杰都不明所以之时，杨壹壹的后脑勺猛地转了过来，还冲镜头咧嘴坏笑。夫妻俩猝不及防，又被吓了一大跳。

"这不是杨小姐吗？"认识杨壹壹的肖敏似乎在瞬间明白了什么，但又随之产生了更大的疑惑。她一脸惊愕地看着陈晓新。

"哦，对不起，错了。"恶作剧成功的陈晓新拿回平板，重新打开了显示着添加了身高和骨骼的运动算法后，对吴斌和设备店监控拍到的男人之间的识别比对结果。吴庆杰草草扫了一眼内容后赶紧凑近些，和肖敏一起仔细研究起来。他们很快便看懂了，脸上先后浮现出复杂的表情。

"吴斌他们这一代人，处在互联网技术高速发展的时代，是隐私前所未有缺失的一代，他们很容易没有安全感。这时家人的信任，就是他们在面对冷酷的互联网时最后的堡垒。"李零将手肘撑在膝盖上，身体往前倾了倾，眼神真诚地看着夫妻俩，"即使那个真正的偷窥者永远都找不到，但父母的信任，会让他无所畏惧；即使在外面无法阻挡流言蜚语，但家会让他觉得安全温暖，让他能够自由自在地呼吸。"

陈晓新看着表情复杂、身体僵硬的夫妻二人，不知道他们是否有感于李零的这番话，但他摄录眼镜连接着的那一头的吴斌，此时心里已经五味杂陈、百感交集。

## 网络暴力

"吴斌你再稍微往右边转一点儿，"天台上，陈晓新站在脚手架上，正举着手机指导着演员，"好！就这里别动，这个角度光线最好。"

李零在一旁对吴斌做最后的交代："不要怕，这鞋子是高弹海绵制成的，踢不疼，椅子的骨架是 3D 打印真空成型的，分子结合极其脆弱，一砸就碎。"

"是啊，鞋咱刚刚都演练过了，你只要不是成心踹我，绝对踹不疼，椅子成本高，不能给你试了。"杨壹壹整理了一下自己勉强能扎成马尾的短发，大喇喇地对吴斌说，"但我相信你肯定能一条过。"

吴斌畏畏缩缩，不太自信地点点头，继续拿脚不停地在空踢杨壹壹，试探力度。杨壹壹平时看着像个大姐姐，这会儿穿上和自己同班同学一样的校服，又比自己还要矮不少，他下脚实在有些心理障碍。

杨壹壹看出来他的顾虑："你待会儿砸的时候要是有一点儿犹豫，恐怕就骗不过你爸妈了，知道吗？"

"你们好了没有，可以开始了吗？"陈晓新有些不耐烦了，边催他们边将手机固定到简易三脚架上。这是他头一次做摄影师，跟着一个头一次做导演和两个头一次做演员的人。四个人什么都不懂，却妄图骗过一对最熟悉自己儿子的夫妻。

好在呈现效果还不错，虽然最终吴斌爸妈没有相信他们这出自导自演的戏码，但这正好就是吴斌想要看到的结果——不能让他们看出破绽的同时，也不希望他们看完就立刻相信了。

结案的这天，杨壹壹坐在数据社柔软的大沙发上，同两位同事总结道："这案子虽然小，也没什么技术含量，但真的有趣极了。只可惜……"说到这里，她抱起双臂，微噘着嘴说道，"没有表情特写，感觉没有发挥出我全部的演技。"

"下次换我，我觉得我能演得比你好。"陈晓新眯着眼推了推自己的眼镜，仿佛已经进入了某场推理戏的拍摄状态。

"少来……"杨壹壹正想和陈晓新争论一番，手机上传来了吴斌的视频请求，她将它划到电脑上，招呼两位男同事过来。

视频接通后，吴斌的脸出现在屏幕上。这次，他没有戴任何遮挡装备，之前的伤也彻底好了，看起来清清爽爽，干干净净的，少年感满满的脸上，这会儿还洋溢着浅浅的微笑。

"Hello！"吴斌乖巧地分别跟杨壹壹和在她身后站着的李零、陈晓新打招呼。

"你手机要拿高一点儿，不然在镜头里会显得胖了一圈，还有，你那边光线不太好啊，需要开个灯补补光……"看来陈晓新确实没过瘾，要不是杨壹壹拿白眼看着他，他估计能喋喋不休很久。

"你还好吗？"用眼神制止了陈晓新的杨壹壹，换了一副慈爱的表情对着视频那头的吴斌问道。

吴斌点了一下头，看起来好像也比之前要成熟了不少，他告诉数据社三人，那天过后自己与爸妈连夜促膝长谈，双方似乎又恢复了之前的信任，爸妈也答应他以后不再监控他的电子设备，且撤除了必要的防盗系统以外的监控设备。

"太好了，"听到这个消息杨壹壹感觉很欣慰，满意地点点头后又问道，"那关于校园霸凌呢，你有没有和你爸妈说这事？"

"嗯，说了，"吴斌回答道，"我知道目前凭我的能力还解决不了这种事情，所以想想还是求助了爸妈，他们第二天就去找了学校领导。校方从学校周围的监控中找到了黄磊和他的跟班霸凌同学时的证据，给了他们警告处分。"

"那这样你以后可能在班上就不好混了。"陈晓新有点儿担心地提醒道。

"不会的，"吴斌对着镜头自信地笑着，"黄磊其实没有那么坏。那天我给他看了你们那套算法识别出来的比对结果，虽然他拉不下来脸向我道歉，但我能看出来他开始有些后悔，我也就原谅他了。我们还打算利用计算机课的时间，在老师的帮助下，组建一个校园霸凌和关怀弱势人群的组织。"

"什么组织？"杨壹壹不解地问道。

"是这样的，我仔细想了一下，确实像李零哥哥说的那样，我们同龄人的生活重心，大部分都在互联网里。所以如果留心观察，是可以从社交网络上提前发现两个人或者团体的关系，是否有变坏的趋势。误解啦，被人挑拨啦，教唆，等等，从而预防事情往不好的方向发展。年级里有好几个平时不擅长交流，但计算机很厉害的同学，在我们的游说下，已经表示愿意加入我们的组织了。"吴斌在视频那头逻辑清晰、言辞利落的样子，与之前那个说话低着头、吞吞吐吐的阴郁少年判若两人。

"哇！"杨壹壹和陈晓新都忍不住发出赞赏的惊叹。

"你这个小朋友，还蛮有志向的嘛。"杨壹壹补充道。

吴斌有些不好意思："我只是觉得我们已经在这个环境里无可逆转了，还不如把自己变成，将这个混沌的世界往美好的方向拉近一步的一分子。"

"不错不错，没想到你小小年纪，觉悟这么高。"杨壹壹毫不吝惜赞美之词，得意得就好像吴斌是在自己的影响下才变得如此优秀的。

听到这里，一直没有说话的李零也开口了："你这个想法非常好，社交网络的确可以利用算法，提前发现关系变化的前兆。我在美国工作的时候，曾经从自闭症从业组织里召集过一个团队，来研发中断网络暴力的算法程序。这批人在现实生活中难以与人沟通，但专注力一流，天生适合从事算法工作。稍后我可以分享你一些团队架构和算法经验，说不定你将来，能比我们当时更成功。"

李零的话，让吴斌十分兴奋，他也搜索过一些李零的身份信息，知道他在这个领域的地位，李零愿意手把手教自己，实在是再好不过了。但一旁的杨壹壹和陈晓新，心照不宣地对视了一眼后，都心虚地不再说话。他们都以为那天段维说的往事是属于李零的秘密，却不想李零自己对此，竟如此坦荡。

杨壹壹心想，或许，他并非如他们小肚鸡肠地认为的那样，是个怀揣无数见不得光的秘密的人。他或许真的只是有许多难言之隐，又或许只是单纯地不习惯倾诉而已。

# 第四章
# 数据的界限

　　文学也属于艺术品，是人类由内而外的抒发和创造，是一种情感的表达方式。所以如果本末倒置将它当成一件商品，因为名誉或利益而作，那么就不能期待得到观者感情上的共鸣。因为人的情感是无价的，难以衡量，更不能妄图预测。大数据只是一件助人的工具，就好像画画的彩笔、弹奏音乐的钢琴。很显然，没有任何工具是可以凌驾在人的情感之上，甚至替人做决定的。所以我认为你是在我们这里获得了工具，然后自己做了最终决定。这可以说是大数据和人类之间最完美的配合了。

## 自由职业者

在数据社工作,较真正的职场,要轻松惬意许多,至少不用时时刻刻盯着手机和电脑,也不用穿梭于各种永无止境的会议。杨壹壹虽然还是不确定当初离开百顺是不是一个正确的决定,但她确实很享受眼下的工作节奏。

这天中午,她和李零下楼吃好饭——陈晓新总是不愿意下楼——边往回走边聊天时,又老生常谈地说到了个人隐私的问题。

"我见识过无数隐私被泄露的事情,亲手为许多大集团处理过数据危机,所以我会尽量避免外显。现在这个社会,已经不是人与人之间的信任问题了,而是人对所处的环境形成了不信任的条件反射。"说到这里,两人已经来到楼下,李零迈步从灿烂的阳光下走进布满阴影的楼道里,继续说道,"自己的想法,放在心里最安全。"他轻轻把右手放在胸上靠近心脏的地方,又扬手示意,让杨壹壹走在前头。

李零的话,让杨壹壹有些恍惚,她突然间对李零神秘特性形成的原因有了顿悟——互联网,确实重塑了大多数人的行为习惯和性格。

她刚想开口说些什么,突然听到数据社内传出陈晓新和一个女人的声音,两人似乎在争论什么。杨壹壹回头朝李零投去一个疑问的眼神,李零看着她摊摊手,示意自己也不知情。

"你为什么就是不承认呢,"两人的声音刚够听清时,正逢陈晓新在发言,"之所以没有读者告诉你,是因为你的书本来就很少有人看,看的人又都恰巧不知道这个知识点。"

"我的书看的人少?"陌生女人的声音很不愉快。

"这不是重点,重点是幸运少女这个角色,真的是来自《克隆人联盟》,你再好好想想,我们上学那会儿英语老师还给我们放过片段,你忘了?"

"就是因为我也看过片段,所以记得很清楚,老师放的是《穿越宇宙》,你自己记忆力差还质疑我,你说你都这么大个人了,怎么还是小时候那个赖皮晓新啊?"

"我们就事论事你别人身攻击,我今天一定要说到你心服口服。"陈晓新一听对方提自己的绰号,顿时更加生气,"你看啊,幸运少女小时候第一次发现自己有超能力时,是谁救的她?是她自己啊!为什么会有两个她呢?不就是克隆人?"

"你拉倒吧,那是穿越回去的她自己,哪是什么克隆人!"

"不不不,这里面没有穿越情节……"

"怎么没有……"

站在门口的杨壹壹听到这里已经没耐心继续听下去了,推开门朝陈晓新问道:"你们为什么不直接上网查?"

"不行不行,这是我们记忆残废的一代最后的尊严。"陈晓新举起手摆了摆，还一本正经地推了推自己的眼镜，就好像他在进行的是一场严肃的学术讨论。

"是啊，上网查就是作弊了，"陌生女人看见杨壹壹和李零，伸出手来，"我叫季珺，是陈晓新的小学同学。"

杨壹壹有些意外，边与她握手边看了眼陈晓新，对方勉强点点头，似乎有点儿不愿承认。这让杨壹壹好奇起两人是不是过去有过一段，八卦地对着季珺上下打量起来。

她长得眉清目秀的，身材也很高挑，看得出先天条件很不错，但她那乌青的眼圈和蓬乱的头发，还有身上那件说是睡衣也没人会怀疑的衣服，使得她看上去就像个已宅在家三周没出门的人。接着杨壹壹又根据她右手腕关节处的老茧和被烟熏黄的食指，还有后颈上微微凸起的富贵包，判断出她肯定是个长期伏案于电脑前的自由职业者，若是美术类设计师，不会对自己的外表如此不在乎，那八九不离十就是文字类工作者了。

互相介绍完落座后，由李零给大家泡茶——他最近喜欢上了这项工作，倒也挺符合他的气质。

"几个月前就想来的，结果一直很忙……"可能是因为有熟人在，季珺也没多客气，李零刚刚给大家斟上茶，她就已经迫不及待要步入正题。

"你一个自由职业者，能有什么忙的，还不是因为懒，"陈晓新打断她，冲她边做鬼脸边怪腔怪调道，"树袋熊！"

"谁说我懒了，我这不是……"她用双手对着自己的身体比画一下，看到杨壹壹和李零一脸茫然，便打开自己的手机，划拉了老久才翻出一张照片递过来，"这是一年前的我，这是现在的我。"她再次在自己身体两旁上下比画了一遍，神情颇为骄傲。

这确实值得得意，手机上的照片和眼前的她简直判若两人，就跟那些减肥广告里的前后对比照一样惊人。

"说吧,你那点儿微薄的稿费是不是都用来抽脂了?"

陈晓新又忍不住呛自己的老同学,不过这次没等季珺反击他,就被杨壹壹的眼神吓退了。季珺噘噘嘴后继续说道:"我这次来要委托的事情,也跟我减肥成功有些关联。"

她说到这里有意要卖下关子,好引起大家的好奇,陈晓新抱起双臂不说话,李零继续低头煮茶,只有杨壹壹微笑地看着她表示愿闻其详,所以接下来,她几乎都在和杨壹壹对话。

"晓新知道的,我从小就胖,试过无数种方法,要么是没效果,要么是坚持不下去。但好在如今所有事物都能转化为数据,一切麻烦又都可以依赖大数据找到解决方案。去年年初有段时间我没事就在家琢磨数据减肥并付诸实践,没想到刚一开始就有了明显的效果。我尝到了甜头,便像着魔一样开始研究一切能将身体活动变成数据的监测设备,你们看看,"她用手扒开自己耳后的头发,露出一个贴在后脑勺上的挂耳式金属薄片,"这是监测脑电波的,"接着她又不避嫌地拉开衣领,露出锁骨下的一个金属贴片,"这是监测心脏活动的,还有这里,"她又撩起自己的衣袖和裤管,分别露出两个带着金属贴片的塑料环,"这些可以检测我的每日运动量,运动时的加速频率,甚至动作是否标准,并发送报告给我,还有……"

"好了好了,你快说正事儿吧。"陈晓新打断了她炫耀式的展示。

"我这不正说着吗?"她有些不好意思,但很快就恢复自信,看来减肥给她带来的改变是由内而外的,"总之呢,我使用了多达七十个程序,十一个不同的可穿戴设备,以及九个无线网络在家里、汽车和我身上,来监测记录我生活的每一秒,成果你们也看到了,我保持现在的身材已经一年多了,丝毫没有反弹的意思。"

"所以你是大数据的绝对拥趸了。"杨壹壹客气地笑笑,适时插入一句。

"是啊,但是我近些时候因为在这上面分散了太多精力,导致影响了正经工作,哦,还没给你们介绍我的职业呢,说得好听点儿,我是个作家,但实际就是个文字劳工。"

"为什么这么说?"

"我都在这一行不少年头了,却一直不温不火的,到现在也没什么拿得出手的作品,收入也只能勉强算是和自己的劳动相匹配,完全不能跟那些当红作家相比。"她嘴上这么说,脸上却并没有怀才不遇的委屈。

"这和大数据有什么关系呢?"陈晓新又忍不住了。

"因为我在想既然大数据能帮我制定方案,把这么难减的肥肉减下来,那为什么不能帮我制定一个一定能大火的方案呢?"

"你是想让我们帮你营销作品吗?"一直没有加入谈话的李零,这会儿也终于接上话了。

"不不不,"季珺瞅了眼帅哥,脸上开始神采飞扬,"我想在项目的起步阶段,就让大数据参与,帮我出谋划策。"

"你是说,"李零又帮她斟满茶水,"想用大数据帮你定制一个能大受欢迎的小说选题?"

"正是这样!"季珺有些兴奋,转身开始摸包找烟,但找到后她似乎又觉得不妥,放下烟停止了动作,"自从利用大数据监测我自己的身体成功减肥后,我试着把所有人都当成一组数据来看待,那在这个前提下,肯定有某组数据,是大多数人身上共同的情感编码。我想要大数据帮我找出这组编码,提取出所有领域的当红元素,所有年龄段均感兴趣的事物,然后我再展开了写,这样不就不用做那些无用功,浪费时间写些不咸不淡的小说了吗?"

"你也太理想化了吧,怎么不干脆让 AI 帮你写文章啊?"陈晓新听不下去了，毫不留情地讽刺道。

"怎么就理想化了，现在很多视频平台，不就是根据大数据定制的内容做选题，然后才开始拍摄的吗？文学定制也是迟早的事，说不定很多机构已经在开始做了，只是你目光短浅不知道罢了。"季珺很不服气。

"我目光短浅？"陈晓新用手指着自己的鼻子，似乎不敢相信自己会受到如此评价，"你还真是树袋熊一点儿没变，整天就在想着怎么偷懒，如果连文学都变成数据定制的产物，那这个世界上还有什么东西是出自真情实感的？"

"我又没说我不写真情实感的东西了，我只是……"

"你只是什么啊，你就是想走捷径，不愿意付出。"

"你个赖皮晓新……我只是希望利用大数据对读者的阅读需求进行精准分析与预估，然后再进行有方向的创作，怎么就被你说得好像我要去偷东西一样呢？"季珺气急败坏指着陈晓新的鼻子，准备再次跟他展开理论。

一旁的杨壹壹这次没有帮着任何一方说话，因为她既觉得陈晓新说得有道理，又不觉得季珺说得没道理。

"倒不是不可以，"李零此言一出，其余三人都停止了说话和思考，等着他说下去，"我倒是觉得，文学定制确实也是市场趋势，但出来的东西够不够精准，读者买不买单，却是没办法像减肥那么立竿见影的。"

"不用不用，我这也是一种尝试，不用你们保证它会大火，只要你们愿意帮我做调研分析，来确定我下一本书的选题方向，精确内容涉及的要素，就够了，至于它写出来之后的命运，不用你们负责，"季珺也不是没有眼力的人，她绝对能看出来李零的话的分量，"不过我相信大数据，一定能让我如虎添翼。"

"唉,"陈晓新见李零也帮她说话,态度松软了些,他叹了口气,颇有些苦口婆心地冲自己的老同学说道,"你太迷信大数据了。"

"你做这一行,还不信这一行。"季珺做了个让他放心的表情,"大不了,我还是不温不火咯。"

她率先求和,陈晓新也没理由再为难,他撇着嘴巴待在一边,不再发表意见。杨壹壹一向明白自己的职责,起码不包括决定要不要接一个案子这条。

"我们可以尝试着提取市场上销售靠前的图书和点击率最高的网络文学中出现最高频的热词。"李零边喝茶边继续说道。

"还有网络段子、社交网站、搜索引擎上的热门话题!"杨壹壹也加入讨论。

季珺一听,大喜过望地击了一下掌:"果然找你们没错,你们不做图书这一行,却立刻知道要从哪里下手。"

"喊,你太小瞧我们了。"陈晓新小声嘀咕。

"行,那我们来具体讨论一下吧!"季珺撸起她那件宽大罩衫的袖子,露出了手腕上的智能手表。在看到帮助自己成功减肥的手表后,她显得愈发激动,跃跃欲试。

不想却被李零泼了盆冷水:"具体还是在线上讨论吧,我们也需要查阅资料,初步了解一下季小姐你的写作风格,理清思路后才能制定方向来与你进行讨论。"

"呃……"刚刚还一脸兴奋的季珺,顿时有些尴尬,"那也行。这是我之前出版过的几本书……"她打开自己随身的帆布包,"你们……"

"哎呀不用了,现在谁还翻书啊,你直接给我们文档。"陈晓新又开始数落她,"你这人要么懒得动,要么急吼吼,真是极端。"

季珺气鼓鼓歪脸看着他,又不知反驳什么好。

"行了,你一个大男人,怎么这么爱跟人抬杠,"杨壹壹帮季珺解了围后接着问她,"要不,你今天先回去,我稍后再和你联系?"

"嗯嗯,也好,正好我也有些抢时间,"季珺满脸感激,连忙从沙发上站起来,收拾好自己的包,"还欠着一本书的债,马上Deadline了,编辑催得紧。"

"明白,"杨壹壹善解人意地笑着,继而转向陈晓新,"送送。"

陈晓新不情愿地从沙发上站起来,等大家完成告别礼节,就跟在季珺后面出了门。

"师兄……"两人刚一出去,杨壹壹就看着李零,脸上露出不解的神色。

李零当然明白她的意思,他看了看墙上的时钟,笑着回答道:"总得给我们晓新面子吧。而且,一会儿还有一个客户要上门,似乎也是想要用大数据定制产品,我感觉两个案子结合在一起,应该挺有趣的。"

"还有一个……"杨壹壹正欲问个清楚,却发现陈晓新又折回来了,便先冲他问道,"落东西了?"

"不是,她说要抽根烟再走,我不想闻烟味,所以就上来了。"陈晓新将手插在卫衣兜里,觉得自己说得合情合理。

"注定孤独终身。"杨壹壹没好气地说道。

"Copy copy!"陈晓新不肯服输,满怀深意地冲李零努努嘴后回复她。

杨壹壹不想把事情"闹大"弄得自己尴尬,只好悄悄对着他做了个打人的姿势,示意稍后再跟他算账。

## 职场精英

因为不想站在大马路上抽烟,季珺下到二楼楼梯口的窗户边就停了下来,这里看起来没什么人经过,是个抽烟的好地方。她靠着墙,刚一点上烟,没抽几口,就发现楼梯下面出现了一个男人的身影。还挺养眼的,她居高临下的视角,刚好将他一览无余。男人留着干净利落的偏分头,面貌清爽,米色便装薄夹克搭配深灰色休闲西裤,衬得他晒得微黑的肤色透出健康的光泽,身材总体匀称,上楼梯时步伐稳健有力,但或许是经常做上肢运动的关系,他的上半身似乎要比下半身更结实,大臂的肌肉让夹克袖管微微隆起,休闲西裤下的两条腿,因此被衬得有些单薄。不过待他走近些,上到跟她差不多高的台阶时,她才发现他腿的长度,已经足以掩盖它们不够壮硕的劣势。他看起来高大俊美,气度非凡,是那种典型的职场精英人士的气势。季珺吐出一口烟,在心里完成了对他的评价。

正好走进烟雾里的男人这时也看到了她,原本木然的脸上,竟然出现了嫌恶的神情。但他没有停下来,瞪完人后就与她擦肩而过继续上楼。她莫名其妙地耸耸肩,觉得浑身不舒服,当下便对着男人的背影脱口而出:"你什么眼神啊?"

男人闻声顿住,转过身缓缓从台阶上退下来,走近两步再一次瞪着她。这让她有些发怵,脑海里响起危机预警:如果这男人此时对自己动手,要不要喊陈晓新救命?

"你是以为我在看你吗?"男人从头到脚打量了她一眼,仿佛在看一只被剃了半边毛的狗狗,继续说道,"一般遇到在公共场合抽烟的人,我都会心理不适继而产生厌恶之感。你们这种人,既不爱惜自己生命，也不在乎别人的健康。难道我该对着你笑？"

"楼道……"季珺本想抬高分贝给自己鼓气，但他离得实在是太近了，使得她发出来的声音反而比刚刚还要小，"楼道不算公共场合吧……"她底气全无。

"这栋楼没有电梯，这里是上下的唯一通道，你说算不算？"又是一个反问句，季珺感觉这男人咄咄逼人，说话时气息都要喷到自己脸上了，两人的距离已经近得她能闻到对方身上洗浴香波的味道。

"行行，你远点儿，我灭了还不行吗？"季珺伸出一根手指头，把对方推开后，将手上的半截烟丢在地上用脚碾灭。

男人刚刚那副嫌恶的表情又出现了，他一边仿佛很是失望地摇摇头，一边从上衣口袋里掏出一张纸巾，然后弯下腰，用纸巾捏起刚刚她扔在地上的烟头，就头也不回地上楼了。

季珺愣在原地脸颊发烫，她心想自己平时也不会乱扔垃圾啊，还不是刚刚被他逼的，结果他还如此趾高气扬地羞辱自己，真是个自命不凡、自大的家伙。

她有些气急败坏地盯着他的背影，却不想他停在了那块不规则的沉海木招牌下，敲响了壹零数据社的门。她顿时好奇心满满，想要搞清楚这个家伙到底是何方神圣。待到他进了门后，她被心里燃起的报复小火苗所驱使，蹑手蹑脚地凑到数据社虚掩的大门旁边，躲在10灯后面，手竖在耳边，偷听起来。


原本还想继续追问即将来访事主的杨壹壹，还没开口，就听到了敲门声。李零向她眨眨眼，起身开了门。

"是邢超先生吧？"李零打开门看见站在门口的陌生男人后，友好地伸出手。

对方也马上伸出手，同时爽朗一笑道："是我，你就是李零吧？"李零点点头，握完手后将对方让进屋："请进。"

杨壹壹从沙发上站起身来，打量着眼前这位比李零还高出几厘米的男人，内心立刻做出判断，这肯定是蒋姜伟或是飞云某个产品经理介绍过来的人，因为他们身上都带着股职场精英特有的气质。

果然，他坐下后没多久，就逻辑清晰、言简意赅地在五分钟内说明了自己的来意。其实李零之前已经与他对接过，但为了进一步确认客户需求，也为了让杨壹壹和陈晓新了解情况，他特地让邢超又详述了一遍。

以下是杨壹壹从邢超的介绍中解析到的信息：

邢超，三十岁，极限运动爱好者，互联网游戏公司创始人，公司主营业务为游戏周边及运动型智能装备的开发。此次想委托数据社协同自己的团队，制作一款极限运动体验装备，为用户提供足不出户的虚拟体验。具体来说，这是一款虚实连接装备，用户戴上设备，即可在电脑前，实时参与真正的户外极限运动。例如登山，运动员在登山时佩戴专有设备后，电脑前的用户即可通过连接，看到登山者的手、鞋、登山设备和沿途风景等，甚至可以中途切换路线，转到其他登山者视角，从而达到最理想的虚拟登山状态。

"这是 VR 游戏加直播啊？"陈晓新听完之后迫不及待地给出自己的理解，他的语气在杨壹壹听来，说不清是惊叹，还是觉得荒唐。

"Exactly！"但邢超马上肯定了他的说法，"我知道你们乍一听或许会觉得异想天开，会觉得这是个不切实际、忽悠投资的项目。

但我敢保证它不是。它确实存在很多初期看来无法实现的技术,但我的团队已经打破了关键的技术壁垒,测试体验也一直在逐步升级。"

"一百年前看现在所有的技术,都是异想天开,"李零因为之前详细了解过邢超所说的项目,所以此时表现得对他很有信心,"技术赶上想象力,只是时间问题。"

"既然你有自己的技术团队,那需要我们数据社帮你们做些什么呢?"杨壹壹提出疑问。

邢超朝她点点头,似乎在感谢她问了这个问题:"我的团队,攻克设备的硬件和软件难题都不在话下,问题在于测试部门的数据团队,人员薄弱且没有经验。这个项目,在我心里意义重大,不同于以往那些普通的娱乐游戏项目,所以如今,产品虽然有了雏形,但我不想草草上市,我希望它有更多大数据保驾护航,能以更加完美的姿态,到达体验者手中。"

"我明白,"李零语气诚恳地说道,"精益求精。"

虽然杨壹壹不太明白邢超所说的意义重大具体指代什么,但只要受托之事与大数据相关她就放心了。她转头看看陈晓新,却发现他已经溜到电脑前,一会儿看看大门口,一会儿看看电脑屏幕,活像一个躲着父母玩电脑的少年。待到发现杨壹壹盯着他,他便鬼鬼祟祟地朝她招招手。杨壹壹看了仍在讨论细节的李零和邢超一眼后,就悄悄挪了过去,想看看陈晓新到底在搞什么鬼。

原来他正在看楼道里的监控画面,画面上有个人弓着腰扶着耳朵,正趴在数据社的门框旁。虽然只有个后脑勺,但杨壹壹马上就认出来那是刚才离开的季珺。她拍拍陈晓新的肩膀,轻声哼笑,示意让他自己解决。

就在杨壹壹准备回到沙发上时,原本坐在靠门一边沙发上的邢超似乎觉察到什么,他盯着门观察了数秒后,就倏地站起来。杨壹壹在心里惊呼大事不妙,转头疯狂地朝陈晓新使眼色,但也不可能来得及阻止接下来的局面了。

邢超一把拉开虚掩的门,一发现这个偷听人影就是刚刚在楼道抽烟的女人时,当下就怒目圆瞪。他虽然尚未开口,但这架势已经把季珺吓得不轻。

陈晓新这才反应过来,几步挤到邢超前面,推了自己老同学一下,不无埋怨地问道:"你怎么还没走啊?"

季珺看到陈晓新,方才从惊吓中回过神来,结结巴巴开始现场瞎编理由:"我……那个,我……我突然想到……想要新小说里面加入一些……加入猫的元素!"她说到最后,还郑重地点了点头。

众人沉默。显然没人相信她,她有些着急,赶紧从帆布包里掏出一本书来:"你们看啊,我之前所有的书里,都有猫的元素,这是我的作者标志,所以……"

"你是作家?"邢超动作麻利地从季珺手中抽出那本书,拿在手上翻了翻,似乎想要找到破绽戳穿她的谎言,"季君?"

"文盲,那个字念珺,第四声。是季珺。"听到自己的名字被念错,季珺马上厉声纠错。

"极俊?哈哈哈!"邢超一边大笑一边回到沙发上坐下,看着李零说道,"我还超型呢!"

李零举起手摇了摇头,摆出一副"我不参与"的姿态。

感觉到被羞辱的季珺,恼羞成怒地跟进屋来:"你有什么可嘚瑟的,年纪轻轻就可以开公司做老板,整天做些无聊的白日梦,还不是因为有个有钱的老爸?你这种社会寄生虫,就跟我的猫一样!"

沙发上的邢超抬起头斜眼看着季珺,脸上带着一丝得意的嘲笑,似乎他很乐意见到对方被自己激怒,又似乎是等着看好戏一样鼓励对方继续往下说。

"我的猫叫'白居易'！你知道什么意思吗？就是'白白居住，很容易'！"季珺一字一顿地说出最后那几个字，生怕对方听不明白。

邢超站起来，朝她靠近，走到就像之前在楼道里的距离后，翻开手上那本季珺写的书，指着封面上的一男一女问道："那你呢？就靠这些霸道总裁的故事来欺骗读者，我看你现实生活中连一个真正的总裁都不认识吧？"

"你……你……"季珺想往后退但又不想认怂，可靠这么近似乎又直接影响了她的战斗力。

"被我说中了？"邢超步步紧逼，"那我可提醒你了，现在在你眼前的，可是货真价实的总裁，或许也是你人生中唯一一次，认识总裁的机会。"

"我……我不稀罕！"季珺一把抢过自己的书，后退几步，塞进包里。

杨壹壹和陈晓新眼见这两人越吵越凶，赶紧过来解围，一个劝邢超坐下喝茶，一个拉着季珺下楼离开。

"不喝了，"邢超礼貌地对杨壹壹笑笑，又转头对李零说道，"该说的我也都说得差不多了，今天就先告辞。"

李零也不挽留，站起来准备送客。

"不用了，你们都请留步。"邢超说完就转身迈开长腿，潇洒地大步离开了。

这头陈晓新也很快再次被季珺打发回来。

"你们说，"杨壹壹看着大门口的方向，摇着脑袋问道，"他们俩，一个极俊，一个超型，都这么牛，若是在楼下碰到了，会不会打起来？"

"有可能。"两个男人异口同声回答道。

## "右腿"

"极俊"和"超型"两个案子，数据社很快有了明确的分工：杨壹壹和陈晓新前期先负责了解季珺擅长创作的方向，并与之沟通需求，然后据此收集整理相关的数据，提取近五年来受欢迎小说和网络文学的热点元素；李零则负责和邢超公司的团队对接，了解对方的详细需求。

李零之所以如此分工，是因为他眼下需要更多时间独处，来进行工作以外的工作。但杨壹壹和陈晓新却不敢怠慢，这是他俩第一次独立负责一个案子，他们商议着一定要出色地完成它，好让李零刮目相看。

但刚一上手，他们就感受到了压力。即使他们只打算采用近五年的数据，也会从网络上挖掘出一个巨大的数据库，如果用笨办法依靠人工收集整理，简直是不可能之任务。两人随即决定写一个打分算法，即让算法自动将文档或网络文件进行打分筛选，达到分数的内容再进行热点元素提取，这样便能事半功倍，而不需要做苦工了。

"我们做一头'数据奶牛'，让它自己在互联网的世界里觅食、咀嚼、消化、产奶。"这是陈晓新对筛选算法打的比方，他负责算法编写的主要工作。在写算法的间隙，他会时不时翻看一下季珺以往的出版作品，以了解她之前的写作风格。

"我的天啊！以前从没看过她写的书，现在一翻，"陈晓新将一本书稿用鼠标滑上滑下，"这邢超说的还真是半点儿没差，全是些'霸道总裁爱上我'的甜文，女主清一色一无是处，但全世界的男人都爱她的单纯，这……真是让我不忍卒读。邢超看个封面就总结出全文，牛！"

"噢？"杨壹壹慢条斯理地打趣道，"那我不是得认识一下她的封面设计师？"

"干吗？"

"万一以后我想将数据社经手过的案子总结一下，集结成书，或许用得着啊。"

"我看行，你怎么也不会写得比她还……"陈晓新顿了顿，瞪大眼睛努力寻找合适的措辞，"……还将就了。"

杨壹壹挑挑眉毛，心领神会地笑笑，接着又假意责怪陈晓新："你还老同学呢，不厚道，在人背后讲小话，我这就告诉她去。"

"你怎么这样？我说的都是实话，不信你自己看看。"

"你别说，昨晚上我已经看了不少。"杨壹壹脸上浮现出少女才有的娇羞，"那本《缘来是总裁》，我一看就停不下来，虽然剧情确实老套了些，但生活已经那么苦了，只能自己找点儿甜，不然你以为韩国偶像剧为什么这么多年都经久不衰？"

"你说你们都多大岁数了，还整天这么不切实际？"陈晓新满脸嫌弃。

"这你就不懂了吧，女孩子越是岁数大，越抗拒不了这些粉红泡泡，就好比年轻时装酷喜欢黑白灰，但只要稍微上了点儿年纪，就总想挂点儿粉色的装饰在身上，一个道理。"

"所谓的'中年少女'吗？"陈晓新脱口而出就立刻后悔了，但为时已晚，肩上飞速被捶了一拳。

"中年你个头啊中年！"

两人聊得正起劲，李零带着邢超推门进来了。

"你们怎么回来了？"李零这两天都在邢超公司，现在才下午三点多，还不到下班时间，杨壹壹觉得有点儿奇怪，站起来问道。

"他想喝口茶，顺便看看我们之前做的骨骼运动算法。"李零摘下墨镜放进口袋里，走到置物架前取下一罐绿茶，朝自己的两位同事说道，"你们都过来喝一杯吧。"

邢超——打过招呼，就坐下来等茶，陈晓新抱着笔记本电脑在他旁边坐下，打开骨骼运动算法向他演示。

陈晓新用前不久吴斌案里的视频示例，边让算法运行，边向邢超讲解。邢超听得很认真，时不时还会产生一两个疑问。

"怎么样？"陈晓新演示完之后，李零将刚泡好的茶递给邢超，"有帮助吗？"

"嗯，这个算法很精巧，我受到了一些启发，不过……"邢超停顿片刻，朝三人笑笑才继续往下说，"但如果你们遇到的是我，靠这个测就不准了。"

"怎么讲？"李零端起茶杯，拿在手上转动，感受着杯壁的温度。

杨壹壹和陈晓新也颇为好奇地看着他。坐在沙发上的邢超，突然弯下腰，开始用手撩自己的右腿裤管，他今天仍然穿着一条看起来很宽松的西裤，所以能毫不费劲地就把裤管卷到膝盖上，将自己的"右腿"完整地展示在数据社三人眼前。

最先失态的是杨壹壹，她手里的茶洒了一半到腿上，烫得她直皱眉；陈晓新抱着电脑张大嘴巴，不敢相信自己看到了什么；李零表现得最镇定，不过那也只是表面上，他其实也是头一次亲眼见人佩戴假肢，假肢连接处的视觉冲击，让他直咽口水。

"你们看，今天我戴的是上个月新配的，前几天我还戴着另外一款呢。两款材质有很大的区别，重量不同，舒适度也不一样，这些都会导致我的走路姿势，也就是骨骼运动产生变化。我目前有四副不同的款式，会根据每天的活动穿戴相应的，上班和运动时所戴的，区别非常大，所以……"邢超边说边比画，就好像是在向人介绍他新买的跑车。

他说得云淡风轻，却看得数据社三人心惊肉跳，杨壹壹盯着他右腿膝盖以下的截肢处，一阵腿软。

## PTSD

"下午我带你去见个人。"

这日李零刚到邢超公司，在会议室和大伙一起准备会议时，邢超突然走过来，表情凝重地对他说了这句话，随后就一头埋进研发室，缺席了当日的例行会议。

直到中午吃完饭，李零才再次见到一脸憔悴的他。虽然他还是穿戴全套精英装备，但脸上已失去了往日意气风发的神采。李零意识到，他们即将要去面见的那个人，对邢超，以及对他们目前着手的项目来说，一定有着至关重要的意义。

下楼后，邢超驾驶汽车，两人一路无言。二十多分钟后，车停在一栋陈旧的公寓楼的地下停车场，邢超下车后，依然沉默着。李零跟在后面，观察起周围的情况，试图自己先找出些蛛丝马迹。但直到邢超带着他搭乘电梯到达二楼，他都没有发现任何可以判断位置的标志。

出了电梯，李零立刻听到了零星的喝彩声和球砸在地板上又弹起的声音，而眼前只是一条光线昏暗的通道，通道两旁堆满了杂物，他们右边是一摞摞齐人高的木制垫仓板，脏兮兮的，散发着潮湿的霉味，透过它们的缝隙和一层铁丝网，李零隐约能看到里面是个光线充足的室内运动场。

越过垫仓板区，视线立刻开阔，铁丝网后面确实是个室内篮球场，只不过……

邢超停在垫仓板旁边，不再继续往前走。李零看看铁丝网尽头的大门，意识到邢超没有要进去的意思，便也停下来，继续观察篮球场内。

这地方乍一看与普通篮球场没有太大的区别，高达三米左右的篮筐，光滑的地板上印着清晰的规则线。场地原先应该是个工厂大车间，老式窗户狭小导致日照光线有限，此时全靠吊顶上悬挂的日光灯照明。在亮得刺眼的灯光下，李零不难发现，这里不一样的地方不是场地，而是正在里面专注于那一颗篮球的运动员们。

这些运动员全都坐在轮椅上，穿着红黄两色的上衣来区分队伍。他们的轮椅也分为红黄两色，与普通轮椅不同，这些轮椅的两个大轮向内倾斜，从正面看呈"八"字形，而在座椅的下方，还有三个小滚轮，在运动员后仰投篮时，小滚轮会稳稳地支撑住轮椅，保证它不会侧翻。每个运动员的大腿和腰部，都绑着用以固定的黑色绑带，这使得他们在用力转动八字轮，控制方向和速度的同时，不用担心身体离开轮椅而发生事故。

他为什么会带自己来看这些呢？李零心里产生了这个疑问，转头悄悄看一眼邢超，他的目光此刻正紧跟着场上一个黄色上衣的男人。那个男人剃着寸头，胡子刮得很干净，上身肌肉饱满看起来很壮硕，相比之下，被绑在轮椅上的下身，就显得单薄瘦弱许多。李零又回头看了一眼邢超，他的眼里，栖息着痛苦和愧疚的光芒。

"那个，正在投篮的那个，"似乎是察觉到李零疑惑的眼神，邢超抬起手，指指场上黄衣服的运动员，开始讲述起一段埋在他心底的痛苦往事，"他叫韩成。"

李零点点头，边用眼睛追随着那个叫韩成的男人的运动轨迹，边用耳朵倾听着有关他的故事。

邢超一直热爱极限运动，登山、滑雪、攀岩、冲浪、跳伞……只要有机会，他什么都想尝试。在旁人看来，他不务正业，置生死于度外，就像一个嗜极限运动如毒品的疯子，就连他的亲人朋友，也难以理解他为什么不安心工作过日子，非要时不时冒着生命危险去挑战极限。而在所有认识的人之中，只有十多年的老友韩成彻底理解他。

两人是在邢超年轻时，迷上潜水的那段时期认识的，因为对极限运动的共同热爱，他们经常相约一起对新的领域发起挑战。

登山是邢超带韩成入门的，对方很快就在邢超的带领下迷上了这项极其考验耐性也极其危险的运动。韩成十分信赖邢超的经验，所以在日常的训练中进步非常快，加上之前的运动底子，他很快就能尝试着去攀登一些海拔较低的山峰了。邢超十分欣喜韩成的进步，一次次带着他朝更高海拔的山峰挑战。

韩成的最后一次登山，地点是邢超选的，那是一座位于四川盆地边缘的雪山，他们一行十二人，从准备到出发，一切都十分顺利。但上山没多久，就发生了天气突变的意外，身为队长的邢超，根据来之前的气象观测判断，风雪不会持续多久，决定带领大家继续前行。

风雪确实没有持续很久，第二天的登顶过程比预想中还要顺利，韩成第一时间在自己的社交网站上发布了他与大家登顶成功的合影。谁也没想到，可怕的意外已经潜伏在下山的过程中，正等着他们。风雪再次袭来，邢超和韩成与大部队走散，在失去意识前，两人都以为自己此次难逃一劫。

邢超醒来时，已经是几天后了，他以失去一条小腿为代价，保住了性命。而韩成，则因为运动神经元损伤，再也无法站起来了。

邢超说到这里停了下来，李零望向他时，他的脸藏在垫仓板后的阴影里，一只手正用力地攥着一块木板，指甲抠出的木屑飘下来，消失在昏暗的光线里。

"他如今这模样，完全是我的责任，"邢超收回手，放进裤兜里，"是我做了错误的决定。"

"所以你是因为他，才想要做'翱翔'的？"李零问道。"翱翔"正是邢超请数据社协助开发的项目名称。

邢超抬起头来，轻轻点了点："即使无法站立，他也从未放弃过运动，但他再也不能去体验他最热爱的极限运动了。"

"他有因此怨恨你吗？"李零看着场上那个在轮椅上奋力抢球的男人，朝邢超问道。

邢超看着地板，痛苦地闭眼摇头道："热爱极限运动的人，都预想过有一天可能会失手导致意外。登山途中本就险象重重，所以事后也没有人真的怪我。但这会让我更加自责，它已经变成我心里永远都过不去的坎。我只要戴上假肢，就还能像以前一样运动和生活，可他却永远都没办法站起来了。每次我只要一看到他现在这个样子，就恨不得求他杀了我，好让我以死谢罪。开发'翱翔'只是我用来缓解良心煎熬的方法，让我不至于眼睁睁看着他这个样子，却什么都做不了。"邢超说完举起一只手朝韩成的方向挥了挥，眉心皱出一道线条。

"你也不必过分自责，虽然'翱翔'只是替代物，但多少也能将遗憾弥补一二。"李零安慰道。

"可我不想只是'一二'，我希望做到我所能达到的极致，令它的体验无限趋近真实！我想让他能重新'跟着'我一起登山！我还想让所有像他一样意外受伤或是天生残疾的人，都能挣脱命运无理地束缚，体验到翱翔蓝天、潜入深海、攀上极峰的乐趣！"邢超越说越激动,到后面,他已经从悔恨的情绪中走出来,变成了一种欲与天斗的愤怒。

一开始,李零以为"翱翔"只是普通互联网产物,而此时,他知道了它背后的意义,不由得对邢超生出一股同情和敬佩。他拍了拍邢超的肩膀,传达男人之间的理解。

邢超脸色微微发红,他从愤怒中回过神来,冲李零笑笑,为自己刚刚激动的情绪表示歉意。

就在他转身准备带李零离开时,篮球场上的韩成正好转向这边,他看到了邢超的背影。

"超儿!"他在人群中喊了一声,便用手转动轮椅,快速移动到铁丝网这边来,"你怎么来了?"

"哦,"邢超调整了一下情绪,转过身来,也靠近铁丝网,"我刚好路过,想起你昨天发动态说今天要在这儿打球,就过来看看。"

"那你等等我,打完这节就结束了。"韩成满头大汗,手扶在轮椅的轮子上,随时准备转动它。

"嫂子呢?"邢超点点头,不放心地对着球场张望。

"在那儿。"韩成用下巴指了指场边两排靠角落位置的塑料座椅。

那里坐着个脸色蜡黄的女人,穿着不起眼的灰色针织衫,头发简单地束在脑后,手上巨大的运动水壶与她瘦小的身子形成鲜明对比。她也看到了他们,正朝这边挥手。邢超也朝她挥挥手,她原本想要站起来,但看到韩成已经返回场地,就只是微微欠欠身,朝这边笑了笑。她憔悴的脸色令她的笑容都透着一股生活的艰辛。

十多分钟后,篮球赛就结束了,邢超和李零走到铁丝网的大门边,等着韩成和他的妻子出来。大门处有一个金属门槛,为了方便轮椅经过,放置了坡型木板,但因为坡度较陡,球员们的八字轮椅经过时，还是会有些吃力。两人本想走到里面去，但进进出出的轮椅挡住了他们，他们只好等着韩成过来。

韩成是最后几个出来的人，他远远就冲这边笑着，到门边后，邢超向他介绍了李零，说是自己的同事。两人互相问好后，韩成邀大家一起去吃饭，邢超推脱自己还有工作便要告辞。

"工作要紧，我送送你们。"韩成也不再坚持，笑着转动轮椅。

邢超刚要婉言谢绝，就发现韩成在上坡道时，滑了下去。站在他身后的妻子，赶紧上前帮忙推轮椅。

"不用。"韩成推开了妻子的手，又尝试了一次，但或许是刚刚的运动让他有些力竭，轮椅又滑了下来。他的妻子条件反射地又上前扶了一把。

"我说了不用，你听不懂吗？我又不是废人！"韩成突然激动地提高分贝，吓了所有人一跳，包括球场上还没离开的人，纷纷望向这边。他妻子从惊吓中回过神来后，默默退到一边。

邢超收回自己原本也想要帮忙的手，表情复杂地捋了捋头发。意识到失态的韩成，用手搓了一把脸，努力抑制住自己的情绪，然后一鼓劲将轮椅驶过了坡道。

告别的时候，大家都有些尴尬，但又都很有默契地装作什么也没发生。邢超离开的时候，看了眼韩成的妻子，她表情木然，微微朝邢超点点头，示意让他放心。

到地下停车场的途中，李零感觉邢超绷紧身体，憋着一股劲。果然，他回到自己的车里后，第一件事就是长长地吐了一口气。

"他以前不这样，"邢超没有发动汽车，而是望着车前昏暗的停车场说道，"他以前人非常温和，我们认识十多年了，遇到再大的困难，也从没见他不耐烦。"

李零没接话，因为他大概猜到了邢超后面要说的内容。

"那场意外后,他被诊断患上了PTSD,失眠、易怒、注意力难以集中,也没办法再回到以前的工作岗位了。"说到这里,邢超垂下脑袋,望着方向盘,"他曾对我说过,哪怕是像我一样,还能安装假肢,他都不会放弃极限运动,"他砸了方向盘一拳,"他比我更热爱,但我……"

李零没有开口安慰,因为他知道,这种事情,再怎么安慰也无济于事。眼下,唯有帮助邢超早日研发出那款可模拟真实极限运动体验的装备,才能稍微缓解他内心对昔日队友的愧疚。

## 新闺蜜

这个周末,杨壹壹原本是想要去探望在邢超公司加班的李零,但她转念一想,自己又何必做出一副求而不得的姿态,拉低自己的身段,便赌气应了季珺的电影之约。

和遮遮掩掩的爱情不同,女人之间的友情,往往只需要很短的时间就能迅速升温。许是都跟陈晓新很熟的关系,杨壹壹和季珺,两个原本完全不认识的人,在短短一周内,就变成了关系亲密、互动频繁的闺蜜。她们一开始是工作交流,来来回回的几趟沟通下来,两人很快就熟络起来。接着因为同是电影发烧友,一聊起来就相见恨晚,自然而然地在工作之外相约看电影。

"太烂了,"刚一出影厅的门,杨壹壹就急不可耐地开始吐槽,"要不是看你还坚持着,我早就忍不住离场了。"

"你不早说,我还以为你喜欢呢。太离谱了……"季珺捻着她灰色卫衣帽子上的绳结,做呕吐状,"台词像是我家白居易路过键盘时按出来的,女主那个脸僵得能直接去隔壁演木乃伊。这肯定是哪个黑老大出来洗钱的项目,我真是瞎了眼。"

"赶紧去喝杯咖啡压一压。"

"走。"

电影院在一栋大型商场内,一楼外围就有几家布置精巧的咖啡店供选择。两人挑了家有室外就餐区的热带丛林主题咖啡馆。

两人坐下来,各自点了些轻食,又要了两杯带酒精的饮料,就窝在靠垫肥厚柔软的双人座椅里聊起天来。

"早知道我也去做个演员好了,肯定比刚刚那个女主演得好。"季珺双腿盘在椅子上,从随身包里拿出烟和打火机。

"可等你真的做了演员,就会追求职业道德,会想要做得更好。你也不是不知道,要做个好演员,"杨壹壹一副老电影里女演员的做派,拿着手上并不存在的烟深吸一口,仰起头吐出一个并不存在的烟圈,"可没那么容易,搞不好,陷进某个精神病角色里,就再也走不出来了。"

"能有多难,"季珺配合地挥挥手,赶走杨壹壹吐出来的烟雾,面带不屑地说道,"那些报道里总是夸大做演员的难度,但一个角色再难,也最多分饰两角,理解两个人物就能胜任了。可你知道我们写作,那才真是劳心劳力的苦命活。你看啊,我得熟悉每一个笔下人物的性格,给他们编排不一样的动作、语言习惯、思维模式、行为动机;描写景物要文笔优美,刻画人物要接地气;还有最重要的故事逻辑,既要环环相扣又要新颖有趣……唉,总之啊,如果我要写一个马术运动员,却连他上马的姿势都不知道,就别想骗过读者。我得伪装成有十年骑马经验的老骑手,这种感觉其实跟诈骗犯没两样,我整天都很焦虑。更别提写凶杀案了,有一次我尝试着写一个悬疑故事,日思夜想,做梦都梦见自己如何杀人,到后来我睡觉门都要反锁着藏好钥匙,生怕自己梦游出去屠城。"她已经点上烟,无奈地深吸一口。

"那看来跟作家做朋友,挺危险的。"杨壹壹嘴上这么说,心里却越来越疑惑。在她看来,季珺以写质量不高的言情小说而小有名气,还委托数据社定制选题,怎么看都不像一个真正对自己的创作有高要求的作家。

季珺狡猾地笑笑,她猜出了杨壹壹的心思:"你以为我一开始就想写总裁文的啊?"

被揭穿的杨壹壹傻笑着,不敢接话。

"我以前用别的笔名写过科幻。别人都说要不讳少作,但我那时候写得实在太烂了,拿不出手,不想承认是自己写的。"

"后来呢?"杨壹壹拿起一个抱枕抱在胸前,示意自己愿意聆听接下来的故事。

"眼高手低啊,写不出深度好文,自己也越来越焦虑痛苦,但又不愿意放弃,只好曲线救国,先写傻白甜的爱情小说练手。可没想到,反响还挺好,它们的受众意外的宽容。出了两本书之后,还积攒了一批固定粉丝,再加上出版社怂恿,我就一直写到了现在。"季珺撇嘴摊手,无奈地摇摇头,"总得吃饭不是吗?"

杨壹壹歪着脑袋,似乎更不理解了:"你来找我们定制选题,是觉得大数据能帮你写出深度好文?"

"哈,你等等啊,"季珺闻言朗声失笑,放下杯子拿出手机,打开后翻出一张照片递给杨壹壹,"你看看,这是我小时候。"

杨壹壹接过手机,照片里的是个穿着蓬蓬裙的小胖妞,虽然眉眼看着与季珺有几分相似,但整个身体和脸盘,都判若两人。

虽然上次已经看过季珺那张一年前的照片,但此时看到这张新的,仍忍不住惊叹她前后变化之巨:"现在的你,真看不出来还曾有这种'黑历史'。"

季珺得意地挑挑眉毛："我从小就是个小胖妞，上小学的时候还不觉得有什么，莫名自信，觉得自己胖胖的还挺可爱，哦，对了，那时候陈晓新还暗恋过我呢。可一上初中，我的审美意识开始萌芽，从此就走上了漫长的减肥之路。你看看我，身高不到一米七，最胖的时候接近八十呢！"季珺边说边用手比了个"八"。

"八十公斤吗？"体重一直在四十五公斤左右徘徊的杨壹壹，难以想象。

季珺点点头，继续说道："往事不堪回首啊，肥胖带来的各种健康隐患和社会歧视就暂且不表了。立志减肥之后，我真的什么方法都试过，苦没少吃，可最后，节食对生理和心理损耗都大，运动又常常因为不科学的方法而受伤被劝退，各种偏方就更不用提了。"

"所以你最后真的是靠大数据减下来的？"杨壹壹迫不及待地想知道原因。

"这还有假！"季珺用手在自己身上划了一道，"这就是证据啊。所以，我现在做任何事情，都是'数据先行'。虽然我也不完全确信大数据能帮助我写出深度好文，但反正靠我自己也没能成功，还不如再相信一次我的'救命恩人'。好歹我也是个有追求的作家，还是希望能写些不一样的东西，被更多读者喜欢。现在这个时代，什么都得依靠大数据也是趋势。人嘛，总得与时俱进不是吗？"

杨壹壹明白，普通人在面对大数据时不外乎两种心态：一种是抵触，难以将之融入自己的生活；一种则是像季珺一样处于另一个极端——过度迷信。但她没打算对季珺进行科普教育，因为无论选择哪一种，最终都是需要时间去调整自己的节奏，以尝试与之和平相处。

"有前途,等你写的时候，别忘了在小说里给我安排一个角色。"

"没问题！"季珺用拳头捶捶自己的胸口，"你和陈晓新都安排上了。"

"咦,我师兄怎么了,不给安排一个?"

"他……"季珺顿时面露难色,"不适合写进小说里。"

杨壹壹突然有点儿紧张,端起饮料等着季珺继续往下说。

"他这种个性,太……太平了,我若是写他,那人物小传里就只有四个字——没有特点!"

"噗",杨壹壹笑得将刚吸起来的饮料吐回杯子里,说道:"那是因为世上没有任何文字能描述他的外貌和气质,倘若你的书出版了以后,被拍成电视剧,某个饰演他的演员有他五分相貌,能抓住他三分神韵,读者立刻就会明白,'难怪书里那么毫无特色的一个人,却能把女主角迷得神魂颠倒,原来是因为他长成这样啊。帅就够啦!要什么特色!'"

"情人眼里出西施这话用在你身上,啧啧啧……"杨壹壹对李零的情愫,季珺一早就看出来了,甚至都不需要与她确认。

"哎呀,怎么说到我头上来了,"又被戳穿的杨壹壹立刻红了半截脸,赶紧转移话题,"你刚刚说陈晓新暗恋你,真的假的?"

"当然是真的!"季珺倒是很好打发,马上被绕了过去,"你别看我小时候胖胖的,但可招人喜欢了,只有陈晓新搞特别,喜欢捉弄我,我当时很讨厌他,觉得他捉弄我也是讨厌我,可长大了我才明白,他这是在暗恋我啊。"季珺说完似乎想起了童年往事,捂着嘴傻笑起来。

"捉弄你就是喜欢你,照你这么说,"杨壹壹坏笑着看着季珺,这下轮到她取笑对方了,"那个'超型'怎么样?你跟他也水火不容的,你是不是喜欢人家?"

"呸!"季珺马上假装朝地上吐了口唾沫,"世上男人死绝了我也不会看上他。"

199

"怎么了嘛?他性格够鲜明吧?多适合做你小说的男主角啊,"杨壹壹不依不饶,"还是总裁呢。"

"我又不是受虐狂,他嘴太毒了。你不知道他那天,我在楼道抽烟,他就对着我说了一堆慢性自杀什么的,你说是不是有病?"季珺狠狠地把烟头掐灭在烟灰缸里。

"别,可别这么说,也许他是……事出有因吧。"

杨壹壹原本只是想拿邢超开开玩笑,但看到季珺对邢超的误会颇深,她不禁想起邢超的"右腿",还有李零跟她和陈晓新说起过的韩成。她觉得自己有必要将这些分享给季珺,好让她能看到邢超令人钦佩的另一面。

## 开外挂

李零的加入,使得"翱翔"的研发工作越来越顺利,项目接连突破好几个技术瓶颈,申请到了专利,测试实验室那边的反馈数据,也一路高升。眼看"翱翔"日趋成熟,项目的研发经费也已快见底,但邢超眉心的那条线越来越长,似乎完全没有将"翱翔"上线的准备,部下们不明白他们的头儿到底还在等待什么,还有哪里不满意。

但同样有海外背景的李零猜到了他的忧虑和需求。

这日,李零没有像连日来一样,一大早直接去邢超公司,而是搭车去了老贾的面摊。

老贾仍然穿着那件沾满油污的深蓝色粗布围衣,站在自己的面摊后忙活。早上吃早餐的人不少,李零打过招呼之后,坐在矮凳上等了十来分钟,才等到他的面。

"这么早,"老贾用抹布擦了下桌子,将一碗热腾腾的手擀面放到李零面前,弓身时悄声问道,"有事儿吧?"

李零看看旁边几乎坐满了的食客,不动声色地点点头后,埋头吃面。老贾则回到面摊继续擀面,忙得满头大汗,直到李零将自己那碗面吃得干干净净时,他才得空歇下来。

暂时没有新的食客进来,老贾从围衣的衣兜里掏出香烟,朝李零示意巷子口的方向。

"急事儿?"老贾掏出一根烟递给李零。

李零摆摆手,说道:"不算急。只是我不确定你这边是否有渠道。"

"说来听听。"老贾点上烟,吸了一口。

一个食客过来跟老贾结账,李零等他走远后,将"翱翔"和它背后的故事,三言两语跟老贾说了个大概。

听完李零简短的描述,老贾还是不太明白:"听起来挺厉害的,但你希望我……"

"正因为这事情很有意义,所以想帮他做好,做到极致。但现在我们手上的大部分数据样本,都是国内的,亚洲人居多。他之前从事极限运动,遇到的受难者大多是欧美人。他做这件事,不仅仅是想帮自己赎罪,他还希望能帮更多人弥补遗憾,所以他不想看到自己研发出来的产品,有国界和人种的限制。那么就得……"李零顿了顿,等几个食客过去后,压低声音继续说道,"我知道不太容易,但……我需要大量的境外数据样本。"

李零说完这些,老贾的烟也吸到了尾巴,他皱着眉头,边思考边用手掐灭烟头,最后仰起脑袋,和着最后一口烟,慢悠悠地吐出一句:"我想想办法。"

原本见老贾为难的样子还有些忐忑的李零,听到这句话后,感激地笑了笑,轻轻拍拍老贾的肩膀,告辞离开了。

数据社工作室内,刚到公司的陈晓新,见屋内只有杨壹壹一个人,便朝她问道:"老板今天又没来?"

"你没看群里的消息啊,"杨壹壹正在收拾自己的东西,一副要出门的样子,"他去找老贾了,今天应该也不会回来了。"

"你去哪?"嘴里叼着小笼包的陈晓新鼓着腮帮子问道。

"我也要去开个外挂。"

说完她就潇洒地转身走了。陈晓新撇撇嘴,虽然杨壹壹没明说要上哪去,但他心知肚明。

离数据社三个街区的主路上,有一家五星级酒店,段维把地方定在酒店餐厅。杨壹壹步行过去,只需要十五分钟,所以她比段维先到。

到达酒店后,在门童的指引下,她顺利找到了餐厅。服务员过来引座,这会儿早餐时间刚过,午餐时间未到,餐厅内没几个人。进到宽敞的用餐区,内饰豪华气派,带有浓浓的美式风情,适宜的光线加上隐约可闻的爵士乐,营造出来的气氛令人心情愉悦。但杨壹壹此时没心思享受这些,她要了杯咖啡,挑了个靠窗的位置坐下,盘算起要如何开口,才能让自己不那么尴尬。

这次和陈晓新独立负责季珺的案子,她本身就很想做好,加上现在跟季珺成了朋友,她又多了几分人情压力。在采集数据分析的过程中,陈晓新写的"奶牛"算法虽然不错,但"进去的是垃圾,出来的也是垃圾",因为算法数据库内数据的来源,大多都是野生网络资料,不够系统和权威,所以最后出来的结果,肯定也不可能是理想数据。杨壹壹之前在百顺,虽然只负责电商部门产生的大数据,但她知道百顺的未来科学院,也会收集大量文学领域高质量、高热度的数据包,这些数据包是为百顺众多文化项目的孵化做支撑,及用来与别的公司做数据置换而存在的。它们通过正规渠道不可能买得到，即使能，杨壹壹也不可能买得起。不得已，她只能动了这个歪心思。

她有些坐立不安，因为她不清楚自己的请求是否会太过分，也不确定段维这次是否还愿意帮忙。不过她可以肯定的是，如果能帮季珺做出一本畅销书，李零一定会对自己刮目相看——虽然她一再提醒自己不要这么没出息。

一想到这里，她就顾不上那么多了，她已经做好了最坏的打算，也无非是被段维拒绝和取笑。

没多久，段维也到了。他一身灰色缎面西装，头上的卷发用发蜡梳到脑后，使得整张脸看起来分外清爽。他在门口就看到了杨壹壹，大步走过来，伸出双臂似乎想要来个拥抱。

杨壹壹举起手挡住他："坐吧，我帮你要了咖啡。"

"来这里竟然只喝咖啡？这里的 brunch 可是整个深海市最棒的。"被拒绝后的段维，也毫不气馁。看来他今天是打定主意要将美式做派进行到底了。

"你每次都搞这么大排场，弄得我都不敢约你了。"原本想了好几个版本的开场白，但一看到段维，杨壹壹就瞬间将那些客套话全都抛诸脑后了。

"你是说……"段维用手指指自己身上的西装，摇摇头道，"不是，今天下午要出席个活动，我总不能穿成这样去奶茶店吧？"

"那也不至于来这么高级的地方吧，我一个贫民窟女孩……"

"哎！"段维挥挥手打断了杨壹壹，"从小我妈……哦，我妈是沈阳人，你知道的对吧？她老说，男人对美女一定要慷慨，她们可是要负责开花的。"段维坐在丝绒沙发上，边说边摇晃脑袋，试图摆出一副花花公子的派头，不想却让自己看起来十分滑稽。

杨壹壹的自我认知很清晰，她明白就算再勉强，自己也无法被归为美女,所以她对段维的花式恭维不为所动,反而刻意让自己的语气中透出距离感:"主要这次是我请你帮忙,得我请客。"

"瞧你说的,这么见外,"段维轻浮地眨眨眼,油腔滑调地说道,"咱俩谁跟谁啊?"

虽然一百个不情愿配合段维的自我陶醉,但杨壹壹有求于人,还是陪他吃了些东西。段维也算识相,知道杨壹壹有事拜托,也不为难她,两人边吃边说。等他一明白杨壹壹的意思,就立刻拍着胸脯保证包在自己身上。

"那我先替她谢谢你了啊。"杨壹壹松了口气。

"说了半天不是帮你啊?我还以为你终于厌倦李零,要离开他去当作家了,早知道……"话题都快结束了,段维又忍不住要自以为是地幽默一下,"那我得考虑一下。"

"是我非常好的朋友。"杨壹壹虽然知道他是在开玩笑,但也生怕他真的反悔。

"美女吗?"

"美女。"

"OK!那我听妈妈的话,浇灌花朵。"


## 硬骨头

时间很快又过去了一个星期,两件案子都有了不小的进展。

李零这天没去邢超公司,而是待在工作室,往返于电脑和咖啡柜前。季珺的案子虽然难度不高,但工作量大,陈晓新整个上午都守着几罐可乐,蹲在自己的电脑前没挪过窝。

好几天没看到李零的杨壹壹,倒完咖啡就站在柜子旁小口地啜饮着——这角度刚好能看到李零工作时的侧影,她对此太着迷了,不禁望着出神。她想着如果李零不是李零,而只是一个性格普通的人,自己是不是就可以离他远远的,毫无念想,或者就直接跟他表白,不成功也能做朋友。可事实是李零不会变成别人,他仿佛博物馆里最昂贵的那件展品,周身环立着一层牢不可破的钢化玻璃,只能远远观看,靠近便会触动警报。

一杯咖啡喝完,她眼睛还不肯挪开,被她盯着的李零却突然站了起来,她赶紧转身给自己续杯。

李零跟着倒完咖啡,站在她旁边喝着,也不说话,似乎脑子里还在进行工作演算。

"今天为什么回来做事?"心虚的杨壹壹觉得不说话气氛很尴尬。

"哦,"李零转过头来对她笑笑,"虽然做的是同样的事,但似乎还是在习惯的地方会更舒服一些,感觉回来后效率高了不少。"

杨壹壹用手将散下来的头发别到耳后,继续问道:"进展如何?"

"到最后阶段了。一会儿邢超要过来,我跟他核对一下就能确定大概日期了。"

"邢超要过来?!"一直埋头摁电脑键盘的陈晓新突然插话,"糟了!"

"怎么了?"李零不解。

"季珺马上也要到了,"陈晓新不安地看着壹零二人,一副大事不好的表情,"这两个人最好还是不要……"

"不会的不会的,"杨壹壹摆摆手,"放心吧。"她想起上周自己已经让季珺重新"认识"过邢超,两人应该再也不会见面就掐起来了。

陈晓新当然还是不放心,但也没办法采取措施了,因为杨壹壹话刚落音,季珺就已经推门进来了。

季珺是来跟陈晓新和杨壹壹核对进度的。打过招呼之后,数据社三人十分默契,都没打算告诉她邢超也会来,只是默默期待他们两人能完美错开。

小型会议在白板前展开,由杨壹壹演示这些天以来的成果,然后由陈晓新结合季珺新提出来的意见进行修改,调整方向。李零则似乎完全不受他们干扰,坐在自己的电脑前,手上一刻也不见停。不知不觉时间就过去了半个多小时,李零算算时间,估摸着邢超随时有可能会进门。他看看季珺的会议应该也进行得差不多了,便趁着站起身活动筋骨的空隙,走过去旁听。

"师兄,你有什么看法?"杨壹壹朝正走过来的李零问道。她知道他们的会议,李零肯定也听了个大概。

李零摇摇头道:"我对非实体产品的触觉,向来都不够灵敏,以你们为主。"看来他是真的不打算参与,留足空间让两位同事好好发挥。

"也不算非实体。确实像她之前说的那样,"陈晓新举起白板笔,指指季珺,"我们通过调查发现,现在很多影视剧的选题和涉及元素,都是通过大数据来决定的,文学作品也在尝试走这条路。这两样虽然都是文化产品,却也已经走上了跟实体产品定制没有差别的路。"

李零皱了下鼻子,似乎不完全同意陈晓新的观点:"呈现出来以后确实属于实体产品,但是它们创作的起源,还有创作的过程,我觉得能否完全依赖大数据,还是一个未知数。毕竟文学作品,是要经得起时间考验的,如果是为了迎合当下市场,出来的东西也很快就会被遗忘。"说完这些,他很快又谦虚地补充道,"但很有可能我的这种看法已经过时了,或许你们可以找到一个平衡点。"

"你说的没错，"季珺露出赞赏的目光，她指着白板上的几个关键词，诚恳地说道，"我希望这些热门元素，能与我追求的深刻内核相辅相成，完美融合。其实我也深知写作这件事情，走捷径是违背职业道德的。但我对自己没有足够的自信，担心自以为深刻的有感而发，不过是前人的重复，或是去到根本不会有读者感兴趣的领域。所以想说看能不能颠倒一下，先用大数据预测出读者关注的热点元素，然后再用自己擅长的风格进行创作。"

　　"一个是被动的命题作文，一个是由内而外、主动的有感而发，想要找到平衡点确实不是件简单的事情，不过值得冒险尝试。"李零笑着鼓励众人。

　　就在他准备回去继续工作时，邢超终于姗姗来迟。

　　他穿着浅灰色的衬衣和熨烫平整的黑格西裤，头发打理得一丝不乱，走进来时原本神采奕奕，却因为看见季珺也在，脸色瞬时暗淡下来。

　　他朝数据社三人打完招呼后，只是冲季珺冷淡地点点头，似乎在表明这完全是因为礼貌而非出于真心。

　　站在白板旁的季珺，感觉自己受到了侮辱，不屑地白了他一眼，嘴里还忍不住嘀咕道："有什么了不起的！"

　　本想井水不犯河水的邢超，听到这句话突然被激起了斗志。他停住脚步，抱起双臂挑衅地斜眼扫视起白板上刚刚留下的内容。

　　屋内气氛变得紧张起来，陈晓新杵在两人之间，也不知该说点什么，只能不停地推自己的眼镜。杨壹壹看看作壁上观的李零后，小心地观察着两位都得罪不起的客户，准备见机行事。

　　"怎么，不写总裁文了？"邢超并没有看季珺，而是对着白板说话，"这就对了，作家就该写些真情实感，别整天惦记着人家总裁。总裁都很忙的。"

这话说得轻飘飘的,却成功激怒了季珺,她马上歪起脑袋不可思议地看着邢超,就好像是不敢置信他会说出这样的话来。杨壹壹赶紧上前悄悄戳了她一下,又冲她轻轻摇头。季珺看看杨壹壹,似乎是想起来那天下午茶时两人的对话,她撇撇嘴,暂且咽下想要说的话,好奇地打量起邢超的小腿来。

原本望着白板的邢超,回头发现季珺正盯着自己的腿看,立刻两步跨到她面前:"看什么呢?想打我的主意了?"

还没看出哪条腿是假肢的季珺,皱起眉头,竭力平息着胸中的怒火。

"别做梦了,现实生活中,没有哪个总裁,会看上你这种人的。"

"我是哪种人?"季珺气愤地问道。

"哪种人?"邢超轻蔑地笑笑,然后又像他们第一次见面时那样,将季珺从上到下审视了一遍,才继续往下说,"如果你们家没有镜子,改天我可以送你一块。"

"你……"被气得说不出话的季珺瞬间憋得满脸通红。

但邢超没打算就此罢休:"我?"

季珺转头看看杨壹壹,回头咬牙切齿地对邢超说道:"懒得和你计较!"

"是说不过我吧?"邢超步步紧逼,"口才这么差,文笔肯定也好不到哪去。"

这句话彻底点燃了季珺,她顾不得一旁疯狂对她使眼色的陈晓新和杨壹壹,一句没怎么过脑子的话,对着邢超脱口而出:"那你呢,我看你不只是身体不完整,连灵魂也不完整。"

这句话的威力,让包括李零在内的所有人,都齐齐望向邢超,半天没人敢有动静。邢超握紧双拳瞪着季珺,咬肌不停地颤动,鼻孔也被气流撑大。而一直不甘示弱仰视着邢超的季珺,这会儿也有些犯怵，接连咽了好几下口水。两人就这样对峙着，就在杨壹壹觉得自己必须上前将他们拉开时，让人目瞪口呆的一幕发生了。

"嗳！算了算了，"季珺突然挥挥手，抬高声音，刻意用轻松的语调说道，"我上幼儿园的时候我妈就跟我说过，要是哪个男生欺负我，那就一定是看我可爱喜欢我，对吧，陈晓新？"她说完这句，一边冲陈晓新挑眉毛，一边一巴掌重重拍在邢超肩膀上。

"我哪知道？"陈晓新刚要否认，杨壹壹也给了他一巴掌。

"来来来！"季珺接着笑眯眯地朝邢超伸出右手，"轻轻握个手，变成好朋友！"她故意抑扬顿挫说出押韵的感觉，好让自己显得俏皮些。

这下轮到邢超一脸蒙了，虽然刚刚他也不可能真的把季珺怎么样，但也没料想到事情会是这个走向。他扭头环视了数据社三人一眼，确认自己没听错后，对着季珺"喊"了一声，就甩着手朝李零走去。

但季珺一闪身拦住了他："来嘛来嘛，握个手，一回生，二回熟。"

"喂！"邢超僵直身体，一脸不爽地看着季珺。但对方将手举在半空中，笑眯眯地仰头望着他，似乎不达目的不会罢休。邢超又看看数据社三人，在确定没人会出手相助后，许是抱着想要快速结束眼前局面的心态，他无奈地伸出自己的手，刚一搭上就准备抽回。

哪知季珺一把抓住，两手握住他的手用力地摇晃两下："以后就是哥们儿咯！"

邢超赶紧挣脱，一脸嫌弃地说道："我们还是慢热一点儿的好，我可不想明天早上起来肚子就大了。"

"哈哈哈，"季珺仰头大笑，动作特别夸张，"你这句话真幽默，我能用到小说里面吗？"

"不行！"

"Please！"

邢超摇摇头决定不再理她，气冲冲地走到李零那边了。

仍然处在惊吓中的杨壹壹赶紧凑过来，一脸不可思议地看着季珺。季珺朝杨壹壹扯扯嘴角，又将右手握拳大拇指向下，用口型说了句"弱爆了"。

"你这是在做什么？"杨壹壹压低声音，有些看热闹不嫌事大地问道，"你不会真的看上人家了吧？"

"怎么可能，你以为谁都像你一样，喜欢啃硬骨头啊？"季珺戳了戳杨壹壹的痒痒穴。

杨壹壹立刻举起手指放到嘴边，做了个"嘘"的动作。

一旁看戏的陈晓新，对着几个幼稚的人翻翻白眼，丢下白板笔，结束了会议。

## 新产品

正值盛夏，深海市处处都布满了翠绿的叶子和清澈的阳光，大街上所有事物都散发着蓬勃的生命力，令人心情明媚。

数据社的两个案子，也都进入了尾声。

"翱翔"的测试机已经出来了，李零又回到了邢超公司，和开发团队日夜冲刺，做最后的测试数据统计，上市之期指日可待；季珺也在杨壹壹和陈晓新的帮助下，确立了新小说的方向，目前她正在构思该如何将所涉及的元素，全部装进一个故事里。

之后一连几天，杨壹壹都没有收到季珺的消息，甚至连两天前发给她的电子邮件，都还是未读状态。

"会不会出什么事儿啊？"虽然是工作关系，但后续成了好友，杨壹壹觉得自己怎么都有义务要关心一下，"她一个人住，万一有个什么……"她猜想跟季珺认识了近二十年的陈晓新，肯定比自己要了解对方的习惯，便不停地在他面前唠叨。

"哎呀，"暂时无所事事的陈晓新正在玩游戏，这大概已经是杨壹壹今天第十次问他这个问题了，他一把抓起桌上的可乐灌下一大口，打了个嗝后不耐烦地说道，"不是跟你说了让你别瞎操心吗？她每次投入创作就会不见人，别说我们这些同学找不到她了，连她家里人也是几个月都不联系，大家早就见怪不怪了。"

"真的假的……"杨壹壹之前没有过作家朋友，也不知道这种情况正不正常，"你说我们要不要上她家敲门去看看？"

"千万不要！"陈晓新见杨壹壹仍不死心，只好放下鼠标，语重心长地劝慰道，"你想想看啊，她这次的任务可非比寻常，一个写爱情小说的人，突然要想出一个兼具悬疑、科幻、动作、爱情、历史、冒险的故事，还要融合穿越、世界末日、人工智能、宠物、美食、心理学等几十个元素！你以为很简单的吗？难度数倍升级，最后出来的东西，效果好的话就会像霓虹灯一样五光十色、酷炫吸睛，不好就会是一碗食之无味、弃之可惜的大杂烩。她现在肯定压力很大，你要是这会儿联系她，说不定她好不容易进入的状态，就被你打断了，那岂不是……"陈晓新两手一拍，"艺术家的灵感是最宝贵的！明白吗？"

"说是这么说，可我就是……"杨壹壹咂了一下嘴，歪歪脑袋，追问道，"她以前常这样？"

陈晓新翻了下眼皮，点点头："嗯，谈恋爱时也找不着人，你看得见她的时候，一定是'完稿'加'单身'的状态。重色轻友也是出了名的。"他说完瞟了一眼杨壹壹，可能是觉得这么说她应该就能理解了吧，毕竟在这一点上，杨壹壹跟季珺是一样的。

果然，杨壹壹好像立刻就想通了："没事就好。只是……之前说好等这部新片上映的时候，要一起看的。"她手上翻着从电影院里拿回的排期杂志，不无遗憾地说道。

"什么片子？"陈晓新随口一问。

杨壹壹挑挑眉毛："《牛顿大战机器人》。"

"啥玩意儿？"陈晓新难以置信地看着杨壹壹。

"故事梗概上说：几十年后，人类与机器人之间长达数年的战争，即将以人类胜利而告终。这时机器人军队意识到，他们会输掉战争的关键，可追溯到牛顿在世时，"杨壹壹照着排期表上印的内容念到，"然后就是几个机器人伪装成人类，穿越到牛顿所处的时代……"

"停停停！"陈晓新摆摆手，假装捂住耳朵，"你可别指望我会陪你去看这个。"

"不看就不看，多的是帅哥等我临幸。"杨壹壹嘴上不服输，心里却在盘算究竟要抓谁去陪自己。

成人的世界里，人人都很忙，没有谁会刚好有空等着她去约。但有一个人，她是有把握绝对能约到的。

## 徒手攀岩

"翱翔"落地测试的前一天，下班后约了段维看电影的杨壹壹，接到了季珺的电话，说是她受邀也要参加第二天的测试活动。这让杨壹壹颇感意外，李零在通知她和陈晓新时，没提过季珺会参加，陈晓新是和自己同时收到消息的，那会是谁邀请了她呢？杨壹壹虽然百思不得其解，但当下也没多细究，心想待到第二天见着她再一问究竟也不迟。她和段维看完电影后，回家跟两位同事再次核对好时间地点，就早早睡下了。

第二天早上空气清新，万里无云，一看就是邢超团队精心挑选的好天气。杨壹壹和陈晓新一起到达约定好的地点时，李零和邢超公司的人已经在做准备了。

起先杨壹壹并不知晓这次"翱翔"的测试会被应用在哪项户外运动中，听说地点是位于深海市市郊的"窝窝头山"时，她猜想应该是爬山。虽然窝窝头山并不高，却是深海市独具特色的城市名片——因其内部有一个大岩洞，颇像一个内扣在地上的巨大窝窝头的剖面而得名。

杨壹壹沿着一条石子铺设的小路，将车开到定位所在的岩洞旁。在岩洞边沿的几棵大树下，停着两台中型面包车，上面绘有邢超公司的英文名。杨壹壹和陈晓新下车走近些，发现两台车的后门都敞开着，李零在其中一台车上，和工作人员在车内临时搭建的工作台前做调试。大家看起来都十分忙碌和紧张。邢超正在另外一台车上穿戴设备，虽然表情淡定，动作流畅，但看得出来他比刚刚那车人还要紧张。看样子他是要亲自上场参与测试，难怪这次的测试活动如此隆重。

和他们打过招呼后，杨壹壹便和陈晓新回到自己的车旁，等待测试开始。

"季珺不是要来吗？"陈晓新从书包里掏出一罐可乐，拿在手上把玩，"你要不要问下她到哪儿了？再不来一会儿就开始了。"

"你咋不自己问啊？"杨壹壹没好气地回道。她还在因为之前联系不到季珺而生气。

"问就问。"陈晓新收起可乐罐，从裤兜里摸出手机打给季珺。

不到一分钟，他就挂断了，对着电话直挑眉毛："嘿！居然说她不到,测试是不会开始的,她以为她谁啊?"

杨壹壹摇摇头,正想跟着揶揄一下,路的那头响起车子碾压石子的声音。两人齐齐望向拐弯处,一台红色的国产新能源汽车出现在视野内,杨壹壹认出来,那是季珺的车。

邢超似乎也听到了声音,从车内跳下来,和杨壹壹他们一起看着那台车靠近。陈晓新对杨壹壹使了个眼色,杨壹壹当然知道他在想什么,这么重要的日子,万一季珺又和邢超杠起来,场面可不好收拾。

但事情的发展方向,又一次大大出乎了二人意料。当车停稳,身着米色上衣、红色棉布长裙的季珺翩然下车时,二人发觉短短几日,她身上的气质发生了极大的变化。细看之下,是她身上之前那些蜇人的锐气,此刻全都消失了,取而代之的,是一股柔和温婉的灵动气息。她下车后朝陈晓新挥挥手,转身拉开后车门,另一边的后车门也打开了,走下来一位三十左右的少妇。少妇穿着朴素,脸色有些苍白,唯有眼睛里闪烁着一丝兴奋的亮光。见陈晓新愣着不动,季珺又朝他挥挥手,示意过去帮忙。

杨壹壹和陈晓新这才看清楚,原来后座上,还坐着一个男人。只是这个男人似乎无法自己下车。

少妇打开了后备厢,从里面取出轮椅,动作的麻利,与她娇小的身材不太相符。陈晓新终于反应过来,小跑着过去帮忙,杨壹壹也过去手忙脚乱地帮少妇打开折叠轮椅。在四人毫无默契的配合之下,车内的男人终于被移到了轮椅上。

"谢谢你们,"男人脸上挂着略显尴尬的微笑,朝杨壹壹和陈晓新介绍道,"我叫韩成,这位是我太太。"

陈晓新赶紧上前握手加自我介绍。杨壹壹看看季珺,用眼神询问她"怎么回事"。

季珺欢快地笑起来，手搭在轮椅上，弯腰朝韩成介绍道："这两位是帮邢超开发'翱翔'的朋友，"接着她又向杨壹壹补充介绍韩成，"他是邢超的朋友，是这次测试的主要体验者，我奉命接他们来这儿。"

"奉谁的命？"陈晓新脱口问道。

季珺睁大眼睛看着他，似乎在回答一个蠢问题："当然是邢超啊。"

陈晓新转过头来，和同样一脸疑问的杨壹壹大眼瞪小眼。

因为听李零说过，所以他俩知道韩成是谁，也明白他对"翱翔"意味着什么，邢超将如此重要的事委托给季珺，究竟是什么情况？季珺和邢超！原本一见面就掐、水火不容的两个人，是什么时候开始有友好私交的？难道真的握握手就能变成好朋友？

等两人冷静下来想问个究竟时，季珺已经推着韩成，和韩太太一起走向侧对着这边的面包车了。两人只好暂且按下满腹疑问，跟着走过去。

"来了？"邢超跳下车来，和善地冲韩成和他太太打招呼。韩太太看到他后，欲言又止，韩成也显得面色凝重。邢超似乎有意忽视他们的神色，很快便转向季珺，轻轻地点了点头。

邢超今天穿着简单的白色速干 T 恤和灰色多袋短裤；露出的右小腿假肢，跟上次在李零他们面前展示的那只不同，这只目测是由特殊的金属材料制成，没有包裹类似皮肤的外层；足的部位，"穿"着一只特制的橡胶鞋，左脚上则是一只普通的橡胶鞋，看起来轻便柔软；最为特别的是他头上戴着的银色金属圆环——陈晓新一眼就看出来，圆环四周分布着四个可转动的微型摄像头，圆环内贴住皮肤的部分，有凸出的黑色胶条，应该是内置了传感装置；他手腕和脚踝处，也分别佩戴了四个类似的小圆环。远远看起来，这些装备并不算突兀,似乎和他腰上挂着的镁粉袋一样,只是运动装备。

另一台面包车上的工作人员也闻声下来。几个人以李零为首,与韩成打过了招呼,便询问他想在哪里进行测试,可以在车内,也可以在户外。

"就在这里吧,"邢超替韩成回答道,"可以往前一点,在那儿比较好,更靠近测试点的地方。"他指着前方一块有太阳光的空地。

韩成用手移动轮椅,向前观察邢超所指之处,众人这才发现他似乎很激动,除了眼睛不停地眨,喉结也因为不断地吞咽口水而鼓动:"那儿,有户外的气息。"

李零点点头,跟几个工作人员从车上抬下几台设备和几只银色的大手提箱,陈晓新也过去帮忙。

李零打开其中一只手提箱,里面是用黑色定制泡沫包裹着的"翱翔"——一副VR眼镜、两枚手环、一枚贴在心脏周围的监测器、一颗网球大小的金属球。李零和另外一位瘦瘦高高、戴眼镜的小伙一起,将它们一一穿戴在韩成身上,并将金属球放到他的右手上。

"这是控制器,你试试跟着操作指南操控一下。"李零边说边按开韩成头上已佩戴好的VR眼镜开关。

"可以看到吗?"邢超上前帮他调整了一下眼镜的位置。

"嗯,可以。"韩成点点头,握着控制球的右手,开始小幅度地抓握球体。

"这里多准备了几台设备,"李零看着杨壹壹和季珺,还有韩成的太太问道,"你们要不要也跟着体验一下?"

"我要!"季珺和陈晓新异口同声,赶紧上前,就好像两个害怕举手晚了分不到苹果的小孩。韩成太太和杨壹壹则都摇摇头表示看着大家用就好。

工作人员逐一帮忙穿戴的时候,石子路那一头又传来车胎碾压石子的声音。

邢超眨眨眼看看李零，后者摇摇头，表示自己也不知道是谁。

但杨壹壹一看到那台黑色的豪华新能源小汽车，立刻心头一紧，小声嘀咕一句"完了"，就悄咪咪退到陈晓新和季珺身后，期待自己能隐身成功。

"他怎么来了？"陈晓新将VR眼镜推到头顶，转身问杨壹壹。杨壹壹赶紧对他做了个闭嘴的手势。季珺也好奇地摘下眼镜，盯着那台黑色的车看。

车就停在季珺的车后面，一身深蓝色格纹西装的段维从驾驶座钻出来，站到了地面上，潇洒地单手扣上一粒扣子后，朝着众人莞尔，就像是在感谢大家站在这里迎接他。

发现是段维的李零，转身在众人中寻找杨壹壹，不过在看到她盯着地面拿脚碾石子的样子后，他不用问便猜到了是怎么回事。

但事实上杨壹壹多少有些冤枉，昨天的电影结束后，她只是随口提了一下今天的测试活动，哪知道一肚子坏水的段维，会不声不响地跟过来。她这会儿后悔得牙痒痒，想着等测试结束后再找段维算账。

虽然之前没见过面，但混互联网圈的邢超也认出了段维，他多少听说过一些李零和段维之间的恩怨，见李零一言不发，他也不再多问。毕竟"翱翔"多一个专业人士的观摩，对他来说，并没什么坏处，只是他也不打算上前跟段维打招呼。

受到了冷遇的段维，并没有感到失落。他迈着一如往常不可一世的步子，走到众人之中，手插在裤兜里到处巡逻，就好像他才是这场测试的总负责人，这会儿正在监督大家的工作。

"翱翔"的准备工作很快就完成了，李零坐在临时搭建的折叠桌旁表示一切准备就绪，邢超跟韩成和大家挥手告别后，就开始了自己的"登山"之旅。

监控画面是和邢超身上那些摄像装置连接着的,大家都在适应邢超的视角,没有戴 VR 眼镜的杨壹壹,并不打算挤到李零旁边观看监视器。

正当她用肉眼看着邢超远去的背影时,季珺神不知鬼不觉地靠了过来。

"帅吧?"季珺这会儿也没戴眼镜,而是和杨壹壹一样,用眼睛直接盯着邢超看。

正想找机会质问她的杨壹壹,没好气地扭过头看她,但这一看,杨壹壹立刻联想到陈晓新之前的话——"一谈恋爱就会消失"——她扶着季珺的肩膀,瞪大眼睛向她确认道:"你俩不会真看对眼了吧?"

"谁和谁?"陈晓新也凑过来。

杨壹壹看看季珺,又用下巴指指邢超远去的方向。

"怎么可能?人家堂堂总裁怎么可能看得上她。"

"也是,"被揶揄的季珺不仅没有不开心,还自顾自盯着远方傻笑起来,"这么优秀的男人怎么会看上我,"她重新戴上 VR 眼镜,宛若一个陷入单恋的少女,"这肌肉,得多自律才能练成这样啊。只不过这山丝毫展现不出他的实力呀,也太矮了吧,感觉即使我一个从不锻炼的人,最多半小时,也能毫不费力地爬上去。"

"爬?"季珺的话里值得被吐槽的地方太多,陈晓新抓住最后一个,也是他觉得最不敢相信的,"你怎么会觉得他是要去爬山?窝窝头可是出了名的攀岩圣地啊!"

"啊?"对户外运动一窍不通的杨壹壹,也颇感意外。

"你们看到窝窝头下面那个凹进去的大坑没有?"陈晓新一看自己显摆的机会到了,迫不及待地将眼镜推到头顶,拉住两位女士,指着对面那座小山中心凹进去的岩洞，说道，"看到没？那个大坑，从这一头攀爬到另一头，虽然最高点只有五六层楼那么高，但坑顶有将近二十米，是几乎要完全倒挂着爬行向前的。"

"咦，那我怎么没看到他带保护绳啊？"杨壹壹有些奇怪，她看电视里那些攀岩爱好者，都会在身上绑一条绳子，"他们已经在那边装好了吗？"

"不是！"陈晓新摆摆手，虽然心里奇怪这两个女人为什么会在运动方面如此没常识，但嘴上还是忍不住卖关子，"这就是今天最大的看点了，他啊……是要……徒手攀岩！"

"什么？！"季珺立刻摘下眼镜，蹙紧眉毛慌张地瞪着陈晓新，等待他再次说明。

"徒手攀岩的意思就是，如果他在攀爬的途中有一点儿失误，就会'啪'！"陈晓新突然大声，完全没察觉到季珺已经被他吓得花容失色。

杨壹壹也吓得心头一紧，使劲推了一把陈晓新，让他不要再继续说下去。她也瞬间明白了刚刚韩成和他太太看邢超时神色奇怪的原因。

"哪有那么可怕，敢徒手攀岩的人，身体和心理素质都达到了普通人无法企及的高度。"段维也凑过来。但这会儿更加没人搭理他了。

"难怪……我就说……该死……"季珺戴上眼镜，面向远处岩洞的方向，双手绞在一起，喃喃自语。

好在她担心的事情，终究还是没有发生。在邢超攀爬的过程中，除了李零和技术人员小声地讨论技术细节外，其余的人都格外安静，大家屏息以待，似乎自己一个小小的举动，会影响到相隔甚远的邢超。漫长的一个半小时过后，当邢超终于从另一端的岩壁跳下地面时，一向情绪平淡的李零，忍不住率先鼓掌，和一个多月来并肩作战的工作人员互相拥抱庆祝。

"如何？"李零走到韩成面前，对一直一言不发的韩成问道。对于"翱翔"来说，这次测试的关键在于韩成的体验。

韩成没有回答他，保持原来的姿势坐在轮椅上，握着控制球的手仍在不停地颤动，李零有些疑惑，不知他是否仍在调试设备。最后，还是韩太太俯身轻唤，韩成才缓慢地取下了VR眼镜。

"我感觉……"韩成仰起头，眼睛里泪光闪闪，声音颤抖着对李零说道，"活过来了。"

同样泪水涟涟的，还有韩太太和季珺。在场所有人无不被此感染，但大家都努力地平复着自己的情绪，逐渐陷入无声，凝视着远方，等待那位将"翱翔"这个奇迹变成现实的英雄归来。

## 万物皆数

"翱翔"的测试结束后，杨壹壹在第一时间就约了段维，并表示不用那么麻烦找地方，直接在车里说就行。段维当然明白杨壹壹是为什么找他。

"你下次使坏把我搭进去前，能不能让我有个心理准备？"

杨壹壹一到地下停车场，就一眼看到段维那台讨厌的黑色汽车，她气冲冲地拉开车门，前脚刚跨进副驾驶座，就已按捺不住心中积攒的怒火。

"你说啥？"段维先装傻，然后又假装想起来，"噢，你说那天我去看他们测试的事情啊。不算坏事吧，我去看看，说不定今后就有机会跟那个公司合作哩。"段维后半句话听起来很是诚恳。

可杨壹壹才懒得听他的烂理由:"我看你就是想凑个热闹,你这样不事先打个招呼,会让我很难堪的!"她抱起双臂,眼睛仍然一眨不眨瞪着段维。

"怎么会呢?又没人知道是你告诉我的。"段维嘴上这么说,其实心里想的是:我要是跟你说了,你不就不会让我去了吗?我才没那么傻。

"反正我以后再也不……"杨壹壹话没说完,就突然被段维车内导航仪的屏幕上显示的内容所吸引,"这是什么?"她好奇地问道。

屏幕上出现的是百顺公司旗下,也就是段维负责开发、陆浩川代言的那个导航项目,目前国内超过半数的车主,都在使用这款导航系统,杨壹壹也在其列,但眼前导航屏幕上的画面,与她平时看到的不完全相同。画面上不仅有许多蓝色的"P"字标志,右下角还多了一个计时器。

"这是新项目,还在测试,"段维说着发动汽车,他的车是最新款的自动驾驶,所以他不必腾出手操作方向盘,而是边用手划拉导航屏幕,边向杨壹壹解说,"这些'P'字标志,代表附近已经和百顺导航系统链接的智能停车场,你看我们现在在这里。"

说话间,汽车已经驶出地下停车场,来到地面,而出口处并没有关闸阻拦。

"这停车场是免费的吗?"没来过这里的杨壹壹惊奇地问道,在寸土寸金的深海市,她就没遇到过免费停车场。

"当然不是,"段维弯弯嘴角,对着屏幕上弹出来的"付款确认"说道,"你看,从我将车开进这个停车场的收费区域,导航系统便开始自动计费,待我离开时,系统自动结算金额,我只需点击确认即可。"段维按下确认键,屏幕跳出付款成功,"停了二十七分钟,按半小时收费,好嘞,完成。"

"不错不错。"杨壹壹作为一个车主，忍不住在心里赞美起来，因为这会大大缓解停车场因为入口狭窄或技术故障导致的拥堵情况，而且收费智能方便。

"最多一两年，这项技术就会像车辆识别系统一样迅速在全国普及，到时你将车停到任何一个停车场，都不需要过闸，离开时百顺会帮你结算，既节省车主时间，又节省停车场运营成本。"段维在导航上输入目的地后，继续骄傲地说道，"这个项目的最终目标，是将整个中国所有的停车场都链接起来，用大数据和算法进行管理。加上日渐成熟的自动驾驶技术，汽车出行在不远的将来，完全可以做到无感体验了。"

"可我看不出来这些跟'翱翔'有什么关系？"杨壹壹见他得意扬扬的样子，又将话题拽回来。

"不去我怎么知道能不能用上，你知道的，我对大数据相关的任何新技术都感兴趣。万物皆数，万物互联，这是大数据行业的趋势和最终愿景，这万物之中肯定包含我们人类自身。虽然现在还不确定具体怎么用，但我敢说，'翱翔'绝对能在'将人和大数据链接在一起'这个方向上，发挥出比它现在更大的作用。"

杨壹壹听到这里，猛地一转身，斜脸半眯着眼看着段维："该不会，你还在地下室藏着一个机器人娃娃吧？"她用电影里看变态的眼神看着段维。

"还真有。"段维歪歪头，没有否认。

"我就知道！"杨壹壹打了个响指，就好像自己抓到了段维的把柄，"难怪你……"

"喂喂喂，你想什么呢，我确实很喜欢那个机器人，甚至可以说是爱上了，不过绝对没有你想得那么龌龊。"段维拍拍胸脯，"我正常得不得了。"

"哟，连'龌龊'这个词都会用了，我还没说你怎么知道我在想什么，还不是因为你真的在想龌龊的事情。还爱上……啧啧啧！"杨壹壹边咂嘴边鄙夷地笑着。

她伶牙俐齿的样子，惹得段维哑然失笑："人类可以爱上猫猫狗狗，为什么不能爱上人工智能啊？要我说，你也别急着嫁人，不出十年，就会出现各项功能齐备的男性陪伴型机器人。到那时，你就会知道万物互联、人工智能的世界有多美妙。"

"也说不定，到那时，我们就变成宠物猫狗了。"杨壹壹没好气地说道。

"如果事情真朝那个方向发展，你觉得人类有能力阻止吗？"段维摊摊手，"与其杞人忧天，不如趁掌控权还在自己手里时，及时享乐。"

杨壹壹摇摇头，不耐烦地挥挥手："我可不想在这里浪费时间跟你讨论永恒无解之哲学，送我回数据社。"

"到时候我送你个外表和性格都跟李零一样，但爱你爱得死去活来，天天要和你黏在一起，隔几分钟就得牵牵小手亲亲小嘴的机器人，怎么样？"段维嬉皮笑脸地撞撞杨壹壹的肩膀。

"开车！"杨壹壹抬高声音命令道。

段维边发动汽车边不怀好意地偷笑，因为他看到杨壹壹的脸，已经羞得红到了脖子根。

回到数据社时已经过了午饭时间，杨壹壹在楼下的蛋糕房给两位同事带了饮品和甜点。

两个男人坐在沙发边，边享用下午茶边再次讨论起"翱翔"测试的事来。看来那天邢超徒手攀岩给两人带来的震撼，短时间内还不会消散。

"我试了试，要挂住整个身体的重量，别说仅凭一根手指，就算用两只手，我都难。"陈晓新从包装盒里拿出一块马卡龙丢进嘴里，草草咀嚼几下咽进肚里后，又急不可耐地拿起第二块。

"那当然了，像你这么吃，金刚岩也承受不起你的重量啊。"杨壹壹毫不留情地嘲笑起陈晓新越来越大的肚腩。

陈晓新嗤之以鼻，不想李零却听进去了："呀，那我还是别喝了。"他放下了手中的奶茶。

"你也就偶尔喝一两次，没关系的，"杨壹壹马上改口，"况且咱又不像邢超他们一样，需要进行那么极端的剧烈运动，用不着对自己这么苛刻。"

"也对，"李零虽然赞成了杨壹壹的说法，但似乎也并不打算再碰那杯奶茶，"不过即使我想，也做不到他那么自律。他不仅在饮食上特别注意，从来不碰高热量的食物，办公室里也处处配备锻炼用的小器械，运动对他来说就是休息，思考时动不动就用手指把自己挂在门框上一二十分钟，也是家常便饭。"

李零说完，陈晓新已经不敢再吃了，他捏了捏自己肚子上因为坐姿而堆叠在一起的肥肉，突然良心发现似的站起身来，边往门口走边自言自语道："不行，我得从今天开始锻炼了。"他本想就着门框做引体向上，无奈身高劣势，他连抓住门框都有难度。好不容易够着的时候，衣服又跑到肚子上面，露出了脂肪做的游泳圈，显得十分滑稽。

"赖皮晓新，你干啥呢？"门外传来女孩疑惑的声音。

杨壹壹不用看，就猜到是季珺，自从那天测试结束后，她俩就没见过面。杨壹壹闻声立刻起身，想要好好盘问一下这位"重色轻友"的家伙。

但陈晓新不甘心就这么放弃好不容易抓住的门框，不肯下来放季珺进去。杨壹壹抱着手臂，对门外的季珺使了个眼色，两人一齐伸出手指戳那截露在外面的痒痒肉，"咯叽咯叽"，陈晓新应声落地求饶。

季珺进来后，杨壹壹发现她身上又有了些变化，露在外面的皮肤似乎晒黑了些。她刚一坐到沙发上，就从随身的帆布包里摸出烟来，杨壹壹立刻上前，坐到她旁边制止她："室内禁烟。"

"我不抽，"季珺有些委屈地撇撇嘴，"已经戒了，只是拿在手上，不会点火。"

杨壹壹原本有些怀疑，但看看她手上那根细长的女士香烟，已经被捏得不成型，就勉强相信了她："说戒就戒了？"

"其实本来就没什么瘾，还不是因为写作。之前写一个老烟枪的角色，每次他抽我就得抽，不然难以进入状态。"季珺无奈地挥挥夹在食指和中指间的香烟。

"那你要是写毒贩子还不得……"陈晓新挑挑大黑眉毛，做了个抽烟的动作，"也这个呀！"

"所以我不敢啊！我内心不够强大，不敢去碰那些题材，只能写些岁月静好的爱情童话。"季珺赶紧一脸严肃地否认，接着立刻像变脸一样桃花满面，"毕竟不是人人都像他一样，心理素质那么好，能做到那么自律的。"

"谁呀谁呀？"杨壹壹递给季珺一块蓝莓蛋糕，假装不知道她在说谁，阴阳怪气地问。季珺扭扭捏捏的样子，逗得一旁的李零也笑起来。

"所以你已经开始写新的选题了吗？"他笑完之后问道。

"哦，"季珺放下蛋糕和塑料叉，用手抹了抹嘴唇，"我这次来，就是想跟你们说，你们帮我做的选题，我不打算写了。不对，其实也不是不打算写了，只是不会按照那份结果去写，但会将它作为参

225

考，那些元素也只会按需参与我正在构思的故事之中。"

她说完之后，数据社三人互看一眼，陈晓新率先发了言："那你还给不给钱了？"

"当然当然，会按照合同付完尾款。"季珺赶紧点头表态。

杨壹壹举起手掌劈了陈晓新一掌，又转头看看李零。

李零和她一对视上，立刻就明白她在想什么，他朝她点点头，默认了她的请求。

"尾款就不必了，反正我们也没有做太多事情。"其实杨壹壹是觉得季珺不仅是陈晓新的同学，又是自己的朋友，义务帮帮忙也不是什么大不了的事。陈晓新也没有真的问她要钱的意思。

"真的吗？"季珺开心地望着杨壹壹。

"拜托，我可是管账的。"杨壹壹骄傲地说道。

只有陈晓新还在假装不甘心地嘀咕："白白浪费我的劳动。"

"也不会完全浪费啦，这次我准备写一个科幻爱情故事，既保留了我原先擅长的东西，又能最大限度地融入你们帮我筛选出来的热门元素。对了，"季珺显然对自己的新故事满怀热情，"我还准备加入极限运动的元素。"

"我说怎么晒黑了呢，原来是去体验生活了。跟邢超吧？"杨壹壹抻长脖子，等着季珺回答，陈晓新和李零这才发现她确实黑了不少。

"嘿嘿，"季珺一被揭穿，害羞地笑笑后就不打自招了，"本来我也意识到整天窝在室内不健康，加上写作需要，所以我就请他带我……你们那天也看到了，极限运动那种惊心动魄的生死体验，不亲历很难写得漂亮。虽然我现在只是入了个门，跟着爬爬山而已，但就算如此，还是收获了很多坐在电脑前，光靠那些数据统计和分析无法获得的体验。只是……"季珺不好意思地看看三人，"确实有些对不住你们。"

陈晓新见季珺如此诚恳,也就不再说什么,杨壹壹此时却在心里猜想季珺和邢超这两个人已经到了什么程度,季珺表白了吗?还是说两个人正处于暧昧期?

"怎么会呢?我倒是觉得你的选择很正确。"李零将后背靠到沙发上,微笑地看着季珺,用他一贯平铺直叙的语气说道,"文学也属于艺术品,它和画画、音乐一样,是人类由内而外的抒发和创造,是一种情感的表达方式。所以如果本末倒置将它当成一件商品,因为名誉或利益而作,那么就不能期待得到观者感情上的共鸣。因为人的情感是无价的,难以衡量,更不能妄图预测。大数据只是一件助人的工具,就好像画画的彩笔、弹奏音乐的钢琴。很显然,没有任何工具是可以凌驾在人的情感之上,甚至替人做决定的。所以我认为你是在我们这里获得了工具,然后自己做了最终决定。这可以说是大数据和人类之间最完美的配合了。"

李零的这番话,听得季珺美滋滋的,她表示感谢后,又痴笑着问道:"那你怎么看邢超的'翱翔'呢?我俩可是同时找你们'定制产品'的。"

李零想了想后说:"邢超制作'翱翔',是出于对韩成的愧疚,所以我们也只是用大数据这项工具,帮助他造出了另一个工具,一个可以弥补愧疚的工具。你们俩的案例,正是实体产品和虚拟产品与大数据之间关系的不同体现,虽然数据从不令人失望,我们可以利用大数据来帮我们制造出更多更好的工具,但我们不能让工具将我们变成失去自由意识的空壳。人类的可贵之处,在于个体身上难以捉摸的虚幻情感和人与人之间的共情,它们美好而又神圣,不容亵渎。"

"啪啪啪!"李零说完,杨壹壹夸张地鼓起掌来,接着还拿起放在茶几上的小蓝,假装记录起来:"说得太好了,我得记下来。"

李零笑笑,站起来准备给自己倒杯不含糖的清咖啡。

"怎么,你想抢我饭碗?"季珺凑近杨壹壹,看着她写。

杨壹壹赶紧合上小蓝,压低声音八卦道:"到哪一步了?"

"什么……你在说什么?什么哪一步了?"季珺结结巴巴,假装听不懂。

"害什么羞啊……"杨壹壹皱着眉酸道。

"我没有……"

"快说,不然今天可不会放过你,之前给我玩消失,新账旧账一起算。"

对女人之间的话题不感兴趣的陈晓新站了起来,准备回到座位上玩会儿游戏,却发现敞着的门边站了个人。

是正准备敲门的邢超,陈晓新朝他打招呼,引得室内的人都看到了他。他这次相比以前的精英装扮,显得亲切了些,这不仅体现在他衣服的款式和颜色上,更体现在他的脸上。他不再板着的脸,线条柔和了许多。

"过来了?"李零端着咖啡走过来。

"嗯。"邢超走进来,看了季珺一眼。季珺也害羞地看了看他。

"总裁大人大驾光临,有何贵干呀?"杨壹壹看到了两人之间的眉目传情,故意取笑他。

"呃,那个……我一是来感谢你们,'翱翔'上市日期已经定了;二来,"他犹豫了一下,又看了看季珺,清清嗓子像是鼓足勇气似的继续说道,"二来是来接女朋友的。"

他一说完,不仅是数据社三人,连季珺也惊得张大了嘴巴,似乎她也没料到邢超会说得如此直接。

在数据社三人的注目礼下,季珺赶紧抓起自己的包站起来,走到邢超边上小声埋怨道:"不是让你在楼下等吗?"

"你这么久不下去,我怕待会儿电影来不及了,只好上来看看,"邢超瞬间霸道总裁的气场又回来了,"而且大家都认识,没必要遮遮掩掩。"

季珺窘迫地看看杨壹壹,像个做错事的小女孩。看来她就是那种只会纸上谈兵写爱情故事,却没有半点儿实际恋爱经验的人。

"哈哈哈,是啊,"杨壹壹走过去拉着季珺说道,"这是好事啊,有啥不好意思的?你们要去看什么电影呀?"

"《牛顿大战机器人》。"邢超照实回答,却不想这让季珺更加窘迫了,因为这是她之前答应杨壹壹要一起去看的。

杨壹壹脸上笑嘻嘻,手却在偷偷掐季珺的胳膊:"那你们快去吧,这电影错过了开头,可就没什么意思了。"

邢超表示感谢后道了别,季珺拉着他逃也似的出了门。

留下数据社三人,又是一阵大眼瞪小眼。

"我看,数据社可以加一项相亲的业务。"李零看着数据社的大门,一本正经地说道。

"别,我们这儿还有三个单身汉呢。"陈晓新立刻否决道。

"谁是单身汉了?"这话杨壹壹听着不高兴了。

"哦,两个单身汉,一个大龄单身女青年。"

"我看你是活得不耐烦了。"

原本杨壹壹就因为受到季珺和邢超的刺激,心里酸酸的有些不高兴,这会儿陈晓新又在李零面前埋汰她,她立刻恼羞成怒满屋子抓他,准备胖揍他一顿解解气。

# 第五章
网络相亲

网络社交看似扩大了交际圈,实则让更多人放弃了真实生活中交友的想法,从而使情感的沙漠加剧扩大。而更为可悲的副作用是,在追求社交网络上人造好感的过程中,人们会日渐迷失在别人的看法里,而非清醒地正视真实的自己。

## 金牌会员

起了个大早的李零，躲在百草咖啡里，享受难得的清闲时光，前段时间因为一直在忙着"文远"的修复工作，他已经好久没这么悠闲地吃早餐了。

但老板娘亲自为他做的三明治，却没有令他感到一如往常的可口，因为"文远"的日臻成熟，就意味着他将不得不面对之前他一直在回避的问题。

以前在美国时，他常常做噩梦，工作和生活中也时有不如意，特别是在离开纽约的前一年，对手公司的竞争、新项目的压力、希望确立关系的 Penny，还有总与自己针锋相对的段维。然而他又觉得所有的这一切，是被一股神秘力量操控并联结在一起的，而这股力量背后的目的，勿用说，就是为了让他无论付出怎样的努力，最终都会落得功败垂成、一无所获的下场。

他说不清这是否只是他安全感匮乏的潜意识在作祟，但他确实无时无刻都感觉自己正身处在巨大的阴谋和危机之中。这感觉时常令他喘不过气来，也因此萌生过想要离开纽约的想法，但自尊和好胜心又驱使他始终顽强地坚持着，他想要战胜那股神秘力量，从而改写自己在幼年便被预言的命运。

这份坚持，暂时结束在段维向他展示那段视频时。但只有他自己知道，那时看似被迫的离职，其实早有预兆。在ACX的最后一次会议上，听段维介绍新算法项目，当时他就预料到段维迟早会因此沦为公司的弃子，因为那算法几乎和"文远"存在完全相同的问题——一个他之前几度因急功近利而选择忽视的问题。所以他内心深处是明白的，就算段维不陷害自己，"文远"当时埋下的隐患，一旦爆发，只会让自己迎来比那段视频更为严重的后果。从这个角度来说，段维那幼稚的把戏，倒等于是提前解救了他。

回国的这一年多，他有了足够多的时间调整状态，弥补漏洞，加上在数据社的案子中得到的意外资源，"文远"这件他准备用来打翻身仗的武器早已今非昔比，因此，他知道自己回去的时间也越来越近了。

可这一次，与他离开纽约时无须向任何人告别和交代的情况不同——他好像做不到不声不响地离开深海市。虽然在纽约多年，他也不认为自己跟那里产生了任何情感纽带，但在深海的这短短一年多，他却始终对杨壹壹和陈晓新，怀着自责、愧疚、歉意、感谢等复杂的情绪。

尤其是杨壹壹，他惊奇地发现，每次只要和她在一起，自己就会自动放下所有戒备，进入一种无须时刻紧绷着的状态。那种彻底的轻松感，是他不曾在别的地方获得过的，他甚至觉得自己回到纽约后，也一定会因此而想念她。

还有最关键的壹零数据社。一开始，这里确实只是他掩护自己真实目的的堡垒，但随着一个又一个有着寻常人温度的案子在这里圆满完结，他对这间链接着三个人的小小陋室所酝酿出的温度，产生了无限留恋之感。

综上所述，此时的他，又怎么可能做到毫无交代地转身离开呢？

可他要怎么向杨壹壹说明呢？说自己利用了她？还是说自己建立数据社，就是为了有一天能离开？或者更直接些，告诉她自己不适应亲密关系，不值得她浪费感情？事实上，这些话他都难以启齿，但又都是在他离开前不得不说清楚的问题。

老板娘过来收拾餐盘，帮他续上咖啡。在他喝下那杯苦到令他皱眉的咖啡后，下定决心要在"文远"的漏洞修复工作完成前，将所有的一切都向杨壹壹和陈晓新交代清楚。

李零到数据社时才刚过九点，一推开门，就意外地发现杨壹壹和陈晓新都已经到了。

"咦，大家都这么早？"除了他俩，还有个年轻女孩背对着他坐在沙发上。

"小冉。"陈晓新用下巴指指自己的前同事，似乎在担心李零不记得她了。陈晓新脸上没有平时的轻松和懒散，反而挂着一丝与他性格不相称的严肃。

李零有些疑惑地走过去，他当然记得这位杨壹壹曾经的助理了，虽然没见过几次，但印象里是个热心活泼的姑娘。

小冉坐在沙发上，见李零进来也没站起身，似乎还沉浸在某种情绪里，表情有点儿古怪和难为情，但更多的是难过。杨壹壹在一旁轻手轻脚地清洗茶具，默不吭声。

"怎么了？"李零脱下外套放到沙发扶手边，礼貌性地问了一句。

"李零也不是外人，"陈晓新看了一眼小冉后，抬头朝李零说道，"这家伙被人骗了十几万！"

"瞧你说的，"小冉伸手拍拍陈晓新的肩膀，有些不好意思地自己跟李零解释道，"没有被骗，只是暂时找不到人而已。"

"嗯？"李零坐下来，看看杨壹壹，仍然无法判断发生了什么。

"你就原原本本地再说一遍吧，顺便也回想一下自己傻得有多不可思议。"杨壹壹看不下去，边说边手法熟练地倒了一杯茶递给小冉。

小冉起初有些不情愿，但很快，似乎是为了让李零来评评理，她又不厌其烦地将刚刚说过一遍的事情又重复了一遍。

原来，一直活跃在相亲界的小冉，这次终于通过近期大热的相亲平台"一线牵"觅得良人。表面上与其他相亲平台并无二致的"一线牵"，有着独特的会员系统。它们的社交平台会将会员分成三个等级：第一级是免费的普通会员，可以在平台上随意交友，但这与现实世界的交友没什么两样，想找到意中人，同样是大海捞针；第二级是缴纳了服务费的高级会员，可以筛选符合自己喜好的理想对象，但此层级下的会员数据都是由会员自己填写的，除去最基本的身份信息经由网站审核，其他数据的真实性和完整性都不高；第三级就是小冉一咬牙缴纳了不菲费用才成为的金牌会员，平台不仅会全方位评估入会会员资料的真实性，还会根据大数据匹配出来的结果做推荐，对相亲过程提供一条龙服务，以确保会员能在最短时间内找到最合适的人。由于高昂的服务费和严格的入会门槛，"一线牵"的金牌会员，现在已经成了相亲市场中一种高不可攀的身份象征。

小冉费了一番周折成为金牌会员后，平台很快就为她匹配了几位男士。她一遍浏览下来，心里不禁感叹自己的钱没白花，这些男士一个赛一个的优秀，她都快挑花眼了。最后，她选择了一位自认条件最适合自己、最有眼缘的对象，向平台发送了相亲申请。

这位对象名叫张云超，今年三十六岁，年收入五百万以上，毕业于国外知名的音乐学府，回国后一直追寻自己的音乐梦想，无奈没闯出名堂，加上不再年轻，这两年开始帮家里打理生意，同时最大的心愿就是找一位温柔贤惠的女士，尽快完成终身大事。

"一线牵"在收到小冉的申请后，展开了一对一的线下服务，工作人员首先约见小冉，对她的需求和担忧做了进一步了解。在得知小冉对自己的身材和体态不甚满意后，贴心地向她推荐了一家体形矫正机构。这家机构是"一线牵"的合作方，小冉这样的金牌会员享有折扣和升级服务。虽然折后价依然不菲，但工作人员诚恳专业的态度，最终还是让她动了心。

经过一段时间的自我升级后，小冉终于开启了正式的相亲之旅。没想到接下来的过程出奇的顺利。这位张云超，不仅外表与会员资料照片上的一致，英俊潇洒，举止谈吐也很快就俘获了小冉的芳心。经过一段时间的相处，这位张云超愈发对小冉体贴入微，而且幽默风趣的性格，时常逗得她开怀大笑。

这期间"一线牵"也一直保持回访服务，工作人员敬业的态度，让小冉甚至都后悔为什么没早点儿入会。

交往一个月后，两人的关系开始升级，小冉对张云超的生活也有了进一步了解：因不满父亲在母亲去世不到一年，就将新人迎进门，张云超一气之下搬了出去，但由于临时买的公寓还在装修，只好暂时住在酒店。而这家酒店的餐厅也相当不错，所以张云超偶尔会带小冉去吃饭。三天前的一个晚上，小冉在晚餐时喝多了酒，张云超绅士地让她住在自己的房间。第二天小冉醒来后，收到张云超的留言，原来他的新公寓已经收拾好，今天开始搬家，所以不能陪她吃早餐了，等晚上忙完，再来接小冉到新家，庆祝乔迁之喜。另外，他在床头柜上留了一张银行卡，让小冉离开时用它结账。读完信息，小冉对张云超体贴的安排和昨晚没有乘人之危的绅士举动感动万分。

吃完早餐收拾妥当下楼前，小冉一直沉浸在对晚上的约会和今后美满生活的期待之中。可她万万没想到，结账时，张云超留给她的银行卡出了问题，在刷卡机上读不出信息，酒店的收银员说有可能是消磁之类的故障，建议换另一张卡。小冉接过账单一看，十三万！她瞬间慌了，赶忙拿起电话打给张云超，但试了十几遍，对方都没有接听电话。

肯定是在忙，他说了要回家整理物品。小冉盯着张云超留下的那张精致的黑卡，经过一番复杂的心理斗争，最终用自己的信用卡帮他结了账。

可直到现在，小冉也没有联系上张云超。她试过各种方法，发现对方没有留下任何带有地址的信息，最终她只好向"一线牵"求助，希望他们能帮忙联系上张云超。"一线牵"的工作人员在电话里十分热心，让小冉不要着急，帮她分析各种可能性，但就是不肯提供类似住址之类的信息，说是每位会员在入会前，都会和平台签保密协议，"一线牵"没有权利透露会员不愿透露的个人信息。

万般无奈下，小冉只好找到杨壹壹和陈晓新帮忙，一来她不能求助自己现在的同事，怕招来嘲笑，二来除了这两位，她也想不到还有谁可以帮忙了。

"你怎么不报警啊？"陈晓新早就坐不住了，边质问边像一匹愤怒的小马在屋子里踱来踱去。

"我……"小冉没了平时欢快活泼的劲儿，说起话来吞吞吐吐，"为什么要报警啊，他……又不是不出现了。"

"我去！"陈晓新使劲地揉了揉自己的头发，一副恨铁不成钢的模样,"你竟然以为人家还会出现?摆明了是骗你的钱啊。"

"他那么有钱,手上一块表就上百万,为什么要骗我这十几万啊?"

"你懂得分辨真假吗?万一是山寨货呢?我就不明白了,什么酒店一晚上要十几万?"陈晓新居高临下,杵在那里对坐在沙发上的小冉接连发问,样子恼怒极了,就好像是自己被骗了钱财一样。杨壹壹用力地扯了一下他的衣袖,示意他控制情绪。

"是一周的账单,包括高级套房的房费、餐费,还有水疗会所的服务费什么的……"小冉声音越来越低,低着头不敢正眼看人,"平时一起吃饭时,一瓶酒就几千上万的,我们普通人觉得很贵,但他们有钱人,开起来眼睛都不眨一下。"

"唉,你为什么就这么急着嫁人啊,还非得嫁入豪门?"陈晓新长叹一口气,脸上的表情颇有些鄙视又怒其不争的意味。连李零都觉得他今天的表现过于反常了。

"我们先别急。听小冉这么说,对方也有可能真的只是有什么事情耽误了。"李零拍拍陈晓新后转向小冉,"小冉你也好好回忆下,看能不能想起什么关键信息。在你们交往的这段时间中,他一定提起过自己家住在哪,公司在哪吧?"

听李零这么说,小冉马上抬起头,眼里恢复了些许神采,但她并没有回答李零的问题,而是只听进去了前半句,她更加坚信了自己的判断,便朝陈晓新说道:"就是啊,你怎么净想着我被骗了,我有那么傻吗?一个月了还看不准一个人?他那气质谈吐,绝对不是我们普通人这边的,而且他对我绝对真心,你们不知道他对我表白的那次,"说到这里,小冉似乎又回到了曾经的场景里,脸上浮现出少有的羞涩,"他在餐厅演唱了专门为我写的歌,浪漫极了,他的歌声好听得要人命……"

"你你你……你你你……"陈晓新一时语塞，边用手指着小冉边摇头。

"我怎么了嘛，天上天天都在掉馅饼，为什么就不能砸中我？"

"我看你是被砸傻了！"

"好了！"杨壹壹站起来将陈晓新按下，走到小冉身边，朝还沉浸在幻想中不肯自拔的她问道："你在交往中从来没有怀疑过对方的身份吗？"

小冉抬起头满脸疑惑，似乎杨壹壹问了个奇怪的问题："有什么好怀疑的，无法完成自己的理想，只好回家继承家业的富二代，在深海市简直不要太多好伐？"

"我看你还是少看点儿韩剧吧，我帮你报警！"陈晓新说完掏出电话。

"不行！"小冉"嗖"地从沙发上站起来，"万一他只是临时有事出国了呢？之前他也经常出差的，那他回来后我要怎么交代？报警的话弄得太难看了。我好不容易遇到各方面都这么适合又懂我的人。总之，没找到他之前，我不想报警，就算他是骗我的，他也不可能凭空消失吧？"

李零和杨壹壹都看出小冉态度坚决，也暂时不好判定她是否真的上当受骗，即便听上去再怎么不可思议。他们只能劝陈晓新再观望下，先帮忙想办法找到这个张云超再说。

陈晓新见状，也只好作罢，在开出"一周内如果找不到人就报警"的条件后，答应明天亲自陪着小冉，从酒店开始找起。

小冉瞬间破涕为笑，一番感谢后离开了数据社，留三人面面相觑，哭笑不得。

"你是不是喜欢小冉？"杨壹壹猜测小冉可能就是上次季珺说的，陈晓新现在的意中人。

"瞎扯!"

"那你刚刚急什么?明明就是……"

"开什么玩笑,我怎么会喜欢这种傻白甜啊?整天满脑子不切实际的幻想。"

"骗鬼吧你就,在百顺的时候不下手,我看你们这些技术宅真是……凭实力单身!"杨壹壹更加肯定了自己的猜想。

小冉刚走,杨壹壹就开始拿陈晓新开涮,两人你一言我一语地打起了嘴仗。

"有意思就赶紧采取行动,等什么呢?等着她被骗你再英雄救美?"杨壹壹跷起二郎腿,摆出一副相亲节目里情感专家的姿态。

"我都说了……"

"我也觉得!"一直在一旁缄默不言的李零,突然开口,"你要是真喜欢人家姑娘,作为男士该早点儿表现出来。"

陈晓新嘴张成一个大大的"O"形,不敢相信李零会说出这样的话来,但杨壹壹的面无表情让他也不敢贸自接话。可他不知道的是,在杨壹壹波澜不惊的表面之下,内心早已波涛汹涌。

听到李零说这句话,杨壹壹坐在那里,下意识地打了个寒战,仿佛有人在她身后打开了一扇门,一股冷风灌进来浇在了她的背上。

李零会这么说,代表他是践行如果对女孩子有好感,就要早点儿表现出来的原则,这意味着之前杨壹壹所以为的暧昧情愫,纯粹只是她自作多情罢了。她心里无法自控地升起一股无名火,却在片刻之后,又忙不迭地小心将它扑灭。

是啊,如果没有了期待,那么对于李零的人品和这些日子以来的疑惑,她也不该再有苛求。这样一来,这些天因此而别扭的心境,也在一瞬间烟消云散。她想,大概今后看待李零,就可以像看待陈晓新一样,只是简单的共事关系了吧。

## 入住信息

第二天中午,陈晓新如约陪同小冉来到张云超之前下榻的酒店,但结果也正如杨壹壹所料的空手而归。

回到数据社后,好面子的陈晓新在电脑前"噼噼啪啪",非要说刚刚那个没给他面子的前台小哥看起来十分可疑,誓言不黑掉这个酒店的系统不罢休,但这再次被杨壹壹讽刺是自不量力。

"如果人家真的是同伙,存有蹊跷的话,自然早有防备,哪有那么容易被攻克。"

果不其然,陈晓新英雄救美的行动屡屡碰壁,正在他不知该如何进行下一步时,李零再次有如天兵降临,将张云超的酒店登记信息交给了他,陈晓新立即投以感激涕零的眼神,就像李零刚刚救了他一命。

"Hey!"杨壹壹双手插在牛仔裤前兜里,晃晃悠悠走过来,故作轻松地问道,"你怎么搞到的?"话刚出口,她就窘迫得直咂舌,因为她意识到,自己态度忽左忽右的转变,在外人看来,毫无情由。

但陈晓新这会儿才顾不上她,李零也似乎毫无察觉,对她耸耸肩,指指茶几上陈晓新没吃完的面条,说道:"你忘了我的外挂万能老贾了?"

杨壹壹夸张地做了个心领神会的动作,却立刻又偷偷涨红了脸。

"咦?"陈晓新打开李零发过来的文件,一脸疑惑地在键盘上一顿操控。

"需要用密匙解码。现在老贾他们越来越谨慎了,坚决不做外行人生意。不过自我保护怎么谨慎都不为过。"李零走过来解释道。

"怎么不是张云超？"陈晓新已经处理好文件，打开发现不对后自问自答，"可其他信息又是对的……"

小冉也赶忙跑过来看，电脑屏幕上的身份证照片，她也不认识："这谁啊？"

"你问我们，我们哪知道？"陈晓新复制信息，开始查询起来，"我查查看，这是个什么人。"

"别查了，肯定八竿子打不着的人，"李零摆摆手，"估计这张云超是用假身份登记的。"

"会不会是这人帮他操作的？"陈晓新指指电脑上的人。

"应该也不会，既然张云超选择不用自己的真实身份信息登记，就能想到这张身份证会被人追查，也就有了顺藤摸瓜的风险，因此这张身份证的主人和张云超有关联的可能性不大。"李零抿着嘴摇摇头。

"那怎么办？那你要来这个信息也没什么用。"陈晓新闻言丧气地往椅背上一瘫。

"嗳，你还真是过河拆桥，要是不找到这条信息，怎么会发现他使用假身份登记？"杨壹壹看不过，伸手搥了他一拳。

小冉在一旁如坐针毡，因为三人言语之间，自己被骗似乎已经是不争的事实——连酒店的登记人都不是张云超本人。

"还是查查这个人吧，万一是张云超手下的员工去帮他登记的呢，又或者是家人帮他处理的呢。"她用手指悄悄戳了戳陈晓新。

壹零二人没吱声，陈晓新摇摇头，看了小冉一眼，又示意她看电脑上自己用鼠标画的重点——某某县某某镇某某村。

"六十八岁的员工？乡旮旯里的亲戚？"

陈晓新的语气和眼神，似乎真正问出口的问题是："脑子呢？"

小冉观毕只好作罢，低着头默不作声。陈晓新跟着一阵长吁短叹。

"我建议这样,"隔了好几分钟,又是李零开了口,"你们要不要去一趟'一线牵',光打电话和发邮件肯定是不会引起重视的,那些客服有可能是外包的,这种事情如果他们替公司打发了,说不定还能因此领到奖金。也不要去小冉所属的分店,而是直接杀到'一线牵'的总部。"

"是去打架还是演戏?"杨壹壹闻言立刻兴致高涨,"我熊熊燃烧的斯坦尼斯拉夫斯基[①]之魂!"

"哈哈,"李零鲜有地笑出声,"都不是,先好好谈,说明情况,看他们怎么处理再决定。"

"真没劲,那我就懒得去了。"

"去吧去吧,我一个人去的话……"陈晓新用肩膀蹭了蹭杨壹壹,一脸谄媚的笑容。

杨壹壹嫌弃地躲开:"我去干吗?这不正好吗,你们……嗯?"说完她朝陈晓新使使眼色,瞟一眼小冉,示意给他制造单独相处的机会。

"要不老板你陪我们去吧,我一个人去……恐怕应付不来,"陈晓新挠挠脑袋,"你也知道我,笨嘴笨舌,脑子转得也慢,要是真吵起来,以我对自己的了解,只会事后发邮件回怼。"

"呃……"李零似乎有些为难,"我手上还有些事情,已经耽误了不少时间。"

"你到底有什么事啊?现在不是没案子吗?"杨壹壹也没想明白为什么自己会脱口而出,说完立刻热血直朝脸上冲,她嗟悔不已,张着嘴巴一脸不可思议,就好像刚刚那话不是她说的似的。

---

[①] 俄国演员、导演、戏剧教育家、理论家,著有《演员自我修养》。

看来短时间内，她还难以适应对李零的特殊情感已经完全清零的状态，心里还是积存着之前对他的不满，所以刚刚才会不假思索地发出质疑。她转过头去，懊恼地做了个鬼脸。

李零似乎也有些意外杨壹壹的态度，他站在原地，盯着空气眨了几下眼睛，随后将手放在陈晓新的肩膀上，改变了主意。

"好，我陪你们走一趟。"

## 三个女人

互联网界最具权威的大数据杂志《读数》，近几年来，每逢年末，都会发起"十大明星大数据创业公司"的投票活动，被提名的公司中，不乏众多提供大数据搜索、分析、管理等服务和开发大数据解决方案的公司。而在去年榜上有名，且排名靠前的公司中，才刚创立两年便拥有了大批拥趸的"一线牵"，绝对是其中最特殊、最引人瞩目的。因为它是榜上唯一一家民生大数据应用领域的公司，基于独特的算法、大数据和机器学习，来帮助用户寻找灵魂伴侣。

这种特殊性，也延续到了它的公司选址上。一般的互联网创业公司，都会设立在时髦的高档写字楼里，而"一线牵"，却将总部设立在一个艺术类公司居多的文化产业园区内。

李零、陈晓新和小冉一行三人，没费什么工夫就找到了紧挨着园区后门属于"一线牵"总部的那栋楼。李零稍微观察了一圈：整栋楼地面五层，占地面积不大，最多半个足球场，有两个进出口，后面的出入口连着园区的后门，但因为商业区和交通枢纽都在前门的方向，所以这个后门没有什么人经过，几乎成了"一线牵"独有的通道。大楼外部十分低调，灰色的水泥墙未经修饰，与园区内其他楼形成统一风格,唯有在大门边的墙上,挂着公司招牌和一句标语——大数据助你找到灵魂伴侣。

"这么一个普通的相亲公司,是怎么拿到几个亿的投资的?"绕弯一圈,陈晓新看不出任何特殊之处,一脸不屑。

"因为大数据啊。"李零说道,"如今只要和大数据扯上关系,任何名不副实的公司,一抛出机器学习、云计算这些概念,风投就会狠狠地砸钱,哪怕他们根本不了解,也要跟风掺上一脚。可等到发现真相时,往往为时已晚。"

"也是,像相亲这种传统行业,若是不用时代热词将自己包装一下,很难显得不 low。不过吧,"陈晓新瞅瞅一旁的小冉,衡量着自己用词,"我对于网络社交,极限就是交友,至于相亲……"他摇摇头,见小冉一直一言不发,便也识趣地没再说下去。

"相亲也是交友的一种,在如今这个时代,程序算法让人们以为任何感情都可以进行线上量化,且比线下生活要更加真实,因为它涵盖的信息数据和匹配数据,更广更精确。"李零点到为止,没说太多,但内心却忍不住思潮腾涌。在他看来,网络社交看似扩大了交际圈,实则让更多人放弃了真实生活中交友的想法,从而使情感的沙漠加剧扩大。而更为可悲的副作用是,在追求社交网络上人造好感的过程中,人们会日渐迷失在别人的看法里,而非清醒地正视真实的自己。

陈晓新没再接话,只是不满地挑挑眉毛。三人进入大堂。与外表的低调不同,大堂内的装饰终于有了相亲公司的氛围,处处都是粉色和浅紫色的蕾丝纱饰,温馨喜庆却又不失高雅。前来接待的妙龄美女着浅紫色套装,妆容恰到好处,笑容真诚。在得知小冉是金牌会员后,更是加倍殷切,引座端茶,让三人顿失到陌生之地的局促感。

但坐下刚没多久，在得知小冉的相亲对象失踪，想要调取资料，且不愿在分部解决时，美女立刻黛眉轻蹙，一副为难状。

"我这两位朋友可能不希望今天空手而归。"

听闻小冉如是说，美女看了一眼两位男士，特别是挺拔威严的李零后，明白自己无法解决眼前的麻烦，只好朝小冉点点头，转身进入大堂后台。

她走后，陈晓新朝李零递了个眼色："你说人家要是不鸟我们，我们其实也没办法吧？"

李零看着宽敞的大堂内和电梯间前三五成群的人，摇摇头说："这么好的气氛，他们恐怕不希望出现不和谐的声音吧。"

十分钟后，刚才的美女出来了，身后跟着一个较她年长、大约三十来岁的女人，大概是她的上司。

女人原本一脸僵硬，但看到三人后，立刻热情地笑起来，风风火火快步走过来，同三人夸张地握手。

"你们好，我是Lisa，招待不周，这边请。"

三人还没搞清楚状况，就被稀里糊涂地带到了大堂一侧的一间会客厅里。厅内十分宽敞，装修精致上档次，连座椅也比外面要舒服。

"我刚刚稍微查询了一下您的情况，"刚一坐下，自称Lisa的女人就用恳切的语气对小冉说道，"我是说，分部登记的情况，可否请您再详细地……"她上身前倾，眉头微微皱起。

小冉觉得这下终于找到了可以管事的人，她看了陈晓新和李零一眼，两人都朝她点点头后，便开始详细地说明自己的情况："是这样的……"

在小冉说话的过程中，除了刚刚接待他们的美女端了几杯鲜榨果汁进来，中途再无打扰，Lisa全程保持同一个姿势，时而点头，时而随着小冉话里的内容变换表情，表现得既专注又充满了同情。

足足花了十分钟,小冉才将事情的经过不遗巨细地阐述完成,她说完后朝大伙眨眨眼,端起桌上的果汁,将吸管塞到嘴里,一口气喝掉了大半。

"嗯,"Lisa见她停下来,若有所思地点点头,停顿了几秒后,微微歪起脑袋,将身体更加靠近小冉,"您先别着急,您这种情况,在我们平台比较罕见,但您看啊,我们总部,主要负责算法的后台运行和行政管理,具体的会员跟踪服务,都是分部在执行……"

"可我已经找过所属分部好几次了!"小冉闻言急得将杯子蹾到了桌子上。

"我知道我知道,"Lisa举起自己的右手掌,想要平复小冉的情绪,"这两位先生,都是您的朋友吧?你们大老远地跑一趟,我也不想你们白跑,但我们这边,确实没有跟踪服务的专业人员。"

"你们总不能一点儿办法都没有,就这样视而不见吧?"陈晓新觉得自己是时候站出来了,便拿出自己最严肃的表情。

"是啊,分部那些工作人员,只是一个劲地告诉我会帮我联系,但是又不肯提供更多信息,谁知道他们有没有采取措施。现在时间一天天过去了,我也不是担心被骗,你看我都没报警,只是这人凭空就消失了,也挺让人着急的不是吗?"

看来小冉还是相信自己没有被骗,小心翼翼地措辞,生怕张云超突然回来后不好交代。

"您看要不这样,"Lisa脸上再次聚起真诚得让人难以怀疑的笑容,"我稍后就亲自打电话给分部,给他们施压,让他们高度重视您的情况。"

她就像平时一起喝咖啡抱怨各自男朋友的闺蜜一样体己贴心,这种友好且诚恳的姿态,换作是谁,也难以拒绝。见小冉犹豫不决,Lisa马上更进一步补充道:"我想分部肯定也不是不重视您,毕竟您是我们'一线牵'最尊贵的金牌会员，有可能是近期我们业务量上涨，新的专业人员培训上岗又需要时间，所以人手有些不够，又或许他们已经在帮您找了，只是张先生可能遇到突发情况，没来得及跟您联系。这些都是说不准的，不过无论是哪种情况，您都大可放心，只要您还是我们的会员，我们就绝不中断服务。现在您先回去，少安毋躁，或许明天醒来就能再续良缘，毕竟，您也说了，两个人情投意合，没理由消失的，对吗？"

对方言辞在情在理，小冉被说得一愣一愣的，毫无招架之力，似乎自己此刻除了回家等待，再无他法。一旁的陈晓新也开始挠头，虽然他心有不甘，但也实在想不到该怎么说，毕竟也不能真的放刁撒泼，大闹一场。

Lisa站起来，作势要送客，小冉和陈晓新只能站起来，三人往门的方向挪动。

"等等。"这时，始终不发一言，让陈晓新以为已经默认事情只能如此的李零，突然开口了。他还坐在座位上，姿势十分舒展，仿佛都怪座椅太舒服让他起身失败。

Lisa不解地看着他，他从西装外套的内兜里，掏出手机，按了几下后，终于站起来，将手机递给Lisa，示意她看上面的内容。

Lisa疑惑地接过手机，看了一眼后，又将它还给了李零。

"我需要去请示一下上级。"她脸上已经没有了刚才始终挂着一刻也没卸下过的笑容。

李零点点头后，她便越过小冉和陈晓新，带上门出去了。

"哇，你写了啥啊？"门一关上，摸不着头脑的陈晓新立刻凑了过来。

"是啊，你给她看了什么，看她刚刚那个表情，似乎咬到了自己的嘴皮。"小冉嘻嘻一笑。

"刚刚你在和她描述事情经过的时候，我就在观察她，也猜到了她会草草地打发了事。"李零将手机装回兜里，又抱起双臂，继续说道，"我就跟她说，其实我们打算如果在总部这边得不到解决方案的话，便准备去报警并联系记者，就说'一线牵'疑似内外勾结，骗取客户钱财，那到时候可能真的要给贵公司添麻烦了。"

"嗨！"陈晓新挥起拳头朝李零肩头轻捶一下，"你干吗不直接说啊，还打字那么麻烦？"

"我要直接说，不就像是来吵架的，他们肯定见多了只是威胁威胁了事的投诉。如果激怒了她们，招来保安就不好看了。这样震慑效果好一些。"李零仰起头，胸有成竹的样子。

"你的意思是，我这样的情况可能不是少数？"小冉听出李零话里的意思。

"嗯，你们有没有发现他们表面殷切，其实根本没把我们的实际诉求放在心上，回复也是极其程式化，应付起来游刃有余，明显就是经验丰富。"

"对！我差点儿又被忽悠过去了。"小冉愤愤地说完，又一屁股坐到了椅子上。

三人足足又等了半小时，Lisa才回来。

"不好意思各位，让你们久等了。"Lisa推门进来后连连道歉，但态度已经没有刚刚那么诚恳了，"我需要向上司阐述清楚情况。这边请。"

说完她在前面带路，将三人引至电梯间，乘电梯上到了二楼。李零观察到，这栋楼从外部看有五层，但电梯里，却没有到达五层的按钮。出电梯后，经过一排开敞的办公区域，Lisa推开了一间较楼下更为豪华的房间门。那里已经有一个近四十岁的女人在等着他们。

"这位是我们业务部的总经理,蓝总。"Lisa 指着动作优雅地从沙发上站起来的女人,向李零三人介绍道。

这位蓝总的五官轮廓分明,眼眶深陷,显得十分精干,一身深蓝色的套装,将她衬得更加职业,气场十足。

"你们好!"她露出一丝保守的微笑,站在那里不动,等着三人走近。

"蓝总你好!"虽然有些怯场,但作为事主的小冉,只能打头阵上前去和她握手。

对方伸出手,五指并拢,让小冉微微握了握,就转身在刚刚的位置坐下了。Lisa 则立于一侧,不再说话。小冉此刻已经完全被这位蓝总的气势镇住了,忐忑地在对面一张沙发上坐下来后,思索着该如何开口。陈晓新见李零没有坐下的意思,便也老老实实站着。

"事情是这样的……"小冉终于鼓足勇气开口,但话出半截,就被蓝总打断了。她举起一只手,停在空中,眼睛望着和小冉之间的那团空气,神态就好像一位严厉的老师,制止了正在错误作答的学生。

"情况 Lisa 都跟我说过了,"她放下手,开始说话,语气变成了教导主任,"你确定你们之间没产生什么令对方不愉快的误会?"

"没有啊……"小冉不假思索地说道,但语气听起来却没那么斩钉截铁。

"是吗?"蓝总那双深邃的眼睛,终于开始看向小冉,只是这眼神,看得小冉浑身不自在,就好像自己被当众揭发了什么见不得人的事情。

"你再好好想想,"蓝总将套装下的一条腿,跷到了另一条腿上,"经常会有类似的情况发生,会员对相亲对象不满意,却又不方便直接告诉对方,只好选择避而不见。"

"不可能,我们之间的交流非常愉快,不存在任何突然消失的理由。"小冉有些负气的语气让她显得更加理亏。

"这有可能是你一厢情愿的以为哦。"蓝总再次暗示道。

"那对方为什么选择在我帮他付完账后消失呢?"小冉毕竟太年轻,轻易被对方激怒。

"帮他付账?请问这笔钱里面,你有参与消费吗?"蓝总将腿放下来,在沙发上坐直身体。

小冉的身体瞬间紧绷起来。

"如果真如你所说,男欢女爱,一起消费的账单,为什么必须是男人付呢?再说……对了,多少钱来着?"

"十三万!"一旁的陈晓新见小冉犹犹豫豫,抢着帮她回答。

蓝总抬眼瞥了陈晓新一眼,又继续望向小冉说道:"十三万?十三万而已啊,你也知道和你相亲的对象,是上亿身家的富二代吧?十三万可能在他眼里,就像你眼里的一百三十块一样。请问,如果你的朋友,"蓝总说着用下巴指指陈晓新和李零的方向,"付了一顿你们一起消费的一百三十块的饭钱,你会放在心上想着还回去吗?"

"不……"小冉跟着她的话思考,越发觉得自己理亏。

"这不就是了,更何况你们之前是那种关系。我看啊,有可能他已经找到了更合适的姑娘,你也知道,我们对金牌会员的推荐,不是只有一两个人而已,像他那么优秀的男人,会有很多优秀的女人相匹配,"说到这里,蓝总将小冉上下扫视了一眼,似乎将她想要钓金龟婿的心理看得透透的,"所以我觉得,你应该回去在我们的推荐里,试着寻找更合适的,而不是停留在上一段关系里。"

"可是……"

"你这样就完全否定了张云超是骗子的可能性？"陈晓新早已看不下去，怒气冲天地又插了一句，"如果我们今天找不到张云超，就去报警！"

　　蓝总抬起头，望着陈晓新毫不掩饰地轻哼一声："报警当然是你们的自由，只是我得提醒你们，警察是不管谈恋爱闹分手这种事的，就算管，调查取证一阵闹腾，到时候如果是乌龙一场的话，损失的，可是女方的名声。"

　　"你……"陈晓新还欲争辩，被一旁的李零按住。

　　小冉此时已经完全慌了，心里想着怕是只能自认倒霉了。陈晓新以为李零不说话，一定憋着大招，便老实退下，只用愤怒的眼神盯着那位趾高气扬的蓝总。

　　"我们走。"李零说道。

　　"什么？！"陈晓新不可思议地看着李零。

　　"走吧。"李零又朝小冉示意道。

　　"Lisa，送客。"沙发上的蓝总，见状适时发号施令，自己也站起来，迈着优雅的步子离开了。

　　几分钟后，来讨说法的三个人，在Lisa和浅紫色套装美女的护送下，灰溜溜地出了"一线牵"的总部大门。


## 发挥演技

　　这是杨壹壹和李零第一次见到陈晓新发火的样子，上一次接近这种状态，还是他的游戏装备被误删，再也找不回来的时候。不过与其说是在发火，倒不如说是在和自己怄气，他趴在电脑桌上火冒三丈的样子，似乎要从键盘上抠下几个键来吃掉。

他正在试图黑掉"一线牵"的后台系统。但这简直就是痴人说梦,"一线牵"的防护级别深不可测,他一个普通的软件工程师根本不可能攻陷。但谁都能看出来,他只是在靠做这些来发泄自己心中的不满。

小冉自打从"一线牵"回来,就一直无精打采,像个玩偶一样瘫坐在沙发上,脑子里一直在重播着蓝总的话。确实,自己跟张云超交往一个多月,已经习惯了他超级富二代的身份,所以当时自己刷卡付钱的时候,想的最多的,也是这笔钱对于他来说根本不算什么。可如今,她不敢假设自己真的被骗了,先不说这笔钱对她来说不算小数目,需要降低生活质量很长一段时间才能填补上,光是这一遭所受的侮辱,就够她消化一阵子了。要知道几天前,她还是一个沉浸在童话般的爱情中的少女。

"还是报警吧!"最后,陈晓新重重地拍了一下鼠标,结束了自己的无用功。

"我赞成,事到如今,最好让警方介入彻查。"杨壹壹点点头表态。

小冉闻言从沙发上坐起,绷直身体,嘴巴一开一合,尝试了几次想要说些什么,但最终还是没说出来。她还没死心,还在盼望奇迹。

"我看,"李零站在咖啡机前倒腾,慢条斯理地说道,"还是再等等。"

"老板!你刚刚没让我和那个什么狗屁蓝总理论,我就已经很窝火了,现在又不赞成我们报警,"陈晓新怨气十足,"我实在搞不懂!"

李零没有转过身来,咖啡机是他新买的,似乎还没掌握操作要领。

"师兄,你说再等等,是什么用意?你们这一趟,对方肯定已经有了警惕,如果不赶快报警,日后取证恐怕会越来越难。"杨壹壹走过去,递给他一瓶瓶装咖啡。

李零拍拍手,接过咖啡,终于走过来,向众人解释起原因。

"我之所以不赞成报警,原因有两个:一是张云超如果真是骗子,那他肯定计划得详细周全,就算警方找到他,他确实很有可能如那位蓝总所说,拿与小冉的恋爱关系开脱,最多把钱补上;二是如果'一线牵'真的有意包庇张云超,那么他们即使不是同伙,也是默认这种行为的。这个公司已经存在两年多了,虽然低调,但会员越来越多,业绩也一路飞涨,如果包庇骗子是公司隐藏的黑幕,这两年间肯定还有投诉者,其中肯定也有人报警,可你看他们,丝毫不受影响,肯定是对此已经有了一套完善的应对措施。所以我们现在去报警,时机还不对。"李零边说边在沙发上坐下,众人也都渐渐冷静下来顺着他的逻辑思考。

"我……"小冉急着表态,又有些吞吞吐吐,"钱拿回来就好,我也不想追究其他了。"

"那可不行!有仇不报非君子。"陈晓新听李零这么一分析,立刻来劲了,"那我们要等什么时机?"

"等太被动了,我们需要主动寻找证据。"李零拧开瓶盖,喝下一口,立刻感觉舒服多了。

杨壹壹又从冰箱里拿出可乐和汽水分别递给陈晓新和小冉:"你肯定已经有计划了吧?"

李零合上瓶盖,若有所思地望着杨壹壹,还少有地上下打量起来,那神情,似乎要将杨壹壹里外都看透。

这要是换作以前,杨壹壹肯定早就魂都没了。虽然几乎每天都会见到,但因为一直笼罩着的神秘感,李零在她眼里,依然是个诱人的存在。每次只要他的眼神一转向她,都足以令她全身的血液直往上涌。可她已经不是以前的杨壹壹了。

"干什么？"她假装捂住自己的胸口，想要用笑话来化解尴尬。

但李零根本没发现她内心那些百转千回的变化，只是饶有兴致地望着她，然后说道："壹壹，要不你去注册'一线牵'的金牌会员吧？"

"啊？"陈晓新和小冉异口同声。

杨壹壹却只是用她无辜的大眼睛愣愣地望着李零。她知道李零肯定有他的理由。

"你不是很爱看电影吗，对演戏又那么感兴趣，我想着要不你就去'一线牵'当卧底，揪出他们的证据。"

陈晓新和小冉都不吭声，他们虽然觉得这个提议十分突兀，也一点儿都不像是一个周密的计划，但他们还是被这个大胆的提议弄得兴奋起来，都齐齐地看着杨壹壹，看她如何回答。

"可是我……"杨壹壹歪着头，脑子里飞速地思考起来，她不知道李零只是随便说说，还是认真的。

"你就当是去玩。当然，我和晓新会不离左右，保证你的安全。"李零的语气依然冷静，听起来一点儿都不像是在开玩笑，倒像是一位慈祥的父亲，正鼓励女儿去大胆实现自己的梦想。

"上次吴斌那回，谁说的还没过足瘾来着？"陈晓新酸溜溜的，有些嫉妒。

"那回是没有现场观众，拍砸了咱还能重来。可这次要是去，就是和陌生人演对手戏，还得要骗过对方，我肯定不行！"杨壹壹嘴上这么说，但其实内心想的却是，自己可能还真是个天生的演员，只是一直没有发挥的舞台。

"你看了那么多关于卧底的电影，随便从记忆中找一个出来，就能应付这种场面。"李零继续鼓励道，语气就像这种事情跟上街买个菜一样容易。

"就像陆浩川在《双面侠客》里的角色吗?"李零这么一说,杨壹壹立刻两眼发光,眼前快速地闪过了好几个电影里的经典卧底角色。

"是啊!"陈晓新加入说服行列,"不仅可以过过戏瘾,你这个大龄剩女,还能乘机公款相亲,撞大运遇到真命天子,也不是没有可能的事。毕竟,'一线牵'的匹配算法,在业界还是货真价实的。"陈晓新知道自己有些不知死活,但他控制不住自己的嘴,边说边往小冉身后躲。

但杨壹壹听完他的话,却反常地沉默了,她紧咬嘴唇,在心里做着最后的挣扎。

"好吧,可是你们别对我抱太大期望。"

"别紧张,你就当是去玩。"李零再次重复,接着他拍拍膝盖,继续说道,"那就这么决定了。你先去准备一下,我和晓新商量一下细节。"

准备什么?杨壹壹有点儿摸不着头脑,这没有剧本的戏,无非就是做好心理准备。


但李零和陈晓新确实需要做好大量的准备。

他们需要摸清"一线牵"的基本运行规则,这对于之前从未接触过的两人来说,不算是一件简单的事情。

李零对于系统能够精准匹配用户喜好、推荐合适人选的算法很感兴趣,于是去注册了会员,先摸清用户入口的程序。陈晓新则帮着通过爬虫工具,爬到了大量"一线牵"用户问卷的数据。"一线牵"的后台系统虽然很严密,但对外用户的接口却意外地没做过多防御,他反反复复地去爬这些数据,居然也没有受到多少阻碍。

李零将这些数据反复研究，之后又据此写了好几个模拟模型，并从一次次模拟出的结果中，逐渐搭建出了能基本达到"一线牵"匹配效果的算法，虽然短时间内搭建出的这个算法还欠完善，但也足够为这一次行动所用。

　　与此同时，两人启动了杨壹壹假身份信息的搭建和完善工作。


## "杨壹壹"

　　足足过了两天，陈晓新才准备完成，他根据李零写出来的算法，给杨壹壹做了个无懈可击的假身份。虽然名字没变，但此"杨壹壹"非彼"杨壹壹"。

　　"你必须背下来，"陈晓新从打印机里扯出文件递给杨壹壹，"然后接下来，你就得假装自己就是这个人。"

　　"我知道，"杨壹壹一把拽过纸页，翻了下白眼，"体验式表演，一个演员最基本的修养嘛。"

　　"可别掉以轻心，这个人和真正的杨壹壹，差别很大。"李零提醒道。

　　"是吗？"杨壹壹表示怀疑，端起纸页，仔细研究起来。

　　这两天一下班就从公司赶来的小冉，也暂时收起自己的焦虑，这会儿已经好奇地凑到杨壹壹身边，和她一起研究起这个虚拟的"杨壹壹"。

　　两人在沙发上看得咯咯直乐，就好像在读笑话大王，两个男人无奈地相视摇头。

　　"哎，真希望这才是我真实的人生啊！"几分钟之后，杨壹壹终于笑够了，她让小冉拿着纸页，自己则站起来，准备拗造型。

她用芭蕾舞步端正站立,挺直上身,昂起下巴,待吸引了所有人的目光后,故作优雅地转了一个圈。

"怎么样,是不是有模有样?"在差点儿摔倒又火速平衡住身体后,她保持舞蹈站姿,兴奋地朝陈晓新问道。

陈晓新端着一罐可乐,满脸尴尬:"大姐,你要听实话吗?"

杨壹壹悻悻地白了他一眼,又将期待的目光投向李零,可李零一言不发,只是面带微笑地看着她。

"小冉?"

"哎,我也没有经验,只是你这模样,似乎和电视上的千金大小姐不大一样。"小冉一脸天真地直言。

杨壹壹受到打击,身体瞬间垮下来,嘟着嘴环视看她笑话的三人:"那你们说我该怎么做嘛!我没做过有钱人,也没有在国外野鸡大学混过经验,更加不知道名媛是个啥东西!"

"人靠衣装马靠鞍,你穿成这样,怎么都不会像上流社会的人。"陈晓新灌下一口可乐,显得经验十足,就好像他知道上流社会是什么样似的。

"我这衣服怎么了?"杨壹壹盯着身上自己最喜欢的碎花连衣裙,舒适、大方、简单。

"哎……"陈晓新扭头朝小冉说道,"小冉,我是不懂女孩子的名牌啦,你帮她P几件名牌衣服的照片吧,我这边好做资料。"

"没问题。"小冉一口应下,这对于一个土生土长的上海姑娘来说,根本不在话下,"有什么特别需求吗?"

"什么贵就堆什么,越浮夸越好,让人一看就觉得人傻钱多那种。"

小冉吐吐舌头,偷瞟一眼杨壹壹,不敢接话。

杨壹壹看两人一唱一和的,十分委屈,她这会儿已经后悔了,早知道要被笑话,她肯定就不答应了。

"别P了,你陪壹壹去买几身行头吧。"李零似乎在说让她们下楼去买几杯奶茶。

"不会吧?"小冉一脸不可思议,"那可是要下血本哦。"

"是啊,P一P得了,没必要。"杨壹壹虽然感激李零这么说,但还是理智地拒绝了。

"工作需要嘛,再说你顶着这个身份出去见人,肯定要有相称的行头才有说服力。"

"花数据社的钱,我很不安……"杨壹壹面露难色。

"没关系,大不了,我来结算,就当是对你工作的奖励。"

"那……那还是算了。我就和会员费一起,记在这个案子的经费里。"杨壹壹脸"唰"地红了,因为长这么大,她还没有接受过哪个男人给自己买衣服。

"这也算个案子?"陈晓新歪过脑袋问杨壹壹,但对方不理他,而且这话似乎让一旁的小冉有些尴尬,他反应过来后,赶紧闭嘴。

"就这么定了。"李零满意地点点头。

杨壹壹当然还是会觉得有些别扭,但之所以不再反驳,是因为她明白,只要是李零开口的事情,就已经是他经过周全考虑的。自己的脑子处理数据的速度远不如他,经过这么长时间的相处,她已经总结出经验——自己即使有再多的纠结、疑虑和不安,都不如直接听他的。

"哎哟喂!我说杨壹壹,你这一趟还真是赚大发了,又是公款相亲,又是公款消费买奢侈品。"陈晓新又开始酸道。

"你行你上啊!"杨壹壹这会儿心情不错,懒得动用武力。

第二天晚上,在小冉和陈晓新的努力下,一份完美全新的"杨壹壹"身份信息就完成了。陈晓新连夜提交数据到"一线牵"的平台，杨壹壹缴纳上金牌会员的会费后，接下来就是等待"一线牵"的身份审核。

一切进展得都比想象中顺利，翌日杨壹壹提交的资料就通过了审核。

小冉质疑为什么当时自己的身份审核会那么难，陈晓新说一来是因为"杨壹壹"的资料，含金量要较小冉高出不少，当然会引起"一线牵"的重视，而且他们巴不得吸纳这种级别的会员，所以审核时自然也会放宽一些条件；二来，杨壹壹的新身份，是根据李零模拟的"一线牵"的审核算法，反向撰写的，每一项都是度身定制，当然一击即中。

这还不是最神奇的，令小冉惊掉下巴，且终于结束对张云超幻想的，是当杨壹壹的审核通过后，"一线牵"的算法神速为她匹配的推荐名单，在这份各界精英汇集的名单中，赫然出现了张云超的名字。

但众人这会儿已经顾不上小冉内心的惊涛骇浪，陈晓新将名单展开后，杨壹壹不可思议地朝李零惊叹道："师兄，这也太神奇了吧！"

"这有什么神奇的，毕竟，这是我们分析了那么多数据的结果。"陈晓新暗戳戳地表示，不要忘记自己的功劳。

"是啊，数据是不会让人失望的。"李零微笑着，"我和晓新就是依据这位张云超可能会感兴趣的条件，有针对性地反向操作，为他'量身订制'的'杨壹壹'。"他一如既往的淡定，似乎一切皆在掌握，"这对我们来说，是最好的结果，虽然我写算法的时候，并不确定是不是可以得到这个结果。不过现在仔细想想，如果确定了张云超是老手，那'一线牵'肯定脱不了干系，针对它们的算法，也肯定是一击必中。"

李零说完,所有人都明白了张云超是骗子的事实,如今已经没有任何疑问。这早在陈晓新和杨壹壹的预料之中,只是小冉,这位被骗者,显然一时还难以消化这个事实。

"他怎么就确定我会帮他结账?"小冉低着头嘟囔着。

"他当然不确定了,只是若这次不成,他就另找机会,一直到成功为止。"陈晓新故作聪明地说道,不过他马上意识到自己说错话了,又找补道,"你别难过,你也看到了,他们是经过了多么周密的算法和布局,你再怎么聪明,也不可能战胜算法。"这一番蹩脚的安慰,引来杨壹壹对他悄悄比画闭嘴的手势。

李零也无心开口说什么,因为在他看来,这种事情,除非自己接受和消化,否则无论旁人再怎么安慰,都是枉然。此时他更担心的,是后面的计划。面对以骗取钱财为目的、玩弄女性情感的老手张云超,杨壹壹接下来就要只身赴约。无论表面上李零看起来有多轻松淡定,在他内心深处,还是会隐隐担心安全问题。这对于他来说是不稳定的因素,存在不可控的数据。

一种深埋在心底,却又似乎有些熟悉的不安感,莫名地涌上了他的心头。他看着同样有些不安的杨壹壹,轻轻地叹了口气。

## 项目推介会

"一线牵"为"杨壹壹"匹配的每一位会员,她都会装模作样地去了解接触,她和每个人都谈论类似的问题,内容和语调都刻意偏向这位"杨壹壹"会感兴趣的方向,似乎最终选定张云超,是经过了一番慎重的观察和考量。

当然，电脑后的"杨壹壹"，不是一个人在战斗。一开始，她不得要领，不知道该怎么说话才能符合自己名媛的人设。好在李零、陈晓新和小冉帮着一起谋算，她才渐入佳境，无论是线上还是线下，举手投足间，都越来越像样。有时候她一个人躲在洗手间，看着镜子里自己扮演出来的样子，都会忍不住扬扬自得自己果然有演戏的天分。

但这位张云超，反而十分谨慎，无论杨壹壹如何暗示明示，他都没有主动提出线下见面的要求。陈晓新和小冉都有些着急，让她加强攻势，可李零却建议杨壹壹，一定要表现得比他更不在乎才行，因为她现在是一个身家与他不相上下的人，她没什么理由非要见他不可。

这一招果然奏效，几天过后，这位张云超终于按捺不住了。

"咬钩了！"杨壹壹收到了对方约见的地址后，兴奋地向大家宣布好消息。

"什么情况？"所有人都快速凑到杨壹壹的电脑前。

"他邀请我喝咖啡，明天，在一家私人俱乐部，"杨壹壹点开对方发送的地址信息，"这里。"

"快，"李零立即发布任务，"壹壹，了解地形；小冉，准备衣服；晓新，去准备一台豪车。"

李零话毕，大家都迅速投入战斗。小冉能不能要回被骗的钱，陈晓新英雄救美的操作能不能成功，杨壹壹的演技能不能骗过张云超，成败皆在此一举。

第二天下午，离张云超和杨壹壹约定的时间还剩下一小时，数据社内，众人忙着做最后的准备。

"怎么样？钻够不够闪？"陈晓新小心翼翼从一个透明的盒子

里，拿出两枚镶嵌着钻石的耳坠，但实际上，这是监控设备，一枚具有摄像功能，一枚内设麦克风。

杨壹壹放下手上的睫毛膏，接过钻石耳坠对着化妆镜戴上。陈晓新测试了好几次，确认无误后，朝李零打了个"OK"的手势。

接下来轮到小冉负责帮忙换装。

这两天，虽然杨壹壹已经时刻假装自己穿着那些名贵的衣服在生活，但因为价格实在太贵，她害怕还没派上用场，衣服就被自己弄脏，所以一直没敢穿。这会儿小冉陪她进洗手间，将那些光鲜亮丽的衣服穿戴起来，她看着镜子里的自己，犹豫着不敢走出去面对外面的两个男人。

其实她根本不必担心，她底子不算差，穿上这些剪裁得体、款式新颖的服饰后，自然是美的。只是这不是真正的她，所以她才会不自在不自信。平日里，她没有花过多的精力在着装上，也从来没想过有一天会因为工作，将自己装扮成另一个人。镜子里的新面孔，清楚无误地告诉她，她更好看了。但是李零会这么想吗？他会发现自己的变化吗？会感觉眼前一亮吗？会因此夸赞自己吗？

当然不管李零会不会夸赞，她都没想好要如何应对。小冉开始催促，陈晓新也在外面喊时间不早快要迟到了，她只能心一横，硬着头皮，推开了数据社内充当临时换衣间的洗手间的门。

最先看到她的是陈晓新，他看起来似乎没法儿说话，只是张着一张大嘴，眼睛瞪得眉毛都快跑到额头上去了。然后他站起来，对着杨壹壹鞠了一躬。

"我也不知道我为什么要这么做，大概是在向金钱屈服。"陈晓新故作卑微，言辞极尽浮夸，"您现在尊贵得就像二进制王国里的王后……你知道二进制吧？而我就像……"

"我当然知道什么是二进制！我十四岁写机器代码的时候，就已经可以把十六进制表背得滚瓜烂熟了,所以,"杨壹壹直翻白眼,"请你闭嘴!"她觉得凶一点儿可以让自己看起来没那么尴尬。

这会儿李零也看到了她,他也没说话,只是眼神稍微起了点儿变化,但并不是杨壹壹期待的赞赏的眼神,而是满意——对杨壹壹如此装扮出来的效果感到满意。

"该出发了吧?"小冉打断两个男人,望着墙上的时钟提醒道。

"是的是的。"

陈晓新连忙回过神来,抓紧收拾装备。杨壹壹也顾不上内心微微的失落,仔细对自己的着装,做最后的检查。待所有人都准备妥当,一行人下了楼。

陈晓新开着租来的豪车,充当名媛杨壹壹的司机,小冉载着李零,两台车一前一后,朝着与张云超约定好的地点出发。

早已摸熟地形的陈晓新,在前面带路,很快,他就在离目的地一条街的路口转角,示意小冉停车,自己则载着杨壹壹,将车停在了目标楼的地面停车场。

这栋建在深海市市中心地段的楼虽然只有三层,但从外部看,每一层的层高都超过四米,风格是仿英式建筑,尖顶红墙,低调庄重,透着一股闲人勿进的距离感。它的周围被绿化、停车场和大理石铺就的休闲区包裹着,与最近的几栋商用写字楼保持着距离。张云超所说的那家高级私人会所,就在这栋楼的三层。

陈晓新盯着人字形屋顶下的三楼,外表看不到招牌类标志,在网上也只有地址,找不到任何内部装饰的照片。虽然这会儿太阳还未下山,但会所所在的那一层,已经暗下去,笼罩着一圈神秘的氛围。

"准备下车了。"陈晓新开着耳麦,既是提醒杨壹壹,也是向另一台车上的两人实时播报。

"嗯,"李零的声音从耳机里传来,"别紧张,你在任何时候,都可以借口上洗手间离开，如果感觉到危险，立刻发送信号。"

杨壹壹摸了摸自己的手链，它既是一个靠声波震动来增强收音效果的辅助录音设备，又是危急情况下的信号发射器——靠近手腕内侧的锁扣上，镶着一颗红色的宝石，按下去，队友就会收到求救信号。

"记住，首次见面，你要稍微给他一些惊喜，让他觉得你也许并没那么笨，但也不能让他觉得你过于聪明，虽然我们都知道你充满智慧。但……你知道……"李零在耳麦里继续交代。

杨壹壹一边应允，一边觉得自己就像一个要去参加夏令营的中学生，而李零，则像是事无巨细都要交代清楚的老父亲。她心里没来由地升起一股怨气，甚至还突然冒出些期待，不妨发生点儿意外，好看看李零的反应。

但意外并没有发生，与张云超的会面，不仅没有什么惊心动魄的事情，其平顺的程度，都显得李零和陈晓新的应急准备十分多余了。

私人会所里的装饰和服务，极尽奢靡，但这一切都不足以让杨壹壹惊叹，此时吸引了她全部注意力的，是坐在她对面沙发上，正小声向服务员点咖啡的男人——这位张云超，外表确实英俊极了，比照片和小冉的描述还超出她的预期。之前在她的审美里，李零和陆浩川，就已经是天花板了，但眼前的这位，外表英俊硬朗更甚陆浩川，谈吐优雅绅士又更甚李零。要不是一早就知晓他是个实实在在的大骗子，素来以貌取人的杨壹壹，这会儿肯定早就不知自己身在何方，坐在那里所为何事了。

杨壹壹花了足足五分钟，等到咖啡茶点都上得差不多了，才终于从紧张和激动的情绪中平复下来。照着之前的计划，她一步步调整自己的姿态和语调。她说话的内容和方式，都是经过李零的算法分析，大概率上会吸引到张云超，或者说他扮演的那个角色。相对地，这位张云超的行为举止，也明显是对杨壹壹平时在聊天中透露出来的性格做过分析的——他稳重，话少而精，神情高冷，姿态松弛有分寸，偶尔又会来些不动声色的小幽默，引得杨壹壹花枝乱颤——当然是名媛"杨壹壹"才会这样，真正的杨壹壹只会对那些自以为聪明的笑话翻白眼。

而那头在车上同李零一起实时监控的小冉，已经快要控制不住自己的怒火了，要不是害怕扰乱大家筹谋已久的计划，她应该十分钟前就冲进去，给张云超结结实实来上两巴掌了。

"穿衣风格都不一样，"小冉半恼怒半懊悔地说道，"跟我在一起时，他话很多的，而且言辞轻率，时不时还会哼两句歌。"

"多好的演员啊。"陈晓新火上浇油。

"不过手表还是那块，真舍得下本。"小冉说的那块手表，市价至少上百万。

"先不管是不是真货，就算是真的，人家这也是一次性投资，划算的。"陈晓新分析道。

"为了我这么点儿钱……"小冉还没听明白。

陈晓新只好直白地告诉她："你那种十几万的小业务，对他来说只是顺带执行，像杨壹壹这样的大业务，才是他的首要目标。"

"等会儿再说。"李零打断了两人的隔空对话，示意仔细听会所内杨壹壹和张云超的进展。

气氛出奇的好，杨壹壹的临场发挥，比她平时任何一次试戏的效果都要完美，张云超完全没意识到自己深陷局中局，还万分自信地向杨壹壹兜售自己成熟稳重、商场精英的人设。杨壹壹也极尽所能地扮演着一个矜持内敛，芳心却已被俘获，急速陷入爱河的有钱人家小姐。

"两个戏精。"陈晓新觉得好笑，忍不住小声嘀咕道。

"明天晚上，我要参加一个私人项目推介会，但那种场合实在无聊，如果你有时间又肯赏光的话，能否陪我一同前往？"告别时，张云超亦表现出对杨壹壹的好感，自然而然地发出了下一次邀约。

"Yes！"杨壹壹的耳麦里又传来陈晓新的声音，这次是代表胜利的欢呼声。

但她不动声色，朝张云超微微一笑，眼神和话语中，既有对张云超邀约的感激，又不乏见过世面的有钱人的谨慎："什么样的推介会？"

"就是圈子内，一些几百万的小项目，到时要是抹不下脸，我可能会投几个，虽然不指望它们有大的收益，但有熟识的朋友把关，也不至于亏损。"张云超说得那么自然，好像这就是他平时的日常生活，杨壹壹差点儿就信以为真，"你要是有兴趣，正好也可以帮我参谋参谋。"

"那太好了，虽然我平时都是打理家里的生意，但对新兴项目，也一直都很有兴趣。这次正好可以跟着你，长长见识。"杨壹壹都不知道这些词是怎么从自己嘴里蹦出来的，或许是大脑将平时看的那些电影数据，不动声色地埋藏在了记忆区，如今有需要，大脑便自动将它们调了出来。

就这样，张云超给杨壹壹留下了明天见面的地址和时间，并表示愿意送她回家。早已预料到会如此的杨壹壹，借口自己晚上约了家人在外吃饭，司机还在楼下等，她就在对方绅士十足的目送中，上了"司机"陈晓新为她打开车门的豪车，潇洒地离开了。

**摊牌**

等车开出两条街后，强忍安静的四人，才开始庆祝。

"怎么样，过足戏瘾了吗？"李零在耳麦里问道。他语调平淡，听起来一点儿不像陈晓新和小冉那么兴奋。

杨壹壹心里一阵窝火，一时不知怎么回答，只好默不作声，假装没听见。一开始，她确实对这次行动很期待，因为那时她猜想李零或许是故意投她所好才这么安排的，但渐渐地，这变得越来越像是忙碌的父亲送女儿去夏令营，回家后还漫不经心地问她好不好玩，开不开心。

"请送我去台大路。"杨壹壹延续着名媛的口吻，朝司机吩咐道。

"干吗？"陈晓新咧着嘴。

"相亲啊！"杨壹壹不耐烦之下显露出本色，捶了他一拳，"穿这一身，不去相个亲不浪费吗？"

耳机里没人再说话。杨壹壹关了四人的通话频道，下了车。

她当然谁也没约，她只是不想回去，心里有情绪，暂时没法和李零他们对今天的案子进行总结。她想找个人说说话，发发满肚子的牢骚。

可找谁呢？谁才能令她肆无忌惮地埋怨李零呢？她本想打给陈晓新，让他回来陪自己，但一想到他这会儿肯定还要送小冉回家，只能作罢。打给老同学夏乐？对方晚上要伺候娃，肯定也没时间。

要不找他？不行不行！可除了他还有谁呢？呃……没了！算了，管他呢！杨壹壹踩着价格不菲的高跟鞋，站在街头天人交战了一会儿，终于还是拨通了那个以前让她讨厌不已的人的电话。

对于杨壹壹的主动邀约，段维有点儿惊讶，起先他以为杨壹壹肯定又是有事相求，后来确认真的只是找他喝东西后，他就更加受宠若惊了。

两人约在一家清吧，地方是杨壹壹挑的，她现在可没力气再去什么高档场所，挺着腰杆品咖啡。

"怎么样？上次那个作家美女的事……"段维一见面就问上次的事，杨壹壹当然知道他的言下之意——你还没谢谢我呢。

"她现在找到了soulmate，开始写科幻爱情了。"杨壹壹一想到跟邢超双宿双飞后就再也没空搭理自己的季珺，更加不耐烦了，"行了行了，今天我请客，咱喝个痛快！"

"哟，现在不怕你师兄知道我们私底下约会啦？"段维坐下后，这才仔细打量了一番杨壹壹的衣着，以为她是为了见自己才精心打扮的，不免油嘴滑舌起来。

"谁和你约会了，"杨壹壹懒得解释，"我这是工作需要。"

"啥工作啊？还要你出卖色相。"段维边说边转头打量邻桌几个打扮得艳俗的姑娘。

杨壹壹本想反驳，但转念一想，又觉得自己确实委屈："还不都是李零的主意。"

段维听出了话里的不对劲，收回了猎艳的目光，一脸不解地看着杨壹壹——平时处处维护李零的杨壹壹。

杨壹壹完全忘了上次段维在"翱翔"测试时摆了自己一道的事情，她眨了两下眼睛，像是终于逮到机会将肚子里的水管开闸，滔滔不绝地诉说起自己这些日子以来对李零的疑虑和不满，完全不让段维插半句嘴。一直等到段维开始打瞌睡，清吧里的人也渐渐多得快听不清说话声之时，她才终于不得不停下来。

"出去说？"段维打着手势示意道。

余愤未消的杨壹壹，一出大门，就又开始了，不过这次是问句："你说，他为啥总是一副很忙的样子，明明数据社大多数时候根本没什么工作可忙的。"

这样段维就不得不回答了："呐，你也知道的，我这个人说话向来就事论事。虽然李零和我积怨不浅，但以我对他的了解，他不是那种故弄玄虚的人。"

"那他到底在忙什么？"

"或许……"段维歪着头想了一会儿，"唉，算了，你也别多想了，他这个人一时半会儿捉摸不透的。以前每一次过招，我都以为我占了上风，哪知到头来，他才是那个掌控全局的人。"看起来他也要开始埋怨了，"对了，上次找小孩那事儿的 VR 视频，他知道是我给你的。"

"什么？他怎么……你们……"杨壹壹听着背脊一阵发凉，李零可是从未表现出早已知晓她背着他的那些小九九。她原本没放在心上，但现在稍微动脑子想一下，自己也真是傻得可爱，"嘀，也是哦，我之前骗他说是警察从你们公司那儿调取的，但像他那么聪明的脑袋，怎么会看不出我在骗人。"

杨壹壹突然又记起之前的天台事件，想必李零也猜到是自己偷听了，但同样的，他从未表现出来，就好像……就好像他完全不在乎，不在乎自己会怎么想他，不在乎任何人的看法。

"嗳，别发呆了，"段维和杨壹壹并排走在一条行人稀少的小街上，"你说咱俩这样，像不像小情侣在散步？"

"滚！"杨壹壹嘴上不客气，但她这会儿算是看懂段维了——有时候为了调节气氛，他不惜说些讨人厌或看似不合时宜的话。当然，大多数时候，他确实是拿捏不准分寸。

"玩笑都开不起……"段维说着，又试图靠近些。

"我跟你说,你最好离我远一点儿,"杨壹壹跳开两步,"我现在可是'一线牵'的金牌会员,单身状态,被组织知道再误会的话,我的会费就白交了。"

段维闻言猛地停下脚步,手插进裤兜,歪头站在那里,混血的面孔上挂着嘲弄的神色:"你也注册了'一线牵'?"

"什么?难道你也……"

张云超所说的项目推介会,在第二天的下午茶时间。早上等人到齐后,数据社针对这次行动开了个简短的会议。小冉要上班,所以只能远程观望今天的行动。

"如果是这样,就得有人陪你一起去,"核对完基本流程,李零对杨壹壹说道,"不安全。"

"不是有我吗?——哦,不行,我的身份不适合进去。"陈晓新自问自答。

刚打开聊天频道的小冉,没听到前面的内容,"不安全?"她私信陈晓新问道。

"原本的计划是多观察几次张云超,摸清他的套路,但不知道为什么壹壹突然建议这一次就直接摊牌。"陈晓新悄悄回复她。

"我和你一起去吧,就说是你表哥,你们聊天时我不靠近。"李零还是惯常的口吻,虽然言词里的意思是在商量,但语气似乎又透着毋庸置疑。

可今天的杨壹壹显得非常不同于以往。她先是强硬建议在此次行动中就摊牌,这会儿又出乎意料地对着李零摇头抿嘴,犹豫片刻后,她接着说道:"你看起来太聪明了,会让对方警惕。"她语气里避重就轻的意图十分明显,"不过你不用担心,我也想到了这一点,所以已经找好了陪我去的人。"

"谁呀？"陈晓新凑近问。

杨壹壹没看他，而是貌似不经意，却不肯放过任何细节地盯着李零的表情，说出了那个名字："段维。"

李零怔了一下。但也就那一下，只是微微皱了皱眉头，就立刻恢复了之前的神情。这让杨壹壹怀疑这个表情是故意的，他心里肯定连半点儿惊讶都没有。

"哈？"陈晓新翘起上唇，"你喝多了吧？"他是知道些隐情的，所以这个问句，既是想提醒她，也是谨防如果她真的说错，也好有台阶下。

"你是不知道，"杨壹壹已经转向陈晓新——花了一晚上，她已经想清楚了，反正自己偷偷和段维见面，已经不是秘密，那还不如就直接光明正大的——她偷瞟了一眼好整以暇坐在沙发上、面无波澜的李零，继续说道，"他竟然也是'一线牵'的金牌会员。原本他只是对这个公司好奇，想了解一下业务模式，没怎么放在心上，后来听我说他们把同一个骗子，在不同时间匹配给了小冉和我，当场就气炸了，非要无偿加入我们的复仇行动，我也没辙，只好答应了。"

远程在线的小冉，闻言赶紧发信息给陈晓新："她怎么能告诉段维我的事情呢？"毕竟还和段维同在一个屋檐下，她担心事情会在公司传开。

陈晓新没有回复她，他有些搞不懂杨壹壹葫芦里到底卖的什么药，但也早就看清这是一笔糊涂账，他不想掺和细究，便顺着杨壹壹的话揶揄道："哈，也好啊，让他配合你演戏，想想就'笑'果十足。"说到这里，他又看热闹不嫌事大地加了一句，"你也要认他作表哥吗？"

"不，他演我的土豪朋友。"

天气从早上开始就不太好，空气中水汽弥漫，湿漉漉的，乌云像是黑烟一样笼罩在城市上空，随时都有演变成暴雨的可能。杨壹壹很担心自己用的化妆品不防水，要是淋到雨，弄花了妆，她可没有应对的经验。

约定地点是在近郊的别墅区，杨壹壹这次由段维载着，陈晓新独自驾车跟随。李零留在了数据社，说是要研究"一线牵"的大数据处理问题。陈晓新猜他应该是不想遇到段维。其实他也担心哪个红绿灯不长眼，让两台车停到一起，便特地放慢了速度，和前车拉开距离。

段维却没这么低调。杨壹壹不知道是他自己本来就有的，还是从别处借来的，当他开着一台夸张的红色跑车来接她时，她当场就被那架势吓蒙了。直到坐上车都一直别别扭扭，生怕不小心按到哪个开关，将自己弹出去。

顺利到达目的地后，段维打开车灯双闪，将车停在了目标别墅区的车道旁。陈晓新则泊在下一个转弯处，在几株成荫的垂槐树后隐藏了起来，接着他对通话频道做了最后的测试。杨壹壹看着车窗上聚集起来的细密水汽，略微有些不耐烦，李零这次没有在耳麦里强调安全问题。

陈晓新担任了临时的总指挥，他在耳麦里示意行动开始。段维重新发动汽车，驶向了别墅区。

在一番盘问和核对后，保安最终放行让他们进了大门。这里是一处纯中式独栋别墅区，绿化覆盖充足，车道宽敞干净，处处都显现出尊贵和精致。张云超所说的栋号不难找，已经有好几台豪车停在门口，两人将车顺次停在私人车道上后，对视一眼便直接下车，上前按响了木门旁的门铃。

一个穿服务生制服的男孩帮他们开了门,便听到一阵悠扬琴声隔着院子,从里屋传来。服务生打开正屋大门后,杨壹壹看到屏风后的正厅里,聚着二十来人。男人们几乎都穿正装,女人们则皆着裙装,他们三三两两凑在一起,或窃窃低语或高谈阔论。杨壹壹朝服务生耳语两句,对方便受命去找人堆里的张云超通报了。

杨壹壹乘机观察起周围的环境。这栋别墅的内饰和它的外表似乎不太相称,虽然装修看起来也是极尽奢华,但仅是各式红木家具、油画、地毯,随意铺就堆砌在一起,丝毫未显现出主人的用心,看起来毫无生气。杨壹壹看着厅中央的那堆人,吃不准谁才是这里的主人,这里更像是某个富翁无数房产中最不起眼的一套,现在临时借给某个朋友来宴请宾客。她更无法确定那群宾客中,哪些是"鱼",哪些是"饵",或者全部都是来配合张云超骗她的临时演员?如果真的是这样,那就很可笑了。

杨壹壹开始琢磨万一发生紧急情况,自己该怎么逃走。她的目光穿过正厅,想要看清房屋后面的格局,却发现了人堆里正顺着服务生的目光朝这边张望的张云超。他看到杨壹壹时,脸上依然挂着刚刚与别人谈话时激起的笑容。

杨壹壹发现,今天着一身普通休闲西装的张云超,看起来没有上次见面那么稳健,却也依然仪表堂堂。

他朝这边走过来的间隙,段维小声在杨壹壹身后嘀咕道:"就这?"

杨壹壹转身给了他一个充满杀气的眼神,然后转回来笑靥如花地分别介绍两个男人。

平时看起来油滑鲁莽的段维,这次意外地没给自己加戏,反而表现得令杨壹壹刮目相看。他似乎对这种场合的社交礼仪驾轻就熟,几句话、几个小动作,就让领他前来给自己壮势的杨壹壹,分外有面子。更难得的是，引荐完之后，他就表现得对一旁的自助餐台十分有兴趣，留杨壹壹和张云超独处。

张云超给杨壹壹拿来一杯酒，两人在角落的单人沙发上，一坐一站聊着天，内容主要是张云超向杨壹壹悄悄介绍参加这次推介会的人。杨壹壹硬着头皮应付着，偶尔假装听说过其中一两个人。就在她觉得张云超看自己的眼神，越来越狐疑时，推介会正式开始了。段维已经被一位身材玲珑、面容姣好的女士搭上，张云超领着杨壹壹朝人堆靠近时，他趁机偷偷朝杨壹壹眨了眨眼。

推介会主要由一个四十来岁的男人在主持。他喷着口水，向围着他的人介绍一些听起来十分新奇的项目，服务员根据他的节奏，依次分发项目介绍书。杨壹壹接过两本，随手翻了两下，表情严肃，似乎在认真聆听介绍者的推介词。那个男人嘴巴里不停地涌出各种流行的创业新词：矩阵、孵化、元年、痛点、下沉、裂变、闭环、赋能、社群、全域、算法、流量池……他说这些时，张云超时不时转头看一眼站在身后的杨壹壹，似乎在观察她的反应，又似乎……杨壹壹说不上来，虽然才见第二次，对他不了解，但这眼神，还是让她浑身不自在。

"能好好说话吗？他们是不是觉得这种词塞得越多，自己的项目就显得越靠谱？"沉默了很久的耳麦里，冷不丁响起陈晓新的吐槽声，差点儿吓了杨壹壹一跳，张云超正好转过头来看她，她撩撩头发，巧妙地掩饰过去了。

终于，男人似乎说得口渴了，端起服务生递过来的杯子，示意众人休息一刻钟后继续。

"怎么样？"张云超从穿梭的服务生手上的托盘里，帮杨壹壹换了一杯新的鸡尾酒，"有没有感兴趣的？"

"我？"虽然早就料到张云超会劝自己投资，但杨壹壹还是演出了一副惊讶状,"你是说我吗?我以为今天是来陪你……"

"这种小项目,对你来说,也就是玩一玩,安全性你大可放心。站在这里听他说的,"张云超朝着人群挥挥酒杯,"没一个是吃素的。"

杨壹壹假装在思考,又假装有些迟疑。

"来都来了一趟,等下我接的项目,你随便挑一两个,将来若是有什么问题,你找我。"张云超说的话,完全在意料之中,但他说话的语气,却似乎并没有那么急迫。

"好啊,等下你确定了我再看看。"

"也就一两百万的规模,对你来说,不过是洒洒水,"张云超紧紧地盯着杨壹壹,"难道不是吗?"

杨壹壹觉得自己有些演不下去了。她从沙发上站起来,试图寻找段维,给他一个自己要开始行动的暗号。但张云超随即挡在她面前,一脸疑问地看着她。

"在找你朋友吗?"张云超问道,有些阴阳怪气。

杨壹壹心里开始发慌,她不确定自己是不是露馅了,因为对方的表情暧昧不明,既不像是看透了她,也不像完全信任她。

"我想要去趟洗手间,"杨壹壹尽量自然地举起酒杯微笑道,"你看,我实在喝太多了。"

"我送你过去。"

"不用,我自己去就好了。"

"你找不到地方。"

"我问服务生。"

"还是让我为你效劳吧。"

杨壹壹心一横,也好,等到了无人的地方,就按自己计划好的那样,向张云超摊牌。她点点头,跟着张云超离开人群,朝正厅后走去。这时她终于看到了段维,张云超也看到了他,情急之下,她只好飞快地朝段维努努嘴,希望他看明白了自己的意思。

正厅后面连着一个宽敞的餐厅,里面摆着一张巨大的红木雕花圆餐桌,餐桌旁坐着一个男人,上身着白色的POLO衫,码数似乎有些小,和下身那略显滑稽的紧身裤,绷得全身的肌肉线条若隐若现。他看到杨壹壹和张云超走进来,便一脸横气地站了起来。

又是一张油光水滑的脸!杨壹壹心里闪过一丝不好的预感。

"在这儿,"张云超指指餐厅右边的那扇门,"你瞧,这里有个洗手间。你可以在里面补补妆,稍微休整一下。"

"我……"杨壹壹望着紧身裤,他正和张云超一起看着自己,脸上挂着似笑非笑的神情。

"怎么了?杨小姐突然又不想去了吗?"张云超问道。

"其实我有话要跟你说,"杨壹壹紧张地瞅瞅紧身裤,补充道,"单独。"

张云超和紧身裤对视一眼后,朝杨壹壹说道:"好啊,我们去后面说。"

说完,他走在前面推开了餐厅内的另一扇门,是通往后院的。外面雾气较来时更浓稠了,能见度很低,只能依稀看见近处有一组石桌凳。等下了门前台阶,杨壹壹才看清桌凳后的小径上,停着一台黑色的丰田阿尔法。那条小径本是鹅卵石铺就的,不该停着车,她一眼瞧见,就惊恐地后退了两步,却不想正撞上身后的紧身裤结实的胸膛。

她自知不妙,便假装整理外套,试图按下左手手链上的宝石,哪知紧身裤一把抓住她的右手,张云超也闪过来,动作迅速地从杨壹壹左手手腕上解下手链,扔在了草丛里。

始终不发一言的紧身裤又从她肩上取下随身包,打开检查。杨壹壹暗自庆幸已经将小蓝和其他能代表自己真实身份的东西拿出来了。张云超则粗鲁地检查她的衣服和头发，并没收了她手上的手机，之后他朝黑色的车歪歪脑袋，示意让她上车："请吧。"

除了上次跟踪那个超市主管徐大安，误以为他要杀自己灭口，杨壹壹从未真正亲身经历过什么惊险的场景，此时她的身体每一处都在发抖，脑袋上的神经紧绷得让她头皮发麻。她在心里祈祷着，希望段维快点儿赶过来，并能一个挑俩，救她于危难之中。但很显然，她的祈祷未能应验，两个男人，一个推搡她，一个用动作威胁她不要出声。

此时的段维和数据社的两个男人，还未觉察出任何异常，而杨壹壹，已经被黑色的丰田车，带离了别墅，消失在雾气四起的城市里。

## 担保

乌云笼罩了整座城市，预示着酝酿已久的大雨即将到来。藏在垂槐下的陈晓新有些焦躁不安，他坐在车里，猫着身子专注地听耳麦里的声音。听到杨壹壹说要去洗手间后没多久，她那边就只有嘈杂的电流声传来了。他原本猜想可能是洗手间信号不好，但随着时间的流逝，他心里闪过一丝不好的预感。数据社内的李零，也觉察到不对劲："晓新，马上下车，看看什么情况！"同时在通话频道里，试图呼叫杨壹壹。

为避免招人怀疑，段维早就摘下了耳机，被莺莺燕燕包围着的他，看到陈晓新神色慌张地冲进来，才注意到杨壹壹已经很久没回来。他迅速放下酒杯，跑到房屋后面和陈晓新一起寻找。

而这一头的杨壹壹，心中暗自庆幸陈晓新给自己准备的耳坠设备足够隐蔽，对方没有看出来，但从耳麦里传来的声音，她判断出，因为少了手链的辅助收讯，自己这边的声音队友们听不见，她只能靠自己。于是她边观察眼前的情形，边思考对策。

紧身裤在驾驶汽车，杨壹壹怀疑他可能不会说话，而与她对坐着的张云超，也只是偶尔看她一眼，一言不发。他原本一丝不乱的头发，这会儿有几缕油滑地搭在了前额上，西装也不像之前穿得那么整齐了，前襟大敞着，露出里面已经有些发皱的白色T恤。这两个男人都人高马大的，难道是觉得没有必要，才没有像电影里那样将自己绑起来？也没有蒙上眼睛，塞住嘴巴。那是不是至少可以证明他们不会伤害自己？可他们究竟想要做什么呢？他们是把自己当作有钱人绑架吗？还是已经知道一切都是她的伪装？他们又知道了多少呢？耳麦里三位队友的声音还在嗡嗡响，她有些害怕被张云超察觉，便按下一点窗户，让窗外的噪音掩盖耳麦里的声响。

张云超突然抬起头，面无表情地盯着她。

杨壹壹担心暴露自己的心思，便松了松安全带，稳住自己的声音后，问道："你们这是要绑架我吗？"

张云超晃了下身体，闷哼一声，斜眼看着杨壹壹说道："我们可不做违法的事情，这不是请你上的车吗？"

杨壹壹使劲在手臂上掐了一把，好让自己清醒点儿。她强装毫无惧色地与他对视："好吧，那请问你们要请我去哪儿？"她挪了挪身体，将头靠上椅背，"我只希望是个体面的地方。"

"当然。"张云超上下打量一眼杨壹壹后，又冷哼一声，眼神似乎在告诉她，他对她才没有半点儿兴趣，"如你所愿，是我们蓝姐要见你。"他的神情变得老练市侩，之前那份高冷尊贵的气质荡然无存。

杨壹壹打了个冷战。蓝姐？她将头扭向窗外，心里开始嘀咕，难道是上次李零他们去"一线牵"时的那个蓝总？这个姓很特别，应该是她没错了。可她为什么要见自己？为什么张云超要说"如你所愿"？就现在的情况来看，他们肯定不会是要做些杀人灭口的事，难道是因为自己的身价比小冉高，所以有不同的"礼遇"？

耳麦里又传来陈晓新紧张测试设备的声音，段维听起来还在到处找自己，而李零则不时在耳麦里呼叫一声，声音很冷静，但她还是从中听出了一丝紧张。这让身处危境的杨壹壹莫名冷静下来，现在没有李零提供参谋了，她必须强迫自己打起精神来，理智地分析眼下的情况。

"原来是这样啊。"杨壹壹快速理顺脑中的线索。这几日的准备，她花费了不少心思和热情，如果前功尽弃，她肯定不甘心，但又不知道对方葫芦里到底卖的什么药。她咬咬牙，在确定自己暂时没有人身危险的情况下，决定多观察一下再作决定，"那你们得让我通知一下我那个朋友，不然他找不到我，报警了怎么办？"

张云超看看杨壹壹，眼珠朝上翻了翻，似乎在权衡，然后不耐烦地从上衣口袋里掏出杨壹壹的手机，开机后递给她："一分钟。"

杨壹壹接过手机，比了个"OK"的手势。虽然手机上的重要信息都加密过了，但是拨号的时候，杨壹壹还是留了个心眼。她打给了李零。

"喂！是我……嗯……我临时有点儿事，要先走，你只能自己回去了……对……不好意思啊。去哪？"杨壹壹看了张云超一眼，对方朝她做了个噤声的手势，"哦，我去一个朋友家，你不认识的……嗯嗯。对了，顺便帮我跟我爸妈说一声，我一两个小时后就回去。请他们不要担心。"

正着急的李零接到杨壹壹的电话，马上切进频道，三个人立刻就听出来她是在有他人监视的情况下打的电话。

"怎么办？"陈晓新沉不住气了，"报警吧！"

"别！"段维和李零在频道里异口同声。

"那怎么办？感觉她是被胁迫了啊。这万一有危险……"

"你先回来吧。"李零对陈晓新说。

陈晓新有些不愿意，抓住身边的段维，龇牙咧嘴问他怎么回事。

"杨壹壹在电话里说得这么清楚：'临时有事'，说明是对方要求的；让我自己回去，说明不用急着找她；'朋友家'，张云超家？那不就是'一线牵'老巢吗？'一两个小时后回去'，两小时后她不回来我们就报警。"段维说完耸耸肩，"跟着李零这么久，你也没学得聪明点儿还真是难得。"

"你……"

段维一个潇洒的转身，跳上跑车扬长而去，留陈晓新抓着杨壹壹掉下的手链，站在那里气得牙痒痒。

这头的杨壹壹，虽然已经猜到要去哪儿，但车停的时候还是假意问道："这是哪儿啊？"

张云超不理她，直接带她进电梯上了三楼。她沿途小心观察着"逃生路线"，但紧身裤寸步不离，加上耳机的电量耗尽，她绷紧神经，一刻都不敢松懈。在电梯里，她留意到原本五楼的按钮，被封起来了。

电梯门打开，左右两边都是走廊，走廊前面看起来是极其普通的办公区，坐了三四十人，大多都专注于手上的工作。左边的走廊尽头，有两个隔间，张云超敲响了稍大那间的门。杨壹壹回头，发现紧身裤没有跟过来，他堵在电梯口的地方，站得直直地，盯着杨壹壹的方向，似乎在告诉她，路已封死。

杨壹壹转头还没来得及看清门牌信息，门就被张云超推开了。里面是一间私人办公室，比她在百顺时的那间要稍大些，看起来跟段维的差不多，但内饰品位明显比他高级。除了一面墙的奖杯奖章资质证书外，空间以紫色为主：浅紫色的墙纸和窗帘，搭配暗紫色的天鹅绒沙发，白色大理石茶几上放着一小束紫粉相间的风信子。沙发区后是一张现代几何造型的白色烤漆办公桌，桌上除了一些精巧的摆件和文具外，就是台超大的电脑显示器。

听到有人敲门进来，原先坐在电脑桌后，被显示器挡住的人，站了起来。她着一身深蓝色千鸟格纹套装，身材匀称，转过身来时，忽略掉了张云超恭敬的点头哈腰，眼神直接抓住杨壹壹不放，一侧眉毛挑得高高的，活像一只打量自己猎物的猫头鹰。

"哟，长得还不错啊，"她款步走过来，继续打量杨壹壹，"衣品也还不错。"

果然是"一线牵"的蓝总，杨壹壹听过她的声音，这下可以肯定了。

同时，杨壹壹也被对方的气场怔住，不禁顺着她的话，低头看自己身上的衣服，才发现和对方的蓝色套装有些相似，除了自己是更显年轻的米色，品牌也是一样的。杨壹壹有了一些自信，朝蓝总浅笑回道："是蓝总吧？我是杨……"

"我知道你是谁！"蓝总打断了她，嘴角有一丝诡秘莫测的笑容。杨壹壹当即将剩下的话吞进肚里，忐忑不安地按对方的手势在沙发上坐下，像一只任人宰割的小白兔。

陈晓新回来时，意外地发现段维也坐在数据社的沙发上。

"这么慢，你是骑乌龟回来的吗？"段维看他进来，立刻挑衅地来了一句。

陈晓新举起拳头，看了一眼李零，又放下了。他知道段维在故意激怒自己，但恐怕段维这么做的目的，只是为了缓解与李零共处一室的尴尬。

"晓新。"果然，李零就像段维根本不存在一样，挥手招呼陈晓新过去。

陈晓新故意将书包砸在段维边上的沙发上，吓得他一弹。

"时间过去多久了？"陈晓新问李零。

"刚过半小时，"李零没抬头，继续盯着自己的电脑，陈晓新走近后，他指着显示器继续说道，"你看，据我了解，这个绝对不可能在国内的市场上买到。"

"这是什么？"陈晓新推推眼镜，将脸凑近。

"我仍然采用了反向分析的方式，查出'一线牵'在针对金牌用户的大数据处理服务中，不仅有用户自愿提供的身份数据和其他兴趣爱好类数据，还有'一线牵'通过各种途径调查所得的非法数据……"

"非法？就算非法，这种不好掌握证据吧？"陈晓新打断了李零，段维也闻声过来凑热闹。

但李零继续说道："这个不是重点，重点是他们的算法。他们的算法，可以用这些数据，来分析用户喜好，然后精准定制骗局——骗局的实施方案、每一步的成功概率、方案A方案B的每一个细节差异，都能计算和预测。基本上，只要是列入目标的用户，他们是不达目的不罢休的。而这些目标用户，就算侥幸一两次，也不太可能每次都能逃过他们的精准布局。"

"这算法虽然不多见，但硬说起来，也不难嘛。"段维忍不住插嘴。

陈晓新抬起头来白了他一眼，李零继续当他是空气："这种难度的算法，表面看起来不高，但实施起来也不简单，需要大量的人力维护，但那天我们去'一线牵'的总部，他们根本没有那么多员工，除非在别的地方还设有大型办公点，或者……这些日常维护工作,根本不是人在操控。"

"不是人?"陈晓新有点儿摸不着头脑。

"嗯,这套算法如果可以脱离人为操控,自动回复,那就……"李零摇摇头,"国内据我了解,没有公司出售这种算法。"说到这里,他终于抬起头,看了一眼站在一旁的段维,语气寡淡地问道,"联想到什么了吗?"

"你是说……"段维没顾得上李零对自己态度的转变,一脸严肃。

李零点点头:"虽然是改良过的,但算法的原始基因,不出意外,应该是属于美国的那家公司。"

段维点点头,扯起嘴角笑起来:"世界还真是小。"

两人在对什么暗号?陈晓新一句也没听懂。

小白兔杨壹壹在沙发上坐下后,蓝总也在主位坐下,她那种高高在上、睥睨一切的神态,让杨壹壹不敢直视。

"说吧,为什么要骗我们的会员?"蓝总终于再次开口,用下巴指了指张云超问道。

听蓝总这么问,杨壹壹更加不确定"一线牵"对她的身份究竟了解多少,她觉得自己纯粹是在冒险:"既然你们都知道了,"她抱着侥幸,决定先试探一下,"现在不会是想要杀人灭口吧?"她虽然是开玩笑的语气,但又暗暗害怕一语成谶,她心里一点儿不像刚刚在电话里表现得那么有把握。

"我们又不是一个杀人机构,之所以让你来,是觉得你确实有些本事,竟然连我们那么严格的审核系统都能骗过。"

"那请不吝赐教,是什么地方让我暴露了呢。"杨壹壹收紧双肩,镇定下来,猜想或许情况并没有那么糟。

"是你的司机。"

"我的司机?"

"那人应该是你和车一起租来的吧?"

杨壹壹在心里大大地松了一口气,她低头假装对自己的欺骗行为难为情,以掩饰真正的内心活动。

"既然你们都知道了,我就直说了。其实我的财务状况早就出现了问题,我没有钱。"她顺着蓝总的话继续试探。

"所以你的信息都是假的咯?"张云超仍站在那里,言语里似乎很生气,"妈的!我还以为钓了条大鱼!"

"都是真的啊,"杨壹壹终于放下心来,她觉得此刻才是卧底行动真正的开始,"只是我爸两年前生意失败,几近破产。亲戚朋友们都不知道,我做惯了有钱人,没办法降低生活标准,所以……必须要钓个金龟婿维持以往的生活质量。"

"那你戴个录音设备干吗?"张云超挥挥自己的手腕,杨壹壹知道他是说那条手链。

谢天谢地,他果然只发现了这个,杨壹壹咬咬牙,豁了出去:"因为我也看出来了,你是个冒牌货!"她抬起头,故作熟练地朝对方眨眨眼,"我想要你带我入行,但又担心你不肯答应,只好看能不能录些证据到时候威胁你。"

"你还挺能耐啊!"张云超扬起拳头。

"行了!"蓝总喝住了他。

杨壹壹心里一阵后怕,自己这是一招险棋,能不能成功,就看蓝总了。

"你说你也想入行?"蓝总脸上神情依旧,杨壹壹却惊喜地察觉到自己的应答似乎正合她的心意,"入什么行?"

杨壹壹笑了笑,她自然知道这种事情不能明说,便做出一副心领神会的表情。她的眼睛也不再闪躲,直视着蓝总:"做和他一样的工作，"她瞟了一眼张云超，继续说道，"我完全可以胜任，毕竟我曾经是货真价实的有钱人，我不需要演。"

张云超将手抱在胸前，有些不满地朝前挪了两步，观察着蓝总的反应，杨壹壹猜只要这位蓝总一声令下，自己就会被揍得鼻青脸肿地丢出去。

"你的目的？"蓝总拿眼角看着杨壹壹问道。

"嗯……终极目的是想找个长期取款机，加入你们边学边找，肯定比我自己单打独斗要快。"

"那如果我们同意你加入，你要拿什么交换呢？"蓝总挑挑眉，以退为进，给杨壹壹出了个难题，"或者说，你要用什么担保？"

杨壹壹明白她的意思，虽然没在明面上说，但显然两方都明白这是笔什么买卖，要想让对方感受到自己的诚意，自己的砝码就必须分量十足。但自己有什么可以和对方交换呢？对方最稀缺的资源是什么呢？杨壹壹急速运转自己的脑袋。她想到如果李零此时在这里，一定早就想出办法了，但只可惜他不在，甚至有可能还在因为段维生自己的气。段维！对啊，杨壹壹灵机一动，发现了自己可以用来交换的砝码。

"用我的圈子交换！"杨壹壹抬起头，假装自己在权衡，"今天我带去的那个朋友，你们现在就可以去查查他的身份，他也是我们'一线牵'的金牌会员，"她自然而然地用了"我们"这个词，将自己划到"一线牵"的阵营，这是以前她在百顺的项目培训课程上学到的谈判方法，没想到此时派上了用场，"这可作不了假，立刻就能查到的。"

"这是自然，我对我们的认证系统，还是相当有信心的。"蓝总的神色稍微和缓了些。

杨壹壹见机行事，赶紧趁热打铁地拉拢张云超："你也看到他那个傻样子吧？我圈子里像他这样身家丰厚，但这里不怎么灵光的人，"杨壹壹指指自己太阳穴的地方，"还不少。而且，他们的圈子也都……你知道吗？只要有我在中间牵线，保管一拉一个准。到时候男人我来搞定，女人就交给你，我们互相帮助互相掩护……嗯？"

杨壹壹越说越起劲，她觉察到张云超已经动心，两眼慢慢放出光芒，但碍于面子，又得等蓝总先表态，只好不停地用手揉鼻子。

"那你呢？"蓝总从沙发上站起来，俯视着杨壹壹，"你自己愿意为了工作做多少牺牲？"

"啊？"杨壹壹仰起头一脸茫然，心想这是在问自己愿不愿意献身的意思吗？这要怎么回答？愿意还是不愿意呢？

蓝总轻笑出声，似乎看穿了她幼稚的想法："我又不是妈妈桑，只是问你愿不愿意接头发之类的？"她朝着杨壹壹齐耳的短发努努嘴，"你别看现在的男人，一个个都说自己的思想如何与时俱进，可审美永远都是老一套。身材另论，大眼睛长头发的姑娘，确实会吃得开一些。"

要是几十分钟前，杨壹壹听到这些话，肯定会有些难为情，但人就是这样，一旦接受了自己厚脸皮的设定，那瞬间就天下无敌了。她故作潇洒地甩甩头："别说接头发了，就算是去隆胸抽脂磨下巴，也没问题啊，我也希望自己的外表越来越讨男人喜欢呢。"这毁三观的话，杨壹壹真佩服自己能说得这么溜。她这下倒是开始庆幸李零他们不在自己身边了，要是有熟人在旁边，这种话怎么说得出口。

"嗯，很好，"蓝总满意地点点头，开始踱步，"公司现在呢，确实缺长得不错，又有水准的年轻女孩。"她已经走到杨壹壹坐的沙发后面，手撑在靠背上，俯下身凑到杨壹壹脑袋旁边，用稍微低沉些的语气说道，"特别是像你这样，机灵的，就更难得了。"

杨壹壹立刻表现出很兴奋的样子，当然这次不是装的，她确实因为自己靠演技成功打入"一线牵"这件事，有些扬扬自得。

"不过，"蓝总还在她的脑袋旁边，只是这下凑得更近了，"你可别想着耍花招，也不要觉得我们会给你留下什么把柄，坐在这里等你去报警，你要是不信，大可以去试试，不过到时候，可别怪我丑话没说在前头。"

杨壹壹被她语气中的寒意吓出一身冷汗，呆在那里一时想不出该如何表态。

"剩下的事情，小张会和你交代，"蓝总已经站起来回到了办公桌后面，她不再看杨壹壹，而是转向张云超，说道，"你先带她去办手续。"

站在一旁的张云超，对杨壹壹朝门的方向摆摆头。杨壹壹赶紧站起来，恭恭敬敬地与蓝总告辞，然后跟着张云超退出门外。

出来后，杨壹壹发现紧身裤还站在走道里，但她此时已经可以百分百确认自己的人身安全了，所以也没顾得上张云超正对她的斜眼打量，便像从海底浮上水面一样做了个长长的深呼吸。

## 演员速成班

接着，张云超带杨壹壹下到二楼，把她丢给了一个叫 Lisa 的女人，杨壹壹听名字猜是上次李零他们遇到的那个人，但还是假装第一次认识，跟在她后面，按她的指示签了一些文件。

这些文件内容言辞谨慎，表面上是成为"一线牵"隐形会员的合同，即不对外公开信息和级别的会员，享有专有服务，但实际上，合同的重点，则是会员的所有行为都属个人行为，与"一线牵"无关,最终解释权归"一线牵"所有等等。

杨壹壹早就是半个法律通,她看完想都没想就签了,一是不想让对方觉得自己不干脆,二是她心里清楚,等到数据社将"一线牵"的老底掀开后,这些合同通通都不会算数!

Lisa将杨壹壹还给张云超时,离李零接到电话已经过去一个小时四十分了。数据社内,三个男人都没有心思交流,焦急地盯着时钟,活像三头不安的公牛。

"手机可以还给我了吧?"Lisa一走开,杨壹壹就朝张云超伸出手。

张云超耍帅般地歪歪嘴,慢吞吞从兜里掏出手机,待杨壹壹正欲接时又缩回去,恶狠狠地说道:"别给我耍花样!"

"行啦行啦。"杨壹壹夺过手机,"你就别再装腔作势啦,都自己人了。"

张云超奸猾地笑笑,将手插进兜里,换了副老前辈的架势:"要学的地方多着呢,放机灵点儿。"

"是!能让我先给我爸妈打个电话吗?"杨壹壹指指手机,"一会儿请你吃饭,边吃边向你请教。"

"妈宝……"

杨壹壹假装没听到他的嘀咕,拿起手机拨李零的电话,接通后,她边说话边走远:"喂,妈。我晚上不回来吃饭了,嗯嗯……"

见张云超没跟过来,她立刻对着电话那头小声并快速地交代道:"我现在在'一线牵'总部,已打入内部。"

数据社内,三个男人都站在免提状态的电话前,杨壹壹话音未落,陈晓新就等不及大声发问:"安全吗?"

"绝对安全,回来再说。你等着接我,先这样。"杨壹壹转回张云超的方向,继续做戏,"哎,好的,我知道了,妈再见。"

张云超见杨壹壹打完电话，又拿过手机帮她关机才还给她。接着手一挥，示意她跟上，两人进了电梯。

"这电梯为什么不能到五楼？"杨壹壹看着被蒙起来的按钮，假装不经意地问张云超。

张云超转过头来看了她一眼，就昂起头盯着楼层显示灯说道："不该问的，别多嘴。"

杨壹壹偷偷撇嘴，这时，电梯停在了它能到达的最高层。

四层与下面几层完全不一样，是一间间封闭的房间，连接房门的走道上，瓷砖地板和白石灰墙壁都毫无装饰，就像大学宿舍前的通道。因为门上没有门牌，杨壹壹也看不出它们是做什么用的。她今天实在不想再受到任何惊吓了。

张云超推开其中一扇门。还好，只是间很普通的房间。

一盏镶在天花板里的LED灯悬在顶上，填补了原本不足的光线。苍白的墙壁上挂着两个浮雕装饰，地上铺着普通的条纹拼接地毯。左边有一张桌子，两把椅子。右边看起来是待客区，一张三人和两张单人的黑色皮沙发中间，摆着一张毫无特色的黑色钢化玻璃茶几。

左边的两把椅子上，坐着一男一女，都在四十岁上下，穿着讲究，但并不张扬。杨壹壹发现当自己进来时，他们的眼里，明显闪过一丝欣喜，恰似动物世界里，豹子看到猎物时的那种欣喜。

"白姐，老刘，交给你们了。"张云超手撑在两人之间的桌子上，边朝两人努嘴边用右手的指关节轻叩桌面，口吻像是在交接寄养宠物。

"放心吧。"女人站起来，先上下打量了一番杨壹壹，然后从桌子后面走出来，示意大家坐下。

"我去外面等，你们好了叫我。"张云超两手一挥，就退着走出了房间。

这次甚至没有互相介绍，杨壹壹就被扔到了完全陌生的环境里，她望着另外两人，有些尴尬地笑起来。

男人也站起身，待三人在沙发上坐下后，两人开始自我介绍，女的姓白，男的姓刘，所以他们建议杨壹壹可以像张云超一样称他们为"白姐"和"老刘"。轮到杨壹壹介绍自己时，他们表示已经收到她的资料。杨壹壹便不多话，为了防止露馅，她接下来也不准备再多说什么，只是做出一副老老实实、兴趣浓厚的模样，仔细听着。

"手机关了？"这是白姐对杨壹壹说的第一句话。

杨壹壹点点头，但白姐并不为所动，面无表情地盯着她的衣服口袋。杨壹壹只好掏出那只还没来得及开机的手机递给她检查。

白姐是两人中的老大，主要是她在说，老刘只是在一旁观察着杨壹壹，偶尔开口提醒一下白姐漏掉的细节。杨壹壹原本装出用心听的样子，但随着白姐所讲内容的深入，她倒真觉得大开眼界，听得入了迷。

白姐所介绍的，是接下来"一线牵"将要对杨壹壹培训的内容，包括声音练习、体态调整、针对不同目标时的谈话技巧和造型设计等，还有每一项培训的时间和时长。白姐说话时，只是偶尔看一眼杨壹壹，大多数时候都盯着面前的茶几，就好像那上面有她的会议笔记似的。她语速很快，偶尔停顿，但不像是在思考接下来要说的内容，倒像是在给杨壹壹时间，等她消化和记忆。

"请问，有没有资料……可以给我？"终于，杨壹壹忍不住了，她抓到一个停顿，"我怕我记不住。"她做出一副不好意思的表情，实际是在想如果有这种东西，将来也可以作为证据。

白姐愣了两秒，视线从茶几挪到杨壹壹脸上："什么资料？"

"就是你刚刚说的这些内容啊，太多了，我想你们一定有一个课程表之类的……"杨壹壹用手比画出一张 A4 纸的大小。

"杨小姐这么年轻,记忆力不会这么差吧?"白姐脸上露出一个假惺惺的微笑,"我才说了个大纲而已。"

"我只是……"杨壹壹瞪大眼睛,鼓起腮帮子,希望做出一副天真无辜状,"或者,可以给我一支笔一张纸吗?我写下来。"

"你得靠脑子记下来。"对方那比哭还难看的笑容似乎是刻在脸上的。

杨壹壹瞬间明白了,这不仅仅是为了防范她,而是为了防范所有人所采取的措施。"一线牵"果然不会那么轻易留下证据,自己想要找到突破,还得留意别的方向。

大概二十分钟后,白姐便交代完所有课程和注意事项,之后就让杨壹壹先回去做准备,明天再接受正式的培训。

告别白姐和老刘,杨壹壹走出培训房,发现张云超不在,便站在走道上等了会儿。一个身材苗条、容貌美艳的女人,从另外一间房走了出来,她看到杨壹壹,飞快地上下扫视了一眼,接着就高傲地昂起头,甩着屁股走了。她没走两步,迎面碰到回来接杨壹壹的张云超,两人站着小声嘀咕了几句,杨壹壹猜应该是在议论自己这个新人。

女人离开后,两人经过短暂商量,决定由张云超带路,杨壹壹请客,在附近的一家西餐厅吃晚饭。

餐厅并不算高级,也没什么格调,杨壹壹暗想这大概就是张云超真实的品味吧。

"你常来吗?"坐下点好餐后,杨壹壹试图打开话题,拉近关系。

"离得近,方便。"方形的餐桌上,铺着绿色的格子餐布,餐布上压着玻璃,油迹斑斑,张云超满不在乎地从纸巾筒里抽出两张草草擦了擦,就直接将双肘撑了上去。

"是你发现的吗？挺厉害的啊。"杨壹壹看餐单的时候就在盘算了，所以她点了一瓶红酒，现在先展开恭维，一会儿两杯酒下肚，可能会有意想不到的效果。

"只能怪你自己太不小心了，借朋友的车也比租的好啊。"张云超耸耸肩，一副事不关己的模样。

"不是没想到，抱了侥幸心理。而且哪好意思开口问朋友借啊？"

"你要是脸皮这么薄，放不开，可干不了这一行。"张云超两手一摊，姿态像个面试官。

"所以要多多请你吃饭嘛，"酒正好上来，杨壹壹等服务员打开酒，倒满离开后，才继续说道，"来，拜师酒。"

"我可不是老师，不过老刘和白姐，算是速成班里最资深的了。"

这张云超，原本就是混社会的人，虽然平时"上班"时要扮得人五人六，但只要一放下架子，立刻原形毕露。杨壹壹花了极大的耐心，才说服自己忍住他那副嘴脸，好多套出些话来。

虚心请教的杨壹壹，一直在敬酒，自己则小心着，喝得很少。待到张云超酒酣耳热之际，她已经了解到，张云超因为能歌善舞，长相也颇为上镜，所以原本一心想做个演员，但时运不济，从二十出头，混到年近四十，演艺事业没有丝毫气色。后来无意间接触到相亲行业，意外发现自己游刃有余，收入也是之前的好多倍，他也就不再和命运抗争，留在了这一行。

"作为演员，到我这个年纪，已经自知在这条路上不会有什么出息了。但作为男人，却正是最有魅力的时候。"张云超越说越起劲，甚至扬扬自得起来，"而且吧，我跟你说，演这种戏，对一个演员来说，太简单了！那些观众呢，也好骗多了。"

"观众？"杨壹壹装傻。

"就是那些……"张云超眨眨眼,举起切牛排的刀在空中挥了挥。

"哦……"杨壹壹做了个心领神会的表情,又立刻表现出疑惑,"可我有些奇怪,难道他们,就没有……我是说……"

"嗐,本来那些人,大多数动机就都不纯,男的吧,想骗色,女的……嘿嘿,有时候可能也是想骗色,"张云超用握叉子的大拇指,指了指自己,似乎表示自己和盘子里的牛排一样,是一块上等肉,"所以我们才有了可乘之机,所以他们绝大多数都是吃哑巴亏。即使有些人想搞事情,但……你知道,我们也都有办法解决,最后就不了了之。明白了吧?"他放下叉子,端起酒杯,冲杨壹壹挑挑眉毛。

"你这么说,我就放心了。还有最后,最后一个小问题。"

张云超咽下酒,脸已经有些微红:"要不是看你也算我带进来的人,我才懒得和你说这么多。问吧,我听听看。"

"其实我的圈子里,有钱人是不少,但想找到符合条件的,太难了。我知道公司肯定是有办法在大量的用户中找到这批人,然后投其所好,量身定制服务的。但究竟是怎么做到的?是怎么找出这批人的,又怎么知道他们的口味?我真的有些好奇。"杨壹壹使出浑身解数,尽量用不经意又真诚的口气,似乎她问的目的,真的就是字面意思而已。

这次,张云超没说话,脸上挂着神秘莫测的表情,将食指指向餐厅的天花板,就好像所有的秘密,都藏在楼上。

杨壹壹明白,他指的,当然不是这里的楼上,而是"一线牵"总部大楼的楼上,准确来说,是四楼的楼上——电梯按钮被封住的五楼。

陈晓新将杨壹壹接回来时,李零、段维和小冉,都还在数据社等着她。

　　李零一直假装段维和小冉不存在，在电脑前忙自己的事情；段维算是小冉的上级，两人都不太好与对方套近乎，只好看手机的看手机，翻杂志的翻杂志。

　　"我不在，你们就没一个人想到这个事情？"杨壹壹一进门，便佯装有些生气地朝李零问道。

　　众人见她风风火火地进门，气势一点儿都不像受到了伤害的人，就都松了口气。李零看看陈晓新，不明白杨壹壹刚才的话所指何事。

　　陈晓新耷拉着脑袋，将书包往沙发一丢，径直走去冰箱拿可乐，一边扯开拉环，一边没好气地回答道："她都念叨一路了，怪我没及时将车还给租车公司。"

　　"明知我被张云超揭穿，车就用不上了。更何况六点前还过去租金只算半天！"杨壹壹故意煞有其事，其实她只是受不了大家可能会上前嘘寒问暖，所以用这种非常符合她作风的方式，来证明自己毫发无伤，无须操心。

　　众人哭笑不得。

　　"我们是哪里暴露了？"小冉说出了大家的疑问。

　　"怪谁呢？"杨壹壹斜眼看着陈晓新。

　　陈晓新叹了口气，表情既委屈又自责："'一线牵'发现我接送水妹的豪车是租车公司名下的，就对她的身份产生了怀疑。"

　　"也不能全怪你，"李零圆场道，"我们都没想到……"

　　"怎么不怪他，当初我就提醒过，是他非说对方不会查得这么细。"杨壹壹不肯就此罢休。

　　"那后来呢，他们是带你去了'一线牵'的总部吗？"李零只好转移方向。

　　杨壹壹点了一下头，刚想开口，看了眼段维，又有点儿心虚地止住了。

"咋了？"段维坐在沙发扶手上，一条腿伸得老长，似乎在跟谁比长短似的。见杨壹壹如此，他收回腿，抱起双臂看着她。

"嘿嘿，我把你给卖了。"杨壹壹露出尴尬的笑容。

"说说看。"段维似乎满不在乎。

"是这样的，"杨壹壹瞅瞅陈晓新手上的可乐，示意他帮忙拿点喝的，见他起身，才继续说道，"今天不是原计划准备直接摊牌，然后求张云超带我入行吗？谁知道我刚想说，他就先把我给揭穿了。当时的情况万分惊险，我本来都以为要杀人灭口了，谁知道他们只是抓我去探探虚实，看我了解到什么程度。我见他们只是怀疑我有钱人的身份，并不知道我所有的身份信息都是假的……"

"还不都是因为我活儿好！"陈晓新不放过自夸的机会，他是指自己给杨壹壹做的假身份，并没有暴露，以此填补租车的过失。

"屁嘞！"杨壹壹白了他一眼，"那是因为我演技好，演得逼真，他们压根没怀疑我说的话。"

"接着呢？"李零问道。

"我见他们相信了我的说辞，当下便决定将计就计，对'一线牵'的诈骗行为闭口不谈，而是按我们的原计划，说我已经是空壳一具，希望他们能指条明路，给份工作。你们猜，怎么着？"

众人见杨壹壹的样子，结果并不难猜，便都不作声，等她说下去。

"我太优秀了！他们都巴不得我入伙呢！"杨壹壹扬起手上的汽水瓶，似乎在举杯庆祝。

"这里面也有我的功劳吧？"小冉被她的兴奋情绪感染，也忍不住揽功。

"是是是，多亏你把我打扮得这么好看。"杨壹壹对着小冉眨巴眨巴眼睫毛，就好像自己是被装扮一新的芭比娃娃。

"接着呢？"李零把话题拉回来，重复道。

杨壹壹有些不满地噘了下嘴："接着当然是让我签一些文件咯，类似保密合同、免责协议之类的，我就老老实实都签了。然后他们派了两位导师给我，从明天开始培训我。"

"培训？"

"是啊，培训如何去骗那些会员。不过他们很谨慎，既没有纸类文件，也没有电子提纲。完全不可能留下任何证据。"

"那我再给你整点儿设备？"陈晓新说道。

"太冒险了，"杨壹壹摇摇头，"手链他们就发现了。"

陈晓新咂巴了下嘴。

"你还没说怎么把我给卖了。"段维不甘寂寞，提醒道。

"哦，对，说着说着就忘了。其实他们答应让我入伙的真正原因，是我拿你做了交换。我说你人傻钱多，估计他们马上就要根据你的品位，安排一位火辣的女士给你了。"

"好啊！"段维站起身来，拢了拢衣服，"来者不拒。"

"有什么发现吗？"李零跳过段维的表演，接着问道。

"不好说，回来之前我跟张云超去吃了个饭，根据途中他透露的信息，加上我自己观察到的蹊跷，我感觉'一线牵'总部的五楼，应该就是这个诈骗集团的关键所在。"这是杨壹壹一整天铤而走险得出的结论。

"我们上次去也发现了，那个电梯到不了五楼。应该有专用通道。"陈晓新回忆道。

"嗯，应该是那么回事了。"李零点点头，盯着地板，若有所思。

杨壹壹不明所以，段维开了口："我们今天发现，'一线牵'应该有个秘密基地，在运行着特殊的算法程序，不然，上千万用户的数据，他们要从中筛选出目标用户，仅凭对外可见的这种规模，是无法完成的,地点多半就在你说的五楼。"

陈晓新斜眼瞥了一下段维,心里嘀咕道:怎么就成了你们的发现了?

"这样,壹壹,你明天按约定去'一线牵',看有没有什么办法能找到突破口。同时我们这边也加紧搜集证据。只要一找到蛛丝马迹,我们就报警。"李零终结了话题,他似乎不愿多闲聊一句。

见众人没有意见,他便回到了自己的电脑桌前,由着其他人四散离开。

就这样,第二天,杨壹壹如约开始了在"一线牵"的学习生涯。白姐负责基础的语言和体态课程,其间还向杨壹壹推荐进行"深造"的体型矫正机构,杨壹壹一看价格,就明白了套路,借口最近身体不舒服,等调整好就去报名。剩下大部分时间,都是由老刘领着杨壹壹进行实战模拟训练。起初毫不起眼的老刘,摇身成了令杨壹壹瞠目结舌的百变天王。每次换完装,他都是扮什么像什么,令杨壹壹得以在"不同"的男人之间无缝切换。

在接受培训期间,杨壹壹一直表现出旺盛的求知欲和好奇心,但其实在她的内心深处,对于新鲜事物的接受阈值,已经无限拉伸,失去弹性。换句话说,她现在看到什么,都已经见怪不怪了,但她又必须让自己看起来神采飞扬,这真的比以前熬夜敲代码还要累。

可这样三天过去了,杨壹壹仍然没找到突破口,所有人对于五楼,都三缄其口,就好像那里是杨壹壹凭空想象出来,根本不存在似的。

数据社这边三个男人自然都没闲着,陈晓新在这三天中,已经对后门处上下五楼的通道做了蹲点观测。他发现那里每天固定有五个人进出,全都着深色衣裤,毫不起眼,鬼鬼祟祟的,进出迅速。

透过偶尔开合的后门,他发现门后通道的尽头,有一台电梯直通五楼,火警安全楼梯挂在室外,但上下都紧锁着,且装有报警设备。陈晓新只能从那五个人里下手,终于在第三天,他拿到了一张门禁卡。

"我们今晚必须采取行动,"杨壹壹回来后,陈晓新同大家商议道,"不然那家伙回家发现自己的卡丢了,明天这卡可能就失效了。"

没人问他是怎么将卡搞到手的,似乎一夜之间,数据社内的所有人都技能大涨。

"晚上有人值班吗?"段维自从加入后,就没把自己当外人。但杨壹壹认为,他绝对是想着要出自己被"一线牵"忽悠的这口恶气。

"有,但最多两个,连保安都没有。"

陈晓新一副跃跃欲试的样子,似乎今晚要是不行动,就错过了千载难逢的好机会。杨壹壹看看李零,他一直微皱眉头。

"上去看一眼,只要确认是我们想的那样,即刻报警。如果真只是间普通仓库,那我们就当没事发生。"段维捻起衣袖上的一根头发,吹到地上,"我们这里有三个男人呢,怕什么?"

杨壹壹见状也在开始撺掇:"是啊师兄,机不可失。我们可以过了十二点再行动,那时候一到四楼只有一个值班的保安。而且他在十二点的时候要去扫楼,即使五楼的监控连着前面的监控系统,他那时候也肯定不在监控室。"

李零一言不发,似乎需要什么东西来激活。杨壹壹琢磨着他的表情,心里略微涌起一股倦意——对李零的沉默失去耐心而引发的倦意。

"老板,你这边不是也准备得差不多了?"陈晓新继续助推,手在空中画了个弧线,"我们刚好趁机给它一锅端。"

段维朝陈晓新和杨壹壹偷偷摇头使眼色,示意他们稍等一下。

陈晓新瞬间领会——碳基CPU在运转。

终于，李零喃喃自语两句"演算完毕"后，抬起头来，脸上微微露出一个笑容，就是拍照时经人劝说才露出的那种："行，我稍微整理了一遍，就今晚行动。"

"耶！"陈晓新一声欢呼，"我们还剩下多久？"

"还有四个小时，"李零看看墙上的时钟，"我们来计划一下。"

## 大数据创业

不宜太早，也不能太晚，时间刚过十一点半，三男两女，便在夜色的掩护下，潜入了"一线牵"所在的文化创意园。小冉和陈晓新负责在大楼的前门放哨，李零、段维、杨壹壹三人则在后门等待时机。

后门外不似前门处那么宽敞开阔，与围墙之间，除了一排矮树，几乎没有别的遮挡。为了避免被可能经过的行人看见，三人只能藏在树后。杨壹壹娇小瘦弱，藏起来毫不费力，可另外两位，都比她高一头多，若不压着身子，就冒出树冠了。两人站在树后，小心翼翼猫着腰，还要时不时驱赶蚊虫，狼狈的样子着实让杨壹壹忍不住笑出声。

"嘘！"段维在昏暗的光线中朝杨壹壹比了个很凶的手势，很快又缩回去挠脸上被蚊子咬的包。

李零依然戴着墨镜，杨壹壹怀疑那副眼镜具有夜视辅助功能，只见他一言不发，只是不停地看时间、调整站姿——防止段维碰到自己。

"你说你俩，在美国时可没料到有一天会半夜一起挤在一棵树下吧？"杨壹壹压着自己的嗓子，边说边吃吃地笑。

两个男人都不说话，空气中弥漫着蚊子的嗡嗡声和一股尴尬的味道。

"十二点差两分，小冉就位了。"耳麦里传来陈晓新的声音。

"行动。"李零小声说道。

前门处，小冉从阴影里走出来，按响了"一线牵"玻璃大门旁的门铃。

二十秒过去了，门内没有响应，小冉又按了两遍门铃。所有人都屏息听着耳麦里的动静。

"请问……"是小冉的声音。她向从大堂后走出来的保安招手。

保安走近些，隔着门，问小冉要干吗。小冉假装听不清楚，他只好按开了自动门的开关。

"我在左右设计上班，"这是离园区大门不远的一间公司，名气也不小，"刚入职没多久，今天赶上加班，出来时看手机没看路，走着走着就迷路了。想请问下，从这里怎么到大门出口？"

保安走出来，五十岁上下，看面相还算和蔼，听小冉说完，他笑起来，用口音浓重的普通话说道："你们小娃娃，走路就好好走路，都跑到园区后门来了。"

"是啊是啊，还好没下雨。"小冉回道，"是往这边走吗？"

"还好没下雨"，是确认保安这边没问题后的行动暗号。小冉话音一落，树下的三人就都站直了身体，确认周围没有其他动静后，快速从树后闪身出来，挪到了后门前。

后门不是玻璃材质，看不到里面的情况，杨壹壹趴在门上听了一会儿，确认没动静后，才用陈晓新搞来的门禁卡，刷开了门。

"动作快点儿，小冉拖不了多长时间。"陈晓新在耳麦里提醒道。

"你先回车上。"李零刚说完，段维和杨壹壹已经跑到电梯口了。

这台电梯比前面的要小得多，也没有任何装饰，四面被不锈钢钢板包裹，像个高科技的金属匣子。杨壹壹打了个冷战，赶紧在控制器上刷卡，按下了唯一的楼层键。

　　在金属匣子里，除了电梯微弱的运行声，四周安静得让人毛骨悚然，杨壹壹生怕到了楼层会有刺耳的提示声，紧张得肩膀都缩了起来。但幸好只是"叮"了一声。

　　当电梯泛着银光的金属门打开时，发出了"噌噌"的摩擦声。三人已经做好会有值班人员前来驱赶的准备，但门全开时，眼前并无任何遮挡。反而是电梯外的景象，怔得他们止步不前———间巨大且无间隔的空间，在脚下的台阶前展开。首先是一阵嘈杂袭面而来，那是无数电子元件运行的声音。接着是快速适应后的安静感，仿佛这样的运行声，原本就是这个异次元世界的背景音。最后，响起了一阵真实世界的交谈声，似乎是两个男人，正在小声议论什么，时不时发出笑声。

　　电梯门合上，杨壹壹最先反应过来，赶紧再次按开。三人走出电梯，从台阶上下来。电梯位于整个空间的一角，斜着看过去，不见人影，三人猫着腰，在机器的掩护下，转到了交谈声的正后方。靠墙的地方，放着两排一人高的文件柜，玻璃柜门上了锁，柜顶按日期排序贴着标签。三人躲在柜子后面，观察前方动静。

　　杨壹壹觉得前面就像电视里航空火箭发射的指挥中心：一张巨大的电子屏幕悬挂在近天花板的墙上，滚动着一些数据，看李零和段维的表情，应该是看懂了上面的内容；大屏幕下面，是八台并列的操作台，右边贴着"备用"字样的两台机器没开，其他六台都在运行，最左边两台的椅子上，坐着两个着深色衣裤、程序员模样的男人，他们时不时敲击键盘，间隙中还在谈论着刚刚的话题，似乎是在为某个宅男女神结婚而感到惋惜；操作台的后面，连着好几排黑色机器，长得有点儿像陈晓新放在数据社墙边的那台大家伙，它们上面绿色的信号灯一闪一闪的，就像许多绿色的眼睛同时盯着人看。

重点应该在最左边两台操作台。可隔了六七米远，电脑屏幕上运行着什么，肉眼完全看不清。杨壹壹只能判断出，两个程序员戴着的耳机里，肯定有某种指令，因为但凡他们的谈话被打断，都会下意识地按一下耳朵。她回过头看身后的两个男人，一个仍然戴着墨镜——现在她能肯定那副墨镜确实具有视力辅助功能了，一个举着一副白色的袖珍望远镜，都聚精会神地盯着那两个程序员。杨壹壹偷偷朝两人翻了个白眼，等待他们的确认指令。

"嫁给那种男人，真是可惜了。"

"是啊，那么老，估计也是看上他的钱吧。"

"为什么不找个爱她的……等等，我这又来了一个爱钱的。"

"我这个也是，真难应付。"

待了两分钟，适应了周围环境后，杨壹壹感觉更容易听清楚他们的谈话了。虽然她看不见程序员的屏幕，但单就这几句话，已经可以判断出，情况确实如李零和段维所预料的一样。

突然，段维放下望远镜，拿食指戳了戳李零，待对方转过头来看他时，他便竖起大拇指示意他也确认了情况。李零显然很不爽这个动作，顿了好几秒，才意思性地点点头，转过身用手捂住嘴巴。他是想在耳麦里对陈晓新说话。就在这时，一阵不算大但在此情此景下足以惊吓到所有人的声音，从电梯对角的角落里传来。

虽然看不见，但根据声音和光线的变化，应该是那里有一扇门被打开了。接着，从一排排黑色的柜子后面，传来高跟鞋踩在地面上的声音。杨壹壹浑身的血液直往上冲，脖子缩到了肩膀上——因为她听到高跟鞋后面，还跟着别的走路声。她情不自禁一手一个，抓住左右两位男士的小臂，躲在档案柜后屏住呼吸。

"出来吧。还躲什么呢?"

原本还不知所措的杨壹壹,听到这声音反而松了口气。是蓝总,不是想象出来的怪物。她第一个从档案柜后面走出来。

只见蓝总领着五六个穿保安制服的人,趾高气扬地站在操控台后面,一副警察堵住了逃犯的气势,好不威风。

"原来是你啊,我还说是谁呢,这么有本事,敢闯到这里来。"杨壹壹一露脸,蓝总脸上立刻露出鄙夷的神色。

杨壹壹一看到她那副模样,就气不打一处来,想到自己曾低声下气地装孙子,可不就是等着这一天吗?既然现在李零和段维都已经确认无误,自己也没什么好顾忌的了。他俩这时也已经走出来,站到她身后。她转头和李零使了个眼色,两人对着耳麦先后假咳了两声。这是陈晓新想出来的,是用在不方便说话时的报警信号,因为杨壹壹和李零的名字,加起来正好是"110"的组合。眼下的情况,虽然已经暴露,但也不好直接说要报警,不然指不定对方会做出什么极端的事情。毕竟还在对方的地盘上。

发送完信号,杨壹壹上前一步,眼神迎着蓝总,问候道:"蓝总好啊!这么晚还不睡觉,难道是做了亏心事,睡不着?"

"哈哈哈,"蓝总大笑道,"之前还真没看出来你这么牙尖嘴利。"她靠近些,收起笑容,瞪着杨壹壹继续说道,"不过,在这一行久了,我倒是一眼就能看出来,你长了一张特别难嫁的脸,所以才……"

"停!"恢复成平日里那个真实的杨壹壹,怎么可能给蓝总耀武扬威的机会,"那我是不是要恭喜你,长了一张能嫁好多次的脸?"

蓝总明显倒吸了一口气,她被杨壹壹前后的反差弄得有点儿措手不及,但毕竟也是久经战场的老手,不到两秒,她就回满血反击道:"哼,耍嘴皮子无济于事,你们非法入侵,已经板上钉钉。"说完,她示意杨壹壹看向天花板。

杨壹壹才不会接收她的指令，也知道她的意思是这里到处都装了监控设施，说道："很显然，你还没搞清楚我们来的真正目的吧？"

"笑话！我要是不知道，怎么会在这里等你们？"蓝总扯了扯自己宝蓝色套装的衣袖，指向她刚刚来的方向，"我的办公室，直通这里。从你们刷开楼下的门禁开始，我就已经盯着了。"

"那您觉得我们是来做啥的呢？"爱出风头的段维哪里耐得住寂寞，走上前来插话。

蓝总瞥了一眼他："长得蛮精致的，说话怎么一股土味。"说完似乎是感到威胁，她朝身后的保安挥挥手，其中四个便移步到段维和李零身后。

"咋的，想动手啊？"段维见状，握起双拳举到胸前。

"当然不是，我们可是一家遵纪守法的正经公司，肯定不会做这么野蛮的事情。"蓝总话有所指。

待她说完，李零也向前一步，看着她一字一顿地问道："遵——纪——守——法？"

"遵纪守法！"蓝总重复。

"好。我相信。不过我很好奇，你怎么知道我们今天要来？"李零提了个出其不意的问题。

蓝总得意地晃了两下脑袋："告诉你们也无妨。"她说道，"你们在挖掘后台数据的时候，就已经暴露了。只是我那时候没想到，是这丫头搞的鬼。"她又转过来望着杨壹壹，"这么好的苗子，真是可惜了。"

"你是说作为诱饵吗？"杨壹壹也直瞪着她，提醒她自己现在不再是个任她把玩的布娃娃，"你们对会员实施骗局时，必不可少的诱饵？"

"骗局？"蓝总脸上挂满了夸张的惊讶，或者说是得意，"我们对所有想要找到真爱的会员，都像亲人一般真诚，怎么会有骗局呢？你们说话可要有证据，不然，非法入室以外，又要加上一条诽谤。"

原来她如此自信的原因，就是笃定"一线牵"的防护措施做得坚如磐石，以为这一行人是毫无准备、毫无把握地冒险闯入，来寻找一些可能会存在的证据。她太轻狂自大了，以至于完全没料想到，这只不过是他们确认的最后一步。

杨壹壹望着蓝总，就像望着一道把握十足的填空题。但她扭头朝李零笑了笑，决定还是让他来填这个空。而李零似乎是不屑经手如此简单的题，遂又扭头把它让给了一旁的段维。

也不知道是这道题本身令段维跃跃欲试，还是李零对他的"客气"让他受宠若惊，总之段维兴奋得脸上泛起红光。他走上前，一只手插在口袋里，另一只手竖起一根指头。精心调整姿态的他显得十分装腔作势，杨壹壹硬撑着没冲上前去给他一拳。

"你是不是以为，我们就算知道了'一线牵'利用算法定制骗局，也没有证据？"段维挥舞着手指，拿腔拿调，"你们用提供高级服务做掩护，将这些用户筛选出来，然后和用户签订提供特别服务的合同，合同上各项条款，也为今后可能产生的法律纠纷做足了防护。但这些会员多达几十万，你们必须进一步筛选和布局，才能一举拿下。毕竟公司最多的时候也就十来个骗子，根本不足以应付如此庞大的客户群。我说的对吗？"

眼见蓝总依然毫无反应，段维停了下来，希望能有些互动。

"我真的不知道你在胡说八道些什么，"蓝总不耐烦地摇摇头，"如果你们识相，就自己离开，否则，我只好将你们交给警察了。"

"正有此意！"段维做作地打了个响指，"你看，"他指指在一旁木然得像两头黑熊的程序员，"他们两个就可以应付这几十万用户的夜间活动量了对吗？"

黑熊们在座位上拱了拱身体，似乎在椅背上蹭痒痒。

"说来也巧了，我和这位……"段维指指李零，但一时想不到该怎么称呼，"这位先生，以前在美国就职的公司，与你买算法的公司是同一类型，那时候那家公司应该才刚起步。也是那边提醒你，有人在针对你们做数据挖掘吧？不然就凭你们，是发现不了的。"

蓝总似乎觉察到一丝不对，但仍然保持姿态，准备多观察一会儿再给反应。

段维也就接着说下去："你们将买来的算法，改良成现在这个样子，也就是用户自动回复。几十万用户，全部都是算法在做回复，除非算法出现疏漏，需要人工纠正，但随着这套算法的自我修正，需要的人工成本越来越低，得到的结果也越来越符合你们的要求。然后你们拿着这份算法根据聊天内容筛选出来的理想用户名单，实施最后的骗局。到了那时，就是张云超这些演员们上场的时候。"

"你说的这些，没有任何根据，我们用什么算法，提取什么信息，用户在注册时就已经知晓并授权，这完全合法合规。至于你说的什么骗局，什么演员，我完全听不懂，你们有证据吗？"蓝总沉着冷静地回道。

杨壹壹心想，这位蓝总，就算不是"一线牵"真正的幕后操控者，也是明面上掌握运营大权的人，如果不将所有证据都列在她眼前，她永远都会稳如泰山。

也许是再也无法忍受段维的腔调，杨壹壹抢在了前头回答："确实，你们有那么庞大的法务部，在与我们这些'演员'和那些'猎物'签合同时，都不会留下不利证据；再说那些算法，无论它从何而来，你们如何改良，如何使用，或许目前都没有法律法规限制你们。但你有没有想过，如果我们将它公之于众呢？向那些注册了'一线牵'

的上千万用户,签订了隐形合同的几十万会员,公布你们的算法和目的,你们还能全身而退吗?"

"笑话,就算你说的是真的,你拿什么公布?就凭你这样信口开河,就会有人信你?"蓝总扭了扭她庄重的肩膀,用长长的脖子支起脑袋瞪着杨壹壹,看起来斗气十足,就像一只被抢走了地盘的蓝色大鹅。

"我们已经模拟出了你的算法。"李零悠悠地冒出这句话,却像一声平地雷。

蓝总不可置信地看着他:"怎么可能,我们花了那么多钱买来的,就凭你们几个人?"

"你不信也没办法。"李零耸耸肩。

"有眼不识泰山了吧?"段维再次插入,"这位……这位……"他没想好该如何介绍李零。

"其实就算我们不公示这些,手上的证据,也足以将你们送进大牢了。"李零看看杨壹壹,她马上走到操控台旁边,用气势赶走了一头"熊",将一个U盘插入了电脑。

读取画面,很快被投在那块大屏幕上。

"这是你们与酒店、私人会所、体态修正机构、美容中心,合伙骗取用户钱财的部分证据,从他们那边拿到这些,可比预想的要简单得多。我想,将这些交给警方,就已经足够了吧。"李零说完,还没来得及观察蓝总的反应,耳麦里就传来了陈晓新的声音,提示他们警察已经到楼下了,但刚刚的值班保安说不知道怎么上五楼。

杨壹壹也听到了,李零朝她点点头:"警察来得正是时候,你下去给他们开门。"

"谁都不许动!"是蓝总刻意控制的吼声,在屏幕上展示出那些交易证据时,她就再也伪装不下去,彻底慌了神。她确实没有料到短短几日，眼前这几位毫无背景——当然是她以为的毫无背景——的人，就已经掌握了这么多证据。她下意识地看着那些保安。

"哟呵，想要打架啊，"段维挡在杨壹壹面前，"我这两位朋友是斯文人，我可是练家子。"段维咧着嘴，仿佛叼了一根牙签，"怎么，不信啊，脱了给你看我的腱子肉？"他作势要解衬衣的扣子。

杨壹壹觉得再放任段维继续下去，他吹的牛恐怕没法收场了，便上前给了他后背一巴掌。

"算了吧，体面点儿。"李零低着头，这话是对蓝总说的，用他特有的语调，"你们以为掌握了大数据，掌握了算法，便成了神，所有的一切都唾手可得，且天经地义，失去道德限制，忽略了不可逾越的底线。那些落入你们织起来的大数据之网中的人，变成了可以任意揉捏的泥土。你们随意地扰乱、毁坏他们的生活，只为满足你们日益膨胀的欲望。最后还天真地认为，你们做的这些事情永远都不会暴露在阳光下。你们是这么以为的，对吗？"

蓝总站在那里，脸上的表情还是一如最初，可那副蓝色套装下的躯体，却已经忍不住微微颤抖。

"如今以大数据和算法为基础的创业公司多不胜数，可它们只是工具，你们本可以像其他开发民生领域的大数据公司一样，用它们来解决各种生活难题，造福社会，为什么偏偏要用它来犯法呢？"李零终于抬起头，脸上的肌肉仿佛凝固，眼里却掠过了一道闪电般的疾光，"你们这种人，不配使用大数据。"

此情此景下，看着如此义正词严的李零，杨壹壹突然想起那天晚上的天台，那次偷听到的对话。"到底哪一个才是真实的李零"，这个问题，再次涌上她的心头，堵得她心里发慌。在这个密不透风的空间内，她感觉呼吸困难。

"让一让，"她站在拦着她的保安面前，"请让一让。"

保安们居高临下地看着一脸难受的杨壹壹,就像看着一只病弱的小鸡,他们转头望向自己的老板,见她并未下达阻拦的指令,便任由杨壹壹离开了。

"那我们也走咯。"段维扣上自己刚刚解开的一颗扣子,半对着蓝总,半对着李零说道。

蓝总原本还愣在原地,消化着自己搭建的帝国一夕垮掉的事实,经段维说话的声音一惊,她似乎想起来什么,立刻从衣服口袋里掏出手机,走到后面角落开始打电话。

李零原地没动。他知道这位蓝总,多半只是一位明面上的运营者,至于"一线牵"背后真正的舵手,还是交给警方去调查吧。

接下来,带着警察上来的杨壹壹、陈晓新和小冉,忙前忙后地配合着警方展开问询调查。而李零和段维,则坐在一边旁观,如果这时有人从远处观察,会觉得他们看起来就像一对惺惺相惜的老友,或是一起赢得了一场胜利的战友。

等到在警局做完笔录,完成所有烦琐的程序,一行人可以离开时,天已经开始微亮,街道上的洒水车和清扫机也忙碌起来。蓝总没有被逮捕,但警方已经立案,根据数据社提供的证据,她这次是没可能全身而退了。

回去时,杨壹壹还沉浸在离开"一线牵"大楼时的情绪里,赌气似的坐段维的车先离开了。就在她以为李零对此毫无反应之时,却收到了李零发来的短信:"你再给我点儿时间。再给我点儿时间。"

段维将车开得飞快,杨壹壹打开车窗,靠在椅背上呼吸着清晨的空气。她放下手机闭上双眼,思绪如万江入海般百感交集。经过这一个晚上的忙碌,她太累了,累到不愿再动脑筋去思考这条短信的含义。

# 第六章
## 退休式裁员

尽管打败了姐姐李贞仪，意味着李零用人性这个变量，对大数据独裁的时代发起的挑战，取得了成功，但他其实从未恨过自己的姐姐，也没有恨过父亲，恰恰是李零对亲情的极度渴望，才让他走上了"将数据归位"的道路。他自始至终，都存有一个信念：大数据，只是互联网时代的一种新型工具，用之，慎之。

## 裁员风暴

"一线牵"的骗局被立案调查后,整个公司业务迅速瓦解,在网络上引起了不小的轰动。当然,大众不知道揭露"一线牵"骗局的幕后功臣是壹零数据社。

虽然一时半会儿还拿不回被骗走的钱,但数据社也算是帮小冉彻底讨回了公道。对陈晓新的热心帮助,小冉满怀感激,但并没有表现出半点儿那个意思,反倒是为了避嫌似的,事情过后她就很少来数据社了。

这天早上,陈晓新闷闷不乐地提着一兜炸鸡块和可乐,刚一推开数据社的门,就听到杨壹壹正和段维坐在角落说说笑笑,好不开心。他心想这俩人难道已经完全不顾及李零的感受了吗?还是说故意做给李零看的?

"哟,你现在是真不拿自己当外人了。"陈晓新往沙发上一歪,也没心思立刻吃,先朝坐在李零电脑椅上的段维酸道,"怎么,是要入股我们公司了吗？"

"可以啊……"段维今天穿了一件墨绿色天鹅绒薄夹克，背上绣着一只金色的蝎子。他慢条斯理地转过半张脸，背上的蝎子却还举着两支钳子对着陈晓新，"只要你们想扩张，我帮你们做大做强。"

"神经病。"见对方不领会自己的挑衅，陈晓新觉得没劲，嘟囔着扯开可乐罐的拉环就往喉咙里灌，那模样就好像他喝的是酒。

"啥？"段维没听清。

杨壹壹见状，边走向沙发区边朝段维说道："你别搭理。喜欢的人不喜欢他，这人正烦着呢。"她顺手从茶几上的纸盒里拿出一块炸鸡送到嘴边，"他现在看谁都不顺眼。"

"净瞎说，我喜欢谁了我？"陈晓新挠挠脖子，翻着眼皮说道，"倒是你们，笑得那么开心，不知道的，还以为你们在谈恋爱呢。"

"放心吧，你自己没有桃花运，将来一定会有牛人写出算法，帮你一次性搞定终身大事的。哈哈哈！"杨壹壹岂会败给陈晓新，故意刺激他。

陈晓新气得直吹并不存在的胡子，又不敢发作，只好迁怒到段维身上，恶狠狠地盯着他。

"我来可是有正事的。"段维也走过来，倚在架子上看着陈晓新。

陈晓新当然不信。杨壹壹撇撇嘴，轻轻点点头后，向他复述起段维的来意。

段维确实是来委托案子的，只不过这次又是做中间人。上次飞云集团的案子，虽然对外没人知道具体情况，但李零和数据社的存在，还是在蒋姜伟的小圈子里传开了。蒋姜伟有个多年挚友，名叫徐宏，也是一家互联网公司的执行总裁。这家名叫慧杉的公司，主营业务是涉及几十个行业的共享经济项目，在业界也算是无人不晓。但近来受到互联网圈裁员风暴的影响，公司内部面临着严重的人事问题。徐宏通过蒋姜伟联系到段维，希望能介绍认识"民间大神"李零，想办法解救他的公司于水火之中。段维怕被拒绝，当然不会直接去找李零，这才早早来到数据社和杨壹壹商量。他还机灵地先去百草咖啡盯梢，确认李零正在那边喝咖啡吃早餐，短时间内不会回来。

"主要是接下来我有个项目希望和他们公司做数据置换，"段维调整双腿，换了个站姿，好像故意在陈晓新面前显摆他的大长腿似的，"算是提前卖他一个人情。"当然他这话是对着杨壹壹说的。

陈晓新仍然提不起兴趣，故意扯着喉咙打了个响嗝，又给了杨壹壹一个意味深长的眼神。

"你还真是会做人啊，让我们数据社卖命给你当顺水人情。"杨壹壹没理会陈晓新，她当然知道他什么意思。其实她才不怕李零回来看到呢。她巴不得。

"都是自己人，说这些。"段维狡黠地笑着。

"不过这次的裁员风暴，来势汹汹，"杨壹壹突然面色严肃起来，"慧杉公司的问题，并不是个案，我们可能也爱莫能助。"

"你看啊，是这样的，"段维晃晃脑袋，"事成之后，对方承诺付双倍报酬！"

杨壹壹先是眼前一亮，接着半眯起眼用怀疑的口吻问道："怎么感觉像是违法交易，是不是有什么隐情？"

段维无奈地摇着头说："他的情况不像我，我只是个纯打工的。但他的公司如果垮了，心血也就全完了。"

"那也没办法。我们老板啊，只想开公司惠及普通人，顺便赚点儿小钱，你拿钱诱惑水妹还行，对老板估计没用。"陈晓新歪在沙发上抖腿。

"飞云集团的案子不是也接了吗？"段维挂起高低眉质疑道。

"那是因为，"陈晓新说到这里停顿了一下，谨慎地看看仍旧关着的大门后，压低声音继续说道，"他想要搞数据。"

"你瞎说什么呢？"杨壹壹一惊，挺直身体，段维也似乎有些不敢相信，两人齐齐瞪着陈晓新。

"我没瞎说,他亲口说的,有一次你不在,我和他闲聊,他说——'Garbage in, Garbage out!'"陈晓新不满杨壹壹对他的质疑。

杨壹壹眼前闪过一行问号，就算陈晓新说的是真的，这种事李零也应该是秘密进行，放在心里吧？为什么会如此坦然地告诉了陈晓新？

"'用低劣的数据做测试，出来的结果也不会是好的'，所以他说自己需要些优质的原始数据。我本想顺着问他要这些数据干吗，但当时他手上还在忙着其他事情，无心继续话题，我也就只好作罢了。"

为什么他会选择跟陈晓新说这些话而不是自己？杨壹壹又想起那天在天台上偷听到的交易，开始有些沉不住气："原来如此，那照我看啊，他不是对钱不感兴趣，而是对小钱不感兴趣。他有办法赚到比这些案子都多的钱，我们做的这些事可能都只是他的掩饰罢了。"她也不知道自己在气什么，或许是一种想要了解一个人，对他的所作所为万分好奇，却又无从下手的无力感吧。

段维听完摇摇头："我觉得你们根本不了解李零。"

"我们不了解？我们可是天天和他待在一起。"陈晓新嘴里嚼着鸡块，颇有些不服气。

"那又怎样？"段维说道，"在美国的时候，我曾为了打败他，对他进行过深入研究，甚至都可以就他写一篇论文了。李零所有行为的背后，都有非常理性的根因。虽然作为对手，很希望他把对付我作为第一目标，但事实是他才不会做如此肤浅的事。数据分析说白了是要让利益和效率最大化,他所做的一切,肯定都是为了更大的目标,一个我们这些人看不明白的目标。"

"我可真是看不明白了。嗯……我常常感觉……"她看看两位男士,"你们有没有这种感觉?他身上似乎压着某些重担,就好像有些人总是活在需要自我修正的压力之下。"经段维提醒,她突然意识到自己之前的想法有些狭隘偏激,不由得自责起来。

"你问得这么模棱两可,我一下子还真不知该怎么回答。"陈晓新摸摸自己光秃秃的下巴,"不过说起来,我们确实对他这个人不怎么了解。壹壹,你上次说得对,他确实从未提过自己的家庭、自己的朋友,好像在他的世界里,就没有出现过亲人和朋友这两个词,甚至连同事,我都觉得我们只能勉强算是。"

"是了,他的工作状态和真正的生活似乎是分离的两个独立面,而我们只见过其中一面。"杨壹壹若有所思地点点头。

"哎,你们想得太复杂了,不能转化成数据的东西,就没有结果。"段维挥挥手,打断了他们针对李零的分析,"就这么说定了,你帮我一个忙,算是把之前的人情还了。"他拍拍杨壹壹的肩膀,表现得大度慷慨。

"我啥时候欠你人情了?"杨壹壹拂了拂自己的肩膀。

"不跟你们拉家常了,我要回公司了。"段维狡猾地眨眨眼,抬头看看时间,算着李零差不多快要回来了,"我把你的联系方式发给徐宏,你帮我搞定。"

说完他撑着沙发的扶手,一个腾空就跃到门前,又朝身后两人挥挥手,闪身下楼了。

## 价值递减

段维刚走没几分钟，李零就上楼了。默契得好像两人约好了要错开彼此似的。

"早。"李零进门向两位同事问好后，照例取下墨镜放进外套兜里，再将外套脱下挂到门口的衣钩上，接着径直走向自己的电脑桌，按每天的惯例，从抽屉里取出消毒湿巾，将桌面上的物件全部擦拭一遍，才拿出手提电脑连接桌面机，最后他走到吧台柜边，开始煮咖啡。李零动作流畅，但眼神游离，似乎是沉浸在某个旁人无法介入的世界之中。他看起来只是换了个喝咖啡的地方。

杨壹壹觉得在没有工作的时候，她和陈晓新对于李零来说，更像是两个店员，或是时常出入同一家咖啡店，点头之交的熟客。她耸耸肩叹了口气，把手上喝了一半的饮料瓶塞给陈晓新，朝李零走了过去。

"师兄，有个案子，我不知道该不该接……"杨壹壹伸着头，试探道，"所以先问问你。"

"你觉得可以，我们就接。"李零抬起头看了一眼杨壹壹后，继续埋头专注地清洗咖啡机。

杨壹壹瞪大眼睛望着陈晓新，双手一摊，一副搞不懂状况的表情。陈晓新撇嘴挑起一边的眉毛，表示不愿掺和。

"行，那我约对方了。"

"嗯。"

或许这就是人和人天生的差别，一个内心早已万马奔腾，另一个却无动于衷。这显然不公平，杨壹壹在心里默默跟自己较着劲，但表面还得保持一副严谨认真的工作态度。她想起离开"一线牵"大楼时收到的那条短信，这几天她都未曾细思过它的含义，刻意回避，甚至无视它，此刻成了她能在这段关系中保持尊严的唯一方法。

没到午饭时间，徐宏就赶过来了。他开车穿过大半个深海市，又步行涉入民房遍布的街巷，最后在杨壹壹的指导下，艰难地找到了数据社的所在地。

杨壹壹在门口迎接，引他入门。人一进来，原本坐在沙发上等待的李零和陈晓新，都因为感受到了一股急不可耐的劲头，不由自主地站了起来。

网络上的资料显示，这位慧杉的执行总裁，今年已是不惑之年，但跟同样年纪的蒋姜伟相比，他看起来要年轻得多。身材虽已不似小伙子般纤瘦，但保持得还算匀称，应该是经常运动的结果，加上一身笔挺的黑色防皱西装，使他愈发显得精神干练；他脸上不像蒋姜伟一样挂满愁容，反而红光满面，一双单眼皮的小眼睛，虽说不上炯炯有神，却始终闪烁着机警，令人与之对视，就要自觉谨慎。

他在沙发上一坐下来，就忙着左顾右盼，观察周围的环境，像一只初来乍到的黑猫。

"我们这里，"杨壹壹也在沙发上坐下来，摆弄起茶具，她顺着徐宏的眼神，环视了一圈数据社开放的办公空间，说道，"地方小，也就三个人，都在这了，这是……"

"不好意思，我抢答一下！"徐宏停止观察，打断了试图介绍的杨壹壹，飞快地将眼神转向围着茶几坐着的三人，"你不用说，自然是杨壹壹小姐了，"他先是看着坐在沙发正中的杨壹壹，接着转向坐在一侧的陈晓新，"这位年轻有为的，是陈晓新对吗？名字很好记，我提前做了功课。"他颇有些得意。被行业内的名人大佬点名，陈晓新多少有些不好意思，边点头边不自觉地挺直了懒散的身体。

徐宏的眼神，最后停在了李零的身上。这只黑猫立刻就像发现了猎物，弓起身体，蓄势待发："您肯定就是鼎鼎大名的李零先生了。"

"叫我李零就好。"李零客套地笑着，惜字如金。

"来，喝茶，"杨壹壹泡好茶，给每人都倒上一杯，"我们这里庙小，没什么好东西招待您。"

"瞧你说的，"徐宏用手指在自己的茶杯前磕了两下，"虽然你们只有三个人，但'自组织'和'轻运营'，不就是互联网公司的精髓所在嘛！我们公司好多共享经济的项目，在进军新城市的初期，都只有三名员工。"他又举起右手中间的三根指头，"这叫三生万物，"说到这里，他转向李零，对着他将举起的三根手指弯了三次，"行礼三揖——还请一定要帮我这个忙。"

突然步入正题，杨壹壹和陈晓新对视一眼后都低下头，只管默不作声地喝茶。

"太客气了，"李零笑笑，"蒋总的朋友，我们一定竭尽所能。"

"好！果然是爽快人。"徐宏闻言，原本就泛红的脸，显得更加兴奋了。他解开西装纽扣，转向众人继续说道，"你们应该也感受到最近互联网行业的裁员风暴了吧？"

"嗯，多少了解一些。"杨壹壹点点头，陈晓新也跟着点了点头。

徐宏又望向李零。李零端起茶杯，谦逊地说道："愿闻其详。"

急着结束客套，步入正题的徐宏，对李零的反应十分满意。他喝下一口茶后，迫不及待开始叙述起事情的来龙去脉。杨壹壹暗忖，做互联网项目的人，果真是个个都巧舌如簧。整个过程中，徐宏说话的节奏，像是一位刚把车从市区开上高速的司机，一路疾驰。数据社三人也乐得不必应付，安静地听他做演讲。

不过语速快也有个好处，就是耗时短，加上徐宏思路清晰，表达精练，不到一刻钟，徐宏就让数据社三人，详细地了解了慧杉公司和他面临的困境。

整个故事要从互联网行业这个大背景开始说起。

数据互联的高速发展，使全球相关从业者已然破亿。据调查显示，IT从业人员，这一21世纪白领族群中的主力军，45%每日工作10小时以上，5%每日工作14小时以上，他们用自己的青春和汗水，为世界创造了一个全新的高效时代。但这个群体本身，却并没有享受到大数据时代的红利。由于行业的"四快"特性——产品迭代快、模式迭代快、技术迭代快、人才迭代快——他们中的大多数，一到中年，便会被企业想方设法抛弃。这种被暗讽为"退休式裁员"的手段，通常被企业包装成提前退休，在互联网行业蔚然成风。近年来此群体的平均"退休"年龄，甚至提前至三十五到四十岁。

深海市慧杉科技，是一家建立在大数据之上的共享经济项目孵化公司，在全球拥有超过两万的技术和管理人员。作为执行总裁的徐宏，是公司的创业元老之一，在他眼里，公司内大大小小的人才，是他能使慧杉于短期内，在业内创造出一个又一个奇迹的关键。然而近期，受到席卷全球的裁员风暴的影响，公司董事会频繁传来大幅裁员的指令，其中涉及的不乏一批有经验的中层。

站在数据的角度，这些即将裁掉的员工，价值呈递减趋势，可是从企业的角度来看，有经验的中层才是公司的核心竞争力。徐宏认为，这必将让公司遭受重创。但在更高决策者眼里，整个企业都被抽象成了数据，员工只是其中一组，直观的数据高低，是他们做决断的唯一标准，徐宏根本无法说服他们。

"我想知道,董事会是用什么标准,来判断员工是否应该被裁的?"

徐宏说完后,李零第一时间提出了核心疑问。

"你们能相信吗?"徐宏刚端起茶杯润喉,听李零这么问,赶紧放下茶杯,举起自己的右手挥了挥,"在各大互联网公司内,流行着一种算法程序,这种算法最初是从美国流行起来的,它的供应商可以根据不同公司的不同性质进行定制。"说到这里,他用两只手在胸前画了一个圈,就好像他面前有一个3D成像的怪物,"那东西,明目张胆地取名叫'员工价值计算器'。"

杨壹壹皱起眉头,有些嫌恶地盯着徐宏面前那团并不存在的怪物:"你是说,他们把每个员工,都像菜市场的猪肉一样,计算出具体的价值数值?"

徐宏抿着嘴,脑袋晃了晃,既像是点头,又像是摇头:"正是这样。"

"好在我们抽身早!"陈晓新握起双拳使劲互捶了一下,"不然现在也是一块猪肉,摆在案头,任人宰割。"

三人在讨论"猪肉"时,李零一直在低头沉思,他眉头深锁,双唇紧闭,似乎联想到某些可怕的事情,等到他发现众人都默不作声看着他时,他举起手指,朝徐宏面前指了指,说道:"可以告知此算法供应商的名字吗?"

徐宏点点头,顺手从茶几上拿起一沓便利贴,在上面写下了两个英文字母:"DL"。

看到这两个字,李零瞬间紧张到全身汗毛竖起——那股消失已久的神秘力量仿佛恶灵突至,它随意变形的身体从李零的足部缠绕而上,在他耳朵下、脖子旁,吐纳着潮湿的气息。

# DataLocker

其实，就算徐宏不说，李零也能猜出个大概。

这家来自美国的数据分析服务商，为不同行业的企业提供数据管理、分析展现、深度挖掘等数据运营方案。还在美国时，李零就关注过，那时候这家公司刚刚成立，其主营业务和他所在的ACX公司相似，加上此公司拓展疆土的速度隐秘而又强势，从而引起了他的注意。

徐宏走后，杨壹壹拿起便利贴，看着上面的两个字母，一头雾水。

"DL？什么意思？"杨壹壹将便利贴翻过来，就好像那背面还写着什么隐藏信息一样。

"难道是DataLink？"陈晓新瞎猜道。

"是DataLocker。"李零摇摇头。

"没听说过啊，"杨壹壹想了想，又问道，"在美国很有名吗？"

"在美国知道的人也不多，"李零边说边站起来，朝自己的电脑走去，"数据服务商的很多业务，即使在美国也属于'阴影商务'，大多数公司都很低调，这家DL公司也不例外。但是不知道是出于自我保护还是什么别的原因，他们……"李零欲言又止。

"怎么？"杨壹壹停下手上清洗茶具的活儿。

"他们不是等客户上门，他们挑客户。"李零微眯着眼，像是在努力从记忆中搜寻着什么，"虽然不知道他们挑客户的标准，但听说过好几次，主动寻求合作的企业，被拒之门外。"

"有意思，刚起步的服务型公司居然挑拣客户，倒真头一次听说。"杨壹壹撩撩头发，似乎不太相信李零的话。

"这也不奇怪吧。会不会是只选那些名气大、付钱爽快的甲方合作？"陈晓新这次说的好像有些道理。

但李零还是摇摇头："好像也不是,那些去寻求合作的,也不乏肯为专业付费的大企业。"

"哎,还真是鸟大了,什么林子都有啊。"陈晓新自以为很幽默,但李零和杨壹壹都无视了他的冷笑话。

"那这次慧杉的案子,我们要从这家DL入手吗？"杨壹壹似乎是受到了徐宏的影响,她板直身体,表情严肃,一心只想快速进入工作流程。

"嗯,"李零看着杨壹壹和陈晓新问道,"关于慧杉的裁员事件,你们怎么看？"

"肯定觉得不好啊,哪能这么卸磨杀驴？"陈晓新见杨壹壹不说话,便先开了口,"不过做企业的人,和我们这些普通人的想法有本质的区别,也不能单纯地说对错。"

"没错。这个事情,普通人一听,都会感性地先从人性的角度否定了它,但是做企业需要理性分析所有事情。普世道德观,从来都不是生意场上的首要因素。所以,如果有理有据,数据表一拉出来,自然能说服那些以企业利益为最高宗旨的董事高管。"李零停顿了一下,"这样一来,如果要接这个案子,我们能做的,绝对不能单纯是道德上的说服。而是以眼还眼,它用数据,我们即便要谈人情道德,也得用数据。唯有这样,才有赢的可能性。"

"数据？"陈晓新有些不解,"DL远在美国,我们怎么找反证它算法的数据？慧杉自己本身就是大数据技术体系的公司,如果用数据就能说服,他们应该也不用求助我们吧？"

李零抿抿嘴,声音不大,但很坚定地说道："数据是不会让人失望的！"他看向陈晓新,"关键是有没有办法从中开采到想要的宝藏。"

"那具体怎么操作？"杨壹壹务实地问道，"要不要我去慧杉一趟？"

"我想想。"李零低下头，闭上眼睛，开始进入沉思状态。

放在以前，这种时刻是杨壹壹最期待的，因为在平时，她不好意思一直盯着他看。但当他低头思考时，她便可以光明正大地，一寸一寸地，细细地观察他——他无论在什么坐姿下，都优雅自如的身躯，他修长干净的双手，他清爽齐整的头发，他平滑光洁的脸部肌肤，他挂着绒毛的耳郭，他浓密自然的野生眉……无一不让杨壹壹心跳加速，面耳桃红。不过其中最令她着迷沉溺的，是他那双眼睛。她以前从未想过一个男人的眼睛里，能同时容纳清冷、深邃、神秘、清澈、温柔的光泽，这些形容词相互矛盾，却又浑然一体地聚集在他那双好看得令人心醉的眼睛里。可这一次，杨壹壹盯着他微阖的双眼不过五秒，便心绪复杂地将目光转向了墙上的挂钟。

但这只能说明，她还是无法抗拒那双眼睛的魅力。

"这样，"他终于抬起头来，"壹壹。"

杨壹壹一个哆嗦，从神游中被拽了回来。她害怕自己的心思暴露，只能举起手在嘴巴上拍了两下，假装打了个哈欠。

"就照你说的，你去慧杉跑一趟，找徐宏要一份被裁员工的资料，就像上次周雅燕提供的那份，一样的性质。"李零自然没有察觉到，或许就算有所察觉，他也习惯将疑问放在心里。

"好的。"杨壹壹点点头。

"那我呢？"一旁百无聊赖的陈晓新，更加不会在意两个成年人之间别扭的暧昧游戏。

"你也去，观察一下，顺便打听下，在这股裁员风暴中，国内都有哪些公司用了 DL 的'员工价值计算器'。"

"好嘞!"陈晓新站起身来,将手上的可乐罐捏扁,"那我们去去就回。"

"嗯,你们不用着急,整理好要带的东西,"李零也站起身来,走到门边取下自己的外套,"我先出去吃碗面,今天就不回来了。"说完,他推开门,转身带上的时候,看了一眼杨壹壹。

杨壹壹看着李零离开后合上的门,内心苦涩。或许他们之间,已经在无形中达成了默契——尽量避免单独在一起。

"怎么好像现在老板出去吃面,都不带你啦?"陈晓新故意不知死活地调侃,但杨壹壹此时已经无心还击。

李零离开数据社后,没有沿旧路去面摊所在的巷子,而是进了附近一家便利店。

这家便利店不算小,占据了两家门店的位置,在靠窗的角落里,放置了两组桌椅,方便前来吃便当的客人。

此刻还没到吃饭时间,所以便利店内客人稀少,李零在收银台买了两杯咖啡后,就坐进角落里,安静地喝起来。

几分钟后,一个胖胖的、裹着松松垮垮黑衬衣的身影,闪进了便利店,坐到了李零对面的椅子上。

"你这……"李零指指来人头上夸张的黑色渔夫帽。

来人抬头瞟瞟在天花板角落里的电子监控器后,摘下帽子来,是老贾。他努着嘴,似乎不太高兴地嘀咕道:"室内戴墨镜,你比我也强不到哪儿去。"

李零笑笑,也摘下了墨镜,将咖啡递给老贾。

"店不开了?"

老贾冷笑出声:"什么店,就是个破摊儿……"他看看朝这边打量的收银员,压低声音对李零说道,"我跟你说,这里的面,完全无法下咽。"

李零知道他是指便利店门口关东煮旁边摆着的速食车仔面："那肯定，机器压出来的，哪能和你手工擀的比。真的不开了？"

"那是，"老贾大概是忘记自己手臂上已经没有袖套了，扯了两下后，将声音压得比刚刚还低，"我也是做一阵换个地方。正好趁换地方休息一段，最近环境不太好。"

"你是说IT圈的裁员风暴吗？"李零也配合着压低声音。

老贾木然地点点头："不过你放心，你说的事情，我会帮你搞定，只是……"

"只是什么？"李零微皱起眉头。

老贾又看看低头擦灰尘的收银员，坐直身体："上次'一线牵'的事情，那边已经有所察觉，你们现在又帮慧杉搞他们，他们不可能不做反击。"他故意摆出一副自然放松的姿态，但声音却小得李零要张着耳朵才能勉强听清。

"这个我也预想过，"李零收回支在桌上的胳膊，看着货架漫不经心地继续说道，"只是我没想到，'一线牵'和慧杉，两个跨度这么大的公司，都是他们的……"李零没说完，只是轻轻摇头。

"这就是你思想不活络了，"老贾的嘴皮子几乎没有动静，但声音却从那里悠悠地钻出来，"员工价值计算，会员价值计算，说白了，不都是计算人的价值。一个性质。"

"也对。"李零叹了口气。

"兄弟，"老贾突然直视着李零，神情有些严峻，"可别怪我啰唆，他们肯定会反查你。这一行混这么久，不可能没留下把柄吧？"

"我知道了，"李零没正面回答，只是感激地点点头，"你先走，我喝完这杯再出去。"

老贾看看李零，似乎还想说什么。但最后也只是应了一声，站起来拍拍李零的肩膀，就出了便利店的自动门。

透过玻璃，李零看着老贾消失在街边的巷子口，隔了不到两分钟，一个穿暗纹西装、头发微卷的男人，就坐到了刚刚老贾的位置上。

"跟我们猜的一样吧？"段维两只手肘撑到桌上，前倾着头，两眼放光地盯着李零。

李零似乎没听见，仍然盯着老贾消失的地方，脑海里盘旋着他刚刚那番善意的提醒。

几天前，当他和段维在猜测"一线牵"的算法服务，可能是DL提供的时候，他就预想过可能会被对方反查，甚至已做好自己也会因此陷入困境的准备。但就在此时此刻，他无论如何预料不到，事情正向着他做梦也难以企及的方向，宿命般地朝他扑来。

而这一宿命的首条信号，几个小时后，就出现在了杨壹壹的邮箱里。

## 真正的"1"

因为慧杉被裁在即的员工档案，都是现成的，所以整理起来比较容易，在徐宏的配合下，杨壹壹和陈晓新在下午四点时，就已经拿着档案回到了数据社。

"真是的，老板都不在，为什么不让人回家？热死个人。"陈晓新一进屋就开始埋怨，因为还没到下班时间，杨壹壹一定要回工作室整理员工档案。

"你还说，老板交给你的任务完成了？"杨壹壹打开空调后，从冰箱里拿出两罐可乐，丢了一罐给陈晓新。

"这哪是一时半会儿的事情。"陈晓新扯开可乐拉环，绅士地先给了杨壹壹。

早就渴了的杨壹壹，接过来猛灌两大口："肥宅水果然解忧啊……"说完她突然感觉手机在牛仔裤兜里震动了一下，"有新邮件。"

要是自己的邮箱有邮件，杨壹壹不一定能及时看见，但这封邮件，是数据社的公用邮箱收到的。因为怕错过业务，所以杨壹壹在手机上设置了新邮件提醒，以确保自己第一时间看到。

"咦，匿名邮件？"杨壹壹盯着手机，一脸迷惑，"还是英文的？"

陈晓新像猫闻到了鱼腥味，立刻凑了过来。杨壹壹只瞟了一眼，就隐隐觉察出不对劲，赶紧走到自己的电脑桌前，登录邮箱，打开刚刚那封邮件，与陈晓新一起仔细读起来。

邮件很短，两人英文水平虽然都不如在美国待了数年的李零，但看懂一封普通邮件，肯定不成问题。可短短几行字，两人愣是歪着脑袋，看了七八上十遍，都没人率先发声，来肯定自己看到的内容。

"这……这这……"陈晓新结结巴巴，一会儿缩脖子，一会儿晃脑袋，活像在动物园看到什么奇怪的生物。

杨壹壹也皱着眉头，歪着嘴，一副在水果摊上捏到烂桃子的表情。

"我的天啊，这……"陈晓新推推眼镜，又读了一遍邮件后，彻底放弃了。他看着杨壹壹，等待她的反应。

杨壹壹看样子也已经将邮件里的每一个词都琢磨透了，包括抬头和末尾的那两个中文名字。她坐在椅子上，身体往后一仰，长叹一口气，用一种恍然大悟却又自嘲的语气说道："壹零数据社，"她冷哼一声，"原来，我是个冒牌的'1'。"

邮件内容翻译成中文，大概意思如下：

*李零，*

*　　看在姐弟一场的分上，我好心提醒你——不要与 DL 作对，不要试图挑战我，不要再做无用功！*

*　　你所看到的一切，都是时代进步的结果，是注定的。*

*　　我们成长的时代，所有人的基因，都被视作是均等的，可你应该清楚，基因绝对有高低之分。你从小到大，都是因为不相信这一点，而浪费了无数时间和精力。但你现在再看看，如今几乎所有的人，都有数字画像，包括基因在内，都能实现数据化呈现。这些数据就是切实的证据，再也不必争议。*

*　　你应该为此感到高兴。*

*李贞仪*

"壹壹，这么说，老板有个姐姐？"陈晓新扶着额头，似乎那里已经宕机，"我的想象力已经停滞了。"

杨壹壹此时脑子里，也像是有一团乱麻。毫无疑问，这封邮件是写给李零的，但因为公用邮箱一直都是她在管理，所以李零是不会收到这封邮件的。李零的姐姐，叫李贞仪？是属于 DL 的吗？李零知不知道？如果不知道，自己需要第一时间告诉他吗？可他从未提过有一个姐姐，自己跑去告诉他，不就等于知道了这原本他不想告诉别人的秘密？但也不可能不告诉他，那究竟怎么说才合适呢？或者说，她要怎么告知他，才会显得自己毫无怨气？

杨壹壹尝试着将这些问题理清楚，但在她内心深处，还纠结着一个更令她揪心的问题——李零似乎真的从未对她敞开过心扉，所以在他眼里，自己真的只是一个普通同事？

"你先回去，我在这里等他回来。"终于，杨壹壹再次开口，朝一直站在旁边，一脸茫然的陈晓新说道。

陈晓新没吱声，他完全不会计较李零是否对自己掏过心窝子。但他多少能理解杨壹壹怅然若失的心情，便也不多说不多问，默默地收拾起书包回家了，留杨壹壹一个人在那里枯坐着。

待天完全黑时，李零才回来，他推门进来，见屋内没开灯，他以为是最后离开的人忘了锁门。

一开灯，从黑暗里突然涌现的杨壹壹，吓了李零一跳："怎么不开灯？"

杨壹壹扭过头来，眼神空洞地看着李零，活像恐怖电影里的女鬼。

李零皱起眉，走近些："这是怎么了？今天在慧杉不顺利吗？"他察觉到了不对劲。

"没，"杨壹壹咽了咽口水，她还是没想好要怎么开口，只好先顺着李零的问题回答道，"还算顺利。"

李零眨着眼，有些迟疑，但还是点了点头："辛苦了。我这边，根据老贾的情报，如果晓新那边的情况也类似，那基本就可以判断，这次席卷全球的裁员风暴，始作俑者确实是 DL。"

杨壹壹压抑着怒火盯着李零，她能看出来他对自己的反常心生疑惑。但他向来如此，即使觉察到，也从不关心。这一点一直都令杨壹壹恼火，以往，她都忍下来了。可这次，因为掺杂进更多因素，她觉得是时候摊开说了。

"我送你回家吧。"杨壹壹站起来，拿起自己的包。

李零刚在自己的座位坐下，准备打开电脑："不用了，你先……"

"我有话要和你说。"杨壹壹打断他。说完也不等他反应，就板着脸自己先下了楼，坐到车里等他。

李零跟了上来，打开车门，坐到副驾驶，脸上依然冷静得无情。
　　"师兄！"这个称呼，杨壹壹叫了无数次，但这一次，是从未有过的语气。
　　李零没有应答，只是转过头来看着她。那表情杨壹壹看不出他是愿意听，还是勉强愿意听。但她已经管不了那么多了。
　　"有些话，我今天必须要问你，不管你愿不愿意回答，"虽然刚刚已经在心里打过草稿，但一开口，杨壹壹还是紧张得声音发抖，她害怕李零面对自己的问题无动于衷，更害怕他给出自己不想听到的答案，"数据社成立已经快两年了，这期间我们几乎每天都见面，我时常会有种错觉,觉得我们的关系应该比同事更亲近一些。但……但我对你的了解，仅限于喝什么咖啡，喜欢穿什么衣服，习惯什么时候戴上墨镜……这也算了解吗？你沉默的时候心里在想什么？你时常一个人在忙什么？你有其他朋友吗？你会在下班后和他们聚会吗？你的亲人呢？你多久和他们联系一次？你也有普通人的喜怒哀乐吗？你也陷入过爱情吗？你成长中有哪些趣事？小时候也是个调皮捣蛋的小孩吗？"杨壹壹一口气将心底的疑问全盘托出，语速快得差点儿噎住自己，她不得不停下来调整情绪，深吸一口气，才继续说道，"你可以认为我这样打探别人的私生活很没礼貌，但我是真的想知道。我一直尝试着打开你心里的那扇门，可你总是视而不见，紧紧地拽着门把手，我力气都快耗光了。你难道没有知觉吗，你的心肠是什么做的……"
　　杨壹壹还在说，李零始终一动不动地看着她，除了眨眼，他脸上的表情没有任何变化。直到她终于累了，停下来，他还是一言不发。杨壹壹有些不可思议，她苦着一张脸，迎着他的目光，沉默了好一会儿，最终还是先别过头去。车前方的窗外，匆忙经过的路人和刺眼的街灯，令她太阳穴发胀，她第一次有了心寒的感觉。她拿起手机打开邮件，递给李零，将头埋到方向盘上——她不想让人发现自己的眼泪。

李零接过手机。他不需要那么长的时间理解邮件里的内容，看完后也没有像杨壹壹和陈晓新一样吃惊。杨壹壹抬起头，看到他的脸上，仍是令人窒息的平静，但好在他开口说话了。

"自己都不愿回忆和面对的事情，怎么展示给别人看？"

杨壹壹感觉到，李零说话的语气中，似乎终于有了一丝情绪波动。

"但如果你真想知道，我可以当成一个故事讲给你听。"

这次轮到杨壹壹默不作声了。


就这样，有关李零的过往，在接下来的时间里，如同一条林中小溪，缓缓地流经杨壹壹眼前。

李零出生在一个普通家庭，有一个大他不到两岁的姐姐。因为父亲是数学家，在互联网发展之初，他就意识到世界即将发生翻天覆地的变化，便在第一时间购入电脑。作为最早一批安装电脑和网络的家庭，李零和姐姐自小便在父亲的影响下，成了第一代互联网用户。因为数字"1"和"0"是计算机存储二进制的基本单位，所以父亲给女儿取名为"李贞仪"，儿子取名为"李零"，希望他们将来也能成为改变世界的一员。

但世事难料，母亲在李零刚记事没多久便因病离世，分身乏术的父亲，最终选择了重点培养智商更高的姐姐。这是对年幼的李零和李贞仪反复进行智商测试后的结果。父亲用干枯直接的数据和案例来告诉李零，比起他，姐姐更值得自己付出精力和财力。

刚刚失去母爱的李零，不甘心自己因为两组数字的高低又失去父爱，因而发奋学习，试图证明自己。可就在自己刚刚被深海大学录取时，父亲也突然一病不起。随着父亲的逝世，李零和姐姐愈发关系淡薄，日渐疏远。然而数学家的基因，却让姐弟两人在今后的人生道路上，不约而同地选择了同一个行业——大数据行业。

李贞仪坚信所有事物从元数据开始，都能计算分析出未来结果，没有意外；李零则因自身经历，否定数据独裁，主张"人性才是万物的尺度"，也就是数据模型中的变量。姐弟两人在父亲离世后，多年都不曾联系，直到两人先后在美国成为行业里的佼佼者，李零才又有了一些姐姐的消息。但因为两人对于大数据的理解截然相反，加上李贞仪行事低调，逐渐消失在大数据行业圈，李零一晃又是数年没有她的消息。

这些年来，李零从未停止努力，希望有朝一日能推翻父亲和姐姐的理论。之前在美国写的"文远"算法，其根本就是为了证明，任何算法都无法凌驾在人性之上。虽然在美国没能成功，但回国后他仍未放弃，想尽一切办法修补算法的漏洞，包括接飞云的案子，也是为了得到飞云的优质数据来测试文远算法。只不过少了ACX公司强大的资金和人力支持，凭一己之力，他步履维艰。

在外人看来，他就像是个没有感情的人工智能，但实际是因为他根本无暇分心给其他事情，也因此从未经营过亲密关系。他人的爱意他并非毫无知觉，只是每天都会在心里提醒自己，绝不能松懈！因为一旦懈怠，他这么多年来为之努力的东西，就会瞬间分崩离析。

这可能是李零近三十年人生中，说话最多的一次，自己那些从未和人说起的往事，他几乎毫无保留，全都一次性告诉了杨壹壹。

最后，李零还是面无波澜地盯着窗外，但声音已开始轻度哽咽："我原本以为，消失的人总有一天会出现，时间也终能改变一切。可明明轻而易举就能找到我的私人邮箱，却偏要发到公用邮箱，你明白吗？她对我贯穿了近三十年的轻蔑……完全没变。"

## 劣质基因

　　仪表盘上的时钟显示快九点了，杨壹壹知道这个时间点路口会准时出现一个夜宵摊。摊主招揽顾客的方式别出心裁，他给灯箱招牌围了一圈彩色灯泡，灯泡闪起来的时候十分显眼，老远就能看见。果然，时针刚指向九点时，一阵车辘辘摩擦马路的声音便从远处传来，杨壹壹在后视镜里，看到那位穿着白色厨师服的摊主，正推着他那台招摇的夜宵车，摇摇晃晃地朝路口驶近。

　　经过杨壹壹的车时，那平时看起来不怎么匹配的彩灯和夜宵摊，今天看起来却分外和谐。杨壹壹微微扭转头，意外地发现窗外闪闪的彩光，映在李零棱角分明的脸上，终于让那里有了一丝色彩。

　　在杨壹壹眼里，李零第一次显得如此鲜活。虽然这鲜活是带着些悲情色彩的，但这全新的李零，令杨壹壹心里涌起一阵熟悉的暖流和爱意。她心里前嫌尽弃，甚至想要伸出手来，拍拍他的背——"无暇顾及其他"——但一瞬她又想到他刚刚说过的这句话，最终还是决定用他容易接受的方式安慰他。

　　"你确实应该感到高兴。"杨壹壹缩回手，淡淡地说道。

　　李零转过头来看着她，等她说下去。

　　"时间没有改变她，但也没有改变你啊。"杨壹壹望着李零，露出一个浅浅的微笑。

　　李零闻言，牵起嘴角，眼角泛泪，感激地朝她点点头。

　　两人不再说话，久久地坐在橘色街灯的光晕里，任由时间流逝，任由他们之间前所未有的亲近感，在小小的车厢内暗自流动。

二进制诞生之时,"1"和"0"就成为互联网世界最重要的两个数字,它们用无数的排列组合,共同为人类社会构建了一个美好却又虚幻的新世界。但现实世界里的李零和李贞仪,却是完全对立的关系。对此,杨壹壹觉得十分遗憾,她原本还希望看到李零和他在这世界上的唯一亲人放下芥蒂,互相依靠。但很快,她就见识到了这种可能性的微乎其微。

在李零对杨壹壹无所不言后的第二天,陈晓新就发现数据社的气氛发生了大逆转。杨壹壹不再像前些日子那样时冷时热、阴阳怪气,她似乎又回到了数据社刚刚建立之初的状态,说话做事重新变得热情和积极。李零对杨壹壹的态度,似乎也发生了微妙的转变,但陈晓新说不上具体是哪里不同。总之这两人,就像刚刚置完气又和好如初的小情侣,眼里都洋溢着更甚从前的默契。

接下来一整天,三人从早到晚,都在从慧杉拿回的人事档案里寻找突破,希望找出"员工价值计算器"的破绽。当然,数据社三人手上是没有这份算法的,但李零正试图用上次模拟的"一线牵"的算法,结合人事档案,模拟出"员工价值计算器"。

"老板,我不太懂,这个怎么操作的?"陈晓新端着几份人事档案问道。

"在老贾的启发下,我猜'一线牵'筛选会员的算法,和'员工价值计算器'的算法原型可能是一样的,我按这些被裁员工的特性,从'一线牵'的算法里,修改应用算法程序时的输入筛选条件,看能不能模拟出'员工价值计算器'。"李零抻了抻手指,"当然做不到一模一样,但……如果方向对了的话,就有可能从中摸清它的规律,寻找到突破口。"

"唉……"陈晓新摇摇头,"你说的每一个字我都懂,但是连起来还是……"

"你可闭嘴吧！"在茶几上摆摊的杨壹壹大声喊道，"快给我滚过来整理这些名单！"

李零抬头冲她笑笑，手指继续在键盘上翻飞。

"一线牵"的算法相对简单，"员工价值计算器"却是出乎意料的精细，在杨壹壹和陈晓新的印象中，李零似乎还是第一次在写算法程序上遭遇困境。忙活了一天，两头进展都不太理想，精疲力竭的三人，只能先回家休息。

隔日早上，杨壹壹起了个大早赶到工作室，在楼下刚好碰到李零。两人相视一笑，一起上楼。

数据社在三楼，两人爬到两楼半的位置，突然看到一个女人站在 10 灯旁，背对着楼梯。

杨壹壹刚想张口问来人是哪位，却发现李零像一尊被急冻过后的冰雕，突然立在那里一动不动，眼睛透过墨镜盯着楼上那个女人的背影，似乎她就是那位施展急冻术的女巫。

女巫察觉到身后的动静，慢慢转过身来。

杨壹壹警觉地紧盯着她，却发现她连看都没看自己一眼，只是居高临下地上下打量李零。然后，她就……她就大笑起来。

莫名其妙的杨壹壹看看身旁似乎受惊不小的李零，他还戴着墨镜，看不清镜片后的眼神，只见他的腮和喉结先后鼓动了两下后，脸上就迅速恢复了平日里的镇定。他从女巫身上收回目光，埋头走完剩下的楼梯。杨壹壹也跟了上去。

那几步，李零走得特别坚定用力，到达门口时，他避开女巫，用指纹打开门锁，气定神闲地走了进去。杨壹壹跟在后面，正犹豫该不该邀请来人进屋时，她就抢在前头，自己进去了，根本当杨壹壹是空气。

进去后，杨壹壹发现李零并没有坐下，他就站在沙发旁的架子边，手插在西裤口袋里，低头盯着自己的皮鞋，似乎那上面有一团让他无法忍受的污渍。

女巫进来后，兀自在李零对面的沙发上坐下，杨壹壹这才得以仔细观察她的长相。这一看不打紧，杨壹壹惊得差点儿当场叫出声。

看李零刚刚在楼梯上的反应，杨壹壹原本以为这可能是和Penny一样，与李零有过过去的女人，但仔细看那张脸，才发现——这就是那位发邮件的——李贞仪！

杨壹壹之所以这么笃定，是因为这个女人的额头与嘴唇，几乎和李零一模一样！李零的额头，从侧面看，发际线到眉骨，是一条十分好看的坡线，李贞仪头发盘在脑后，清晰的额线与李零的像是同一把尺描绘出来的；李零的嘴唇不算宽却很饱满，暗红的颜色带着湿润的光泽，十分性感诱人，但同样的嘴型长在李贞仪脸上，却显得强势且傲慢。她未施粉黛却活力十足，皮肤光滑洁白，一身剪裁得体的阿玛尼套装，裹着她高挑精瘦的身体，四肢和双手全都修长匀称。这些特征，无不证明她与李零，是出于同一遗传基因。

"我警告过你。"

杨壹壹还处在震惊之中时，李贞仪说话了。她说话的语调，都与李零有几分相似。

李零抬起头，嘴角浮起一丝捉摸不透的笑意。他没接话，只是透过镜片定定地看着李贞仪，就像小时候看着对他举着成绩单炫耀的姐姐。

童年的李零，不是没有享受过亲情的温暖，他也是在爱与期待中降生的小孩。温柔慈爱的母亲和严厉刻板的父亲，让他曾像普通家庭的小孩一样无忧无虑。姐姐和他的日常生活，由母亲悉心照料，而父亲只负责辅导姐弟俩的学习。虽然成绩较好的姐姐会得到父亲的偏爱，但这并未让年幼的李零产生落差。倒是姐姐，因此养成了热衷攀比的心理。只要李零做了什么她认为抢了她风头的事情，当时还小小的她，便会板起脸对他说："不要试图挑战我，我警告过你！"

"我警告过你。"李贞仪又重复了一遍，像是为了防止李零没听见。

一瞬间，气氛变得令人窒息，似乎有一台巨大的机器正在抽光室内的空气。杨壹壹搓了搓自己手臂上冒起的鸡皮疙瘩，打了个冷战。

好巧不巧，陈晓新这时候来报到了，他像平时一样，"嘭"的一声推开大门，只为提醒里面的同事，自己闪亮登场了。往日没人理会他的表演，可这次却让杨壹壹吓了一大跳，她怒火冲冲地看着陈晓新，希望他能有些眼力见儿，安分点儿。

但李贞仪就像无视杨壹壹一样无视了陈晓新的出现，她仍然在和李零对视，并开口说道："当然，你要是不听劝，我也不会拿你怎样。因为你的那些伎俩，对我来说，解决起来就像捏死一只苍蝇一样容易。"

"哟嗬！"还没来得及看清李贞仪外貌的陈晓新，自然也不会知道她就是李零的姐姐，一进来就听到有人在怼自己的老板，他第一时间想到的就是要怼回去，"苍蝇那么灵活，你捏一个给我看看？"

杨壹壹一把扶住额头，疯狂朝他眼神暗示。

李贞仪转过脸来，瞟了一眼站在门边的杨壹壹和陈晓新，接着转回去朝李零问道："这就是你的两位同事？"语气就像评价赛马场上的两匹马，"这里……"她环视一眼整个室内，"就是你现在在做的事？"她摇摇头，轻蔑之情溢于言表，"十几年没见，你也没长什么本事啊，智商测试的数据，果然是准确的预言。"

陈晓新瞪大眼睛，看着杨壹壹，一时不敢相信自己听到了什么。

杨壹壹朝他皱皱鼻子，做了个闭嘴的手势。

依然保持站立的李零，仍然不肯接话，但他眼前，早已随着李贞仪的话，浮现出当年的情景。

母亲的突然离世，让从未照料过姐弟俩日常生活、曾一心扑在学术钻研上的父亲手足无措。他应该也想过要将一双儿女都培养长大吧，但人的精力毕竟有限，加上早就看出女儿在数学上异于常人的天分，他心里的天平日渐倾斜。似乎是为了让自己的偏心显得有说服力，最终他让姐弟俩进行了智商测试。

李零永远都记得那一天的每一幕：他小心翼翼地答题，紧张到指甲抠进肉里；明知结果的父亲，看自己的眼神；姐姐在结果出来前，志在必得的样子……

在李零不堪回首的童年回忆中，母亲的突然离世，都不及那一天在自己内心埋下的伤害。

当姐姐挥舞着那标志胜利的测试结果时，年幼的李零便在懵懂中，读懂了父亲脸上的表情——自己的人生，将与"亲情"这个词，作别了。他攥着上面标示着自己智商水平的测试结果，在心里埋下了"就算用尽一生，也要努力推翻它"的种子。

"这么看，倒是长高了些。"李贞仪仰着头斜起眼，从头到脚看了一眼李零，"小时候，爸把有营养的东西都给了我，我一直以为你会变成个矮子的。"她言下之意似乎还有些可惜。

李零微微摇头，继续保持着沉默。

"怎么？现在不会营养不良低血糖了？"

杨壹壹这才理解，为什么每次李零用脑过度后，都要补充大量糖分，原来是从小就有的低血糖症。她看着李零，纹丝不动的他似乎已经游离到了时空之外，面容僵硬。

李零确实又神游到了小时候，那些飘着煮鸡蛋和豆浆清香的早上。

"姐姐要参加数学竞赛,要拿第一的,得多吃点补充营养,脑力才跟得上。"

父亲将唯一的鸡蛋和豆浆推到姐姐面前,然后端起碗,边和自己一起喝白粥边如此说道。

"你这戴的是墨镜还是近视眼镜啊?我们家可没有近视基因。"似乎为了证明自己视力好,李贞仪的眼神变得更加凌厉,话语也更加刻薄,"还像小时候一样不要命吗?不如人就是不如人,这是天生的,没办法的事情。我早告诉过你,你偏不信!"

李零回过神来,却又因为眼前气色红润,而显得愈发咄咄逼人的李贞仪,再次陷入回忆的潮汐无法抽身。

当初父亲病逝后,李零曾寄希望于,或许姐姐会因为彼此是这世上唯一的亲人,而变得与自己相依为命。不想这微小的希望,却被已准备好赴美深造的姐姐,强调不要拖累自己的言论再次击碎。直到现在,姐姐李贞仪,才再一次以眼前这种姿态,出现在他眼前。

杨壹壹知道李零不肯摘下墨镜,定是因为不想情绪失控被发现。但连她,仅凭墨镜下的那半张脸,都能猜到他的想法。

李零抬起头,朝杨壹壹微微努努嘴,她明白他是想让自己帮忙送客。

杨壹壹点点头,深吸一口气,鼓起勇气走过去,客客气气朝坐在沙发上意犹未尽的李贞仪说道:"不好意思,我们今天还有工作要忙,要不你改天再来喝茶……"

李贞仪猛地扭过头来瞪着杨壹壹,那气场吓得她差点儿当场摔倒。要不是李贞仪已经起身朝李零走过去,杨壹壹都以为她会给自己一巴掌。

眼见李贞仪靠近的李零,下意识地朝后退了两步。两人保持一米的距离，对峙而立。

大概十秒过后，李贞仪以迅雷不及掩耳之势，上前一把从李零脸上摘下了墨镜。

杨壹壹和陈晓新都被她这个动作吓得不轻，身体不受控制地上前想要帮李零，但理智又让两人都退了回来。

唯一不动声色的，还是李零，即使墨镜被摘下，他依然冷冷地看着李贞仪，看着自己的姐姐，眼里毫无情绪。杨壹壹知道这是他最擅长的事情，他每天如此。

"看起来不近视啊，那你大白天戴什么墨镜，想掩藏什么？"李贞仪又靠近一步，"是怕我看出你的恐惧吧，你在我面前，除了自卑，还剩下什么？"她冷哼一声后，一字一顿地朝李零说出了最后一句话，"劣质基因的自卑感，果然会贯穿一生！"

丢下这句话后，她再也没看这间屋内的任何人和任何东西，昂着头，踩着高跟鞋走了出去。

李零望着李贞仪离开的背影，久久没有挪动身体。或许在旁人看来，李贞仪的言语和态度极其不近人情，狂傲得让人感觉不可思议，但在李零看来，她的一切都是那么熟悉——还是小时候那个因为智商优于自己，优于大多数人，而目空一切的姐姐李贞仪。

## 企业基因

年幼时的李零为了得到父亲的重视，证明自己也能像姐姐一样优秀，养成了独自承受、勤勉苦学的习惯。他那如今在杨壹壹和陈晓新看来天才般的能力，实则是从小到大疯狂努力的结果。

明白这一点后的杨壹壹，对此心疼得无以复加。她是个原生家庭十分幸福的孩子,无法想象一个人无依无靠地长大会有多么痛苦。

可李零却似乎丝毫未受影响,继续着昨天手头上的事情。但他越是如此,杨壹壹心里就越难受,担心他会憋出病来。她无心工作,一心想着自己能为李零做点儿什么。一个早上过去后,她想起了那个最初让所有人都抵触,但近来似乎开始没那么讨厌的人。

下午,午饭时间刚过,段维就出现在了数据社,但他刚一现身,杨壹壹就开始后悔将这头怪兽召唤来了。他今天意外地穿了一件银色的套头卫衣,上面还有些花哨的装饰,下身松垮的黑色卫裤上,缝了好些金色丝线,头发也被他抓得蓬松高耸,加上脸上神采飞扬,他看起来一点儿都不像是同杨壹壹说好的那样,来缓解气氛,好让李零感到释怀一些的。他这副打扮,倒像是来幸灾乐祸的。

果然,段维进门后,径直朝李零走去,边咂嘴边憋不住笑地说道:"这世上竟然有一个人远超过你,而且这个人还不是我。想想真是让人郁闷啊。"

李零听到声音抬起头来:"你来得正好。"

什么?听到李零这么说,不止段维,杨壹壹和陈晓新齐刷刷瞪着眼睛打量起他,就好像他因为李贞仪的到来,打击过大,产生了严重的后遗症。

"结合这几天搜集的讯息,我突然想到一件事,DL似乎只对符合自己理念的企业提供数据服务。"李零没理会众人的注目礼,继续说道。

"什么意思?"段维定在原地,似乎在没搞清楚状况前,他是绝不会再前进一步了。

"就是'企业基因'的概念。我和陈晓新找到了一批使用'员工价值计算器'的公司,经过一番调查,这些公司在重大决策上,基本都是实行独裁专制，比如家族企业、大股东独裁、外部资本控制等。只有这种公司，才能充分落实这种算法程序。"

段维缩起上身，将手插进裤兜，斜眼看着李零说道："我怎么觉得你在说ACX？"

李零没有看段维，对着自己的电脑屏幕点点头，说道："在ACX时我也有所耳闻。ACX的企业文化本身就很先驱，一直敢于尝试新东西，更何况那个'计算器'是大数据下的产物。董事会层面，似乎很早就在用此算法程序管理员工，只是为避免不必要的麻烦，而进行得非常低调。"

"是吗？"段维龇起一口闪闪发亮的大白牙，歪着头看向杨壹壹和陈晓新，似乎在邀请他俩一起帮忙确认这件事情。

可美国的事，杨壹壹和陈晓新哪里会知道，只能露出一副爱莫能助的表情。

"结合所有讯息，虽然不能百分百确定，但……"李零没有说完后半截。

"ACX的这帮子，真是……"段维一拳捶在桌子上，让电脑桌上的物品都跟着震颤了一下，"可我还是有些不理解，为什么他们不自己指派人，组队写一个算法，非要花钱买别人的？"

李零支起手臂，想了一会儿后说："也许并不想拓展类似业务，也许是出于实际需求和成本考虑才买DL现成的服务吧。"

"我去！"段维又是一拳，比刚刚那拳要狠得多，吓了一旁的杨壹壹一跳，"这么说，当初我的人事调动，也是计算过的咯？"

"那百顺，不会也……"陈晓新加入话题，一脸不敢相信地看着李零。杨壹壹知道他在百顺不仅有小冉这个心上人，还有群关系很铁的前同事。

李零抿起嘴，未置可否。

"一群老奸巨猾的老东西！"段维狠狠地咬起牙齿，鼻孔里出着大气，一看就是在盘算着如何报仇雪恨。他和陈晓新不一样，陈晓新再怎么说，也已经脱身，而段维，如果确定自己一直以来都是任人鱼肉的存在，向来心高气傲的他肯定万分难受了。

这时，杨壹壹的手机突然震动起来，有电话，她想也没想，就接了起来。

可刚一接听，她脸色就变了。当她扭捏着走过来，将手机递给李零时，李零已经猜到了手机那头的人是谁。

李零神情淡然地接过手机，扣在耳朵上。一直到五分钟后他挂断，都不曾说半个字。

陈晓新和段维不知发生了什么，一脸疑惑地看着杨壹壹，杨壹壹为难地摇摇头，示意他们先不要问。她本以为李零会自己告诉他们电话里的情况，却没想到，李零挂断电话将手机还给她后，就走到门口，拿起外套出去了。

"是谁啊？"李零一出去，陈晓新赶紧问道。

杨壹壹叹了口气："李贞仪。"

## 强强联合

第二天一大早，李零在工作群里宣布了一个重大决定——开启"文远"算法应对"员工价值计算器"！

杨壹壹和陈晓新都没有真正接触过"文远"算法，只在李零刚回国时听他说过几次。现在一听说要重启这个神秘的算法，两人都有些兴奋。闻风赶来的段维，比李零更早到达数据社。他果然是最了解李零的人，杨壹壹一说，他马上猜到李零此举的目的。

原来昨天下午的那个电话，确实是李贞仪打来的，她明确告诉李零，慧杉和"一线牵"，都是 DL 的客户，各类"计算器"的算法程序，都是她在 DL 负责的项目。

数据社捣毁了"一线牵"，现在又想制止"员工价值计算器"在慧杉的落地，这对于 DL 来说，不仅仅是失去两单业务那么简单。中国向来是全球各大互联网公司业务市场的一块大蛋糕，如果不能顺利在中国推行，也许 DL 会失去整个中国市场。

从小和李零一起长大的李贞仪，自然知道倔强的李零绝不可能让步，而心高气傲的李贞仪，也绝不可能向他示弱。加上横亘在两人之间的恩怨，在邮件和当面警告都没有收到理想效果的情况下，她明白此次除了正面交锋，一决输赢，没有其他解决办法。

这也正合李零的心意。李贞仪的宣战，条件开得很公平且丰厚——只要李零能战胜自己，证明自己的算法不适合慧杉，她将暂停并逐步结束"计算器"在中国的业务。

李零在电话这头没有表态。但李贞仪知道，这就代表李零接受了挑战。这是他从小的习惯，同意或是无所谓结果的事情，他就会选择沉默。

而李零之所以接受，表面上是希望了结慧杉的案子，结束裁员风暴。但其实在他内心深处，是想通过战胜李贞仪来证明，父亲当年依据两组数据，就裁定两个人的未来，是多么荒谬的错误。

他最想验证的，是自己多年坚持的意义。

"敢下这么狠的赌注，也是一种傲慢吧，"向段维陈述完大致情况后，杨壹壹如此总结道，"觉得自己不会输的傲慢。"

段维点头表示赞同，刚想发表一番高见，李零就进来了。

杨壹壹一眼就瞧见他憔悴不堪的脸，发青的眼圈深陷在眼眶里，像刚刚熬了两个大通宵。但他一开口,语气还是那么平和,甚至较以前又增添了几分温柔。

"'文远'算法庞大无比,当初在ACX的项目组,全球十几个顶尖人才汇集在一起,才写出了它。如果现在我要重启它,来对抗'员工价值计算器',"李零看看坐在沙发上的另外三个人,"我需要你们的帮助。"

段维冷哼一声,跷起二郎腿:"还不是因为当时没有我,你们才需要十几个人。"

杨壹壹看出来他是不想表现得太热情,毕竟他和李零之前那些针锋相对的缘由,也和"文远"算法息息相关。但显然他也不会拒绝李零的求助,一方面,他要一雪任人宰割的前耻;另一方面,或许在他心里,能和李零并肩作战,是一件求之不得的事。

李零笑笑没说话,男人之间的恩怨,来得快,去得也快。而且段维昔日对自己做的那些事,跟童年经受的遭遇相比,根本就不值一提。

翌日,重组的四人团队,就正式开始了重启"文远"算法的工作。

新加入的段维,用自己独有的方式,表现了自己的诚意。早上跟他一起进数据社大门的,是一大批半人高的黑色机器。

"谁让我钱多呢!"段维站在门口,边指挥搬运工人,边得意地朝杨壹壹说道,"都是未来科学院淘汰的,但是那话怎么说来着,'瘦死的骆驼比马大',虽然是淘汰的,但是也比你们现在用的要好多了。"

"这个谚语不是这么用的!"陈晓新可乐坏了,这对于他来说,就好像过生日的时候,原本只是希望得到一辆汽车模型,结果却收到了真正的汽车。

"哦？不是吗？"段维皱起脸歪着头，栗色的卷发在头上一晃一晃的。

"哎呀哎呀！"陈晓新想了想，抓抓脑袋，这种事情一时半会儿也解释不清楚，只好作罢。

"喂！"杨壹壹朝段维肩上拍了一掌，"百顺的工作你不管了？"

段维揉着剧痛的肩膀，表情痛苦地说道："我下面又不是一群草包，养他们就是为了让我少干活啊。"

等到机器摆放妥当，杨壹壹和陈晓新帮段维临时在李零旁边加了张小桌子。李零也抓紧时间，趁着愉快的氛围，开始分配任务。

他自己负责第一环，重构算法框架，虽然这些日子以来他已经将"文远"所有漏洞都打通了，但是原本的方向，只够应付商业运转，不足以对付强大的李贞仪；第二环由段维接力，负责细化算法；第三环是算法测试，由陈晓新用段维送他的新玩具进行；最后是杨壹壹，她负责各类资料的搜集，包括将测试结果整理好，交给李零和段维再次完善。

就这样，四人迅速地投入了工作。大家都因为在自己擅长的领域发挥所长而精神抖擞，又因为期待这全新的组合碰撞出的火花而兴奋不已。

在这紧张的忙碌中，最全神贯注的当然是李零。杨壹壹知道这对于他来说，是等了近三十年的机会，是一场无法接受失败的较量。

但李贞仪呢，在李零心里，真的只是一个必须战胜的对手吗？杨壹壹不像另外两个男人那么粗线条，她害怕的是，也许无论输赢，李零都会在这场较量中受到伤害。

她犹豫再三，终于趁着吃午饭时，段维和陈晓新下去买汽水的机会，朝仍然聚精会神敲打键盘的李零说道："师兄，你也休息一会儿吧。站起来活动活动，过来喝杯茶。"

李零停下双手，有些木讷地抬起头来："也好。"

他走过来，揉着眼睛问道："泡的什么茶？"

"小青柑，"杨壹壹揭开壶盖，给李零看了一眼，轻声问道，"师兄，"她的声音里饱含了难以掩藏的关心和爱意，"你真的没事吗？"

李零放下手臂，愣了一下后朝杨壹壹眨了两下眼："我没事。"

"怎么可能会没事，"杨壹壹本想说得委婉些，但话到嘴边就变了，"你不恨她吗？我是说你姐姐。"

李零抻长脖子，咽了一口口水，似乎"姐姐"这个词，让他有些难以适从。他咬起下嘴唇，摇了摇头。

"嗯？"杨壹壹不明白他的意思。

李零靠在沙发上，沉吟良久后，说了一句杨壹壹认为在这世上，或许只有李零才能说出的话。

"正因为她是我姐姐，所以我才一定要证明她是错的。"

杨壹壹恍然明白，李零当然不会真的恨李贞仪，这并不全是因为血浓于水。他想要的，或许只是希望世界上少一些像他这样的悲剧，希望那些以数字独裁为信仰的数据人，能放下偏见和执念，在大数据为背景的时代下，莫忘初心，多关注人性。


虽然段维大言不惭，宣称自己的加入，会让队伍如虎添翼，但李零试图用"文远"算法战胜"计算器"的想法，在短时间内，还是遇到了重重困难。时间很快过去了一个月，这一个月中，数据社内时刻飘荡着前所未有的压力。

徐宏每次打电话给杨壹壹，都说自己已经火烧眉毛，希望数据社这边能快点儿有结果，他能拖住董事会的极限值已经逼近。杨壹壹一次也没告诉李零，因为她太了解李零，他没有十足的把握，是不会轻易冒险的，更何况此次的较量如此重要。

这日，杨壹壹手上没有活要干，便开始负责后勤。有好几个晚上，李零和段维都在工作室通宵，困了就在沙发上凑合一下，加上最近大家都忙，所以室内的卫生状况已经很糟糕了。她先是清理垃圾，将所有物品都归位后，又将所有柜子上的灰尘擦拭干净，最后，地面清洁的工作她交给了扫地机器人。忙完这一切，她准备下楼去采购一些补给填满冰箱，好继续应对接下来的战斗。

"我下去买东西咯，你们有什么特殊要求吗？"杨壹壹朝始终在忙碌的三个男人问道。

但这会儿，李零坐在陈晓新的位置上，陈晓新和段维都站在他后面，三人似乎全没听见杨壹壹的话。

杨壹壹觉得有些奇怪，走过去，发现李零坐在电脑前，眉头深锁，右手放在键盘上，左手手指正无意识地放在嘴边啃着，他这模样杨壹壹还是第一次见。再看陈晓新和段维，全都一副屏息以待的姿态，仿佛他们只剩下最后一个号码，就要中彩券的头奖似的。

三人连呼吸都显得小心翼翼，弄得杨壹壹也不敢再发出声响，呆立在电脑桌旁等待彩球落定。

"演算完毕。"

也不知道过了多久，当李零右手按下键盘，喃喃念出这四个字时，已经看到结果的陈晓新和段维同时跳了起来，"哈哈！"两人在空中完成了击掌。

难道是……杨壹壹实在不敢相信，一脸茫然地看着三个男人。

"壹壹，告诉徐宏，我们准备好了。"

这句话有些模棱两可，杨壹壹不敢确定这句话是否真的就是她猜想的那个意思，她呆在原地，用大眼睛瞪着坐在那里活动腰骨的李零。

李零见她不动，停下动作，难得地露出一丝微笑，朝她用力点了一下头。

"我这就打电话！"杨壹壹立刻欣喜若狂地到处找手机。

在长达一个月的准备间隙里，杨壹壹经常会想象李零、李贞仪姐弟俩的对抗会以什么样的形式进行，但如今这一刻真的要来临时，她却有些不敢面对。

李贞仪这次来中国的行程，由徐宏全程安排，他丝毫不敢怠慢，用了公司最高规格替她张罗。因为假设此番李零不能帮助自己在会议上说服董事会，那么往后，自己恐怕也要看这位的脸色行事了。

按照她的时间，会议被安排在她抵达的第二天早上十点。

数据社三人早早就到了工作室，随后赶到的段维，发现李零并不在室内。杨壹壹指了指天花板的方向，段维马上拉开门上了天台。

李零果然在那儿，他正站在临街的围墙前，周身都沐浴在朝阳柔和的橙色光芒里。

"真是个风和日丽，适合打仗的好天气啊！"段维夸张地感叹道，见李零转过来，手上还夹着抽剩下的半根烟，"你啥时候开始抽烟了？"

李零朝烟努努嘴，就好像他也不知道它为什么会在自己手上。

"还记得那个早上吗？"段维双手撑上围墙，望着下面的街景说道，"就是你从酒店出来的那个早上，我跟着你到了咖啡厅，给你看那段视频。对你来说，气氛有点儿像啊。是不是？又是一场硬仗！"段维转头望着李零，一双混血基因的眼睛里，嘲讽和关切参半。

李零望着他笑了笑，抽了口烟，没有说话。

"其实那时候吧，我真的只是无聊，想找点儿好玩的事情做，哪知最后反被你摆了一道。"段维在李零肩膀上用力捶了一拳。

李零又笑了笑："我以为或许你可以修正它。"

"开什么玩笑，我一开始都没发现有漏洞。而且即使我发现了，那也不是一时半会儿能解决的问题。"段维干脆转过来看着李零，似乎他已经下定决心要在今天将过去的事情说清楚。

"确实有难度，'文远'的问题和你的算法几乎相同，我也是花了近两年的时间，才勉强摸索出些眉目，"李零深吸一口后扔掉烟头，烟雾从他嘴里和鼻腔里冒出来，飘到两人中间，"这次慧杉的事，也算是'文远'得来的机会。"烟雾散开，"多亏了你，万分感谢。"

"啥？"段维将手放在耳郭上，歪过头凑近李零。李零条件反射地退了一步。

"Come on！扯这些。要我说，咱俩浪费了太多时间，早就该联合起来搞事情。"段维站直了身子，继续说道，"不过我等下不能陪你们去慧杉了，我的身份不适合出现在那里。"

李零点点头，段维毕竟还是百顺的员工，而且他还是一位知名员工。

"不过你也别怕她，真正的天才我见得不少，但能让我段维钦佩的，只有你这样的人。"说完这句，似乎是有些难为情，段维转过身，头一低，就朝楼梯的方向走去，"走了。"

李零看着他的背影，没有说再见。


## 巅峰对决

十点还差一刻，杨壹壹就载着李零和陈晓新抵达了慧杉。徐宏派了自己的助理下来接三位上楼，前往会议室。

"徐总在楼上等着各位。"

351

年轻的助理,让杨壹壹想到小冉。她猜测起徐宏不能亲自来接待李零的原因,不禁紧张起来:"她已经到了?"

助理机灵地朝杨壹壹点点头:"董事会也到了,都在会议室。"

杨壹壹瞅瞅一脸事不关己的陈晓新,又看看依旧淡定无比的李零,暗自捏了一把汗。她没料到数据社团队,竟然是最晚到达的。

在杨壹壹还没做好十足的心理准备时,会议室的大门就被助理推开了。偌大的会议室内,十来个人的目光都齐刷刷地朝这边扫来,杨壹壹眼前一黑,差点儿吓得退了回去。

会议桌是长条回形桌,虽然也有主位,但一眼就能看出大家都坐得很随意,因为主位上坐着的那位,很显然不是今天会议的重点发言人。他看起来,似乎和另外三个穿深色西装的中老年男人是一伙的,全都大腹便便,而在他们旁边,还有一个眼神凌厉的中年女人和一个记录员模样的年轻男人。杨壹壹心想,这应该就是董事会成员了,看起来真像是来看热闹的。

徐宏的位置正对着大门,他与记录员之间隔了两个座位,看起来孤零零的。徐宏的对面,背对着门坐着一个发髻盘得高高的女人和一个皮肤黝黑的男人,光是看那发髻下透露着高傲的后脑勺,杨壹壹就认出了那是李贞仪,而她旁边的男人,因为是黑人的缘故,杨壹壹判断不出年龄。

"弟弟,别来无恙啊!"李贞仪半转过头来,眼神并没有直视李零。她当然不是在打招呼,她这句话是想让李零难堪。

果然,董事会的几位,闻言都面露讶异,显然他们之前是不知道的。徐宏也吃惊不小,他只当两人同姓是巧合,毕竟姓李的人太多了,压根没想到两人会是姐弟。他几步绕过桌子,假装来迎接三人,背对着其他人时,小声对李零问了句"怎么回事"。李零没理会,径直朝徐宏刚刚坐着的位置走去。那里是正对着李贞仪的座位。

"这是我请来的专业人员,"徐宏有些尴尬,见数据社三人已落座,他朝董事会成员介绍道,"这位是李零先生,他将代表我,向各位说明,'员工价值计算器',"他说到这里停顿了一下,心虚地看看李贞仪后,降低了音量,"并不适合我们公司。"

李贞仪根本没把徐宏放在眼里,她斜着眼,目光一直跟着李零。但李零似乎什么也感觉不到。

董事会的人也都只是点点头,神情就像坐在斗兽场观众席上的人一样冷酷。

"那我们就按我发给各位的会议主题……"

"我先说!"李贞仪果断打断了徐宏的发言,似乎是希望他能搞清楚,这是属于她和李零之间的对决,她不想在别的事情上浪费时间。

杨壹壹看过徐宏发的那封关于会议主题的邮件,可能是需要面对自己公司的董事们,条条款款列得详细而又烦琐,如果照他的思路进行今天的会议,想必最少也得三个小时。李贞仪和李零都不会让这种事发生,这一点毋庸置疑,因为他俩是肯定无法那么长时间共处一室的。

李贞仪转过头,调整语气对左边的董事会成员代表说道:"我们公司为贵司提供的'计算器',说白了,就是'上帝的传声筒',"说到这里,她昂起的头转了回来,目光再次投射到李零身上,"上帝给了你什么基因,为你安排了什么样的命运,'计算器'会计算得一清二楚。"她将头又朝前探了一寸,盯着李零的眼神变得更加凌厉,"它是全知全能的智慧结晶。"

这夹枪带棒的几句话,表面上说的是"计算器",实际上针对的是李零。杨壹壹坐在李零旁边,感觉对面射过来的,全是无形的利剑。徐宏坐在黑人旁边,不停地咽口水。

"世界上没有无所不知的智慧。"几秒后，李零终于开口，他将头轻轻歪向另一边，声音较咄咄逼人的李贞仪相比，要从容数倍，"再伟大的算法，也只能作为决定性结论的参考工具。"

"为什么没有？"李贞仪语带讥讽地反问道，"你现在生活中还有哪件事，不是大数据和算法，在帮你做决定？"

"是帮，但不能取代我、替我做决定，更加不能利用它去做犯法的事情。"李零最后这句说得稍慢。

李贞仪冷笑一声："你也说了，算法只是工具，我卖的是刀，哪能左右买的人是用它来切菜还是杀人。"

"你可以。"李零丝毫不被李贞仪的气场所震慑，始终直视着她，脸上神情平静，"算法在前期定制和后期维护更新时，都不可能避开'用户在用算法做什么'这件事情。你一直知道。我们调查'一线牵'时，不正是 DL 发现并提醒他们的吗？"

"一线牵"的丑闻，在互联网上闹得沸沸扬扬，直到如今都还未彻底平息，所以李零一提到它的名字，董事会成员们就开始纷纷交头接耳。这似乎瞬间让李贞仪处于下风，但她毕竟是在智商测试中，高于李零的人，几秒钟时间，她就恢复了战斗值。

"我说了，我只对刀的售后负责任，不会去管买刀的人做了什么，那是执法部门的事。"

"也就是说，你也知道'员工价值计算器'在慧杉，有可能会变成杀人工具，也就是杀死企业的工具？"

"多少年没见，你这嘴皮子倒是变厉害了。"李贞仪斜着眼看了李零几秒，不屑一顾地挖苦道，全然不顾这句话的不合时宜，"不过我早就知道你会拿'一线牵'这种极端案例来说事。"

她朝旁边的黑人扬了扬下巴。杨壹壹这才仔细看这位黑人，他顶多二十出头，动作利索，神情沉着，眼里闪着超乎常人的机警。

应该也是位天才吧,杨壹壹心想。

黑人小哥点点头,翻开电脑操作几下,主位对面的投影屏幕上,显示出一组数据。

"人力成本,一直以来都是绝大多数公司固定支出的大头,直接影响了公司的经营状况。"李贞仪昂起头,用手掌指着投影介绍道,"这是全球范围内,部分使用过和正在使用DL'员工价值计算器'的公司,他们后面的数据,是使用'计算器'前后的人力成本增减表。想必不难看出,这里面不乏一些知名的老企业,本来已是濒死的状态,结果在'计算器'的帮助下,奇迹般地起死回生了。只不过,因为DL向来行事低调,我们没有将这些成绩对外发布。"

董事会成员们都看得很仔细,因为投影上显示的名单中,确实有好几家都是知名企业,从强大到衰落,再到重整旗鼓,都曾是业界大新闻。这一招果然奏效,从董事会成员们脸上的表情能判断出,他们很相信这些摆在眼前的案例和数据。

徐宏见状,有些耐不住性子了,他转过身子,隔着黑人小哥朝李贞仪道:"可是慧杉运营得很好,我认为目前还没有迹象表明需要用到计算器。"

"徐先生,"李贞仪礼貌地转过来与他微笑对视,"等到你觉得需要的时候,可能为时已晚。"接着她又挪了挪身子,环视一眼众人,"这里没有你们公司的基层员工,我就直说了,你可以说我冷血,但这是一个成人的世界。一个公司,不是说它没有亏损,就算运营得好。从利益角度考虑,我们如果可以选择成本更低的方式管理员工,何乐而不为呢?"她的表情,似乎这番苦口婆心的说辞,是怀着慈悲之心说出来的。

董事会的人都不说话了,齐齐望着徐宏。李贞仪的这番话,显然是他们这些企业家,谁也不愿意在明面上说出来,但又绝对认可的言论。

"你不明白,我的那些部下一走,公司必将迎来动荡。"徐宏焦急地擦着额头上沁出来的汗。

"动荡肯定会有,但在那之后便会迎来新生,我想你不会对自己的能力连这点儿信心都没有吧?"李贞仪晃了晃身体,眼皮懒懒地翻了两下,"其实'计算器'对你手下那些老员工的计算结果,能非常直观地看出来,这些人为什么会分数如此低。年纪大了家庭事务增多、无法长时间加班、身体机能下降疾病增多、薪资过高、思想顽固滞后……我想这些弊端,你不会不清楚,你只是因为需要直接面对他们,所以难以接受和处理这个结果。"

董事会的人仍然在看着徐宏,徐宏尴尬地将身体转回来,拿起桌上的矿泉水,按在额头上,试图给自己降温,同时用眼神向李零求助。

李零没看他,只是动作轻柔地翻开自己的电脑,在上面打开一个程序后,将它投上了投影。

其他人都看不明白,只有李贞仪稍微看了一会儿后,不可思议地看着李零问道:"这不就是'文远'吗?"似乎李零拿出来的,是几块积木。

闻言,李零那始终不动声色的脸上,终于有了些惊讶之色。他不解地看着李贞仪,奇怪她为什么会这么快就认出了文远算法。但马上他就明白了答案——果然,ACX 也是 DL 的客户,而自己,早就在李贞仪的视野之中。这令他一阵眩晕难受。

见李零如此反应,李贞仪立刻大笑起来:"哈哈哈,真是我的好弟弟,你知不知道,支撑你这套算法的压缩工具,就是我写的?"

杨壹壹紧张地转头看着李零,发现他正努力平复情绪,喉结剧烈地震动了两下:"我还真不知道,这套业界号称革命性的压缩算法,是你的杰作。不过,梵高的成就,要归功于发明画笔的人吗?"

"你竟然拿自己和梵高比?"李贞仪突然激动地双手撑在桌子上,似乎是想要站起来,指着李零说出后面的话,"你难道还是如此没有自知之明的吗?梵高的天才基因与生俱来,如果那时候就有'计算器'的话,他也不至于潦倒一生。他是你的反证!"

杨壹壹发现,李贞仪的极端思想,几乎渗透进了她的每一句话,或许造成这份极端自信的,正是她那过人的天分。

李零平和地笑了笑,似乎达到了某种目的:"回到正题,再次强调,我并不反对'计算器'的存在,但它只能是一个参考,不能用它的结果来判断员工的去留,真正的决策者,到最后,只能是人。你的计算器,只能计算出削减的成本,却无法预计因此产生的不良后果。"

无招胜有招,让李零无往不胜,这一技能他已在残酷的社会丛林中历练多年。眼前他对李贞仪挑衅的无视,恰巧激怒了李贞仪。她从小到大在李零面前高人一等,令她在这一刻的胜负欲空前旺盛。

"你知道短短五年内,我对接了多少公司吗?"李贞仪平复下来后,从黑人小哥手里接过电脑,又将投影画面切了回来,"光是这些数据,就很能说明问题了。为什么我就没有看到你说的不良后果呢?"

"先不说你这份数据是否经过筛选,即使真如你所说,这些企业的命运都因为'计算器'而逆转了,那也是偶然,是运气。而且,就算是裁员导致的不良后果,也有可能被其他原因掩盖了。这样,我们先来看一份不一样的数据,"说话间,李零已经换掉了李贞仪的数据表,投上了一张新的,"我们这边,调查了三十家使用过'计算器'辅助人事管理的企业,两年内,倒闭和发生过严重危机的,就有十七家,我虽然不敢保证是否每一家如今的命运都与'计算器'

有关，但从这个概率，"李零说到这里，转向董事会成员，"你们可以估算一下慧杉的运气。"

董事会成员们，就像几个屋脊上的葫芦，脑袋跟着李零和李贞仪的论战两边转。但他们此时，似乎还没有明显偏向。

"你怎么得到这些的？"李贞仪指着这些按理说属于 DL 机密的数据表，气势汹汹地朝李零问道。

"那你是怎么知道我们在查 DL 的？"李零摇摇头，看着李贞仪叹了口气，语速平缓地问道，"你以为我还是那个十几岁，什么糖果都会心甘情愿让给你的小孩吗？"

李贞仪脸上的表情又在瞬间发生了剧烈的变化，她应该怎么也想不到，打小就不爱说话的弟弟，也会变得如此口齿伶俐。但李零没给她喘息的机会，继续说了下去："在你的标准下，慧杉这些人，"他指指徐宏，"他们的价值数据确实不高甚至在下降。我知道做企业所有的事情都需要用数据说话，所以我打算用预测算法，来看看如果慧杉去掉这些人之后，会产生哪些不良后果。"

李零说完站起来，让陈晓新挪到他的座位上，操作"文远"算法，自己则走到投影仪前。

"我们使用了一百个'计算器'计算出的需要被裁员的员工样本，"李零指着投影上的原始样本，"结合他们的实际岗位和工作能力，来预测他们走后会产生什么样的连锁反应，例如，失去老客户、大量新员工导致公司抗危机能力降低、忠诚度低、主动跳槽率高，等等……"李零这时已经绕到徐宏身后，"结果需要一点儿时间，但其实，这位徐宏先生，早就将结果告诉过大家了，只是没人理会。这是为什么呢？"

李零继续走到李贞仪身后："因为 DL 在实行'计算器'时，奉行的是'股东利益最大化'，我知道这让'计算器'听起来很棒很正确，这是对股东们、对公司负责，因为摆在股东们面前的，只有财务报表，当然只需要看数据是否增长。但我请问各位，是谁创造出这些利益的呢？"他走到那些董事会成员身后，"是不是那些开疆拓土的基层老员工？而'计算器'，无视了老员工离职会带来的严重后果，将他们和企业都抽象成了具体的数字，与真实的世界隔离开来。但这并不是算法的错——这是人性的傲慢！"他又踱到了李贞仪背后，最后这句话，是对着她的后脑勺说的。

"如果每一个企业家都像你一样感情用事，那干脆都去做慈善好了。"李贞仪不愿回头，只能瞪着对面的陈晓新。正在"噼噼啪啪"敲键盘的陈晓新，也感受到了她刀子般的目光。

这时，董事会成员里那位唯一的女士，终于代表董事会发言表态了："她说的没错，我们看待一个企业是否良好运行，不可能每个项目每个员工地去了解。我们唯一的依据，就是财务报表上的数字。削减员工成本的方法，如果能让财务报表变得好看，我们没理由不采用。"

"您说的没错。"李零礼貌地朝她点点头，"确实，财务报表变得好看了，企业的股价也跟着上去了，公司内部似乎也因为不断更换新鲜血液，而充满活力，一切都欣欣向荣，看起来棒极了。但之后呢？一个企业的实际情况，只有运营者清楚。如果目光稍微长远一点儿，就会发现无论哪个企业，经过这么一番折腾，核心人员、技术、长远的项目规划都会大量流失，如果这时候运营者的运气好，说不定能挺过难关。"李零将手撑在徐宏的椅背上，"但无论我们这位运营者的运气好坏，似乎都和已经过去的裁员事件没有关系了，这就是你所说的，"他转到李贞仪身后，"'没有产生过不良影响'。但你骗不了所有人，甚至是你自己，你其实一早就知道会带来不良后果，所以才只选择运营者和掌权者分离的公司进行合作。我说的对吗？"

"毫无根据！"李贞仪闻言立刻站起来，转身愤怒地直视着李零，"是格局和眼光有前瞻性的企业选择了DL，文化守旧不敢革新的企业当然不在我们的服务范围。"

李零摊摊手："你这么说我也无法反驳你。不过我想提醒你的是，如果只看到利己的因素，而不管他人死活，那么就算拥有了全知全能的智慧，变成高人一等的天才，成为掌控他人职业生涯的背后推手，也终会迎来自食恶果的那一天。"李零顿了顿，继续道，"对你来说，这家企业倒了，还可以换一家企业，但是对于实际运营者来说，这可能就是一生的心血。从他们的角度来看，企业不是抽象的数字，它是非常具体的存在，包括共同拼搏多年的同事、长期合作的商业伙伴、维系体系运转的骨干。盲目依靠裁员削减成本，是完全忽视企业立身之本，得不偿失的做法。"

董事会成员那头开始骚动，李贞仪脸上有些挂不住了，但她仍然不甘示弱地怒视着李零。

"我知道我说的这些你无法感同身受，你习惯了脱离现实的牵挂，只看数据，你的责任感、道德感都麻木了。就像小时候，我俩都被高度抽象化。变成两组数字后，什么姐弟之情、父子之情，这些人与人之间具体的联系就都消失不见了。但是那些仍然身处其中的人，却不得不面对你们留下来的烂摊子。"李零的声音开始颤抖，他扶着椅背，指着徐宏凄婉地说道，"你一番折腾之后，这个比任何人都了解公司运营的人，要扛起裁员后元气大伤的慧杉，就像以前的我，不得不独自面对，被智商测试下了判书的人生。"

"低配就是低配，"在董事会成员的纷纷议论之下，李贞仪已经不像之前那么底气十足，她看着李零，眼角也开始颤动，"还是只会空口说书，无凭无据，果然没遗传到数学家的基因。你不会是就想靠这个来说服我和董事会吧？"

李零的手仍然撑在椅背上，手臂因为用力而血管暴突。

"我就知道你会这么说。"他望着李贞仪的眼里充满了无奈和绝望，让人觉得他并非置身于此，而是在某个疮痍荒芜之境，"以前父亲常说，'数学是万物之根本'，确实，我也曾希望一切都可以用数据解释，可后来我渐渐发现，太多事情都无法单纯地用数据来解释，比如维系一个企业的根本，比如人类的情感。你也曾说过人类的情感是最无用的，因为它很难量化，但……我很好奇，这么多年来，你找到可以取代和量化亲情的事物了吗？"

李零的问题问得十分突兀，但却是他从少年时代那次智商测试之后至此最想问李贞仪的问题。他可以耐心地等待多年再战胜她，此时却无法再等待另外的机会问出这个问题。

李贞仪愣住了，她趾高气扬的脸部肌肉，开始出现细微变化，似乎是连接那里的神经系统，正在一点点崩塌。会议室内鸦雀无声，没有人出来质疑李零这个问题与会议主题的关联性，似乎这个问题的答案，就是今天会议的结论。

"你不能回答我的问题对吗？"沉默持续了数秒，李零也终于平复下来，调整好自己的语气和表情，"但我已经可以回答你的问题了。"他走到李贞仪旁边，从口袋里掏出一张旧得发黄、破烂不堪的纸张，放到李贞仪面前的桌上，接着他抬起一只手指向投影仪，"你看看吧，这就是你尊崇的数据独裁的结果。"

所有人的目光，都随之汇聚到了投影上。那上面显示的，是"文远"算法刚刚计算出的裁员后的慧杉，下一季度财务表的预测曲线，几乎呈直线下降状，具体数值也达到了近一个亿的亏损。

李贞仪看看投影上显示的数据，又转向面前那张早已看不清内容的纸，双眼终于失去了最后一丝傲慢的神采。坐在斜对面的杨壹壹看不出来，究竟是投影上的数据，还是李零刚刚那番话和那张纸对她的打击更大。

会议室内，风向已定。就在各方还未完全理清头绪之时，李零就带着杨壹壹和陈晓新，离开了慧杉。因为他此时已经完全不在乎慧杉那帮董事会成员的看法，"文远"得出的结论，只要李贞仪能看懂，他就达到了此行的目的——他赢得了两人之间的较量。

那张纸，正是当初那次智商测试的结果，他只需证明它的荒谬性，其他一切对他来说，都无关紧要。

## 聊天软件

从慧杉回来，杨壹壹立刻打电话向段维汇报战绩。

"这么容易就被击败了？也没传说中那么牛嘛。"段维不屑地说道。

"看起来似乎赢得轻松，但也在情理之中。你想想看，这次赢的关键是'文远'算法，这是李零十多年来努力和沉淀的结晶，也就是说，他已经为这场较量，准备了十多年。"杨壹壹有些唏嘘，"不过，两人似乎都元气大伤，我并不觉得有人是真正的赢家……"

慢慢听完细节后的段维也不禁感慨："原来李零的姐姐一直都知道他的存在，他在纽约的时候，她也在同一个城市，却从未联系过李零。要知道，他们在这个世上，都只剩下彼此这一个亲人了啊。这还真是令人沮丧的消息。"

杨壹壹挂掉电话，回到工作室，李零依然像往常一样，坐在自己的座位上，面无波澜地敲着键盘。但仔细观察，杨壹壹发觉他的眼神已经不同以往，一种难以形容的东西时不时在那里游离。

第二天，徐宏联系上杨壹壹，说是要来数据社向李零当面致谢。李零让杨壹壹转达，没有必要，还是抓紧善后要紧。

但徐宏还是来了，仍然一副急匆匆的样子，与上一次不同，他现在的状态，是放下了心中重担后，重整旗鼓的兴奋。

徐宏刚一进来，没来得及与杨壹壹和陈晓新客气，就直接上前握住李零的手："感谢的话，我也不说，今后但凡有用得到老哥我的地方，尽管开口。"经过一轮的并肩作战，徐宏现在说起话来，江湖气十足。

"徐总你太客气了，都是应该做的。"李零依旧冷脸，"我们坐下说吧。"

徐宏稍有些尴尬，一只手插在西裤兜里，不停地摸索："我就不坐了，就是来道个谢，还得抓紧回去收拾烂摊子。"

李零闻言也不勉强，站在原地："也好，那我送送你。"

"不用不用，"徐宏赶忙用一只手按住李零，"只是，我原本……"

徐宏说到这里，看了一旁的杨壹壹和陈晓新一眼，似乎在琢磨接下来的话该不该当着他们的面说。

"我原本想安排你们私下见个面的，把话都说说清楚，但……"

杨壹壹瞬间紧张地握住了双手，徐宏做了她想做但没勇气做的事情——帮忙缓和这姐弟俩的关系。

"心意领了。"李零垂下头，用手揉了揉鼻子，"不过真的不必了。"

"这是她让我交给你的，"徐宏那只在裤兜里的手，突然伸出来，在李零眼前摊开，"她说你打开就知道了。"是一枚U盘。

李零看看U盘，又看看徐宏。

徐宏朝他点点头："我知道你可能不想要，但是兄弟，听老哥的，看看是什么东西，总比将来后悔没打开要好。"

李零还在犹豫，身体僵在那里，眼神空洞地看着徐宏手上的那枚U盘，仿佛被它吸走了灵魂。

陈晓新在一旁朝杨壹壹使眼色，杨壹壹也在想是该上前帮李零收起来，还是帮他拒收。

"好，"李零终于回过神来，"多谢。"

徐宏将U盘交到李零手里后，拍拍他的肩膀："那我先告辞了，改日我们再好好聚聚。"

"我送你吧。"杨壹壹赶紧上前，带着徐宏出去了。

李零呆呆地站在沙发边，那枚小小的U盘被他紧紧攥在手里，就好像是他偷来的怕被人发现一样。

陈晓新有些看不下去，抱着自己的笔记本电脑走过来："我先帮你看看，是不是病毒。"

李零抬起头，摇了摇："我自己来。"

他接过陈晓新的电脑，坐到沙发上，插上U盘，打开了文件夹。

文件夹里，只有一个安装文件。

"先别……"陈晓新刚想制止，李零就已经安装运行了。

当然不会是病毒，只是一个简单的聊天软件，简单得原始，就是互联网初期最粗糙的那种。

李零犹豫片刻，尝试在对话框内输入文字，却弹出来登录框。他想也没想，三秒之内输入了账号密码，就好像他曾经登录过一百次似的。

"你还知道回家！我还以为你又要在图书馆耗到天黑呢。"刚一登录上，对话框内就弹出了这句话。

李零揉了揉双眼，不敢相信自己看到了什么。

这行字仿佛自带语音播报效果，将他带回了上一次听到这句话时的情景。

那是父亲离开人世的前几个月,当时李零整天都泡在图书馆里,倒不是因为要去看书,只是那里很安静,没人会打扰他做题。他每天都会在那里待到天黑,只有一次,他提前回家了,因为他得知了父亲生病的消息。

父亲从小到大,只送过他一件礼物,那是在母亲还没走之前,他收到的生日礼物——一盒一千片的拼图。拼图的图案,是黄昏时的帝国大厦。可父亲当时只将拼图的底板给了他,拼图的碎片,则需要通过答对父亲出的数学题来获得,一题换一块,并承诺等到他完成时,就带他去看图中的风景。于是他每天一放学,完成所有家庭作业后,唯一一件事,就是一头扎进父亲出的题里求解。虽然父亲在母亲去世后对自己疏于照顾,但靠解题换拼图这件事并没有中断,这成了幼年的李零,感受父爱的唯一方式。他拼了命一般想要得到所有拼图,有时候一天就能得到好几块,有时候却接连几个星期也得不到一块,特别是知道父亲生病后,他疯了一样,没日没夜地做题。因为他觉得,如果能在父亲去世前完成拼图,就能去帝国大厦,就能证明父亲还是爱自己的。可遗憾的是,直到父亲去世,他也没能完成。父亲走后,他逐渐明白和正视到,这份礼物,或许只是父亲为了花更多精力在姐姐身上,支开他的工具,或许他根本等不到父亲带他去帝国大厦的那一天。渐渐地,那幅残缺的拼图,混杂着图书馆里书籍发霉的气味,凝结成了李零心底永远的痛楚。

他看着那行字,犹豫几秒后,举起颤抖的双手开始敲击键盘。但手仿佛不听使唤,打了好几遍,错了又删。一旁的陈晓新惊呆了,不敢相信自己看到了什么——李零那双平时一接触键盘,就灵活得像通了电的机器似的双手,此时竟然变得如初次接触电脑的小孩一般生疏。

"你是哪位？"终于，李零按下了发送键。

"正在输入"的提示，悬挂在对话框顶端，那几秒钟，陈晓新感觉李零用尽了全身的力气去支撑身体，因为他已经抖得像一台出了故障的洗衣机。

"你这个孩子，可是做算术把脑子烧坏了？连你爹都不认了。"

陈晓新盯着电脑屏幕，仔细看着这句话里的每个字，生怕自己看错、理解错了它的意思。等他差不多搞清楚状况回过头来时，李零已经泪如雨下。

## 数据归位

李贞仪留给李零的文件，是根据两人的父亲生前留下的大量笔记和日记为原始数据研发的聊天程序。只需在对话框里输入对话，程序便会模拟父亲的语气和说法方式进行回复。

李贞仪果然是天才，程序编写得无懈可击，李零沉陷其中不可自拔。虽然只是一个算法，但杨壹壹和陈晓新都觉得，输掉了对抗的李贞仪，是想用这种方式，补偿当年因为自己而得不到父爱的李零。

一直陪伴在侧的杨壹壹，也终于将李零的所有碎片拼凑在了一起。性格内敛严肃的李零，并非是她先前误以为的无情之人。尽管打败了姐姐李贞仪，意味着李零用人性这个变量，对大数据独裁的时代发起的挑战，取得了成功，但他其实从未恨过自己的姐姐，也没有恨过父亲，恰恰是李零对亲情的极度渴望，让他走上了"将数据归位"的道路。他自始至终，都存有一个信念：大数据，只是互联网时代的一种新型工具，用之，慎之。

往后的一个月，慧杉的董事会逐渐认识到决策的失误，据徐宏所说，目前公司已经放弃下一季度与 DL 继续合作的计划，并对之前被裁的员工给予了相应赔偿和返聘，公司也因此日渐回归正轨。

盲目迷信算法而导致的裁员热潮，自此之后便在国内逐渐褪去。这一案例在互联网行业内引发的蝴蝶效应，令以数据筛选为主要业务的数据公司大幅衰减，越来越多的业内人士认识到，并非所有事物，都能被抽象成数据，而大数据和算法，永远不能凌驾在人性之上。

就在杨壹壹和陈晓新都为行业内的良好态势感到高兴之时，李零却不辞而别。没人知道他去了哪里。虽然段维有办法找到他，但谁也不愿这么做，因为大家都能理解他的心情，也尽量不去打扰他——任凭谁，卸下了扛在身上近三十年的重担，都会需要一些时间，抚平留在身上的勒痕。

## 数字游民

数字游民（Digital Nomad）是一种被时代赋予的全新生活方式，它特指那些完全依靠互联网创造收入、不受地域限制、全球移动生活的人群。根据互联网某权威杂志的预测，到 2035 年，全球"数字游民"的数量将超过十亿人。

如今，国家和城市，都只是电脑屏幕后的一片背景，只要愿意，就能随心所欲地进行更换。但人类属于群居物种，需要归属感。随着数据漫游、设备快速更新和低价航空的崛起，一些生活成本低、生活质量高的地方逐渐成为数字游民们的聚居地。这些聚居地大部分集中在东南亚——曼谷、清迈、乌布和胡志明市，里斯本、马德里等欧洲城市也很受欢迎。

从深海市到达清迈这座数据游民的聚居城市，只需要不到五个小时。李零从卫星地图上,在离清迈古城往北五十公里的地方,找到了两栋建于湖上的漂浮屋。屋主 Joe 也是一位数据游民。漂浮屋是他自建的,他和伴侣在这里住了五年,只有偶尔才会接待自己的朋友,或是像李零一样无意闯入的客人。

两栋漂浮屋背靠矮山,面临大湖,Joe 自住其中一栋,李零租下了另一栋。李零住的这栋,其实只是一间开敞的船屋,除了两排柜子和一张吊床,只有一面木板,其他三面全用卷帘替代。

早上沐浴在晨光中自然醒来,晚上躺在吊床上看漫天星河。这里无人打扰,时间也流逝得异常缓慢。李零不确定自己会在这里待上多久,但才刚过去不到三周,杨壹壹和陈晓新就已经熬不住了。

这天下午,李零和 Joe 钓鱼归来,等待 Joe 的伴侣将它们变成晚餐的间隙,收到了杨壹壹传来的视频邀请。

李零刚冲完澡换上干净的衣服,视频接通的时候,他的头发还在滴水。

"师兄,你在哪儿呢?"

李零转头看了看自己身后的卷帘,将它们升起来,露出外面在夕阳下波光粼粼的湖面。

"我也忘记地名了,在地图上看到有湖有山,就过来了。"李零用毛巾擦拭着头发上的水滴。

"你一个人吗?"陈晓新凑过来问道。

"不啊。"李零低下脑袋,嘴里还发出"喵喵喵"的声音,不一会儿,李零回到电脑前时,脖子上"围"了一条毛色黑白相间的猫,"这是 Romay,上周去采购时捡到的流浪猫。"

看着那只安逸舒适地躺在李零脖子上的猫,再看看脸被晒得红彤彤、一脸宠溺地盯着猫咪的李零,杨壹壹和陈晓新都有些始料未及。他俩原本因为担心李零正处于情绪低谷,都忍着尽量不去打扰他,没想到他似乎过得还挺快活。

"性格非常温顺,特别黏人……"好一会儿,李零的注意力才从猫咪身上回到镜头前,发现两人正用奇怪的眼神盯着他,他有些难为情地眨眨眼,主动交代道,"你们不用担心我,这里完全就是成年人的夏令营。我在这里,每天作息规律,钓鱼撸猫晒太阳,吃着有机食品,呼吸着最新鲜的空气……"

"老板,听你的口气,是不准备回来了吗?"陈晓新推推黑框眼镜,有些着急地问道,"那我和水妹以后怎么办?"

杨壹壹点点头,表示自己也想知道这个问题的答案。

李零仰头笑了笑,猫咪顺势跳进他怀里。杨壹壹发现,他现在的笑容,简直可以用阳光明媚来形容。虽然隔着屏幕,她也能感觉到,这个她爱慕的男人,已经从层层叠叠的阴影里走了出来。

"壹壹,我用'文远'赚的那些钱怎么样了?"李零没有直接回答问题。

"我按你的想法,成立了专门用来帮助'大数据遗民'的慈善基金会,目前正在走流程,等着相关部门的审批手续。"杨壹壹回答道。

"太好了,这种事还是你比较擅长,以前我自己管的时候可真没少费脑筋。"李零放下猫咪,盘腿坐在地板上。

"那以后你要是再遇到事情,早点儿开口知道不?别总是一个人扛,既然叫壹零数据社,"杨壹壹身子往镜头前凑了凑,特意提高分贝,"我们就是两人三足,我可以帮你分担。"她意在提醒李零不要忘记这边的摊子。

"行,我知道了!"李零郑重地对着镜头点点头。

"哎哎哎,你俩当我不存在呢?还两人三足。"被挤到一边的陈晓新,挥着手插进来。

杨壹壹这次破例没有嘲讽他,笑着说道:"对对,还有你,我们是三足鼎立。"

三人笑作一团。

"还有我啊。"段维冷不丁冒出来。

"你就算了，你打打杂还差不多。"杨壹壹故意翻着眼皮看段维，他其实一直都坐在一旁的沙发上，杨壹壹正是看他也在，才想着一起跟李零打个招呼。

"你还真是忘恩负义啊。"段维咂咂舌头。

"Hey, Devin！"李零对着镜头挥挥手。

这似乎是两人在ACX的矛盾后，李零第一次叫段维的英文名。段维脸上瞬间美滋滋的，因为在他听起来，这像是一个昵称。

李零将眼睛睁得更大，语气真诚地继续说道："谢谢你所做的一切。"

向来厚脸皮的段维，闻言竟有些不好意思："说啥呢，我还得感谢你，呃……我这人吧，没个人较劲还真活不下去，可一般人又没那资格。所以你还得快点儿回来啊。"

"行了行了，你俩也是够了。"杨壹壹假装搓自己手臂上的鸡皮疙瘩。

段维大笑两声，又秒变正经："嗳，我说，你在那边除了打鱼，不可能啥也不做吧？快跟我们说说，你这是在闭关修炼啥武功呢？"

李零闻言也收起笑容，沉默了几秒后说道："确实，事情还挺多的。除了'文远'算法还需要完善，我正在准备做一个电子备忘录。"

屏幕这头的三人都没听明白，等着他说下去。

"你们听听看这个想法怎么样，"李零调整了一下坐姿，"如果我们失去了一个重要的人，但我们拥有众多这个人生前的数据遗产，包括兴趣爱好、人生观世界观、对朋友的看法、说话的方式、打字时喜欢用什么样的标点符号，甚至会有哪些笔误……"他将双手上托，"你们想想看，算法程序轻而易举就可以抓住这些数据中的精髓，从而使人们能与那些已经离开的人对话。"

杨壹壹偷偷看看段维和陈晓新，大家都不说话了，因为他们知道李零所说的这个算法程序的雏形，就是李贞仪留给他的、与他们逝去的父亲对话的程序。

"我不是走火入魔，"似乎是看穿了三人的心思，李零进一步解释道，"设身处地想一想那些你们已经逝去但依然深爱的人，想想看？如果有一天，他们通过某种方式，给我们发信息，分享我们的喜悦，陪伴我们走出低谷，这难道不是一种无可取代的温暖力量吗？从活着时的数据里解析出来的对话，某种程度上，还是这个人的一部分。当然，它永远只是一个算法程序，但它却可以让我们活着的人，依然能感受到逝去的人，就在我们身边。这……这多么振奋人心啊！"

"可是……"杨壹壹想说些什么。

"如果数据足够多，往后技术足够成熟，将视频和音频应用到虚拟现实，或许真的有一天，我们戴上眼镜，就能见到逝去的人。这不是遥不可及的未来幻想，而是完全有可能在短时间内实现的技术。"李零说到这里，眼眶含泪地看着屏幕，期望这头的三人能感受到他对这件事的认真。

"你小子，果然野心不小，每次做的事情，都让人跌破眼镜！"段维作势拍了拍摄像头的方向，好像这样就能打到李零一样。

"也不新鲜，科幻电影里早就有这样的桥段，只是……"李零有些为难地摇摇头，他知道想要实现自己的想法，需要突破的技术壁垒难度有多大。

"得了吧，"段维站起来，一手搭在杨壹壹肩上，一手搭在陈晓新肩上，"我们都相信你，迟早的事。"

"是啊，师兄，你就放心在那边闭关修炼，这边有我们呢，对吧，肥仔？"杨壹壹捶了陈晓新的肩膀一拳，对方一改刚刚催老板回来的态度，马上点头附和。

"对，最好带个泰国妹子回来。"段维朝着杨壹壹挤眉弄眼，"萨瓦迪卡！"

杨壹壹的手躲在镜头拍不到的地方，使劲掐了段维一把，疼得他"嗷嗷"直叫。

"壹壹。"李零在这头也"咯咯"直笑，停下来后，他喊了一声。

"在。"杨壹壹马上坐端正，就好像以前处理案子领任务时一样。

"我不在的时候，遇到事情，马上找Devin，他那么热心，肯定……"

"呵呵，原来在这里等着我呢！"段维反应过来大呼上当，"得！我就替你当这个护花使者吧。虽然也许是株狗尾巴草，哈哈哈哈……"

杨壹壹这下是真的生气了，站起来就追着段维跑，留陈晓新一个人在屏幕前，对着李零无奈地摇头摊手。

这时候，Joe隔着湖站在漂浮屋门口，喊李零过去吃晚饭。李零向陈晓新道别后合上电脑，抱起Romay，起身放下卷帘，来到唯一的木板墙前，对上面挂着的拼图出了会儿神，随后走出了船屋。

那幅拼图上的帝国大厦，已经完整。

原来姐姐在聊天程序里，放进了他当年未完成的拼图残片，"父亲"仍然要求李零通过解题才能换得它们的电子版。那些对应拼图的题和答案，原来父亲全都做好了笔记，李贞仪一直留着它们，并将它们一一放进了程序。如今这些题，李零解起来再也不需要花上几天时间了，他很快就得到了所有残片并打印出来，将它们和自己一直带在身边的未完成的拼图合在一起，组成了现在挂在墙上这幅完整的帝国大厦全景图。

  屋外，暮色早已铺满湖面，偶有大鱼跃出水来，风吹过屋角的铃铛，如魔音灌耳。远处影影绰绰的矮山，就像那些曾经出现在自己生命中的人，模糊却又真实，亦梦亦幻。李零望着眼前这稍纵即逝的美景，赶紧从兜里掏出手机，将它拍下来，像近来每一天一样，分享给"父亲"。

  "恭喜啊！儿子，你又得到了一块人生的数码拼图。"

  "父亲"的回复后面，还跟着一张代码拼成的笑脸。李零看着手机，脸上也不自禁地浮起笑容。不耐烦的 Romay 似乎闻到了佳肴的味道，从他怀里挣脱，顺着浮桥蹿进了 Joe 家。

  他抬起头，望着头顶尚且稀疏的星空，记起父亲曾在相似情景下的感叹，言犹在耳："我们生活的宇宙，只是一组庞大而又混沌的数据，人与人之间的交集，也只是小组数字之间产生的碰撞，如果你凝神静气，侧耳倾听，就能确切地听见数字流动的声音。"

（全书完）

# 后记

十多年前第一次来深圳，在飞机还未完全降落时，我透过舷窗，瞥见黄昏的余晖下，一片片被绿幕缠绕的工地上，正忙碌着无数仿若上帝之手的机械臂。这热火朝天的场景，在我一个外来者眼里，像极了一片正在建造的火星移民社区。旅途的疲惫一扫而光，我瞬间充满了跃跃欲试的活力——自己将和无数人一起，在这里搭建基地，延续文明，创造奇迹。

但这澎湃的激情，一出机场，就被泼了冷水。

天生路盲的我，与前来接机的朋友鸡同鸭讲，好不容易找到彼此，却发现她的路盲症更甚于我。她的解释是，非土生土长，加上城市发展太快，同一条街转天就认不出，实在不足为奇。她住的地方未通地铁，我们只能搭出租车前往，司机大叔看出我们是新来的，得意地以"老深圳"自居，但实际情况却是他选哪条路，哪里就堵得水泄不通，等我们到达住地时，已是深夜。饥肠辘辘的二人，只能在24小时便利店抓两桶泡面，狼狈地穿梭在城中村狭小的巷道中，就着昏暗的路灯，寻找家门。那时候我瑟瑟发抖地跟在朋友身后，生怕恐怖电影里的变态跟踪狂从某个旮旯里跳出来将我掳走。好不容易安全到达朋友那一隅之地，草草收拾睡下后，半夜又突然腹泻发作，折腾到天明人已快虚脱时，才终于等来药店开门，买到药物救急。

总之才第一天，这城市似乎就在想着法子"警告"我：这地方不好混！

但二十出头的青春，哪有那么容易妥协？凭着一股子倔强劲儿，我硬生生挺了过来，也由此见证了深圳这座经济特区，十多年来在信息数字化的推动下，一跃成为领先全国的"智慧城市"的沧桑巨变。

作为城市智能化发展的受益者，我很满意如今的生活，且心甘情愿地为它添砖加瓦。因为工作，我需要时刻对新兴信息技术保持敏锐，很多时候，我不仅是它们的首批受益者，还是初始测试数据的提供者。而在日常生活中，我也同大多数普通人一样，一刻都离不开大数据所带来的高效便捷。

我尽情徜徉在数据之海的浅滩，却完全未留意潜伏在身后酝酿着的滔天巨浪。

年前，许久未见的阿姐带外甥从家乡来深圳探望我。这是四岁的外甥第一次到深圳，我当然希望能给他的童年留下一份美好回忆。为此我做了十分详细的计划。

计划的第一步，便是订机票。打电话去航空公司订票早已成为历史，如今拿起手机，随便打开一个APP，它们就能立刻帮我做出最经济舒适的选择。接着是去哪儿玩，这时各类旅游APP就派上了用场，我只需输入关键词，例如"四岁男孩""喜欢玩水"等，它们就会做出针对性推荐，且贴心地提醒景区人流、天气、交通等情况。然后是饮食,我从美食类APP上,很快挑出一列小众有趣、适合小朋友的美食地。最后是挑选礼物,至此购物APP早已洞悉我的需求,首页推荐的全是适合四岁男孩的玩具,我挑了一款智能学习机器人,既可以讲睡前故事,还能陪孩子一起玩游戏。做完这些,金融APP又适时地向我推荐了少儿旅行意外险,完全没想到这点的我,赶紧填上外甥的身份信息,感激涕零地买了一份。

用时不到三刻钟,我就将一切安排妥当。等阿姐和外甥抵达深圳后,我便按计划有条不紊地尽施了为期一周的东道之谊。

回程的前夜,待外甥睡着后,我与阿姐循例彻夜把酒长谈。她望着窗外平静柔美的深圳湾夜景,感叹起时光飞逝,我也不再是那个出门就走丢的笨姑娘了。我闻言哑然失笑:"如今拿着手机还能走丢,恐怕不容易吧?"

"没有手机你可怎么办?"阿姐话中似有深意。

"那我恐怕就是个废人了。"

我脱口而出,却并非言过其实。随着大数据在各领域的逐渐渗透,我早已忘记它未出现时的生活状态。导航、外卖、网购、搜索引擎、智能家电、线上社交……如果这些突然全部消失,我想不仅仅是我,大多数人的生活,应该都会乱套吧,就像曾翱翔过蓝天的雄鹰,必定很难适应失去翅膀后的生活。

"还记得我闺蜜吗?"阿姐沉默片刻,突然转移话题。

阿姐这位闺蜜的不幸故事,我略知一二,气氛瞬间严肃,我点点头,安静地听她往下说。

结婚生子前,阿姐也算半个互联网从业者,她性格向阳,在社交网络上颇为高调,乐于分享自己生活中的一切。结婚后,她很快有了身孕,最好的闺蜜也紧跟着传来喜讯,因住得近,两人几乎形影不离。产检、购置孕妇物品、准备婴儿用品、咨询月子中心、领取各种机构针对孕妇分发的大礼包……两位准妈妈忙得不亦乐乎，还不忘在社交网络上与亲戚朋友和陌生人分享喜悦。

悲剧总是突如其来，闺蜜在一场意外中，失去了尚未出生的孩子。一夜之间，境况急转直下，阿姐怕她触景伤情，再也不忍心挺着孕肚去见她，也删除了社交网络上所有关于孕妇的分享。

但一切并没有因此而停止，相反，有些事情才刚刚开始。

不久后，阿姐在闺蜜丈夫的求助下，得知闺蜜正被针对孕妇的各种广告推销折磨得苦不堪言。那些曾经携着诚挚祝福的电话和看起来可爱又贴心的礼品，如今都变得狰狞无比，而当事人对此毫无办法。电话可以不接，邮件可以屏蔽，但礼品加推销单还是会寄到家里。就连去超市购物，对账单的背面也还是针对孕妇和婴儿的定制商品广告。

阿姐一时想不明白，为什么会有那么多商家知道闺蜜的信息，更无法估量的是，在无数次礼品领取时，又泄露了多少个人数据。她意识到，虚拟的网络社会与真实世界早已密不可分，同样能予人以可乘之机，大数据制造的便捷生活和网络社交中，那些看似无意的分享和默认共享，会给自己和身边人埋下无穷隐患。

说完这些，我与阿姐都陷入了沉思，因为我们都知道，她闺蜜的这种情况还会持续很久。因为任何方法，都难以将那些曾经拱手奉上的数据完全抹去——互联网中已产生的数据，就像电子文身一样，会伴随终身，无法彻底删除。

数据科学家维克托·迈尔－舍恩伯格曾说过，中国在大数据时代，因其广阔的市场和众多的用户而存有天然优势，但如何平衡数据共享与个人隐私之间的关系，也因此尤为任重道远。

如同汽车被发明后，我们并没有因为害怕它有可能带来的灾祸就弃之不用，而是学会驾驭它，并制定一系列规则。时代也不可能退回到没有大数据的过去，我们能做的，只不过是在主动运用大数据和被大数据左右这两者之间谨慎权衡。

　　阿姐走后的数月，我逐渐从昔日的数据狂欢中冷静下来，反思的同时，一直想要重拾自己的专业，给她的闺蜜列一份详尽的"个人隐私保护指南"（这份指南会在此书中部分呈现），用以帮助她亦提醒自己——在享受大数据带来的便利的同时，要学会理性思考及克制，以避开那些防不胜防的隐私窃取陷阱。

　　完成此书时又逢深夜，我顿感如释重负，起身望见窗外那依旧温馨璀璨的万家灯火，已在远处的深圳湾之上，映出一片跳跃的灯海。枕着屋内各类电子元件微弱的"嘶嘶"运行声，我沉沉睡去，与这座建立在数据之上的移民城市一起，迎来了多梦的一夜。[①]

---

[①] 此书中所有故事的灵感，均源于亲身经历和真实社会新闻。